21世纪高等学校计算机规划教材

21st Century University Planned Textbooks of Computer Science

操作系统

Operating Systems

罗宇 文艳军 编著

精品系列

人民邮电出版社

北 京

图书在版编目（CIP）数据

操作系统 / 罗宇，文艳军编著. —北京：人民邮电出版社，2009.5
21世纪高等学校计算机规划教材
ISBN 978-7-115-20569-8

Ⅰ. 操⋯ Ⅱ.①罗⋯②文⋯ Ⅲ.操作系统－高等学校－教材 Ⅳ.TP316

中国版本图书馆CIP数据核字（2009）第036860号

内 容 提 要

本书是国防科技大学国家精品课程配套建设教材。全书阐述了操作系统的基本概念、工作原理以及设计方法，以多道程序技术为基础，以实用操作系统设计思想为主线，介绍操作系统涉及的关键内容，并在最后一章中给出了具体的操作系统实例。本书依次介绍了操作系统的发展历史、操作系统运行机制、操作系统中的进程与线程管理、存储管理、文件管理和设备管理，并对各种并发控制问题展开了讨论，对前沿的分布式系统进行了介绍，最后还详细介绍了 Windows NT 操作系统的结构和实现。

本书可作为高等院校计算机专业或计算机应用、通信与电子相关专业的教材和参考书，也可供从事计算机设计、开发、维护和应用的专业人员阅读。

21世纪高等学校计算机规划教材

操作系统

- ◆ 编　著　罗　宇　文艳军
  责任编辑　滑　玉
  执行编辑　武恩玉

- ◆ 人民邮电出版社出版发行　北京市崇文区夕照寺街 14 号
  邮编　100061　电子函件　315@ptpress.com.cn
  网址　http://www.ptpress.com.cn
  中国铁道出版社印刷厂印刷

- ◆ 开本：787×1092　1/16
  印张：14.75
  字数：383 千字　　　　　　　2009 年 5 月第 1 版
  印数：1—3 000 册　　　　　　2009 年 5 月北京第 1 次印刷

ISBN 978-7-115-20569-8/TP

定价：25.00 元

读者服务热线：**(010)67170985**　印装质量热线：**(010)67129223**
反盗版热线：**(010)67171154**

前　言

操作系统是计算机系统中的核心系统软件，它负责控制和管理整个系统的资源并组织用户高效、协调使用这些资源，使计算机中各部件高效地并行运行。操作系统课程是计算机科学与技术专业的核心课程。随着计算机技术的发展和各类嵌入式系统的广泛应用，其他相关专业也相继把操作系统作为一门重要的必修或选修课程。

本书阐述了操作系统的基本概念、工作原理以及设计方法，以多道程序技术为基础，以实用操作系统设计思想为主线，介绍操作系统涉及的主要内容，并在最后一章中给出了当前流行的 Windows NT 操作系统设计实例。

本书是国防科技大学国家精品课程"操作系统"建设的重要成果。作者长期从事计算机操作系统的开发和教学工作，根据 20 多年的教学科研实践积累的经验，参考了国内外近几年出版的教材和文献，并结合操作系统开发工作对操作系统教学的要求，注意到当前我国计算机教育、研究与开发、应用的现实情况，参考 2009 年全国硕士研究生入学统一考试计算机科学与技术学科联考计算机学科专业基础综合考试操作系统大纲编写了本书，其技术内容具有较高的先进性及实用性。本书本着循序渐进的原则，采用通俗的语言和实例，全面阐述了操作系统的基本概念、原理、方法及实现，既注重对操作系统经典内容的论述，又注意介绍操作系统的实用成果及发展趋势。全书共分 9 章，每章末都配有小结及习题，以加深理解。第 1 章介绍了什么是操作系统及操作系统的形成、发展和现状；第 2 章介绍了操作系统的运行机制及操作与编程接口；第 3 章介绍了进程管理及线程的基本思想；第 4 章介绍了并发控制及死锁；第 5～7 章分别介绍存储管理、设备管理、文件管理；第 8 章介绍了分布式系统；第 9 章介绍 Windows NT 操作系统。前 7 章是操作系统的核心内容。本书适用于 40～60 学时的课堂教学。建议在讲完前 4 章时布置多进程编程等小实验，穿插讲解习题并指导课程实验。

本书可作为理工科院校计算机及相关专业的教材，也可作为计算机及应用专业自学考试的教材，对于具有高级程序设计语言初步知识和对计算机有一定了解的专业人士，本书也不失为一本较全面的参考书。对于书中的不足之处，恳请专家及读者指正。

编著者

2009 年 1 月于长沙

目　录

第1章　绪论 ···1

1.1　什么是操作系统 ···························1

1.1.1　操作系统的组成 ················2

1.1.2　操作系统的特征 ················3

1.2　操作系统的发展历史 ···················5

1.2.1　监督程序（单道批处理系统）·······6

1.2.2　专用操作系统 ····················9

1.2.3　多种方式的通用操作系统 ···14

1.2.4　并行与分布式操作系统及发展 ···14

1.3　主要操作系统介绍 ·····················15

1.3.1　Windows 系列及 MS-DOS ···15

1.3.2　UNIX 大家族（SVR4、BSD、Solaris、AIX、HP UX）·······18

1.3.3　自由软件 Linux 和 FreeBSD 等···22

习题 ··26

第2章　操作系统运行机制 ·············27

2.1　中断和陷入 ································27

2.1.1　中断和陷入的区别 ·············28

2.1.2　中断的分级与屏蔽 ·············28

2.2　中断/陷入响应和处理 ···············30

2.2.1　中断/陷入处理基本概念 ·······30

2.2.2　中断/陷入处理 ··················32

2.3　操作系统运行模型 ·····················36

2.4　系统调用 ····································37

2.5　用户界面 ····································41

2.5.1　命令语言 ·························41

2.5.2　图形化的用户界面 ·············43

小结 ··45

习题 ··45

第3章　进程与处理机管理 ·············47

3.1　进程描述 ····································47

3.1.1　进程的定义 ······················48

3.1.2　进程控制块 ······················49

3.2　进程状态 ····································52

3.2.1　进程的创建与结束 ·············52

3.2.2　进程状态变化模型 ·············54

3.2.3　进程的挂起 ······················56

3.3　进程控制与调度 ·························56

3.3.1　进程执行 ·························57

3.3.2　进程调度 ·························58

3.3.3　调度算法 ·························62

3.4　作业与进程的关系 ·····················66

3.5　线程的引入 ································69

小结 ··71

习题 ··72

第4章　并发控制 ····························75

4.1　并发执行实现 ·····························75

4.1.1　并发编程方法 ··················76

4.1.2　并发执行的实现 ···············76

4.2　同步与互斥 ································78

4.2.1　同步与临界段问题 ·············78

4.2.2　实现临界段问题的硬件方法 ···80

4.2.3　信号量 ····························81

4.2.4　同步与互斥举例 ···············84

4.3　消息传递原理 ·····························89

4.3.1　消息传递通信原理 ·············89

4.3.2　消息传递通信示例 ·············90

4.4　死锁 ···92

4.4.1　死锁示例 ·························92

4.4.2　死锁的定义 ······················95

4.4.3　死锁的防止 ······················97

4.4.4　死锁的避免 ······················99

4.4.5　死锁的检测 ····················101

4.4.6　死锁的恢复 ····················102

4.4.7　死锁综合处理 ·················102

小结 ··103

习题 ··104

第 5 章 存储管理·······108

5.1 连续存储分配·······108

  5.1.1 单道连续分配·······108

  5.1.2 多道固定分区法·······111

  5.1.3 多道连续可变分区法·······113

5.2 不连续存储分配·······115

  5.2.1 分页管理·······115

  5.2.2 分段管理·······120

  5.2.3 段页式管理·······122

5.3 虚存管理·······124

  5.3.1 请求分页虚存的基本思想·······124

  5.3.2 请求分页虚存管理的实现·······125

  5.3.3 页面置换策略·······128

小结·······134

习题·······135

第 6 章 设备管理·······139

6.1 I/O 硬件概念·······139

  6.1.1 常见外部设备的分类·······139

  6.1.2 设备控制器（I/O 部件）·······140

  6.1.3 I/O 控制方式·······142

  6.1.4 I/O 控制方式的发展过程·······145

6.2 设备 I/O 子系统·······145

  6.2.1 设备的使用方法·······146

  6.2.2 I/O 层次结构·······148

  6.2.3 设备驱动程序·······151

  6.2.4 缓冲技术·······153

6.3 存储设备·······156

  6.3.1 常见存储外部设备·······156

  6.3.2 磁盘调度·······159

  6.3.3 磁盘阵列·······163

小结·······167

习题·······168

第 7 章 文件系统·······170

7.1 文件结构·······170

  7.1.1 文件的概念·······170

  7.1.2 文件的逻辑结构·······171

  7.1.3 文件的物理存储·······172

  7.1.4 文件控制块·······175

7.2 文件目录结构·······175

  7.2.1 一级目录结构·······176

  7.2.2 二级目录结构·······176

  7.2.3 树形目录结构·······177

  7.2.4 无环图目录结构·······178

7.3 文件存储器空间布局与管理·······180

7.4 文件访问系统调用·······182

  7.4.1 传统文件系统调用实现·······182

  7.4.2 Memory-Mapped 文件访问·······184

7.5 文件保护·······185

  7.5.1 文件访问保护·······185

  7.5.2 文件备份·······186

7.6 文件系统的基本模型·······187

小结·······190

习题·······191

第 8 章 分布式系统·······193

8.1 分布式系统的特点·······193

  8.1.1 分布式系统的定义·······194

  8.1.2 分布式系统的优势·······194

  8.1.3 分布式系统的特性·······194

  8.1.4 分布式系统设计难点·······196

8.2 几种分布式应用模型·······196

  8.2.1 客户机/服务器模型·······197

  8.2.2 处理机池模型·······198

  8.2.3 对等模型·······199

  8.2.4 集群模型·······199

8.3 分布式系统实现模型·······200

8.4 分布式操作系统主要研究内容·······202

8.5 分布式系统基础——通信协议概念

  简介·······203

  8.5.1 TCP/IP 简介·······204

  8.5.2 远程过程调用·······205

小结·······207

习题·······207

第 9 章 Windows NT 操作系统·······208

9.1 历史·······208

9.2 设计目标·······209

9.3　系统结构 ································210

9.4　系统组件 ································212

　　9.4.1　硬件抽象层 ···············212

　　9.4.2　内核 ··························213

　　9.4.3　执行体 ······················215

9.5　环境子系统 ··························222

　　9.5.1　Windows 环境 ···········222

　　9.5.2　MS-DOS 环境 ············223

　　9.5.3　登录和安全子系统 ······223

9.6　文件系统 ······························223

　　9.6.1　内部格式 ···················223

　　9.6.2　恢复 ··························225

　　9.6.3　安全 ··························225

　　9.6.4　压缩 ··························225

小结 ···226

习题 ···226

参考文献 ······································227

第1章
绪论

　　计算机系统在经济建设和人们生活中起着越来越重要的作用。操作系统是计算机系统中不可或缺的系统软件，是计算机系统的控制中心。一方面，操作系统将裸机改造成为功能强大、系统各部件高性能运行、使用方便灵活、安全可靠的虚拟机，为用户提供了计算机系统的良好使用环境；另一方面，操作系统采用合理有效的方法组织多个用户任务共享计算机的各种资源，最大限度地提高资源的利用率。

　　自从世界上第一台计算机 ENIAC 于 1946 年问世以来，计算机在运算速度、存储容量、元器件工艺及系统结构等方面都有了惊人的发展。以前，人们按照计算机元件工艺的演变过程将计算机的发展划分为 4 个时代：电子管时代、晶体管时代、集成电路时代和大规模集成电路时代。与硬件发展相类似，人们也将操作系统的演变和发展过程划分为 4 个时代：单道批处理时代，多道批处理、分时、实时系统时代，同时具有多方面功能的多方式系统时代，并行与分布式系统时代。

　　近年来，设备仪器的智能化使得嵌入到各种设备仪器当中承担控制及数据处理的计算机系统发展很快，这些计算机最初只是担负简单的控制及处理任务，直接运行应用程序。但是随着设备仪器功能的扩展和效率的提高，支持多任务运行的操作系统也成了嵌入式系统必然的选择。

　　本章将介绍什么是操作系统及操作系统在计算机系统中的地位和作用，并通过阐述操作系统历史的演变过程，使读者对操作系统中基本概念、技术的产生和发展之类的问题有一个直观、形象的了解，从而使读者对不同类型操作系统的基本特征、今后的发展动向以及对现在流行的操作系统有更深刻的认识。

1.1　什么是操作系统

　　众所周知，处理机、主存、磁盘、终端、网卡等硬件资源通过主板连接构成了看得见摸得着的计算机硬件系统。为了能使这些硬件资源高效地、尽可能并行地被用户程序使用，也为了给用户程序提供易用的访问这些硬件的方法，我们必须为计算机配备操作系统软件。

　　操作系统是一种系统软件，它由许多程序模块组成。操作系统是计算机系统软硬资源的控制中心，它组织单个或多个用户以多任务并发或并行运行的方式，尽量合理、有效地共享使用计算机的各种资源。从某种意义上说，操作系统可以与政府类比，政府要管理社会资源，组织经济体及其他实体运行，提供对社会资源的使用服务等。

　　操作系统的功能就是管理计算机的处理机、主存、外设等硬件资源，提供并管理文件等逻辑资源，组织用户任务（如以进程的形式）高效使用这些资源。

1.1.1　操作系统的组成

操作系统在计算机系统中的地位与政府在国家中的地位一样非常重要。我们先来看一看操作系统在计算机系统中的位置。图 1-1 描述了计算机系统的软件层次及构成。大体上，计算机系统可以粗分为三部分：最底层是硬件，包含处理机、主存、外设等资源；最上面是用户层软件，不论是系统配备的开发用软件（如程序编译器），还是服务器类软件（如数据库管理器），或者是用户自开发的应用程序，都看作是用户层软件；中间是我们将要学习的操作系统内核软件。操作系统内核软件实现了操作系统的主要功能。

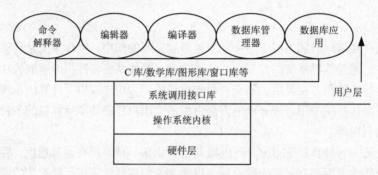

图 1-1　计算机系统中的软件构成

当用户在计算机中安装操作系统时，如图 1-1 中的操作系统内核、命令解释器、编辑器、Web 浏览器、编译器、各种库程序甚至数据库管理器、Web 服务器程序等都从安装介质拷贝到了计算机系统的磁盘上。大家往往以为它们都是操作系统的构成成分，但从操作系统历史及技术层面来说，操作系统主要由操作系统内核、命令解释器（或程序管理器）构成。

安装操作系统时，命令解释器（图形用户界面中对应的程序管理器，如 Windows 的 explorer.exe）是必不可少的一个程序，因为没有它，用户就无法操纵计算机，无法输入命令让计算机去执行。在现代操作系统实现中，命令解释器程序没有作为操作系统内核的组成部分，但它在使用计算机过程中是不可缺少的，用户在终端上输入命令就是由命令解释器程序接收并解释执行的。

其他的操作系统内核层之上的程序则是根据计算机的定位（定位为服务器或工作站）而选择安装的。如果将计算机定位成程序开发用的工作站，那么必须安装编辑器进行程序的编辑，安装编译器进行程序的编译。如果把计算机作为一个网络上的 Web 服务器，那么必须安装 Web 服务器程序。无论是用户开发的普通 C 语言程序还是数据库应用程序，都要在操作系统安装并运行后才能使用。这些操作系统内核层之上的程序，不管是命令解释器还是 Web 服务器或用户自编的程序，都是通过操作系统内核提供的进程机制来运行的。

图 1-1 中的各种库程序实际上就是一些可以重用、共用的用户子程序。它们提供了形形色色的功能。系统提供这些库程序是为了方便用户编程，用户不必为了实现一个较通用的功能再重写上述库程序的代码，而只要引用库程序中的函数即可。库程序可以看作一些通用的、公共的程序集合，利用内核提供的简单的资源管理功能实现复杂的复合功能。它位于用户层程序的底层，是在用户态下执行的基础的公共程序。之所以不将这些基础的公共程序放到操作系统内核中实现是因为它们不涉及系统公共资源的管理，或是为了减少内核的大小。

从现今的技术层面看，操作系统则只包含图 1-1 中的操作系统内核，它是一个非常重要的系统程序，管理着系统中所有公共的资源，并提供了实现程序运行的进程机制。由于操作系统内核工作的重要性、特殊性，使得它必须在一种特殊的保护状态下运行，以免受到其他用户程序的干扰和破坏，它提供了一组称为系统调用的接口供上层程序调用，从而保证操作系统内核在特殊的保护状态下运行的需求，并且满足上层程序对系统资源的申请、使用、释放以及进程的创建、结束等诸多功能的需求。本书以后所要介绍的操作系统主要内容就是这里所说的操作系统内核。

操作系统内核位于硬件之上，是其他软件运行的关键支撑软件。构成操作系统内核的主要功能模块有：进程管理与调度、存储管理、输入/输出（I/O）与中断处理、文件系统等。这些将在以后的章节中介绍。

1.1.2　操作系统的特征

操作系统内核是一个在特殊保护状态下运行的系统软件，它为用户层程序提供尽可能多的系统服务（如文件访问、数据 I/O 等），它的主要目的是让用户层程序高效、安全地共享系统资源，同时内核必须提供多道程序并发运行的机制。

操作系统的主要特征如下：

- 并发（**concurrent**）　多道程序可以轮流在单处理机上运行。
- 共享（**sharing**）　各种并发程序正确共享使用系统软、硬件资源。

下面我们从不同的角度来理解操作系统内核特征。

1. 操作系统作为特殊子程序

从图 1-1 所示的计算机软件层次图中可以看出，操作系统内核位于计算机硬件之上。操作系统内核为用户层的程序提供了系统调用功能。系统调用可以看成是特殊的公共子程序，因为这些程序提供了一些可以被任意用户层程序调用的公共的功能，所以用户不需要再编写实现这些功能的程序，只要调用操作系统内核提供的相应"系统调用"即可。但是，要注意到系统调用的特殊性，即系统调用处理程序运行在一种特殊的保护状态下。在这种状态下程序可以执行一些特权指令，可以访问到用户层程序所访问不到的存储空间。系统调用之所以具有这样的特殊性是因为系统调用处理程序涉及系统共享资源的操作。

举例来说，因为 $\sqrt{x}$ 的求值是许多用户程序都要做的工作，就可以把它作为一个公共子程序实现。那么它需要作为系统调用在操作系统内核实现吗？回答是否定的。虽然 $\sqrt{x}$ 需要许多条机器指令来实现。但因为它不涉及系统的共享资源，而只需要对输入变量 x 进行操作，因此可以把它作为数学子程序库中的子程序来实现。

以计算机使用软盘为例，用户如果需要与软盘交换数据，可以通过对在软驱控制部件中的寄存器设置不同的值来实现设备初始化、移动磁头、读/写数据等命令功能。其中，最基本的命令是读/写命令，它们需要许多参数，如磁盘块地址、每个磁盘的扇区数、物理介质中所用的记录模式、扇区间距等。当操作完成时，软驱控制部件中的状态寄存器中有一些状态位，必须由程序判定是正常完成还是异常结束。在启动读/写命令前还需要判定软驱电动机是否已启动，若未启动，还需要先启动电动机。如果将这些操作都交给用户来编程处理，不仅复杂，而且每个用户都重复编程，多个用户使用时还会引起混乱。因此操作系统提供给用户一个简单的文件使用界面，即软盘上包含多个文件，每个文件可以按照读/写方式打开，然后进行读/写，最后关闭文件。用户无需知道电动机如何启动、如何读写数据，也不需要知道要读写的数据存放在软盘上的哪一个扇区，只需要知道读/写哪个文件的哪一段数据，利用这个简单的文件使用界面就可以与软盘进行数据交换。这个文件使用界面由操作系统内核中的系统调用实现，因为软驱不是某个用户的私有资源，软盘上的文件可以供多个用户所访问，涉及软驱和文件的管理数据都应该受到保护，所以文件使用以操作系统内核系统调用形式实现。

2. 操作系统作为资源管理者

计算机由处理机、主存、辅存、终端设备、网络设备等硬件资源所组成。处理机提供了程序执行能力；主存、辅存提供了程序和数据的存储能力；终端设备提供了人机交互能力；网络设备提供了机器间通信的能力。这些硬件资源需要高效地被计算机用户使用，因此必须有适合每种硬件资源特点的资源分配和使用机制。

为了使硬件资源充分发挥它们的作用，必须允许多用户或者单用户以多任务方式同时使用计算机，以便让不同的资源由不同的任务同时使用，减少资源的闲置时间。例如，当一个用户任务将文件内容从磁盘往主存的缓冲区读出时，另一个用户任务可以让自己的程序在处理机上运行。这样，处理机、主存、磁盘同时工作，也就提高了资源利用率。

要让每种资源被多用户任务充分地利用，就需要研究每种资源的特点。对于单处理机来说，它只能执行一个指令流。如果多个用户任务都要使用它，那只有让多个用户任务的程序分时地在处理机上运行，也就是说，处理机交替地运行多个用户任务中的程序。这意味着操作系统要合理调度多用户任务使用处理机。对于存储设备，它是为程序和数据提供存放空间的，只要多个用户的程序和数据按照规定的位置存放，互不交叉占用，它们是可以共存的，操作系统要做的工作就是管理存储空间，把适用的空间分配给用户的程序和数据使用，以便当用户任务访问这些程序和数据时能够找到它们。

针对不同资源的特点，资源管理包含两种资源共享使用的方法，即"时分"和"空分"。时分就是由多个用户进程分时地使用该资源，除了上述的处理机外，还有很多其他资源也必须分时地使用，如外设控制器、网卡等，这些控制部件包含了控制输入/输出的逻辑，必须分时地使用。空分是针对存储资源而言的，存储资源的空间可以被多个用户进程共同以分割的方式占用。

在时分共享使用的资源中，有两种不同的使用方法。

（1）独占式使用

独占表示某用户任务占用该资源后，执行了对资源的多个操作，使用了一个完整的周期。例如，如果多用户任务使用打印机，那么对打印机的独占式使用是指多用户任务一定是分时地使用该打印机的，每个用户任务使用打印机时，执行了多条打印指令，打印了一个完整的对象（如完整的文件）。这里每个用户任务要执行多条打印指令，为了不让多条打印指令执行过程中断，用户任务需要在执行打印指令前申请独占该打印机资源，执行完所有打印指令后释放。

（2）分时式共享使用

独占式使用不能发挥资源的利用率，为了提高资源的使用效率，希望对资源的使用尽可能"并发"共享。这种共享使用是指用户任务占用该资源无需使用一个逻辑上的完整周期。譬如说对处理机的使用，用户任务随时都可以被剥夺 CPU，只要运行现场保存好了，下次该用户任务再次占用 CPU 时就可以继续运行。再如对磁盘的输入/输出，当一个用户任务让磁盘执行了一条输入/输出请求后，其他用户任务又可向磁盘发出输入/输出请求，系统并不要求某个用户任务的几个输入/输出请求之间不能插入其他用户任务的输入/输出请求。

从上述使用方法可以看出，"独占式使用"资源利用率不如"分时共享使用"方式高，因此操作系统设计时应该分析各种资源的特点，尽可能在保证资源使用正确的前提下改进对资源的使用方式，提高资源利用率。

操作系统应针对不同的资源类型，实现不同的资源分配和使用策略，并为资源分配、释放、使用提供相应的系统调用接口。

3. 操作系统提供程序并发运行机制

用户可使用计算机进行科学计算、数据管理、通信、控制等工作。要实现这些任务，必须要由相应的程序实现。用户使用计算机的处理机来执行程序，用程序驱动外部设备来进行数据交换与控制，驱动网络设备来进行通信。用户的意图必须由程序及程序的输入参数表示出来，为了实现用户的意图，必须让实现相应功能的程序执行；为了能让程序执行，需要由操作系统为程序及程序数据安排存储空间；为了能提高资源利用率，增加并发度，还必须让多个用户程序能分时占用处理机；让一个程序还没运行完就让另一个程序占用 CPU 运行，就必须保存上一个程序的运行现场；因此必须要对实现各种用户意图的各个程序执行进程描述和控制。

要说明程序执行的状态、现场、标识等各种信息，有选择地调度某个程序占用 CPU 运行，必须由操作系统完成，这也是为了实现程序对 CPU 的分时使用。

操作系统一般使用进程机制来实现程序的执行。进程是指进行当中的程序，也就是指程序针对于某一数据集合的执行过程。操作系统的进程调度程序决定 CPU 在各执行程序间的切换。操作系统为用户提供进程创建和结束等系统调用功能，使用户能够创建新进程、运行新的程序。操作系统在系统初始化后，会为每个可能的系统用户创建第一个用户进程，用户的其他进程则可以由先前生成的用户进程通过"创建进程"系统调用陆续创建，以完成用户的各种任务。

在支持交互使用计算机的系统中，用户的第一个进程往往运行命令解释器程序（或者图形用户界面中的程序管理器，如 Windows 操作系统的 explorer.exe），这个程序会从终端上获得用户输入的命令（或者由程序管理器得到用户单击图符的信息）再进行相应的处理，可能会调用操作系统的创建进程系统调用，创建新进程去运行实现命令功能的程序。例如，在 Linux 操作系统控制的终端上输入以下命令：

```
$ cp /home/ly/test.c /home/wq/hello.c
```

那么这一行字符串会由命令解释器程序获得，它会创建一个子进程，由子进程运行 cp 实用程序，由 cp 实用程序建立一个新文件/home/wq/hello.c，并把/home/ly/test.c 文件的内容读出来，写入 hello.c 中。

1.2　操作系统的发展历史

在计算机刚刚诞生的 20 世纪 40 年代，计算机系统仅由硬件和应用软件组成。在这一时期，整个计算机系统是由用户直接控制使用的，所以又称为手工操作阶段。当时的计算机不仅速度慢，存储容量小，而且外部设备简单，辅存主要借助磁带实现，如图 1-2 所示，整个计算机系统由单个用户独占使用。用户使用计算机的大致方法是：将程序和数据以穿孔方式记录在卡片或纸带上，把卡片或纸带装在输入设备上；然后在控制台上形成输入命令并启动设备，将卡片、纸带信息或磁带上的信息输入到指定的主存单元；接着在控制台上设置主存启动地址，并启动程序运行；

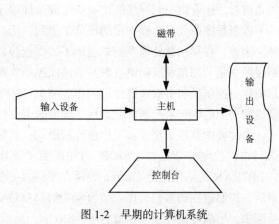

图 1-2　早期的计算机系统

最后在打印机等输出设备上取得程序运行的结果。

显然，在这种使用计算机的方式下，用户独占整机资源，使用机器语言编写程序，并且对计算机各部分的工作直接实施人工干预，或者通过用户自己编写的程序控制。在硬件各部分速度较低并且程序量较小的情况下，这种方式还能被人们所接受。但是，随着计算机速度的提高和Fortran、COBOL 这类高级程序设计语言的问世，这种方式势必使人无法忍受。例如，用户如果想运行一段用 Fortran 语言编写的程序，必须首先把存有 Fortran 编译程序的磁带安装在磁带机上，将 Fortran 编译程序和用户编写的 Fortran 源程序调入主存对 Fortran 源程序进行编译；然后再安装链接程序所在的磁带，对编译好的程序进行链接形成目标程序；最后启动目标程序运行。由此可见，由于一批包括语言编译器在内的系统软件的问世，使用户的上机过程变得更繁杂，并增加了程序运行前的准备时间。由于计算机速度的提高，上述人工干预势必造成更大的资源浪费。为了缩短运行前的准备时间，提高计算机资源的利用率，人们提出了简单的改进措施，引入了"系统操作员"的概念。各用户将自己的程序以及程序的运行步骤（控制意图）交给系统操作员，系统操作员将这种形式的一批用户作业按类进行划分，每次处理一类作业。例如，将需要进行 Fortran 编译程序的作业组织成一类一起编译，并由系统操作员控制计算机运行用户程序。当然，这种使用计算机的方法仍旧停留在手工操作阶段，人的操作速度与机器运行速度相比仍存在着极不匹配的矛盾。由于人的操作缓慢，使得计算机资源大部分时间闲置，因此急需用程序来代替手工操作。

1.2.1　监督程序（单道批处理系统）

20 世纪 50 年代，为了减少系统操作员工作所花的时间，提高资源利用率，人们开始利用计算机系统中的软件来代替系统操作员的部分工作，从而产生了最早的操作系统——早期批处理系统。

它的基本思想是：设计一个常驻主存的程序（监督程序 Monitor），操作员有选择地把若干用户作业合成一批，安装在输入设备上，并启动监督程序。然后由监督程序自动控制这批作业运行。监督程序首先把第一道作业调入主存，并启动该作业。一道作业运行结束后，再把下一道作业调入主存启动运行。待一批作业全部处理结束后，系统操作员则把作业运行的结果一起交给用户。按照这种方式处理作业，各作业间的转换以及各作业的运行完全由监督程序自动控制，从而减少了部分人工干预，有效地缩短了作业运行前的准备时间。

作业（Job）就是用户在一次上机活动中要求计算机系统所做的一系列工作的集合。从执行的角度看，作业由一组有序的作业步组成，如编译、运行分别称为不同的作业步。

监督程序取代系统操作员的部分工作后，用户也应以某种方式告知监督程序其作业的处理步骤。因此，在早期批处理系统中引出了"作业控制语言"和"作业控制说明书"的概念。作业控制说明书是利用作业控制语言编写的用以控制作业运行的一段描述程序。在组织一道作业时，通常将作业控制说明书放在被处理的作业前面（或插入适当位置），监督程序则通过解释执行作业控制说明书中的语句来控制作业运行。典型的卡片作业结构如图 1-3 所示。

卡片叠中某些卡片表示了作业控制语句，监督程序通过逐条解释执行该说明书中的作业控制语句自动控制作业运行。$JOB 语句说明了该作业的名字，预计最大执行时间等信息。解释$FORTRAN 的结果是把 Fortran 编译程序调入主存，并启动编译程序编译后面的源程序。编译结束后，控制返回到监督程序。监督程序解释$LOAD 的结果是通过链接程序把经过编译的程序链接起来，形成可执行程序。最后解释$RUN，从而启动可执行程序执行。

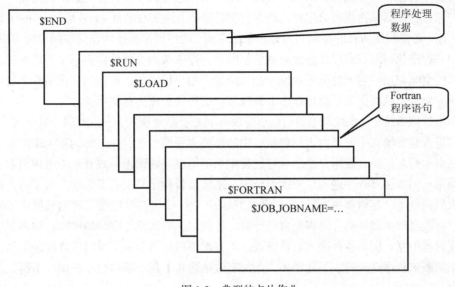

图 1-3　典型的卡片作业

监督程序内专设一个作业控制程序（Job-Controller）以控制作业的运行。批处理作业的控制意图被描述在作业说明书中。作业控制程序在控制某一道作业运行时，其实质性工作是解释执行作业说明书中的语句，实现对作业的控制。从逻辑上看，一个作业由三部分组成：源程序（或程序）、数据以及"加工"步骤。监督程序一旦接收到一道作业后，根据"加工"步骤所规定的动作逐步完成对作业的加工活动。

如果用户可以使用全部的机器指令，可以直接控制和使用系统资源（如主存、外部设备等），用户编程中的错误往往可能导致各种预想不到的后果。为了避免这类错误发生，人们将机器指令分为普通指令和特权指令，并且引入了"模式/态（Mode）"的概念。把有关输入/输出的指令、对特殊寄存器的访问等列为特权指令，并且规定只有监督程序才有权执行特权指令，用户程序则只能执行普通指令。将输入/输出指令列为特权指令后，用户便不能直接控制设备进行传输。如果用户希望进行输入/输出，则必须向监督程序提出请求；监督程序通过调用系统内部的程序段来完成用户的输入/输出请求。由此又引出了系统调用（System Call）或称广义指令的概念。

监督程序为用户提供了一系列分别完成各种不同功能的系统调用程序段。用户程序中可以用一条特殊的硬件转移指令请求一次特定的系统调用。当处理机执行到用户程序的系统调用指令时，硬件通过产生"自陷"并借助转换机制将处理机执行模式从当前的用户模式转变为监督模式，控制也随之转入监督程序。监督程序根据用户提供的调用参数进行相应的处理，完成设备输入/输出等功能。处理结束后，监督程序则根据自陷前所保存的现场将模式改变为用户模式，退回用户程序继续执行。

系统调用概念的引入大大提高了监督程序在整个系统中的地位，丰富了监督程序的功能。监督程序不仅要对作业的处理流程进行自动控制，而且还要负责为用户程序的运行提供各种功能的服务。系统调用的引入也为用户提供了使用计算机系统的新界面，可以使用户从直接使用物理处理机的繁杂束缚中解脱出来，呈现在用户面前的是一台功能强、使用方便的虚拟处理机。引入系统调用后，用户对系统内部各种资源的使用均由监督程序代为完成，因而也使得系统更加安全，可以避免用户在使用资源时可能出现的某些错误，也有利于提高资源利用率。

在手工操作阶段，存储器全部由用户支配使用。引入监督程序后，存储器不再由用户独占，常驻主存的监督程序必须占据部分主存。通常，监督程序占用主存的 $0 \sim k$ 单元，$k+1 \sim n$ 单元供用户程序占用。监督程序所在的存储空间称为**系统空间**，用户程序所在的存储空间称为**用户空间**。为了避免用户程序执行时有意或无意地对系统空间进行存取访问，硬件提供一个界地址寄存器，用以存放系统空间与用户空间的分界地址。当系统处于用户模式时，每访问一次主存，硬件自动进行地址越界检查，从而保证了监督程序不被破坏。这种保护称为存储保护。

在早期批处理系统中，系统动态运行时，一段时期处于监督模式，一段时期又处于用户模式。从用户模式进入监督模式主要是由于用户程序中的系统调用而引起的。比如，用户请求输入/输出或者请求结束运行。但是，若用户程序执行过程中永不出现系统调用，或者永不出现请求结束运行的系统调用（例如用户程序进入了"死循环"），系统监督程序便失去了作用。为了防止这种情况发生，人们设置了**"定时器中断"**。定时器（Timer）是一个硬件计数器，计时长度可以根据需要而调整。计数器根据硬件的计时周期自动计时。计数器满后便发生定时器中断。用户程序执行时若碰到定时器中断，则无条件进入监督模式。监督程序根据当前程序说明（或规定）的最大运行时间值来判断该程序是否进入了死循环，从而有效地防止了某个用户程序长期"垄断"系统处理机的现象。

引入上述概念后，早期批处理系统中的监督程序工作流程如下所述：

（1）判断输入设备上是否有待输入的作业，如果没有，则等待作业输入。

（2）从设备上输入一道作业。

（3）控制作业运行。

① 取出作业说明书中的一条语句，解释执行。如果是一条"作业终止"语句，则删除该作业，转第 1 步。

② 如果当前是一条"执行性语句"（如请求编译、请求运行用户程序等），则在主存中建立相应程序的运行环境，并分配 CPU 开始在用户态执行该程序。

③ 在用户态的程序执行过程中，如果发生中断事件（如 I/O 中断、系统调用、程序执行错误等），硬件将控制转入监督程序。中断事件处理结束后，返回用户态，用户程序继续执行。

④ 用户程序执行结束后，进入监督程序，控制转第 1 步，取出下一条作业说明书语句执行。

监督程序如同一个系统操作员，它负责批作业的输入/输出，并自动根据作业控制说明书以单道串行的方式控制作业运行，同时在程序运行过程中通过提供各种系统调用，控制使用计算机资源。虽然监督程序并不能被称为操作系统（它与操作系统的本质差别在于监督程序不具有并发控制机制），但它与操作系统有许多相似的特征。监督程序在系统中的地位和作用、追求实现的基本目标以及管理资源的基本方法与操作系统是类似的。真正的操作系统就是在此基础上进一步发展和完善的。

与手工操作阶段相比，监督程序的引入有效地减少了人工干预时间，减少了作业运行前的准备时间，相对提高了 CPU 的利用率。但是在计算机速度大幅度提高的形势下，用这种方法管理计算机远不能适应需要。首先，在一个 CPU 上运行的程序启动输入/输出操作时 CPU 被迫处于空闲状态或忙等待（busy_wait）状态，也就是说，CPU 启动输入/输出操作后再循环判断输入/输出是否完成，而没有做实质性工作，这将导致高速的 CPU 受到慢速设备的牵制，从而使 CPU 无法被充分利用。

利用脱机输入/输出改善系统性能

由于作业的输入/输出与作业的运行是串行的，所以受卡片机、光电机、打印机这类慢速输入

/输出设备的影响，CPU 的利用率难以提高。为了进一步提高系统的工作效率，必须解决低速输入、输出的问题。磁带机的传输速度比卡片机、光电机和打印机的速度快，若用磁带机来代替这类低速设备便可进一步缩小 CPU 与外设间速度上的差异。历史上人们曾采用脱机输入/输出技术实现作业输入/输出，如图 1-4 所示。

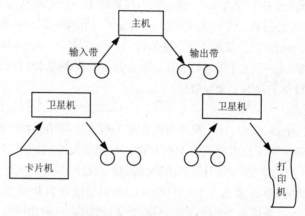

图 1-4　脱机输入/输出系统模型

　　在采用脱机输入/输出技术的系统中，主机的所有输入/输出操作都是通过磁带机进行的。用户的作业由另外的一台能力较弱、价格较低的卫星机负责从卡片机传输到磁带上（称为输入带），然后操作员将输入带安装到与主机相连的磁带机上。主机在处理输入带上的作业时，将产生的输出结果直接送到输出带上。操作员再将输出带安装到卫星机上，由卫星机负责将输出带上的信息从打印机上输出。由于磁带机比慢速输入/输出设备（如卡片机、打印机）的速度快，因而按照这种脱机方式控制作业的输入/输出，可以减少作业输入/输出所花费的时间，有效地提高 CPU 的利用率。如果将一台主机与多台卫星机有机地组合，使速度得到最好的匹配，则可以大幅度地提高系统的处理能力。在 20 世纪 50 年代末到 60 年代初，这种脱机处理方式被广泛地应用于批处理系统中。

　　无论如何，由于 CPU 与 I/O 设备是以串行方式工作的，也就是说，CPU 工作时 I/O 设备空闲或者 I/O 设备工作时 CPU 在忙等待，这就限制了设备的利用率；其次，从方便用户的角度，采用这种批量处理的控制方法后，用户不能以交互的方式使用计算机，从而限制了对计算机的灵活使用。随着对这些问题不断深入的研究和解决，逐步形成了第二代操作系统。

1.2.2　专用操作系统

　　20 世纪 60 年代初计算机硬件有了很大的发展。例如，主要元件由电子管变成了晶体管，出现了磁盘、通道、终端等部件。而这些硬件的发展为监督程序提出了新的研究课题，也为操作系统的形成提供了重要的物质基础。这个时期是操作系统形成的重要时期。随着计算机应用发展的巨大牵引，不仅批处理系统得到充分的发展，而且还出现了实时（real time）、分时（sharing time）等不同类型的系统。

1.　多道批处理系统

　　在早期批处理系统（也称单道批处理系统）中，CPU 与 I/O 设备以串行方式工作，故两者的利用率较低。为了提高资源利用率，人们开始使用输入/输出缓冲、SPOOLing 等技术，尤其是引入了"多道程序设计"（Multiprogramming）的思想，使单道批处理系统发展为多道批处理系统。

（1）利用输入/输出缓冲异步编程

在单道批处理系统中作业的处理过程是单道串行的，在监督程序的控制下，CPU 与外设按串行方式工作。为了改变这种串行工作方式，人们首先采用了缓冲（buffering）技术使两者在一定程度上并行操作。例如，在主存中建立两个长度相同的缓冲区：B0、B1。对于一批待输入的信息，首先将其中的一个记录从设备上读入 B0，读入完后接着将下一个记录从设备上读入 B1，与此同时，CPU 开始处理 B0 中的记录。待 CPU 处理工作与输入工作均结束后，则又将下一个记录读入 B0，CPU 同时处理 B1 中的记录。如此重复，直至将信息全部输入。这种利用双缓冲区实现的 I/O 操作在一定程度上实现了 CPU 与外设并行工作。这类并行的实现要求 I/O 设备有较强的功能，能不依赖于 CPU 实现外设与主存独立交换数据。

（2）SPOOLing 技术

通道技术的引入，使得 CPU 与外设并行操作成为可能。通道是指专门用来控制输入/输出的硬件装置，它可以实现外设与主存直接交换数据，在相当长的时间里不用"打扰"CPU，因此这时 CPU 可以去干别的事情。为了能够消除脱机输入/输出带来的人工干预的麻烦，又要保持脱机输入/输出系统中作业高速出入主存的特点，人们借助通道和磁盘成功地实现了著名的 SPOOLing 系统。通道也可看成是专门的 I/O 处理机。磁盘则是一种比磁带更快且能够随机存取的外部存储设备。

所谓 SPOOLing（Simultaneous Peripheral Operation On Line）的含义是：并发的外部设备联机操作。利用 SPOOLing 技术控制批处理系统中作业输入/输出（见图 1-5）的基本思想是：利用磁盘（或一组磁盘）设备作为主机的直接输入/输出设备，即系统直接从磁盘上选取作业运行，作业的运行结果也直接存入磁盘；相应的通道（在设备驱动程序控制下）则负责并行地将卡片机上的用户作业输入到磁盘或者将磁盘中作业的运行结果从打印机上输出。

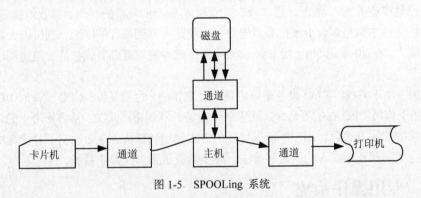

图 1-5　SPOOLing 系统

通道直接受主机控制，主机与通道之间借助中断机制相互通信。例如，只要卡片机上有用户作业，操作系统驱动程序便启动设备通道，通道被启动后便将作业信息输入到主机主存缓冲区，然后操作系统启动磁盘通道将缓冲区作业信息放入磁盘，在作业输入期间主机可以并行地从事其他工作；类似地，只要磁盘中存在等待输出的信息且打印机空闲，则操作系统通过启动通道将信息从打印机上输出。所以，SPOOLing 技术又被称为"伪脱机输入/输出"技术，被广泛地用于后来的批处理系统中。采用 SPOOLing 技术实现输入/输出的系统通常又简称为 SPOOLing 系统。SPOOLing 技术主要是通过加快作业的输入/输出提高系统性能。

（3）多道程序设计技术

如前所示，采用 SPOOLing 技术，利用主机和通道间的并行性，可以使作业的输入/输出与主机的运算并行，提高了系统的效率。当在主机上运行的某一道作业需要传输大量数据时，可以采用缓冲技术来获得一定程度上的并行。尽管如此，由于系统中作业之间仍以串行方式被处理，即主存任何时刻至多保持一道作业，处理完一道作业后再从外部选取另一道作业，所以无法进一步提高资源（如 CPU、主存等）的利用率。为了从根本上解决这一问题，人们提出了"多道程序设计"技术。

多道程序设计技术的基本思想是在主存同时保持多道程序（作业），主机（对于单 CPU 系统，本书中如果没有特殊说明假定都是单 CPU 系统）以交替的方式同时处理多道程序。所谓多道程序，从宏观上看是指主机内同时保持和处理若干道已开始运行但尚未结束的程序。采用这种多道程序设计技术的系统被称为多道程序设计系统。

由于任何一道作业的运行总是交替地串行使用 CPU、外设等资源，即使用一段时间的 CPU，然后使用一段时间的 I/O 设备，如图 1-6 所示，所以如果采用多道程序设计技术，加之对多道程序实施合理的运行调度，可以大大提高 CPU 与外设的利用率，使两者高度并行工作。图 1-7 表示了三道作业同时运行时 CPU 与外设的利用情况。当作业 A 因为请求 I/O 而放弃 CPU 时，操作系统为作业 A 启动相应通道（由通道独立地控制 I/O）后，便把 CPU 重新分配给作业 B，此时 CPU 与外设并行工作。类似地，当作业 B 也请求 I/O 时，CPU 则被重新分配给作业 C。依此类推，只要系统能保持足够道数的作业，再加上合理的调度，便可能使 CPU 与 I/O 设备获得高度的并行。采用多道程序设计技术无疑也可以大大提高主存及其他资源的利用率。

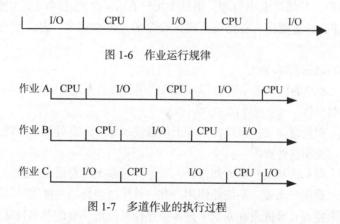

图 1-6　作业运行规律

图 1-7　多道作业的执行过程

引入多道程序设计技术无论是对于实现多道批处理系统还是实现交互式、分时乃至实时系统均提供了重要的技术手段。多道程序设计系统的出现标志着操作系统的形成。

操作系统的最基本特征是**并发**和**共享**，正是由于这两个特征使得操作系统变得极其复杂。并发有别于并行（parallel），并行是指多个硬部件真正同时执行，而并发特指多道程序在单处理机上轮流运行。多道程序对系统软硬件资源的共享使用会带来同步与互斥等问题，这将在后面讨论。

利用上述论及的各种技术，特别是多道程序设计技术，便将早期的单道批处理系统发展成了多道批处理系统。多道批处理系统的基本特征是：系统按照成批（或称批量）的形式输入用户作业，并采用 SPOOLing 技术和多道程序设计技术控制多道作业运行。

2. 分时系统

多道批处理系统的出现有效地提高了系统资源的利用率，但是丢失了手工操作阶段的交互性优点。也就是说，使用高级批处理系统的用户必须将其作业的控制意图完全地描述在作业控制说明书中，用户一旦把作业交给了系统，便不能再以"会话"方式控制作业运行，所以使用户在一定程度上感觉不便。首先，用户提交的作业往往需要几经反复才能获得所需结果（对于一个新程序尤其如此）；其次，程序运行过程中失去了人的主观能动作用，例如，按照手工操作方式算题，程序员可以观察程序的运行情况，一旦发现错误便可以随时设法改正，特别是对于一个给定的数学模型需要观察不同参数对其产生的影响时，尤其需要交互式环境。"方便用户"也是操作系统追求实现的重要目标之一，所以在这一阶段很快出现了以多道程序设计技术为基础的交互式系统，即"分时系统"。

由于控制台和电传打印机这类外设作为交互作用的人机接口设备极不方便，因此当时作为理想的人机接口设备的终端设备便应运而生。终端是集输入/输出能力于一体的设备，在此设备基础上系统为用户提供了由一组终端命令，构成终端命令语句，操作系统中增设了一个命令解释程序。用户可以在终端上通过命令与系统交互作用，从而产生了交互式系统。将交互式系统与多道程序设计系统相结合便形成了分时系统。

在分时系统中，一台计算机与多台终端相连接，用户通过各自的终端和终端命令以交互的方式使用计算机系统。系统使每个用户都能感觉到好像是自己在独占计算机系统，而在系统内部操作系统负责协调多个用户分享 CPU，这便是所谓"分时"的含义。在协调用户分享 CPU 时，操作系统通常采用"时间片轮转"原则分配 CPU（即 CPU 调度原则）给用户程序。系统规定一个被称为"时间片"的时间单位，所有终端用户轮流享用一个时间片的 CPU 时间。例如，若有 n 个用户，时间片大小为 Q，则每个用户在 $n \times Q$ 的时间内至少能使用 Q 个时间单位的 CPU。由于 CPU 的速度比人在终端上键入命令的速度快很多，因此用户似乎感觉 CPU 被自己所独占。

分时系统具有以下基本特点。

（1）**并行性** 系统能协调多个终端用户同时使用计算机系统（即系统内部具有并发机制），能控制多道程序同时运行。

（2）**共享性** 对资源而言，系统在宏观上使各终端用户共享计算机系统中的各种资源，而在微观上他们则分时使用这些资源。

（3）**交互性** 对系统和用户双方而言，人与计算机系统以对话方式进行工作。

（4）**独立性** 对用户而言，系统能使用户有一种唯独他自己在使用计算机的感觉。

显然，前两个特点（即并发和共享）是各类操作系统所共有的基本特征，而后两个特点是分时系统所独有的特点。

交互式作业是指在分时操作系统中用户通过终端和系统提供的终端命令指导上机的过程，用户的一次交互使用机器的过程被看成是交互式作业。交互式作业的提交形式与批处理作业不同。用户登录代表了用户交互作业的生成，用户动态地向系统提交作业步，每完成一个作业步的动作后，系统便给出相应的回答信息，用户继续提交下一个作业步，直至作业全部完成。用户和系统以交互的方式工作。分时系统上的交互式作业比批处理系统上的批处理作业在管理和控制方面要简单些。

分时系统的一个重要设计是分时地为所有终端用户服务，如在某终端用户输入命令时，处理机可能在处理其他终端用户已经输入的命令。为了保证交互的及时性，分时系统的用户动态提交作业步时，系统必须立即响应并处理每一个作业步的动作。对终端用户通过终端提交的作业步系统必须加以识别并立即解释执行。为此，系统设置命令解释程序，由命令解释程序解释终端所键入的命令。图 1-8 表示了分时系统的运行环境。

3. 实时系统

随着计算机的不断普及、发展，计算机的应用
领域日益扩大。20 世纪 60 年代后期，计算机已广
泛地应用于工业控制、军事控制以及商业事务处理
等领域。这类新出现的应用领域对计算机系统提出
了新的要求，人们希望系统对来自外部的信息能在
规定的时限内作出处理，我们称之为实时处理。实
时应用可分为两类。

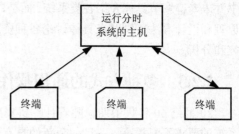

图 1-8　分时系统的运行环境

（1）实时控制

这类应用是把计算机用于诸如飞行器的飞行自动控制和工业控制等中。在飞行自动控制中，
计算机要对测量系统所测得的数据及时地处理，并及时地输出，以便对被控目标进行及时控制或
向控制人员显示结果。又例如，使用计算机控制炼钢时，计算机要对传感器定时送来的"炉温"
数据进行及时处理，然后控制相应的机构使得炉温按照一定的规律变化或恒定不变。实时控制系
统必须确保及时，又称强实时系统。现在诸多在各类控制系统中计算机上运行的嵌入式操作系统
都属于实时控制类实时系统。

（2）实时事务处理

第二类应用是把计算机用于飞机订票系统、银行管理系统等。在这种应用中计算机系统应能
对用户的服务请求及时作出回答，并能及时修改、处理系统中的数据。这类应用被称为"实时事
务处理"。

所谓"实时"，可以理解为立即、及时的意思，是指计算机的运算和处理时间与被控过程
或事务处理所需的真实时间相适应。我们把面向这类实时应用的计算机系统称为实时系统。
虽然实时系统大都具有专用性，而且其种类、规模以及对实时性的要求程度各不相同，但对
于大、中型实时系统来说绝大部分都以多道程序设计技术为基础，所以在资源管理、并发控
制等方面与其他类型的系统具有相同的基本特性。实时系统与其他类型系统的本质差别在于
实时系统的及时性，即实时系统应能及时地响应外部事件的请求并在严格规定的时间内完成
对该事件的处理，控制实时设备和实时任务协调一致地运行。高可靠性也是实时系统的主要
设计目标之一。为了提高实时系统的及时性和可靠性，对于其软、硬件都必须采用相应的措
施加以保证。

实时系统主要特征和功能如下：

● 时钟分辨率高。有更高的时钟中断频度，可实现更精确地计时，可以更加频繁地进入操作
系统任务调度程序运行，保证实时任务及时占用处理机，以此保证实时任务的快速响应。

● 支持可剥夺任务调度，保证当实时任务需要运行时能够中断正在处理机上运行的非实时
任务。

● 多级中断机制。保证与实时任务相关的事件中断为高级，如在计算机控制炼钢系统中，能
对传感器炉温数据采集设备对应的中断进行及时处理，允许它的中断可以打断其他诸如键盘中断
等低级中断的处理程序。

20 世纪 60 年代是操作系统不断成熟、蓬勃发展的重要时期，不仅先后出现了多道批处理
系统、分时系统和实时系统，而且操作系统的基本理论、原理、基本技术和设计方法也已日趋
成熟。从本节的介绍中读者不难看出，各种不同类型的系统均是基于多道程序设计系统，故本

书并未专辟章节具体介绍各类系统，而是以多道程序设计系统为核心介绍操作系统的基本理论、原理和设计方法，同时在具体讨论各种资源管理的策略和方法时，对其所适应的环境亦加以研究和分析。

1.2.3 多种方式的通用操作系统

20 世纪 60 年代中期，随着计算机集成电路和操作系统的飞速发展，用户对计算机和操作系统的要求不断提高，一旦一个新的具有更高性能的机器问世，用户便纷纷聚集在新机器的周围。新机种的不断出现，一方面满足了用户的需要，另一方面也给用户带来了某些不便，这是因为用户使用新机器势必舍弃在老机器上已通过的程序。而随着应用的广度与深度的不断扩展，原有软件已成为一笔巨大的财富。对此，IBM 公司首先推出了 IBM/360 系列机。所谓系列机就是同一系列的机器中新型号的机器能与老型号的机器兼容。这样用户既可以立即使用更高级的机器，又能在新机器上继续使用原有的程序，实现两全其美。为了满足用户的需要，计算机也被设计成容量大、功能全并且几乎提供用户需要的所有功能的通用计算机。与这种形势相适应，第三代操作系统被设计成多种方式操作系统，即一个操作系统既能处理批量作业，也能处理分时、实时等作业。这类系统的典型代表是 UNIX、VMS（DEC VAX 机器上的操作系统）操作系统。

多种方式的操作系统不仅给用户提供了很大的方便，并且对计算机资源的利用也更为合理。在单方式系统中，可供运行的作业类型受到限制，而多种方式的系统能处理任何类型的作业，可将各种类型的作业合理搭配，系统更容易达到饱和状态，从而更加有利于提高资源的利用率。

1.2.4 并行与分布式操作系统及发展

20 世纪 70 年代末至 80 年代初，计算机已十分普及，特别是个人计算机已走入千家万户。人们对计算机的使用要求更高了。这时人们不仅仅满足于在计算中心使用计算机，并且要求在办公室、家中也能方便地使用计算机和交换信息。这种局面促进了计算机网络的发展，网络中的计算机可以相互通信，共享软硬件资源，从而可以让用户通过多种多样的终端或工作站访问遍布各地的计算机所组成的网络。网络的出现给计算机的发展应用带来了动力，同时也给操作系统提出了新的问题。

为了能控制计算机网络，人们提出了"分布式操作系统"的理想境界。在为分布式操作系统理想奋斗的实践中，网络操作系统随之派生出来。1983 年诞生的 4.2BSD UNIX 包含了对 TCP/IP 通信协议的支持，是网络操作系统的代表。分布式操作系统与传统的操作系统有很多共同之处，但是它面临着传统操作系统所没有遇到过的网络中机间通信的问题。分布式操作系统在传统操作系统的基础上增加了许多机器定位、机间通信等方面的内容。

90 年代以来，随着共享主存的对称多处理机系统的广泛应用，"多机操作系统"也已经成熟，多机操作系统不同于单机操作系统，它应该支持多个处理机真正地并行运行多道程序。多机操作系统以支持并行多任务为其主要特征，充分发挥计算机中多处理机并行处理的优势，在科学计算及高端事务处理服务器领域占有重要地位。

1985 年，微软公司受苹果公司的 Macintosh 窗口式的人机界面影响，发布了基于 DOS 的 Windows 系统。微软公司的 Windows 系列操作系统以其特有的图形化人机界面，为计算机被普通用户所接受起到了决定性作用，这种操作系统以图形显示设备、鼠标、键盘等输入/输出外设为基础，配备有相应图形显示驱动程序及窗口管理模块，操作系统各种实用程序不再使用文本行的输入/输出接口界面，取而代之的是图形化的窗口界面，这种技术使计算机更加接近大众，更加快速地得到普及。

操作系统自形成以来，经过几十年的发展，就单机环境下的系统而言，其基本原理和设计方法已趋成熟。出现了许多得到广泛公认的流行系统，如 UNIX、Windows NT 等。20 世纪 80 年代后，随着通用微处理器芯片的高速发展，个人计算机和工作站系统得到了迅猛的发展，强烈冲击着传统小型机、中大型机的市场。相应地，微机及工作站上的操作系统获得了快速的发展和应用（如 MS-DOS、Windows、Solaris、IRIX 等）。从操作系统的发展历史看，推动其发展的动力主要来自计算机系统的不断完善和计算机应用的不断深入。

当前，操作系统还在不断发展过程中，发展情况如下。

（1）嵌入式操作系统：主要伴随着个人数字助理 PAD、掌上电脑、电视机顶盒、智能家电等设备的发展，对操作系统在功能和所占储存空间大小的权衡上提出了新的要求，对实时响应也有较高的要求。

（2）强实时操作系统：对操作系统的实时响应要求从来就没有停止过，要求计算机的最大响应时间也越来越短，任务调度时机、算法要求越来越高。特别是针对通用操作系统的实时性研究还在不断发展当中。

（3）并行操作系统的研究：随着高性能通用微处理器的发展，人们已经成功地提出了用它们构造"多处理机并行"的体系结构。如基于共享主存的对称多处理机系统（SMP）、用成百上千个微处理器实现基于分布式存储的大规模并行处理机系统（MPP）。这类被称为巨型机的并行系统有着良好的发展前景。建立在这类并行机上的操作系统与传统操作有着明显的区别，也就是提供各类并行机制，例如，并行文件系统、并行 I/O 控制、多处理机分配和调度、处理机间的通信和同步、用户任务的并行控制等。

（4）网络操作系统和分布式操作系统的研究：计算机网络系统和分布式系统已经深入人心。就目前情形而言，网络系统也还在不断完善当中，基于 Client/Server 模型的分布式系统也已不断走向应用，完全分布式的系统还未成形，仍将是研究的热点问题。另外，集群计算结构及网格结构的发展，新型网络存储的发展，对操作系统及其文件系统研究带来了新的挑战。

1.3　主要操作系统介绍

目前最常用的操作系统是 Windows 系列、UNIX 家族和 Linux。其中，UNIX 常用的变种有 SUN 公司的 Solaris、IBM 公司的 AIX、惠普公司的 HP UX 等。其他比较常用的操作系统还有 Mac OS、NetWare 等。

1.3.1　Windows 系列及 MS–DOS

微软公司于 1975 年成立，最初只有一个 BASIC 编译程序和比尔·盖茨、保罗·艾伦两个人。现在微软公司已成为世界上最大的软件公司，其产品涵盖操作系统、开发系统、数据库管理系统、办公自动化软件、网络应用软件等各个领域。Windows 系列操作系统是由微软公司从 1985 年起开发的一系列窗口操作系统产品，包括个人（家用）、商用和嵌入式 3 条产品线，如图 1-9 所示。

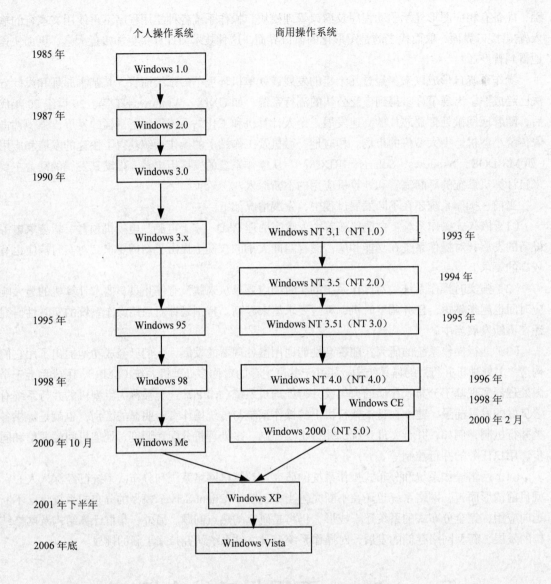

图 1-9　微软公司 Windows 操作系统产品线

由上可见，个人操作系统包括 Windows Me、Windows 98/95，以及更早期的 Windows 3.x/2.x/1.x 等，主要在 IBM 个人机系列上运行，现在随着个人计算机处理速度的提高及系统其他性能的提高，安装上述系统的人不多了，微软公司也停止了上述版本的发行。商用操作系统是 Windows 2000 和其前身版本 Windows NT，主要在服务器、工作站等上运行，也可以在 IBM 个人机系列上运行。嵌入式操作系统有用于掌上电脑的 Windows CE 和手机用操作系统 Smartphone 等。2001 年微软利用以 Windows NT 为基础的 Windows XP 将家用和商用两条产品线合二为一，2003 年推出了 Windows 2000 的升级版 Windows 2003。Windows Vista 是继 Windows XP 和 Windows Server 2003 之后的又一重要的操作系统。该系统具有许多新的特性和技术，于 2006 年底发布试运行。

微软公司从 1983 年开始研制 Windows 操作系统。当时，IBM PC 进入市场已有两年，微软公司开发的微型计算机操作系统 DOS 和编程语言 BASIC 随 IBM PC 捆绑销售，取得了很大的成功。Windows 操作系统最初的研制目标是在 DOS 的基础上提供一个多任务的图形用户界面。不过，第一个取得成功的图形用户界面系统并不是 Windows，而是 Windows 的模仿对象——苹果公司于 1984 年推出的 Mac OS（运行于苹果公司的 Macintosh 个人计算机上），Macintosh 机及其上的操作系统当时风靡美国多年，是 IBM PC 和 DOS 操作系统在当时市场上的主要竞争对手。当年，苹果公司曾对 PC 的 Windows 操作系统不屑一顾，并大力抨击微软公司抄袭 Mac OS 的外观和灵感。但苹果机和 Mac OS 是封闭式体系（硬件接口、系统源代码等不公开），而 IBM PC 和 MS-DOS 是开放式体系（硬件接口公开，允许并支持第三方厂家做兼容机，操作系统源代码公开等）。这个关键的区别使得 IBM PC 后来者居上，销量超过了苹果机，并使得在 IBM PC 上运行的 Windows 操作系统的普及率超过了 Mac OS，成为个人计算机市场占主导地位的操作系统。

1. MS-DOS

DOS 是微软公司与 IBM 公司开发的、广泛运行于 IBM PC 及其兼容机上的操作系统，全称是 MS-DOS。

20 世纪 80 年代初，IBM 公司开发 IBM PC。当其涉足微型计算机市场时，曾多方考察选择配合该机的操作系统。1980 年 11 月，IBM 和微软公司正式签约，日后的 IBM PC 均使用 DOS 作为标准的操作系统。由于 IBM PC 大获成功，微软公司也随之得到了飞速发展，MS-DOS 从此成为个人计算机操作系统的代名词，发展为个人计算机的标准平台。

IBM PC 机上所配备的操作系统（称 PC DOS）是 IBM DOS，是 IBM 向微软公司买下 MS-DOS 的版权，经过修改和扩充后而产生的。

MS-DOS 最早的版本是 1981 年 8 月推出的 1.0 版，1993 年 6 月微软公司推出了 6.0 版，微软公司推出的最后一个 MS-DOS 版本是 DOS 6.22，以后没有推出新的版本。MS-DOS 是一个单用户微型计算机操作系统，自 4.0 版开始具有多任务处理功能。

2. Windows 3.x、Windows 98/95 及 Windows Me 的发展历史

微软公司 Windows 操作系统的个人产品线由 20 世纪 80 年代的 DOS 平台演变而来，其中，影响较大和较突出的版本是 Windows 3.1 和 Windows 95。Windows 3.1 在 1992 年发布，该系统修改了 3.0 版的一些不足，并提供了更完善的多媒体功能，Windows 系统由此开始流行起来，确定了 Windows 操作系统在 PC 领域的垄断地位，而 Windows 95 则一上市就风靡世界。Windows 3.1 及以前的版本均为 16 位系统，因而还不能很好地适应硬件的变化，同时，它们必须与 DOS 共同管理系统硬件资源，依赖 DOS 管理文件系统，只能在 DOS 之上运行，并且它不是多道程序设计系统，因而它们还不能算是完整的操作系统。Windows 95 则是重写了操作系统内核，不再基于 DOS 系统，特别是增加了多任务，使得用户可以同时运行多个程序，成了真正的多道程序设计系统，并在提供强大功能（如网络和多媒体功能等）和简化用户操作（如桌面和资源管理等新特性）这两个方面都取得了突出的成绩。

2000 年 9 月，微软公司推出 Windows 95/98 的后续版本 Windows Me（Microsoft Windows Millennium Edition），较之 Windows 95/98 没有本质上的改进，只是扩展了一些功能，增加了一些驱动程序。Windows Me 的后续版本是把微软公司个人操作系统与商用操作系统合二为一（即把 Windows Me 和 Windows 2000 合二为一）的 Windows XP。这种产品线的合并同时意味着微软公司以后的个人和商用机器的 Windows 操作系统都基于 NT 内核。

3. 微软公司的多用户操作系统 Windows NT 系列

微软公司在 20 世纪 80 年代中后期的主流产品 Windows 和 DOS 都是个人计算机上的单用户

操作系统。1985 年，IBM 公司开始与微软公司合作开发商用多用户操作系统 OS/2，1987 年 OS/2 推出后，微软公司开始计划建立自己的商用多用户操作系统。1988 年 10 月，微软公司聘用 Dave Culter 作为 NT 的主设计师，开始组建开发新操作系统的队伍。1993 年 5 月 24 日，经过几百人 4 年多的工作，微软公司正式推出 Windows NT。在相继推出 Windows NT 1.0/2.0/3.0/4.0 后，2000 年 2 月，微软公司推出 Windows 2000（原来称为 Windows NT 5.0）。Windows 2000 的后一个版本 是 Windows XP。现在已经推出了 Windows 2003。

Windows NT 的开发目标是开发工作站和服务器上的 32 位操作系统，以充分利用 32 位微处理器等硬件的新特性，并使其很容易适应将来的硬件变化，同时，不影响已有应用程序的兼容性（使原有的工作量和修改量最小）。

Windows NT 设计初期采用 OS/2 的界面，后来因为 Windows 3.1 操作系统的成功又改为使用 Windows 系列的界面。Windows NT 系列可支持 Intel x86 和部分 RISC CPU。Windows NT 较好地实现了充分利用硬件新特性、可扩充性、可移植性、兼容性等设计目标， Windows NT 支持对称多处理机结构、内核多线程、多个可装卸文件系统（MS-DOS FAT、OS/2 HPFS、CDROM CDFS、NT 可恢复文件系统 NTFS 等），还支持多种常用 API（应用编程接口，如 WIN 32、OS/2、DOS、POSIX 等 API），提供源码级兼容或二进制兼容，内置网络和分布式计算、互操作性。Windows NT 的安全性达到美国政府 C2 级安全标准。

Windows NT 的后一个版本与 Windows Me 的后一个版本合二为一，称为 Windows XP。Windows XP 的设计理念是，把以往 Windows 系列软件家庭版的易用性和商用版的稳定性集于一身。

1.3.2　UNIX 大家族（SVR4、BSD、Solaris、AIX、HP UX）

UNIX 是一种多用户操作系统。它在 1969 年诞生于贝尔（电话）实验室，由于其最初的简洁、易于移植等特点而很快得到注意、发展和普及，成为从微型机跨越到巨型机范围的唯一操作系统。除了贝尔实验室的"正宗"UNIX 版本外，UNIX 还有大量的变种。例如，目前的主要变种 SUN Solaris、IBM AIX 和 HP UX 等，不同变种间的功能、接口、内部结构与函数基本一致而又各有不同。除变种外，还有一些系统，如 Mach 和 Linux，与变种的 UNIX 不同，变种是在正宗版本的基础上修改而来（包括界面与内部实现），而 Mach 和 Linux 只是系统调用接口相同，其内核则完全被重写。

最早的 UNIX 具有内核结构小巧精湛、接口简洁统一、功能丰富实用、由高级语言编写而成、可移植性好、源代码免费开放等优点，这些优点对 UNIX 的迅速成功起着重要作用。但后来这些优点并没有完全保持下来，由于变种不加控制的繁衍和功能的不断增添，其中的一些优点不再存在了。后来的 UNIX 内核不再小巧，而是变得越来越庞大、复杂和笨拙。源代码免费开放和简单的许可证传播形式促进了早期的普及，但也导致了后来的各变种间的不兼容。

此外，最初的 UNIX 具有内核结构可扩充性不强、缺乏图形界面、接口对初学者和普通用户不友好等缺点。现在这些缺点有的得到了改善，有的还存在。图形界面在后来得到了发展，如 X-Windows、Motif 等，内核结构问题至今仍存在。

UNIX 最初的许多概念、命令、实用程序和语言今天仍在沿用，显示了 UNIX 原始设计的简洁和实力。

UNIX 的发展主要经历了 5 个阶段，其发展历程如图 1-10 所示。

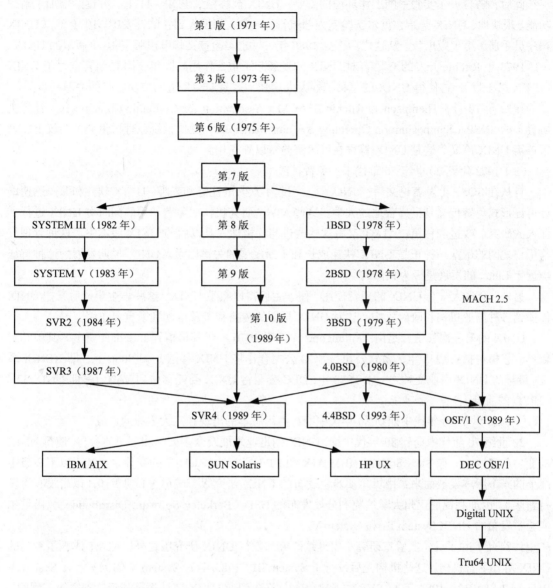

图 1-10　UNIX 发展简图

（1）UNIX 的产生

"UNIX"起源于"Multics"的开发失败。Multics(Multipexed Information and Computing Service）项目由贝尔（电话）实验室、通用电气公司和麻省理工大学联合开发，旨在建立一个能够同时支持数千用户的分时系统，该项目因为目标过于庞大而失败，于 1969 年撤除。

退出 Multics 项目后，贝尔实验室的雇员 Thompson 开始在公司的一台闲置的 PDP – 7（主存4KB）上开发一个"太空漫游"游戏程序。由于 PDP – 7 缺少程序开发环境，为了方便这个游戏程序的开发，Thompson 和公司的另一名雇员 Ritchie 一起用 GE – 645 汇编语言（以前用于 Multics 开发）开发 PDP – 7 上的操作环境。最初是一个简单的文件系统（后来演化为 S5 文件系统），很快又添加了一个进程子系统、一个命令解释器（后来发展为 Bourne Shell）和一些实用工具程序。这个系统被命名为 UNIX。

此后，随着贝尔实验室的工作环境的需要，UNIX 被移植到 PDP – 11 上，并逐渐增加了新的功能。很快地，UNIX 开始在贝尔实验室内部流行，许多人都投入到它的开发中。1971 年，《UNIX 程序员手册》第 1 版出版。从这之后直到 1989 年，贝尔实验室又相继出版了 10 个版本的 UNIX。

1973 年 Ritchie 开发的 C 语言对 UNIX 的发展起了重要作用。同年，用 C 语言重写了 UNIX（UNIX 第 4 版），这使得 UNIX 的可移植性大大增强，这是 UNIX 迈向成功之路的关键一步。

1973 年 10 月，Thompson 和 Ritchie 在 ACM（Association for Computing Machinery，计算机协会）的 SOSP（Symposium on Operating Systems Principles，操作系统原理讨论会）会议上发表了首篇 UNIX 论文，这是 UNIX 首次在贝尔实验室以外亮相。

（2）1973 年到 20 世纪 70 年代末：免费扩散

自从在 SOSP 上发表论文后，UNIX 马上引起了众人的注意和兴趣，UNIX 软件和源码迅速以许可证形式免费传播到世界各地的大学。这些大学、研究机构在免费使用的同时对 UNIX 进行了深入的研究、改进和移植。AT&T 又将这些改进与移植加入其以后的 UNIX 版本中。这种管理员与用户之间的敬业精神正是 UNIX 快速成长和不断发展的关键因素。UNIX 早期发展的这种特征与近年 Linux 的发展是极为相似的。

另外，众多大学对 UNIX 的免费使用，使学生们得以熟悉 UNIX，这些学生毕业后又把 UNIX 传播到各种商业机构和政府机构，这对 UNIX 早期的传播和普及也起到了重要作用。

UNIX 的第一次移植，是由 Wollongong 大学于 1976 年将其移植到 Interdata 机上。其他几次较早的移植包括：1978 年，微软公司与 SCO 公司合作将 UNIX 移植 Intel 8086 上，即 XENIX 系统（最早的 UNIX 商业变种之一）；1978 年，DEC 公司将 UNIX 委托移植到 VAX 上，即 UNIX/32V（3BSD 的前身）。

（3）20 世纪 70 年代中期到 80 年代中期：商用版本的出现和三大主线的形成

20 世纪 70 年代中期到 80 年代中期，UNIX 的迅速发展及众多大学和公司的参与，使得 UNIX 的变种迅速增多。像 SUN Solaris、IBM AIX 和 HP UX 等这些 UNIX 的变种主要基于以下 3 条主线上的某个版本发展而来：由贝尔实验室发布的 UNIX 研究版（或称 V1 到 V10，以后没有再发行新版）、由加利福尼亚州大学伯克利分校发布的 BSD（Berkeley Software Distribution）、由贝尔实验室发布的 UNIX System III 和 System V。

1984 年，除了贝尔实验室研究小组继续研究和发行 UNIX 研究版之外，AT&T 成立了专门的 UNIX 对外发行机构。这些机构先后发行了 System III（1982 年）、System V（1983 年）、System V Release 2（SVR2，1984 年）、SVR3（1987 年），许多商业 UNIX 变种都是基于这条主线实现的。

加利福尼亚州大学伯克利分校是最早（1973 年 12 月）领取许可证的 UNIX 用户之一，最初的 BSD 版本发行（1978 年春的 1BSD 和 1978 年末的 2BSD）仅包括应用程序和实用工具（如 VI、Pascal、C Shell 等），没有对操作系统核心本身进行修改和再发行。1979 年末的 3BSD 则在内核设计实现了页式虚存，是由加利福尼亚州大学伯克利分校发行的第一个操作系统核心。在 3BSD 中所做的虚存工作使该校得到美国国防部的资助，推出了 4BSD（1980 年 4.0BSD 到 1993 年的 4.4BSD），其中集成了 TCP/IP，引入了快速文件系统（Fast File System，简称 FFS）、套接字等大量先进技术。BSD 对 UNIX 的发展具有重要影响，有许多新技术是 BSD 率先引入的。Sun OS 就是基于 4BSD 的。伯克利分校对 UNIX 的开发工作一直由计算机科学研究小组（Computer Science Research Group，简称 CSRG）承担，1993 年发行 4.4BSD 时，CSRG 宣布因缺少资金等原因而停止 UNIX 开发，因此 4.4BSD 是伯克利分校发行的最后一个版本。

20 世纪 80 年代，UNIX 已在从微型机到巨型机等众多不同机型上运行。作为通用操作系统，当时 UNIX 的主要竞争对手是各计算机厂商的专有系统，如 IBM 的 OS 360/370 系列等。

（4）20 世纪 80 年代后期：两大阵营和标准化

20 世纪 80 年代后期，UNIX 已经出现了很多变种，导致了程序的不兼容性和不可移植（同一应用程序在不同 UNIX 变种上不能不经修改而直接运行）。因此，迫切需要对 UNIX 进行统一标准化。这就导致了竞争的两大阵营和中间标准机构的出现。

1987 年，在统一市场的浪潮中，AT&T 宣布了与 SUN 公司的一项合作，将 System V 和 Sun OS 统一为一个系统。其余厂商（IBM、Digital、HP、Apollo 等）十分关注这项开发，认为他们的市场处于威胁之下，于是联合开发新的开放系统。他们的新机构称为 Open Software Foundation（开放软件基金会，简称 OSF），于 1988 年成立。作为回应，AT&T 和 SUN 公司联盟亦于 1988 年形成了 UNIX International（UNIX 国际，简称 UI）。以 SVR4 为契机的这场"UNIX 战争"将系统厂商划分成 UI 和 USF 两大阵营，即围绕着两大主要 UNIX 系统技术的 AT&T 的 System V 和称为 OSF/1 的 OSF 系统。

1989 年，在 System V、BSD 和 XENIX 的基础上，AT&T 的 UNIX Software Operation（UNIX 软件工作室，简称 USO）设计实现了 SVR4。SVR4 是非常成功、广泛使用的一个版本（目前大部分 UNIX 商业变种都基于 SVR4）。SVR4 的开发对核心进行了大幅度重写，吸收了由 Sun OS 提供的许多特性，如虚拟文件系统（Virtual File System，简称 VFS）接口、一个完全不同的存储管理体系结构和 SUN Network File System（网络文件系统，简称 NFS）。除了从 Sun OS 吸收增强特性外，还从 BSD UNIX、System V、XENIX 吸收了诸多特性，并对 UI 定义的新特性进行了补充。

定义 SVR4 的过程在当时来说是非常开放的。最终用户、软件开发商、系统管理员、经销商等都被要求列出他们的系统软件问题，并就他们对下一代 UNIX 环境的希望提供反馈。最终的目标是，确定如何最好地增强 UNIX 的可用性和可伸缩性。基于这些意见和反馈，SVR4 从当时的 3 个主要 UNIX 平台（BSD/Sun OS、SVR3、XENIX）的每一个中汲取了最好的技术。

SVR4 通过把 UNIX 的 3 个主要分支（BSD/Sun OS、System V 和 XENIX）联合到一个公用环境中来统一零碎的 UNIX 市场。SVR4 使已安装 UNIX 系统的 80%得到了统一，使 UNIX 的主要基于 System V 和 XENIX 的变种和通常基于 BSD/Sun OS 的变种得到了统一。SVR4 规范了系统调用等接口，使用户的二进制程序在同处理机情况下跨操作系统版本移植成为可能。

与 UI 相对立的 OSF 则于 1989 年推出基于 Carnegie Mellon 大学 Mach 2.5 版的操作系统 OSF/1。

20 世纪 80 年代中期，由 Carnegie Mellon 大学开发的 Mach 支持 UNIX 系统调用编程接口，但却是一个全新的内核。OSF/1 和 NextStep 等商业系统都基于 Mach 2.5。Mach 2.5 的后续版本 Mach 3.0 与 2.5 版的内核结构完全不同，引入了所谓的微内核结构，不过因为微内核结构的系统开销太大，因此一直没有商业化。

除 UI 和 OSF 所做的统一和标准化努力外，还出现了若干 UNIX 标准接口（主要是编程接口），如 AT&T 的 System V 接口定义（System V Interface Definition，简称 SVID）、IEEE POSIX 规范（如 1990 年的 POSIX 1003.1）、X/Open 可移植性指南（X-open Portability Guideline，简称 XPGA，如 1993 年的 XPG4）等。

任一标准都只涉及大多数 UNIX 系统所具有的功能的一个子集。理论上说，如果程序员只使用该子集的函数，其应用程序就可以移植到任何遵从同一标准的系统上。但这也意味着程序员不能利用硬件或操作系统特性对应用程序进行优化，也不可能利用某些 UNIX 厂商提供的特殊功能。标准化保障了可移植性，却给性能优化制造了障碍。与这个矛盾相关的是，在标准化的过程中，各厂商总想加入一些特性来标榜自己的产品特色和优势，这也使得标准化没有完全成功。

（5）20 世纪 90 年代：共同面对 Windows NT 的竞争、两大阵营的淡化

20 世纪 90 年代初期，美国经济萧条，再加上微软公司的 Windows 系统蓬勃发展，这一切都威胁着 UNIX 的发展乃至生存。共同面对的外来竞争使两大阵营（UI 与 OSF）的争斗很快淡化下来。

1993 年 UI 停止商业运作。出于各种原因，SVR4 从 1989 年至今几经易主，先后曾属于 AT&T UNIX Software Operation（1989 年）、UNIX 系统实验室（UNIX System Laboratories，简称 USL，1991 年）、Novell 公司（1991 年部分股权，1993 年所有股权）、X/OPEN（1993 年底，仅拥有商标和授权书）和 SCO 公司（1995 年底）。

Digital 公司 1993 年发行的 DEC OSF/1 是唯一一个基于 OSF/1 标准的商业操作系统。此后，Digital 公司从该操作系统中删减了许多与 OSF/1 相关的部分，1995 年则将其改名为 Digital UNIX。1998 年，DEC 公司被 Compaq 公司并购后又改名为 Tru64 UNIX。

1.3.3　自由软件 Linux 和 FreeBSD 等

1984 年，自由软件的积极倡导者 Richard Stallman 组织开发了一个所谓自由软件的软件体系——GNU，并拟定了一份通用公用版权协议（General Public License，简称 GPL）。所谓自由软件是由开发者提供软件全部源代码，任何用户都有权使用、复制、扩散、修改该软件，同时用户也有义务将自己修改的程序代码公开。自由软件可免费提供给任何用户使用，即便是用于商业目的，并且自由软件的所有源程序代码也是公开、可免费得到的。它的源代码不仅公开而且可自由修改，无论修改的目的是使自由软件更加完善，还是在对自由软件进行修改的基础上开发上层软件。

自由软件的出现给人们带来很大的好处。首先，可给用户节省相当的一笔费用。其次，公开源码可吸引尽可能多的开发者参与软件的查错与改进。在开发协调人的控制下，自由软件新版本的公布、反馈、更新等过程是完全开放的。

目前人们已经很熟悉的一些软件（如因特网域名服务器程序 BIND、Perl 编程语言环境、Web 服务器程序 Apache、TCP/IP 网络软件等）实际上都是自由软件的经典之作。还有如 C++编译器、Fortran 77、SLIP/PPP、IP Accounting、防火墙、Java 内核支持、BSD 邮件发送、Arena 和 Lynx Web 浏览器、Samba（用于在不同操作系统间共享文件和打印机）、Applixware 的办公套装、StarOffice 套件、Corel WordPerfect 等都是著名的自由软件。

1993 年，Linux 的创始人 Linus 把 Linux 奉献给了 GNU，从而使用户能够使用从底层到应用的全套自由软件。

1.　Linux

Linux 是一个多用户操作系统，是 Linus Torvalds 主持开发的遵循 POSIX 标准的操作系统，它提供了 UNIX 的编程界面，但内核实现则完全重写，它是一个自由软件，是免费的、源代码开放的，这是它与 UNIX 及其变种的不同之处。UNIX 虽然有过免费发送给学校和科研机构的时代，但是随着其所有者 AT&T 可以经营计算机产品，其所有者开始收取转让费和使用费。由于内核可以转让，所以其变种也非常多，影响了对用户程序的兼容性。

Linus Torvalds 在 2001 年初的 Linux World 大会前夕推出了 Linux 2.4 内核，Linux 的版本号有内核（Kernel）与发行套件（Distribution）两套版本号，内核版本指的是在 Linus 领导下的开发小组开发出的系统内核的版本号，最近版本即 2.6（一般说来以序号的第 2 位为偶数的版本表明这是

一个可以使用的稳定版本，如 2.0.35；而序号的第 2 位为奇数的版本一般有一些新的东西加入，是不一定很稳定的测试版本，如 2.1.88）。一些组织机构或厂家将 Linux 系统内核同应用软件和文档包装起来，并提供一些安装界面、系统设定与管理工具，这样就构成了一个发行套件，如最常见的 Slackware、Red Hat、Debian、红旗 Linux 等。实际上，发行套件就是 Linux 的一个大软件包而已。相对于内核版本，发行套件的版本号随发布者的不同而不同，与系统内核的版本号是相对独立的，如 Slackware 3.5、Red Hat 9、Debian 1.3.1 等。

（1）Linux 的产生与发展

Linux 最初是由芬兰赫尔辛基大学计算机系学生 Linus Torvalds，在从 1990 年底到 1991 年的几个月中，为了自己的操作系统课程学习和后来上网使用而陆续编写的，在他自己买的 Intel 386 PC 上，利用 Tanenbaum 教授自行设计的微型操作系统 Minix 作为开发平台。据 Linus 说，刚开始的时候他根本没有想到要编写一个操作系统内核，更没想到这一举动会在计算机界产生如此重大的影响。最开始是一个进程切换器，然后是为自己上网需要而自行编写的终端仿真程序，再后来是为他从网上下载文件自行编写的硬盘驱动程序和文件系统。在这时候，他发现自己已经实现了一个几乎完整的操作系统内核，出于对这个内核的信心和发展愿望，Linus 希望这个内核能够免费扩散使用，但由于谨慎，他并没有在 Minix 新闻组中公布它，而只是于 1991 年底在赫尔辛基技术大学的一台 FTP 服务器上发了一则消息，说用户可以下载 Linux 的公开版本（基于 Intel 386 体系结构）和源代码。从此以后，Linux 得到了所有 Linux 爱好者的协力开发。

Linux 的兴起可以说是 Internet 创造的一个奇迹。由于它是在 Internet 上发布的，网上的任何人任何地方都可以得到 Linux 的基本文件，并可通过电子邮件发表评论或者提供修正代码。在这些 Linux 的热心者中，有将之作为学习和研究对象的大专院校的学生和科研机构的研究人员，也有网络黑客等，他们所提供的所有初期的上载代码和评论后来证明对 Linux 的发展至关重要。正是由于众多热心者的努力，使 Linux 在不到 3 年的时间里成为了一个功能完善、稳定可靠的操作系统。

1993 年，Linux 的第一个产品 Linux 1.0 版问世的时候，是按完全自由版权进行扩散的。它要求所有的源代码必须公开，而且任何人均不得从 Linux 交易中获利。然而半年以后，Linus 开始意识到这种纯粹的自由软件理想对于 Linux 的扩散和发展来说实际上是一种障碍，而不是一股推动力，因为它限制了 Linux 以磁盘复制或者 CD-ROM 等媒体形式进行扩散的可能，也限制了一些商业公司参与 Linux 进一步开发并提供技术支持的愿望。于是 Linux 决定转向 GPL 版权，这一版权除了规定有自由软件的各项许可权之外，还允许用户出售自己的程序复制品。这一版权的转变后来证明对 Linux 的进一步发展确实极为重要。从此以后，便有多家技术力量雄厚又善于市场运作的商业软件公司加入了原先完全由业余爱好者和网络黑客所参与的这场自由软件运动，开发出了多种 Linux 的发布版本，增加了更易于用户使用的图形界面和众多的软件开发工具，极大地拓展了 Linux 的全球用户基础。Linux 本人也坦言："使 Linux 成为 GPL 的一员是我一生中所做过的最漂亮的一件事"。一些软件公司，如 Red Hat 等也不失时机地推出了自己的以 Linux 为核心的操作系统版本，这大大推动了 Linux 的商品化。在一些大的计算机公司的支持下，Linux 还被移植到以 Alpha 、PowerPC、MIPS 及 SPARC 等为处理机的系统上。

随着 Linux 用户基础的不断扩大、性能的不断提高、功能的不断增加、各种平台版本的不断涌现，以及越来越多商业软件公司的加盟，Linux 不断地向高端发展，开始进入越来越多的公司和企业计算领域。Linux 被许多公司和 Internet 服务提供商用于 Internet 网页服务器或电子邮件服务器，并已开始在很多企业计算领域中大显身手。1998 年下半年，由于 Linux 本身的优越性，使得它成为传媒关注的焦点，进而出现了当时的"Linux 热"：首先是各大数据库厂商（Oracle、Informix、Sybase 等），继而是其他各大软硬件厂商（IBM、Intel、Netscape、Corel、Adaptec、SUN 公司等），纷纷宣布支持甚至投资 Linux（支持是指该厂商自己的软硬件产品支持 Linux，即可以在 Linux 下运行，最典型的是推出 xxx for Linux 版或推出预装 Linux 的机器等）。即使像 SUN 和 HP 这样的公司，尽管它们的操作系统产品与 Linux 会产生利益冲突，也大力支持 Linux，从而达到促进其硬件产品销售的目的。

（2）Linux 的特点

Linux 能得到如此大的发展，受到各方如此的青睐，是由它的下述特点决定的。

● 免费，源代码开放。Linux 是免费的，获得 Linux 非常方便， Linux 开放源代码，使得使用者能控制源代码，安全并易于扩展。因为内核有专人管理，内核版本无变种，所以对用户的应用兼容性有保证。

● 有出色的稳定性和速度性能。

● 内核模块化好。用户可以按照 Linux 的用途选择内核模块，达到精简内核、节省主存的目的。

● 功能完善。Linux 包含了人们期望操作系统拥有的特性，不仅仅是 UNIX 的，而且也吸取了其他操作系统的功能，包括多任务、多用户、页式虚存、库的动态链接、文件系统缓冲区大小的动态调整、支持非常多的文件系统。

● 网络极具优势。因为 Linux 的开发者们是通过 Internet 进行开发的，所以网络的支持功能在开发早期就已加入。而且，Linux 对网络的支持比大部分操作系统更出色。它能够与 Internet 或其他任何使用 TCP/IP 或 IPX 协议的网络，经由以太网、ATM、调制解调器、HAM/Packet 无线电（X.25 协议）、ISDN 或令牌环网相连接。Linux 也是作为 Internet/WWW 服务器系统的理想选择。在相同的硬件条件下（即使是多处理器），通常比 Windows NT、Novell 和大多数 UNIX 系统的性能要卓越。Linux 拥有世界上最快的 TCP/IP 驱动程序。Linux 支持几乎所有通用的网络协议，包括 E-mail、UseNet News、Gopher、Telnet、Web、FTP、Talk、POP、NTP、IRC、NFS、DNS、NIS、SNMP、Kerberos、WAIS 等。

● 硬件支持广泛，硬件需求低。刚开始的时候，Linux 主要是为低端 UNIX 用户而设计的，在只有 4MB 主存的 Intel 386 处理器上就能运行得很好。同时，Linux 并不仅仅只运行在 Intel x86 处理器上，它也能运行在 Alpha、SPARC、PowerPC、MIPS 等 RISC 处理器上。

● 用户程序众多（而且大部分是免费软件），程序兼容性好。由于 Linux 支持 POSIX 标准，因此大多数 UNIX 用户程序也可以在 Linux 下运行。另外，为了使 UNIX System V 和 BSD 上的程序能直接在 Linux 上运行，Linux 还增加了部分 System V 和 BSD 的系统接口，使 Linux 成为一个完善的 UNIX 程序开发系统。Linux 也符合 X/Open 标准，具有完全的 X-Windows 实现。现有的大部分基于 X-Windows 的程序不需要任何修改就能在 Linux 上运行。Linux 的 DOS "仿真器" DOSEMU 可以运行大多数 MS-DOS 应用程序。Windows 程序也能在 Linux 的 Windows "仿真器"的帮助下，在 X-Windows 支持下运行。

（3）Linux 的运营方式

Linux 是目前三大主流操作系统之一。Linux 如此大受青睐，客观上是 Linux 在成本、性能和可靠性等方面的优势，相对于微软公司的 Windows NT 在性能和稳定性等方面的问题，更使 Linux 成为大受欢迎的替代品，主观上是反对微软的垄断和对免费软件的好感。

Linux 一开始主要在一些软件高手间流行, 很快地 Internet 上吸引了大批的技术专家投入 Linux

的开发工作。它的开发者虽然大多是在利用业余时间进行开发，但其水平绝不是业余的。从开发模式上看，Linux 采取分布式的开发模式（参加开发的人分布在世界各地，通过网络参加开发）。Linux 及其应用程序的开发大多以项目（Project）为组织形式，项目的参与者都有具体的分工：开发经验丰富、有管理经验的参与者通常担当协调人，负责分派工作和协调工作进度；其他参与者有的从事程序编写，有的负责程序测试。

Linux 内核虽然是源代码公开，但对内核版本的确定是由专门的小组进行的。各项目小组开发出来的内核程序经由专门的小组认可后再加入到内核的发行版本中，从而确保了内核版本的一致性。

由于 Linux 独特的分布式开发模式，项目管理工作使用了专门的软件。错误跟踪系统（Bug Tracking）可以替开发者处理来自电子邮件（E-mail）或其他网上资源的错误（Bug）报告，还能定义项目开发者的角色和职责，如编程人员、软件集成人员和测试人员。工作流程管理（Workflow Management）系统除了能够分配开发者的职权外，还能进行文档管理、版本控制管理以及工作成本评估。项目管理（Project Management）系统能够跟踪相关的工作，提供调度、储备和优化资源的机制。由此可以看出，Linux 开发的有序性和有效性保证了它的高度可靠性。项目小组开发出的程序经过一段时间的测试之后，就会在 Internet 上发布测试版和源代码，由更广泛的用户继续测试，直到程序相对稳定才会发布程序的正式版本。正式版本的使用者如果发现错误，可以通过 Internet 报告，问题一般都能得到迅速解决。由于源代码公开，用户也可以自己动手解决问题。因此，Linux 软件往往比商业软件错误更少，而且修改错误更为及时。

Linux 通过 Internet 在全球范围内网罗了一大批职业的和业余的技术专家，在 Internet 上形成了一个数量庞大而且非常主动热心的支持者群体。它们能够通过网络很快地响应用户所遇到的问题。例如，当 Pentium II 设计上的错误刚被发现，Linux 是第一个最早提供了解决方案的操作系统。

早期 Linux 的技术支持主要依靠网上的免费支持。虽然这种免费技术支持通常是快速响应的，但终归无法向用户提供百分之百的保证和承诺。近年来，越来越多的商业公司开始提供对 Linux 的收费技术支持。这种收费技术支持更为正规、可靠、有保证，从而进一步给大多数 Linux 的普通用户增强使用信心，进一步改善了 Linux 的形象。例如，Red Hat 可提供每天 24 小时、每周 7 天（简称 24×7）的电话支持，这些正规的技术支持服务对于将 Linux 更快地推向企业计算领域无疑是大有帮助的。商业公司的加盟还增加了 Linux 的应用程序，如 Oracle、Informix、Sybase 推出的以 Linux 为平台的数据库系统。商业软件公司推出的 Linux 应用程序弥补了 Linux 缺乏大型应用软件的不足，并能为 Linux 用户提供可靠的服务。

2. 其他免费操作系统（FreeBSD、Minix 等）

（1）FreeBSD

FreeBSD 是美国加利福尼亚州大学伯克利分校开发的免费支持 POSIX 标准的操作系统，它基于 4.4BSD，改写了原来有版权保护的来源于 UNIX 的代码，运行于 Intel x86 平台，因为其高效和完美而被发烧友们誉为"学院公主"。FreeBSD 的用户群包括公司、网络服务提供商、研究人员、计算机专家、学生以及家庭用户，目前主要用于教育和娱乐领域。

（2）Minix

Minix 是一个运行于 Intel x86 平台的微内核结构的教学用多用户操作系统，其特点是免费，源代码公开。它的接口界面与 UNIX 相同，但内部结构与代码完全不同，从内核、编译器到实用工具和库文件均不含有任何 AT&T UNIX 代码。Minix 由荷兰阿姆斯特丹 Vrije 大学的知名操作系统专家 Andrew S.Tanenbaum 主持设计与实现。

虽然 Minix 的源程序代码完全公开，但它是有版权的，它不属于公有的，也不同于 GNU 公共许可证下的软件。其版权所有者（Prentice Hall）允许任何人下载 Minix 用于教学或研究领域，但若要把 Minix 用于商业系统或其他产品中，需经 Prentice Hall 许可。

Minix 并不是实用的操作系统。因为为其设计的应用软件大多数用于教学和实验，而由于它简单的设计思想和极小的系统内核，Minix 在教学中得到广泛应用，它特别适合 UNIX 初学者了解同类操作系统的工作机理。

习　题

一、选择题

1. 多道程序设计是为了（　　　）。
   （A）提高系统各硬件部件处理速度　　（B）为了系统各硬件部件并行运行
   （C）节省内存　　　　　　　　　　　（D）节省外存
2. 使用多进程编程的主要目的是（　　　）。
   （A）节省内存空间　　　　　　　　　（B）尽可能使处理机与外设同时工作
   （C）编程简单　　　　　　　　　　　（D）支持多个用户同时上机
3. 早期的 SPOOLing 技术的硬件基础不包括（　　　）。
   （A）中断技术　　　（B）通道　　　　（C）磁盘　　　　（D）磁带
4. 下面哪个技术对提高操作系统实时性无效？（　　）
   （A）中断分级　　　　　　　　　　　（B）中断屏蔽
   （C）加快时钟中断频率　　　　　　　（D）优先级调度

二、问答题

1. 使用操作系统的目的是什么？
2. 从操作系统角度看系统资源的使用者是哪些程序？
3. 操作系统提供什么部件可以从编程及使用角度支持用户方便地使用计算机的？
4. 早期监督程序（Monitor）的功能是什么？
5. 什么是作业控制语言？什么是作业说明书？
6. 试述监督程序的工作过程。
7. 试述多道程序设计技术的基本思想。为什么采用多道程序设计技术可以提高资源利用率？
8. 什么是分时系统？其主要特征是什么？适用于哪些应用？
9. 什么是实时系统？它的主要特点是什么？它适用于哪些应用？
10. 引入 SPOOLing 技术可以在哪些方面提高系统效率？
11. 什么样的资源使用方式资源利用率高？举例说明。
12. 举一个现实生活当中的并发与共享的例子。

第2章
操作系统运行机制

操作系统程序在整个系统中所处的层次是中间层，向下管理和控制硬件资源，向上为用户态运行的软件及用户自编程序提供使用方便、功能强大的服务。操作系统的主要功能就是管理CPU、主存、外设及文件并提供支持程序并发运行机制，关于操作系统的这些管理和支持功能，将在后续各章中分别介绍。本章将先讨论操作系统核心态下运行的程序集合是如何组成的，且如何驱动其动态执行的，然后讨论用户态与操作系统的系统编程接口及用户所看到的操作系统使用界面。

2.1　中断和陷入

操作系统提供的主要功能通常都是由操作系统内核程序实现的，CPU在运行上层程序时唯一能进入内核程序运行的途径就是通过中断或陷入。当中断或陷入发生时运行上层程序的CPU会马上进入操作系统内核程序运行。

中断和陷入是操作系统中的重要概念。中断的引入是为了开发CPU和通道（或设备）之间的并行操作，当CPU启动通道（或设备）进行输入/输出后，通道（或设备）就可以独立工作了，CPU也可以转去做与此次输入/输出不相关的事情，那么通道（或设备）输入/输出完成后，还必须通知CPU，让CPU继续处理输入/输出以后的事情，通道（或设备）如何通知CPU，必须通过中断机制实现。

中断现象在人们的日常生活中屡见不鲜。例如，某人正在讲话，他人因为某种紧急事项要讲话人去处理，故对其说："请中断一下，有急事找您。"于是讲话人暂停发言，待处理完急事后又继续他的讲话。这种"暂停发言"就是一种中断现象。

陷入表示CPU执行了一条实现系统调用的所谓"陷入（trap）"指令，或执行指令时本身出现算术溢出、零做除数、取数时发生奇偶错、访存指令越界等异常情况，这时也可以中断当前的执行流程，转到相应的陷入处理程序或异常处理程序。陷入指令（也称自陷指令或访管指令）的出现，是为了实现用户态下运行的程序调用操作系统内核程序。用户自编程序或系统实用程序等在CPU上执行时，如欲请求操作系统为其服务，可以安排执行一条陷入指令。可以说陷入只是一种特殊的程序调用，特殊在于处理机状态从"用户态"变成了"核心态"。

最初，中断和陷入并没有区分开，把它们统称为中断。随着它们的发生原因和处理方式的差别愈发明显，我们有意识地区分中断和陷入，因此必须注意中断这个词，在不同的历史阶段包含了不同的内涵。

2.1.1　中断和陷入的区别

下面我们来看看一个计算机系统会有些什么样的中断和陷入。我们通过对中断和陷入进行如下的分类，主要是了解进入操作系统内核运行的可能情形及不同类的中断和陷入在处理方式上的差别。

目前计算机系统流行的分类方法是，根据中断信号的来源把历史上混为一体的中断分为两类。

1．中断

中断（Interruption）也称外中断。它指来自 CPU 执行指令以外的事件的发生，如设备发出的各种 I/O 结束中断，表示设备输入/输出处理已完成，希望处理机能够向设备发出下一个输入/输出请求，同时让完成输入/输出后的程序继续运行。时钟中断表示一个固定的时间间隔已到，让处理机处理计时、启动定时运行的任务等。这一类中断通常与当前处理机运行的程序（进程）无关。每个不同的中断具有不同的中断优先级，表示事件的紧急程度。在处理高级中断时，低级中断可以被临时屏蔽。

2．陷入

陷入也称为内中断、例外或异常（Exception）。它指源自 CPU 执行指令内部的事件（比如专门的陷入指令，或程序的非法操作码、地址越界、算术溢出、虚存系统的缺页等）所引起的。对陷入的处理一般要依赖于当前程序（进程）的运行现场，而且陷入不能被屏蔽，一旦出现陷入，应立即处理。

下面罗列的是更详细的打断处理机当前指令正常执行顺序的各种中断和陷入事件：

- I/O 中断。这是用以反映通道或外部设备工作状态（如打印机输出结束中断、磁盘传输错误）的中断。
- 其他外中断。这是指来自计算机外部某些装置的中断（如计时部件发生的时钟中断，多机系统中它机的信号等），用以反映外界的某些事件的发生。
- 机器故障。它是机器发生错误（如机器校验错误、电源故障、主存读数错误等）时产生的异常，用以反映硬件故障，以便进入诊断程序。
- 程序性异常。这是由于程序中错误使用指令或错误访问数据所引起的，用以反映程序执行过程中发现的异常情况，如非法操作码、无效地址、算术溢出等。大家自编的程序运行时经常发生的段错误就是一种地址越界产生的程序性异常。
- 陷入指令。由于程序执行了访管指令（系统调用）而产生。表示用户程序欲请求操作系统为其完成某项工作（如创建进程、读、写文件等）。

2.1.2　中断的分级与屏蔽

在计算机系统中，不同的中断源可能在同一时刻发出中断信号，也可能前一中断还未处理完，紧接着又发生了新的中断。为了区分和不丢失每个中断信号，通常用一些固定的触发器来寄存它们，并规定其值为 1 时表示有中断信号，其值为 0 时表示无中断信号。这些寄存中断的全部触发器称为"中断寄存器"。其中每个触发器称为一个"中断位"。为了控制方便，一般对中断寄存器的各位进行顺序编号（如从左至右的顺序编号），并称之为"中断序号"。

因为外部中断信号是由不同外部设备产生的，可能在同一时刻由不同外部设备向 CPU 发出多个中断信号，所以存在谁先被响应和谁先被处理的优先次序问题。为使系统能及时地响应和处理所发生的紧急中断，计算机发展早期在设计中断系统硬件时根据各种中断的轻重缓急在线路上作出安排，从而使 CPU 对中断响应能有一个优先次序。在设计硬件时，对各类中断规定了高低不同的响应级别，把紧急程度大致相当的中断源归并在同一级，而把紧急程度差别较大的中断源放在不同的级别，级别高的享有绝对优先响应的权利，即级别不同的两个以上中断信号同时出现时，首先响应级别高的中断，而且级别高的中断可以打断级别低的中断的处理过程，反过来说，在处理级别低的中断时，如果又有级别高的中断到来，可以暂停级别低中断的处理而转去处理级别高的中断。通常，把中断享有的高、低不同的响应权利称为中断优先权或中断优先级。

对于一个实际系统来说，规定多少中断级及每个中断应划在哪一级，都要由软、硬件设计者视系统的设计而定。一般来说，高速设备的中断优先级高，慢速设备的中断优先级低，因为高速设备的中断被处理机优先响应可以让处理机尽快地向高速设备发出下一个 I/O 请求，提高高速设备的利用率。但也不都是这样，如在实时系统中某些实时处理所涉及的外设也许数据传输速度并不快，但就应该有更高的中断优先级。例如，某小型机上的操作系统把中断级别分为 3 种：

（1）时钟中断：中断优先级=6 级

（2）磁盘中断：中断优先级=5 级

（3）终端等其他外设中断：中断优先级=4 级

对在同一中断优先级内的若干中断源，按照该中断寄存器中从左至右的顺序来决定处理的先后次序。在多级中断系统中，CPU 处理中断的轨迹复杂一些。当多级中断同时产生时，CPU 按照由高至低的顺序响应，如图 2-1 所示。当正在处理低级中断时，若出现了高级中断，则高级中断的处理立即打断低级中断的处理，如图 2-2 所示。

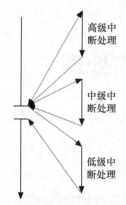

图 2-1　多级中断同时产生的 CPU 轨迹

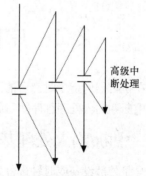

图 2-2　高级中断打断低级中断的 CPU 轨迹

"中断屏蔽"通常是指禁止响应中断。为了打破中断级别由硬件设计时确定的不灵活固定模式，现代计算机提供可以由程序设置中断屏蔽的方法来决定中断优先级。

系统允许中断出现（即中断触发器允许置"1"），但暂时不响应它们。例如当前计算机所用的可编程中断控制器，处理机在核心态下可以执行特权指令设置可编程中断控制器的屏蔽码，硬件即使发现屏蔽码置上的中断位有了中断也不会通知处理机。这类被禁止响应的中断一旦发生时，硬件保存此次中断，以便将来屏蔽解除时处理。通常设备中断、时钟中断等部分硬件中断可以被暂时禁止响应，这种禁止响应中断的屏蔽方式又称为软屏蔽。

由于处理机在核心态下可以执行特权指令来设置中断屏蔽，操作系统软件可根据需要屏蔽到达的中断，从而可由操作系统来决定中断的响应次序，达到由操作系统决定中断级别的目的。显然，屏蔽功能给多级中断系统中断级别设置带来了灵活性。图 2-3 说明了设置中断屏蔽位后影响中断响应的情形。

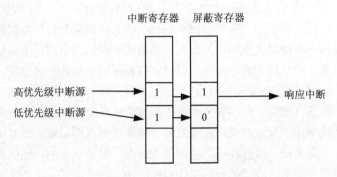

图 2-3　在屏蔽中断时中断响应说明

处理机优先级指处理机当前正运行程序的中断响应级别。在运行中断处理程序前应该将处理机优先级设置为中断优先级同级，当处理机处理某一优先级中断时，只允许处理机去响应比该优先级高的中断，而屏蔽低于或等于该优先级的中断。处理机优先级确定了屏蔽寄存器的设置，即当设置处理机优先级时，同时设置屏蔽寄存器，确保屏蔽那些优先级低于或等于当前处理机优先级的中断。以前面某小型机中断优先级设置为例，当处理机优先级为 5 时，系统将屏蔽磁盘中断、终端及其他外设中断，但时钟中断不屏蔽。

CPU 执行指令产生陷入如执行非法指令、陷入指令（Trap 指令）等时不能被屏蔽，必须马上响应处理，陷入处理程序运行时是否屏蔽外部中断或屏蔽哪些外部中断会根据陷入处理的需要进行设置，一般尽量不要对外部中断进行屏蔽。

2.2　中断/陷入响应和处理

处理机在执行任何指令时都可能发生中断或陷入，那么中断和陷入是如何被响应的？处理机是如何转到中断和陷入处理程序执行的呢？

2.2.1　中断/陷入处理基本概念

中断信号是外部设备或时钟部件发给 CPU 的，故在 CPU 的控制部件中需增设一个能检测中断的机构。该机构能够在每条机器指令执行周期内的最后时刻扫描中断寄存器，"询问"是否有中断信号，若无中断信号或被屏蔽，CPU 继续执行程序的后续指令；否则 CPU 停止执行当前程序的后续指令，无条件地转入操作系统内核的中断处理程序。这一过程称为中断响应。

陷入是在执行指令的时候由指令本身的原因发生的，指令的实现逻辑发现发生了陷入指令则转入操作系统内核的陷入处理程序。

在响应中断/陷入时，一定会涉及如何保护中断点运行现场、如何找到中断/陷入处理程序，以及中断/陷入处理程序在什么处理机态下运行的问题。下面我们来详细讨论它们。

1. 断点和恢复点

CPU 一旦响应中断，立即开始执行中断处理程序。中断处理结束后，重新返回中断点执行后续指令，如图 2-4 所示。故中断发生时，CPU 刚执行完的那条指令地址称为"断点"。一般情况下，在断点应为中断的那一瞬间，程序计数器（PC）的内容减去前一条指令所占单元长度即是中断发生时正在执行的那一条指令地址。中断时程序计数器所指的地址（即断点的逻辑后续指令）

称为"恢复点"。

中断处理是一项短暂性的工作，逻辑上处理完后还要回到被中断的程序，从其恢复点继续运行。为了能实现正确的返回，在进行中断处理前后必须保存和恢复被中断的程序现场。

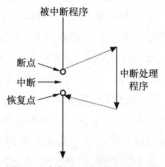

图 2-4　中断处理的 CPU 轨迹图

所谓"现场信息"是指中断那一时刻确保程序能继续运行的有关信息，如 PC 寄存器、通用寄存器以及一些与程序运行相关的特殊寄存器中的内容。现场的保护和恢复可由硬件、软件共同配合完成，现场信息通常保存在与被中断程序（进程）相关的数据结构中。

在陷入发生后，返回点会因为不同的陷入而有所区别。对于大部分用户程序指令执行出错而引起的陷入，操作系统视为结束进程，因此也不会回到用户程序。如果是通过陷入指令进行系统调用，则处理完成后返回自陷指令的下一条指令。对于虚存系统访存指令的缺页情形，则处理完成后会返回发生陷入的指令而重新执行该访存指令，以保证这次访存指令能够顺利执行。

2. 核心态和用户态

中断和陷入的处理程序是操作系统内核程序，都必须在一种特权状态下运行，因为这些程序需要访问外设等操作系统管理的资源或者涉及系统的管理表格。

在计算机系统中，通常 CPU 执行两类性质不同的程序。一类是用户自编程序或系统外层的应用程序，另一类是操作系统内核程序。这两类程序的作用不同，后者是前者的管理者和控制者。显然，如果对两类程序给予同等的"待遇"，则对系统的安全极为不利，所以操作系统程序享有用户程序所不能享有的某些特权。因此，将 CPU 的运行状态分为核心态和用户态，操作系统内核程序在核心态下运行，允许在核心态下运行的程序执行所有的指令（包括特权指令）；而外层所有程序在用户态下运行，特权指令一般不允许在用户态下执行。在处理机状态字（PS 或 PSW）寄存器内设置一个标志触发器，根据其当前值为 1 或 0 来分别表示处理机在核心态和用户态。

划分了核心态和用户态后，就严格区分了两类不同性质的程序，它们各自有严格区别的存储空间。在 CPU 运行时，不同的运行状态有完全不同的待遇。用户程序的许多涉及共享资源的工作是由操作系统内核代为完成的，当用户程序需要操作系统为之服务时，绝对不能通过通常的程序调用来调用操作系统相应程序，而必须设法通过执行陷入指令（系统调用）引起一次陷入而转入操作系统内核的相应程序。

也有人把核心态称为管态、系统状态、监督模式，将用户态称为用户状态或用户模式等。而且，在许多系统中为了进一步增加系统的安全性，进一步将核心态细分为若干个不同的状态，同时也将操作系统分为若干层，不同层次的软件运行在不同的状态。例如，VAX/VMS 操作系统将用户态称为用户模式，将核心态细分为核模式、执行模式、管理模式 3 种，并规定不同的模式享有不同的特权。硬件必须提供对操作系统运行态的支持，再例如，Intel x86 处理机运行状态则有 0、1、2、3 环之分，不过 Intel x86 上运行的操作系统（如 Linux 和 Windows）只用到 0 环和 3 环，0 环表示核心态，3 环表示用户态。

3. 中断/陷入向量及 PS 和 PC 寄存器

为了处理方便，一般均为系统中每个中断/陷入信号编制一个相应的中断/陷入处理程序，并把这些程序的入口地址放在特定的主存单元中。通常将这一片存放中断/陷入处理程序入口地址的主存单元称为中断/陷入向量或系统控制块。

对于不同的系统，中断/陷入向量中的内容细节也不尽相同。中断/陷入向量的每一个单元中除了存储中断/陷入处理程序的入口地址外，还常常保存 CPU 状态转换的信息。例如，中断/陷入处理程序运行要用的新的 PS 寄存器值和新的 PC 寄存器值。

PC 是程序计数器寄存器，CPU 的取指令部件是根据它到主存中取指令的。PS 寄存器描述了 CPU 的执行状态，主要包含处理机当前运行态、优先级、是否屏蔽外中断等标志位。

PS 中的优先级表示当前处理机所运行的中断处理程序所对应的中断级别，我们又称它为"处理机优先级"，显然，处理机优先级与中断优先级有对应关系。如果 PS 中的优先级等于 4，这表示处理机正在处理中断优先级为 4 的中断，这时 4 级及 4 级以下优先级的中断都应该被屏蔽。

在中断/陷入向量中每一个中断信号占用连续的两个单元：一个单元用来存放中断/陷入处理程序的地址（即对应 PC），另一个单元用来保存在处理中断/陷入时 CPU 应具有的状态（即对应 PS）。中断/陷入向量是中断系统中一个非常重要的数据结构。当响应中断/陷入时，硬件先把当前 PS 和 PC 寄存器的内容作为程序现场保存起来，然后从中断/陷入向量的相应单元中取出新的 PS 和 PC 值，并装入 PS 和 PC 寄存器，CPU 便根据新装入的 PC 的内容转去进行中断/陷入处理。因为 PS 寄存器装入了新的内容而且确定处理机状态为核心态，所以中断处理程序总是在 PS 寄存器当前状态域所表示的核心态下执行。

2.2.2　中断/陷入处理

整个中断/陷入从发现到处理完毕是由硬、软件相互配合协调完成的。大部分系统中断/陷入的处理过程均类似。在中断/陷入处理中，一般包括保存现场，分析中断/陷入原因，进入不同中断/陷入的相应处理程序，最后可能重新选择程序（进程）运行，恢复现场等过程，如图 2-5 所示。

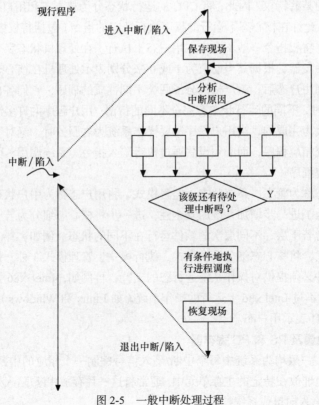

图 2-5　一般中断处理过程

下面以某小型机上的 UNIX 系统为例，简单说明中断/陷入处理过程中的各部分工作。中断/陷入向量如图 2-6 所示，每一中断/陷入在中断/陷入向量表中有两个单元，分别保存处理该中断/陷入时的处理机状态和中断/陷入处理程序的入口地址。

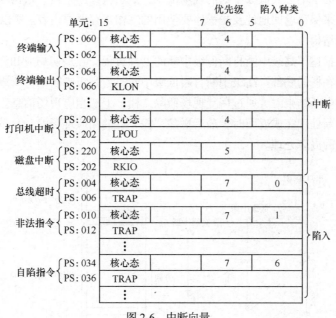

图 2-6　中断向量

1. 中断/陷入进入

中断/陷入发生后，硬件机构自动地进入响应中断/陷入过程——交换 PS 和 PC，具体步骤如下。

（1）硬件机构自动将 PS 和 PC 寄存器的内容存入 CPU 的暂存寄存器中。

（2）根据发生的中断/陷入，硬件从指定的中断/陷入向量单元中取出新的 PS 和 PC 内容，分别装入 PS 和 PC 寄存器，同时正确填入 PS 内的"先前处理机状态"字段。

（3）硬件将保留在内部寄存器中的原 PS 值和 PC 值的作为现场信息保存到与中断程序相关的栈中。

硬件完成以上三步后，控制便根据中断/陷入向量的 PC 值转入了相应处理程序（如图 2-6 所列的符号地址名）。从向量表中可以看出，对于陷入，硬件最初将控制转入一个入口地址为 trap 的处理程序。因此，为了使软件能区别不同的陷入并给予不同的处理，在中断/陷入向量相应的陷入相关单元中，分别在对应的 PS 单元中的低 5 位存放一个不同的编号。通常将该编号称为陷入类型号，如总线超时的类型号等于 1。总之，对于不同的中断，硬件将转入不同的中断入口程序（多入口进入）。对于所有的陷入，则首先转入公共的入口程序（单入口）。

对于一般的中断/陷入处理过程均包括 3 个阶段：

（1）保存现场；

（2）分析中断或陷入原因后转入相应的处理程序；

（3）恢复现场。

2. 保存现场

采用分散保存现场的方法，操作系统对每个程序（进程）有一片区域，每当中断/陷入发生时，便将现场保存在当前程序（进程）相关的现场区内。现场区均应组织成"栈"的结构。当出现中断/陷入时，将现场信息一条条地压进栈，恢复现场时再逐步退栈。尤其在多级中断系统中，现场区必须组织成"栈"的结构。高级中断能够打断低级中断的处理，待高级中断处理结束后，再返回低级中断处理。为了不丢失低级中断的现场信息，显然应该用"栈"结构保存现场。当然，子程序调用也需要栈来保存返回地址及子程序要使用的工作寄存器原内容。所以说，"栈"是程序运行不可缺少的数据结构。

例如，图 2-7 描述了高级中断打断低级中断的处理过程。在最初响应和处理低级中断时，被中断程序现场保留在栈的底部。高级中断打断低级中断时，高级中断则将低级中断处理断点现场压入栈顶。当高级中断结束时，通过恢复现场撤除"栈"上的相应现场信息。紧接着低级中断便得到处理，低级中断处理完成返回时，最后撤除"栈"上的相应现场信息。只要栈空间足够大，便能保证多级中断的嵌套处理。

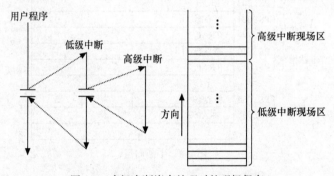

图 2-7　多级中断嵌套处理时的现场保存

响应、处理一次中断/陷入时的现场内容如图 2-8 所示。最初响应中断/陷入时硬件将 PS 和 PC 的内容压在栈底，而后转入相应的处理程序入口。这些入口程序将控制过渡到进一步保存现场的总控程序，在由总控程序统一保存好现场后再根据中断原因转向不同的中断处理程序：

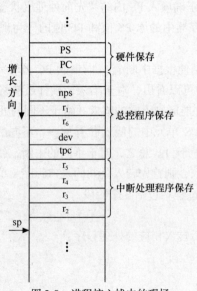

图 2-8　进程核心栈中的现场

（1）新的处理机状态寄存器的内容（记为 nps）进栈。对于陷入处理来说，nps 中的低位包含陷入种类编号。

（2）通用寄存器 r_1、r_6 的内容进栈，其中 r_6 寄存器内容用作栈指针（sp）。

（3）从 nps 中截出低 5 位（陷入种类的编号），记作 dev 进栈，以方便对陷入的分析进行处理。

（4）总控程序将控制转到具体的中断/陷入处理程序时，将返回总控程序的地址（记为 tpc）进栈。

（5）各中断/陷入处理程序在进行相应处理之前，将 r_5、r_4、r_3、r_2 通用寄存器内容进栈，返回总控程序，再恢复 r_5、r_4、r_3、r_2 寄存器。

3. 分析原因并转向中断/陷入处理程序

在此阶段，总控程序根据中断/陷入原因转向各个中断/陷入处理程序，同时将返回总控程序的地址并保存在栈中。

I/O 中断通常是表示先前发送给设备控制器的 I/O 请求已经完成，I/O 中断的中断处理通常是向设备控制器发出下一个 I/O 请求，并令原等待 I/O 结束的进程进入就绪状态，并进行下一步处理工作。时钟中断是最频繁发生的中断，它是定时发生的，一旦发生时钟中断，时钟中断处理程序需要处理系统以及刚被中断进程的时间统计、定时器计数减操作等。

陷入处理则分为正常发生的操作系统系统调用处理（这时运行操作系统系统调用实现程序）和确实产生了指令执行出错（如在溢出等其他异常）时对产生异常的进程进行结束处理。

4. 恢复现场

中断/陷入处理结束后，必须退出中断/陷入。在多级中断系统中，考虑退回当前中断时，必须依据原先被中断的程序运行状态完成不同的工作。如果此次是高级中断，并且被中断的程序是一个低级中断处理程序，则此次中断返回应返回到该低级中断处理程序。系统通过保存的 nps 内容判断 CPU 的先前状态，若是核心态（即管态），则根据保存的现场恢复被中断的低级中断处理程序现场，具体恢复现场的动作如下：

（1）退栈，恢复 r_0、r_1 寄存器；

（2）执行 rtt 指令。该指令自动将现场区中的 PS 值、PC 值装入 PS 和 PC 中，从而退出了此次中断。

如果原来被中断的是用户程序，即用户态程序，则退出中断/陷入以前应先考虑进行一次调度选择（运行进程调度程序），以挑选出更适合在当前情况下运行的新程序（进程）。这是因为原来被中断的用户程序在此次中断/陷入处理过程中，可能由于某些与其相关的事件没有发生不具备继续运行的条件，可能被降低了运行的优先权，也可能由于此次中断/陷入的处理使得其他程序获得了比其更高的运行优先权。为了权衡系统内各道程序（进程）的运行机会，在此时有必要进行一次调度选择。在进行了调度选择后，无论是挑选出另外一个新程序（进程），还是仍然选择原程序（进程）继续运行，都必须恢复当前所选程序的现场。

调度程序一般来说总会在时钟中断频度内运行，因为即使没有其他中断或系统调用进入操作系统核心态运行，时钟中断也会导致控制进入操作系统核心。因此各用户程序有机会轮流运行。

系统是通过 nps 内容来判断 CPU 的先前状态的。若是用户态（即目态），而且此时确实存在优先级更高的程序，则调用系统内部的进程调度程序。调度选择结束后，再为新选出的（也可能还是原来的）程序（进程）恢复现场（注意：不同的进程均各有其自身的现场区）并退出中断/陷入。恢复现场和退出中断/陷入的动作与前一种情况相同。

2.3 操作系统运行模型

操作系统的功能模块有哪些？什么时候、如何运行操作系统的功能程序？下面首先介绍操作系统主要有哪些功能模块，然后说明典型的操作系统运行模型，弄清操作系统功能模块在什么模式下运行。

操作系统通常都包含进程管理、存储管理、外设管理、文件管理等主要功能模块，还需要提供支持用户使用计算机的用户命令解释程序。以 Linux 为例，大部分功能模块以核心程序模式实现，即在核态下运行，但是有些功能模块通过创建用户进程以用户程序模式实现，例如命令解释程序就是在用户态下运行的。操作系统内核程序的主要功能模块有以下几个。

1. 系统的初始化模块

当系统加电后，计算机 ROM 程序按约定将操作系统内核程序载入主存，并执行系统初始化程序。系统初始化模块入口只在系统启动时进入一次，在以后系统的正常运行期间不再进入。首先，系统初始化程序初始化系统数据区，如初始化空闲物理页帧、系统各种缓冲池、中断控制器、外部设备等。在初始化完各种系统表格后，还要创建 1 号进程，让 1 号进程运行 INIT 程序为登录用户创建其 tty 终端进程（tty 终端进程会检验从终端输入的用户登录信息，然后运行命令解释程序，接收并解释执行用户命令）。Linux 的初始化模块还会创建许多只运行内核程序的进程，运行一些不会由用户程序激活但需要定期运行的内核程序。初始化完成后，代表用户的 tty 终端进程已经存在，操作系统的其他功能模块可以（以中断/陷入的方式）随时被用户程序调用执行。

2. 进程管理模块

进程是操作系统组织用户使用计算机的机制。进程管理模块包含了有关进程的系统调用处理，例如，进程创建和结束、进程通信及进程同步，也包含了对处理机的管理程序，如进程调度、进程切换。这些程序都涉及对进程控制块及进程映像的操作，但它们会在不同的时机被调用。例如，进程创建、进程通信及进程同步过程往往由用户程序发出系统调用时执行，而进程调度和切换则是重新分配处理机时运行，如当中断/陷入处理完成要返回用户态程序时调用执行。

3. 存储管理模块

存储管理与进程管理关系密切，因为进程运行必须占有主存空间，因此把进程空间分配程序也划分到存储管理模块中，如主存管理模块、进程空间分配、进程页面内外存之间交换等。

4. I/O 设备管理模块

I/O 设备管理模块包含设备访问接口程序、数据缓冲管理模块、各种驱动器公共程序、各设备驱动程序、设备中断处理程序等，实现对设备的管理，并提供 I/O 系统调用功能。

5. 文件管理模块

文件管理模块包含文件访问接口程序、文件系统目录结构管理程序、文件数据缓冲管理模块、外存空间管理程序等，实现对外部存储设备空间的管理，并提供对文件的系统调用功能。

操作系统的这些功能程序是如何运行的呢？在大部分通用操作系统实现中，上述模块都是在核心态下运行的，主要是在中断和陷入发生时嵌入用户进程中运行的。

操作系统系统服务程序（各功能模块）、中断处理程序等在自陷和中断时，利用刚被中断的用户进程的核心栈空间，运行于用户进程中。所谓操作系统运行于用户进程，只是利用了附属于该进程中的一个核心栈。注意：系统中的每个用户进程在系统空间中都有一个逻辑上属于该进程的核心栈，这个核心栈就是用于当该用户进程运行时发生中断或陷入进入操作系统核心运行时保存现场用的，且系统空间是独立于用户进程的用户空间的，如图 2-9 所示。

当运行用户态程序的处理机自陷或遇到中断时，处理机转到核心态下运行，控制转移给操作系统，用户程序的现场被保护，启用刚被中断进程的核心栈作为以后程序执行、过程调用的工作栈，就是说以后要保存的现场信息将保存于该核心栈中。注意：这时只是处理机运行态的转换，程序还是被认为是在当前的用户进程中执

用户 进程	用户 进程	用户 进程
核心栈	核心栈	核心栈
系统程序		

图 2-9 操作系统程序运行在进程核心栈上

行，并没有发生进程切换，而只是在同一进程内的处理机运行态之间切换。

在操作系统完成它的工作后，如果决定继续原来被中断的用户程序运行，则又将处理机的模式恢复成用户态，并恢复刚被中断的现场运行，同时将工作栈设定为该进程的用户栈。这种情况下，一个用户进程在运行用户程序的中途可以运行操作系统程序，运行完后又接着运行原用户程序，如果有高优先级的进程可运行，则可进行进程调度切换；如果决定要进行进程切换，则将控制转给进程切换程序，进程切换程序要将当前进程置为非运行状态，把选定要运行的进程置为运行状态，再恢复被选进程的现场，也就是说从新选进程的核心栈中恢复现场。

本书在进行操作系统结构和技术实现的描述中，如果没有特别指明，则都假设操作系统结构为该结构模式。

现代大部分操作系统以内核程序嵌入用户进程运行模型运行，操作系统核心功能以外的其他系统功能实现则利用独立的用户态系统进程实现。如 Linux 的 1 号进程实现对终端用户的进程的创建，还有一些如安全检查、FTP、WWW 网络服务等系统功能都采用独立的用户态进程实现，这些运行系统功能的进程又称为系统守护进程。

2.4 系统调用

系统调用是操作系统内核和用户态运行程序之间的接口。系统中的各种共享资源都由操作系统统一掌管。因此在操作系统的外层软件或用户自编程序中，凡是与资源有关的操作（如分配主存、进行 I/O 传输以及管理文件等）都必须通过某种方式向操作系统提出服务请求，并由操作系统代为完成。操作系统要组织用户使用计算机，还要提供进程相关的系统服务。此外，操作系统还常常为用户提供一些另外的服务（如提供时间、日期、当前系统的某些状态等）。

因此操作系统必须提供某种形式的接口，以便让外层软件通过这种接口使用系统提供的各种功能。人们称这种接口为系统调用（System Call）接口。所谓系统调用可以看成是用户态运行程序在程序一级请求操作系统为之服务的一种手段，早期的教科书曾称其为广义指令。当外层程序需要操作系统为之服务时，可以在程序中安排一条类似于转子指令形式的代码，实现和操作系统的联系。对于程序来说，一条广义指令好像是一条普通的指令。但是广义指令不同于机器直接译码就能执行的硬件指令，广义指令的执行将导致一次对操作系统程序的"调用"，由操作系统的一段程序完成广义指令所指定的服务。

1. 自陷指令

计算机系统的程序运行环境被分为核心态和用户态。两种不同状态下运行的程序之间不能发

生普通子程序调用。在用户态下运行的用户（或系统功能）程序在其运行过程中如欲请求操作系统为其提供服务，显然不可以通过普通转子指令直接调用核心态下运行的操作系统程序。但如何将这一愿望通知操作系统呢？这还得依赖中断/陷入机制为其进行"服务信号"的传递。根据不同的服务请求，通过中断/陷入机制来驱动操作系统中的不同程序提供所需服务。为此，大部分的机器都提供了一条能产生陷入的机器指令，称为"自陷指令"或"陷入指令"或"访管指令"。例如，某小型机上提供了一条自陷指令：trap（在 Intel x86 机器上类似的指令是 INT），当 CPU 执行该指令时，硬件自动完成以下操作：

（1）将 PS 内容压入现场栈。

（2）将 PC 内容压入现场栈。

（3）从中断向量 034 单元中取出内容装入 PS。

（4）从中断向量 036 单元中取出内容装入 PC。

不难看出，若程序中安排了一条 trap 指令，当 CPU 执行该指令时便产生了一次"陷入"进入操作系统内核程序。

利用 trap 指令可以使用户程序（或用户态运行的系统程序）向操作系统发出服务请求。指令码$(104400 \sim 104477)_8$为 trap 指令，其中指令码的最后 6 位表示系统调用的类型号。用户程序（或在用户态运行的系统程序）利用类型号指定此次所需的服务内容。一般将 trap 指令记为：

```
trap  类型号
```

用户态运行程序中的 trap 指令将导致 CPU 发生一次"陷入"，并由中断/陷入系统将控制转入陷入处理程序。处理程序再根据 trap 指令所给的类型号，通过在一个系统调用散转表中的服务程序地址，转向具体的服务程序。系统调用散转表数据结构（见表 2-1）以保存与类型号相对应的服务程序入口地址。

表 2-1　　　　　　　　　　　　　系统调用入口表

编　　号	参　数　个　数	内核服务程序入口地址
0	0	do_fork
1	3	do_read
2	3	do_write
…	…	…

2. 系统调用的实现

用户态程序利用硬件提供的 trap 指令向操作系统发出服务请求。当处理机执行 trap 指令时，由中断/陷入机制将控制转入相应的陷入处理程序。该处理程序首先进行系统调用参数传递，然后根据系统调用入口表调用相应的服务程序。

为了方便高级语言程序使用系统调用，通常提供一个系统调用库，其中包含了许多系统调用接口函数，这些函数看上去就是一些普通的子程序，以利高级语言程序调用，但是这些函数往往是由为数不多的几条汇编指令实现的，而且必须包含一条 trap 指令，这样才能保证在执行 trap 指令时将处理机控制转移至操作系统内核相应程序。有了这样一个系统调用库，用户就不需要自己安排 trap 指令，只需要用普通函数调用的方式调用系统调用库函数，由系统调用库函数安排 trap 指令来进行系统调用，如图 2-10 所示。引入系统调用库可以使用户不必关心系统调用的细节，而且可以避免用户直接安排 trap 指令可能引起的错误。

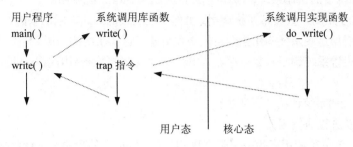

图 2-10　系统调用过程说明

（1）参数传递

系统调用时，系统调用库函数需要向操作系统传递系统调用类型号，以及该系统调用可能需要的参数。那么如何将参数传递给操作系统核心呢？一般可以用约定好的寄存器传递上述参数。应用程序二进制编程接口（ABI）说明书会向上层用户说明使用哪些寄存器及如何来传递参数。当系统调用处理结束后使用约定好的寄存器返回用户处理结果。

在普通子程序调用时也需要传递参数，当然也需要约定好传递参数的寄存器，用户用高级语言编程序时并不关心这些寄存器，这是因为用户只要按子程序调用格式写语句，由编译器将用户的子程序调用语句中的参数放入约定好的寄存器中，编译器在编译子程序时，会生成指令从约定好的寄存器取参数即可。注意，子程序调用和系统调用并不一定使用相同的寄存器传递参数。

（2）系统调用处理过程

下面以 Linux 为例，假设用户程序使用系统调用库函数"write"对文件进行写操作。在这种情况下如何进行系统调用和处理呢？

对于在操作系统外层的程序，如果使用系统调用库函数 write(文件 id，…)，要求对文件进行写操作。write( )系统调用函数是一段汇编代码，其中包含了 trap（在 Intel x86 机器上是 INT Ox80 指令）指令。调用 write( )函数实质上就是调用包含 trap 指令的代码段。而且调用 write( )时，把文件 id 等参数复制到约定的参数传递寄存器中，在 write( )库函数中又把这些参数及 write 对应的系统调用类型号放到为系统调用约定好的参数传递寄存器中。诚然，如果用户（或系统功能）程序中可以直接用汇编语言编写程序，则在它们的程序中可以直接安排 trap 指令，进行系统调用。

① 当 CPU 运行到 trap 指令时，产生一次陷入。保存现场后，控制转入总控程序。

② 总控程序进一步保留现场后，根据中断/陷入种类编号转到系统调用总入口处理程序。

③ 系统调用处理程序根据 trap 指令的类型号，查询系统调用入口表（即系统调用散转表），得知自带参数个数后从约定寄存器读入参数。最后根据系统调用入口表转向相应的服务程序。

④ 服务程序结束后返回，系统调用处理程序并将此次服务的结果存入约定的返回结果的寄存器。

⑤ 最后回到总控程序，恢复现场，退出系统调用处理。至此即完成了一次系统调用，用户程序又可继续运行。

3. 主要系统调用举例

下面以 POSIX 标准系统调用为例，介绍通常操作系统的系统调用有哪些。POSIX 标准实质上是起源于 UNIX，故 POSIX 描述的系统调用与 UNIX 系统调用是一样的。Linux 操作系统是

UNIX-alike（类 UNIX）的操作系统，也是提供了 POSIX 标准系统调用的。

下面罗列出 POSIX 的一些典型系统调用，虽然是以函数的形式表示出来的，用户编程时也是以函数调用的方式引用这些系统调用函数，但必须清楚，这些系统调用函数是由若干机器指令组成的，其中包含了设置系统调用参数寄存器、trap 指令及获得系统调用结果并返回上级函数的若干指令。

POSIX 标准定义的系统调用如下所述：

（1）进程管理及进程通信相关

① pid=fork( )。该系统调用产生一个子进程，继承了父进程的程序及运行数据，pid 变量中存放了 fork( )系统调用的返回值。

② exit(status)。结束当前运行的进程。

③ pid=wait( )。等待任一子进程结束，pid 变量中存放了结束子进程的进程号。

④ s=execve(name,argv,environp)。用 name 所指定的执行文件替换进程当前运行的执行文件。进程从新执行文件的第一条语句开始执行。

⑤ s=kill(pid,signal)。向 pid 指定的进程发送一个 signal 信号。

（2）文件和设备 I/O 相关

因为在 UNIX-alike 系统中，设备被看作是特殊的文件，故设备的 I/O 方式与文件 I/O 方式相同，不同的是代表设备的文件名是一些特殊的文件名（如软盘设备的设备文件名是/dev/fd0）。

① fd=open(filename,flag)。打开 filename 文件，flag 说明以读/写方式打开，返回一个文件描述符到 fd 中。

② s=close(fd)，将 fd 文件描述符代表的打开文件关闭。

③ position=lseek(fd,offset,reference)。移动文件当前读写指针。

④ n=read(fd,buffer,nbytes)。将从当前读写指针开始的 nbytes 字节读入 buffer 中。

⑤ n=write(fd,butter,nbytes)。将 buffer 中数据写到文件中。

⑥ s=stat(filename,&buf)。获得文件的状态信息。

（3）目录和文件系统管理

① s=chdir(dirname)。将当前工作目录变成 dirname。

② s=mkdir(name,mode)。建立一个 name 目录。

③ s=rmdir(name)。删除 name 目录。

④ s=link(name1,name2)。建立一个新 name2 文件（目录），且使 name2 指向 name1，即 name2 等价于 name1。

⑤ s=unlink(name)。删除 name 文件（目录）。

⑥ s=mount(special,name,flag)。将 special 所代表的外存设备上的文件系统根目录安装到 name 目录下。

⑦ s=umount(special)。卸载文件系统。

⑧ s=chmod(name,mode)。改变文件的访问保护信息。

4. 其他系统调用

其他系统调用包括获得系统时钟、获得操作系统版本信息等。

需要说明的是，用户要使用系统资源、创建进程等都必须通过操作系统的系统调用，但并不是说用户就一定会在编写程序时直接调用系统调用函数。现在的系统提供了非常多的库程序，用户编程时也许就使用上层库的函数，而不必直接调用系统调用，Windows NT 就是如此。微软提供了一个所谓 Win32 API 函数集合，它实质上是一些库函数，例如：

- GDI32.DLL 包含了屏幕显示及打印功能的函数集；
- USER32.DLL 包含了鼠标、键盘、通信接口、声音、时钟功能的函数集；
- KERNEL32.DLL 包含了文件及主存管理（核心部分）功能的函数集；
- MPR.DLL 包含了 Win32 网络接口库函数。

在这些库函数执行时，往往会去再调用操作系统的系统调用。因此该库函数提供了更易用的界面和更强大的功能，而操作系统的系统调用则是实现这些更强大功能的基础。

2.5 用 户 界 面

前面说明了用户态程序和操作系统内核之间的程序设计界面——系统调用。这只是描述了程序执行时用户态程序与操作系统内核程序的关系。用户上机目的的实现需要激活相关程序运行，但计算机运行哪个程序（系统实用程序或用户自编程序）必须由用户说明，用户必须借助语言表达，这就是命令语言。

用户使用语言描述要求计算机去做的事情，这对用户要求很高，用户要知道语言的语法语义，格式稍有差错都不能成功，用户要运行系统实用程序，也必须熟知计算机有哪些实用程序，并通过输入命令告知系统，否则系统不知道用户要运行什么。为了减少用户的记忆负担，现代操作系统往往提供图形用户使用界面，提示用户系统所有的实用程序，提示用户输入实用程序所需的参数。

2.5.1 命令语言

用户使用计算机时，人机之间的界面是一种能进行人机通信的语言。这种语言的性质很大程度上与操作系统的类型有关。分时操作系统与批处理系统相比，工作方式有很大不同。因此这两种系统使用的通信语言也就很不相同。

最早随着批处理系统的出现，出现了控制作业运行的作业控制语言（JCL）。用户用作业控制语言预先写好作业说明书，将作业说明书和作业程序数据一起提交给计算机，操作系统按作业说明书的控制语句来执行作业，以达到按照用户意图控制作业运行的目的。在批作业执行过程中，缺少用户与系统之间交互的能力，用户一旦向系统提交一道作业后，就无法再对该作业的执行过程进行控制，故用户和系统间基本上处于一种脱机的状态。作业控制语言功能较强，除了含有能够启动系统实用程序（如编译器、装配器）和用户自编程序的执行功能外，还包含控制转移语句。作业控制语言具有可编程的能力，如利用条件转移语句，在判断编译器运行出错时绕过运行装配器而直接结束作业。

批处理系统中设置了一个 JCL 解释程序，它顺序地读取并解释执行作业说明书中的 JCL 语句，根据语句的含义，由 JCL 解释程序直接处理以完成语句所指定的动作或者直接启动其他系统实用程序。

在分时系统中，用户可以直接使用终端命令频繁地与系统进行交互作用。分时系统使用的通信语言既可以实现实用程序或用户自编程序的启动，也可以包含控制转移语句。与批处理系统不同的是，分时系统中提供的命令解释程序可以从用户终端读取用户联机输入命令。

系统为支持命令语言的解释执行设置了一个命令解释程序（Command Interpreter）来负责解

释执行用户当前输入的命令。在 Linux 操作系统实现中,命令解释程序属于操作系统内核之外,它运行于用户态下,作为一个进程来运行。Linux 的 1 号进程会为每个用户终端创建一个进程运行 shell 命令解释程序,该程序不断地读取它所控制的终端发来的命令。

当用户在终端上输入一条命令时,命令解释程序要做的工作如下:

(1)判断命令的合法性。

(2)识别命令,如果是简单命令,则处理命令(可能向操作系统发出系统调用),然后继续读取下一条命令。

(3)如果是不"认识"的命令关键字,则在约定目录下查找与命令关键字同名的可执行文件,并创建子进程以执行"可执行文件"程序,等待子进程结束后继续读取下一条命令。

命令动作完成后,命令解释程序在终端上显示提示符,允许用户键入新的命令。终端命令的一般形式如下:

Command arg1 arg2 … argn

其中,Command 是命令关键字,arg1,arg2,…,argn 是执行该命令的参数。

终端命令一般都是串行执行的,即用户键入的一条命令处理完后,系统发出新的提示符,用户继续键入下一条命令。若执行一条命令需要较长的处理时间而用户不需等待它的结果(即与后续命令的执行无关),就可以在该命令的末尾加上一个"开关"(以 Linux 为例,是在终端命令末尾加上一个符号"&"),系统将这条命令作为后台命令处理。在处理后台命令时,用户可以接着键入下一条命令,系统可同时对前后两条命令作并发处理。实现后台执行只需要由命令解释程序创建子进程来执行"执行文件"程序,并且命令解释程序不等待子进程结束即继续读取下一条命令。

当然,命令解释程序也可以从文件中读取用户先前键入的命令集。命令集可以包含执行语句及控制语句。控制语句包含循环语句、条件转移语句等,这一类语句由命令解释程序直接处理,这类语句一般不在交互式键入命令时使用,而是在用户预先编写的命令语言程序文件中使用。

系统为用户提供了大量的实用程序,这些实用程序都是可以通过键入对应的终端命令而运行的。因为当用户键入命令解释程序不"认识"的命令关键字时,命令解释程序不是报错,而是去寻找与命令关键字同名的文件。所以,如果要运行某个实用程序,只要键入那个实用程序的执行文件名字即可。系统主要的实用程序如下。

(1)编辑器。供用户建立和修改源程序文件及其他文件。它会提供一组内部编辑命令由编辑器解析执行。

(2)编译器和装配器。实现编译源程序、连接模块、装配目标程序等功能。

(3)文件及文件系统相关的实用程序。如文件的拷贝、打印、文件系统装卸等实用程序。

(4)显示系统进程、资源状态的实用程序。如进行进程状态显示、文件状态显示、内外存空间显示的相关实用程序。

(5)用户管理。如加入、删除用户和口令修改。

下面说明 Linux 的一些主要命令及其使用例,其中像 pwd、cd 等简单命令是由 shell 命令解释程序直接解释执行的,而其他的命令是以实用程序的方式由 shell 命令解释程序创建子进程执行。

- pwd:查看当前的工作目录。
- cd　/usr/home/sally:改变当前工作目录。
- ls -l:查看当前工作目录下的文件及其属性,其中-l 是传给 ls 实用程序的命令参数。
- more　/etc/passwd:显示/etc/passwd 文件内容。
- cp /etc/passwd　./passwd:将/etc/passwd 文件拷贝为当前目录下 passwd 文件。

- mv　passwd　oldpasswd：将当前目录 passwd 文件改名为 oldpasswd。
- rm　oldpasswd：删除当前目录的 oldpasswd 文件。
- mkdir　temp：在当前目录下建立一个 temp 子目录。
- cp –r /mnt：将/mnt 下的内容拷贝到当前目录的 mnt 子目录下。
- find　/　-name passwd　-print：从/目录开始查找名为 passwd 的文件。
- find　/　-size +250 –print：从/开始查找大于 250 个块大小的文件。
- grep "init"*.　*：在当前目录的所有文件中找 init 字符串。
- who：显示使用终端的用户名单。
- su：进入超级用户。
- wall "good bye"：向所有登录用户广播 "good bye" 信息。
- ps　-elf：显示系统所有当前运行的进程信息。

2.5.2　图形化的用户界面

用户使用计算机的界面随着计算机的发展而发生了翻天覆地的变化。在批处理系统中，因为采用脱机方式工作，故使用的是作业控制语言。命令语言的另一种形式是大家较为熟悉的，它就是在分时系统或个人计算机上使用的键盘命令，如 Linux 的 shell 命令、MS-DOS 上的键盘命令，这是操作系统在联机工作方式下提供的交互式界面，即人和机器可以通过交互方式发出命令，由命令解释器执行指定的操作，并给出执行的结果。具有交互方式的键盘命令是在 20 世纪 60 年代出现的分时系统中首先使用的，它受到了普遍的欢迎，因为键盘命令比批处理系统的作业控制命令要方便、灵活得多。

随着计算机应用的普及，人们逐渐感到这种交互命令方式不太方便，因为这种命令是不直观的，是比较难懂的一串串字符命令，还带有各种参数和规定的格式。另外，不同的操作系统所提供的命令语言的词法、语法、语义和表达风格也不一样，即使一个对 MS-DOS 的键盘命令十分熟悉的程序员，要改用 Linux 时，他也得重新熟悉 Linux 命令。而且，这种命令语言还存在的一个问题是，它是用英文表达的语言，对于非英文语种国家的计算机应用的推广会形成一种障碍。随着计算机应用的广泛发展，计算机迅速地进入了各行各业、千家万户，面对的用户来自不同阶层，如何使人机交互方式进一步变革，使人机对话的界面更为方便、友好、易学，是一个十分重要的问题。在这种需求的推动下，出现了菜单驱动方式、图符驱动方式直至视窗操作环境。

1．菜单驱动方式

为了解决命令难记的问题，系统将所有有关的命令和系统能完成的操作用类似菜单的方式分类、分窗口地在屏幕上列出。用户根据菜单提示，像点菜一样选择某个命令或某种操作，以控制系统完成指定的工作。

为了解决命令参数难记的问题，人们引入对话框提示用户需要输入的参数及参数的取值等内容。过去需要用户一次性输入好命令关键字和所有参数来实现一次操作，如今，在菜单驱动方式下，可分成多步：先选择菜单，再在对话框提示下输入参数，最后执行。

在系统主菜单中可以显示系统所提供的实用程序列表，实用程序中的菜单提供该实用程序支持的子功能列表。可以看出，菜单是一种提示系统功能或实用程序子功能的方法。利用菜单和对话框可提示性地帮助用户指导计算机工作，大大地方便了用户。

菜单有多种类型，如下拉式菜单、上推式菜单和随机弹出式菜单等。

2. 图符驱动方式

图符驱动方式也是一种面向屏幕的图形菜单选择方式。图符（Icon）也称图标，是一个小小的图符符号，它代表操作系统中的命令、系统功能或者是被处理的对象（如文件、打印机等），例如用小矩形代表被处理对象文件，用小剪刀代表剪切功能。

所谓图形化的命令驱动方式就是当需要启动某个系统命令或操作功能，或请求某个系统资源时，可以选择代表它的图符，并借助鼠标器一类的标记输入设备（也可以采用键盘）的单击和拖曳功能，完成命令和操作的选择、执行。

图符与菜单最大的不同是，图符可将被处理对象罗列出来，这更符合用户的使用心理。因为用户使用计算机多数是要对某个数据文件进行处理，将作为被处理对象的文件用图符表示出来，系统根据文件类型自动启动对应的实用程序，用户可以省去选择实用程序的时间。

3. 图形化用户界面

图形化用户界面是良好的用户交互界面，它将菜单驱动、图符驱动、面向对象技术等集成在一起，形成一个图文并茂的视窗操作环境。Microsoft 的 Windows 系列的操作系统就是这种图形化用户界面的代表。

在系统初始化后，Windows 操作系统为终端用户生成了一个运行 explorer.exe 程序的进程，它运行的是一个具有窗口界面的解释程序。这个解释程序打开的窗口比较特殊，就是桌面窗口。在"开始"菜单中罗列了系统可用的各种实用程序，这些实用程序也都是提供窗口界面的。当点击某个实用程序时，就意味着解释程序会产生一个新进程，由新进程去运行该实用程序。运行该实用程序的新进程也会弹出一个窗口，窗口的菜单栏或图符栏会显示该实用程序的子命令。用户可以进一步点击实用程序的子命令，当该命令需要参数时，会弹出一个对话框，该对话框会指导用户输入命令所需的参数，输入参数并确定后即可，执行命令。图 2-11 显示了 explorer.exe 程序的桌面窗口以及文本编辑程序 winword.exe 的窗口和网络浏览器 iexplore.exe 的窗口。

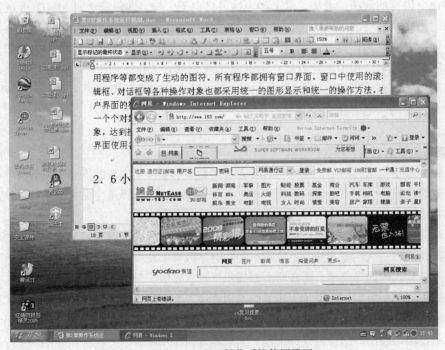

图 2-11　Windows 操作系统使用界面

　　Windows 系统的所有系统资源，如文件、目录、打印机、磁盘、网上邻居、各种系统实用程序等都变成了生动的图符。所有程序都拥有窗口界面。窗口中使用的滚动条、按钮、编辑框、对话框等各种操作对象也都采用统一的图形显示和统一的操作方法。在这种图形化用户界面的视窗环境中，用户面对的不再是使用单一的命令输入方式，而是用各种图形表示的一个个对象。用户可以通过鼠标（或键盘）选择需要的图符，采用点击方式操纵这些图形对象，达到控制系统、运行某一个程序、执行某一个操作的目的。用户将通过这种统一的用户界面使用各种 Windows 应用程序，从而大大方便了用户。

小　结

　　进入操作系统内核运行的情形有两类，分别称作中断（Interruption）、陷入（Trap），有人也常称为例外或异常。中断一般指来自 CPU 之外的与当前程序运行无关的一类事件；陷入则指来自 CPU 正在执行的指令的与当前程序运行相关的一类事件。

　　外部中断可以按紧急程度划分优先级，高级中断可以打断低级中断，高级中断处理时，低级中断被屏蔽。陷入则是一旦发生立即响应。

　　中断、陷入的处理过程一般包括保存现场、分析处理、恢复现场 3 个阶段。在恢复现场时一般应在返回用户态程序前考虑切换到其他进程工作。

　　操作系统内核主要包含的功能模块有系统的初始化模块、进程管理模块、存储管理模块、I/O 设备管理模块、文件管理模块。操作系统运行模型有独立运行的内核模型、内核嵌入用户进程中执行模式和微内核模型。多数操作系统使用内核嵌入用户进程中执行模式。

　　用户与操作系统的编程接口是系统调用，使用计算机系统的主要接口是命令语言或窗口界面。

习　题

一、选择题

1. 以下属于外中断的例子有（　　）。
   （A）访存越界　　　（B）trap 指令　　　（C）页故障　　　（D）时钟中断
2. 下面哪个中断应该有最高优先级？（　　）
   （A）磁盘　　　　　（B）键盘　　　　　（C）时钟　　　　　（D）U 盘
3. 下面肯定产生处理机运行态变化的指令是（　　）。
   （A）设置 IO 寄存器指令　　　　　（B）转移指令
   （C）访存指令　　　　　　　　　　（D）trap 指令
4. 必须在核心态执行的指令是（　　）。
   （A）trap 指令　　　（B）访存指令　　　（C）清中断位指令　（D）逻辑运算指令
5. 操作系统初始化程序运行时机是（　　）。
   （A）系统启动时　　（B）进程创建时　　（C）系统安装时　　（D）待机恢复时
6. 下列哪个工作只能在核心态进行？（　　）
   （A）编译　　　　　（B）命令解释　　　（C）创建进程处理　（D）文件复制

7. 下面哪条指令是处理机在内核态运行时不可以执行的？（　　　）

（A）执行特权指令　　（B）访问更大的空间　　　　　　　　（C）执行 trap 指令

8. 下面哪个不是进程相关系统调用？（　　　）

（A）open(　)　　　　（B）wait(　)　　　　（C）fork(　)　　　　（D）execv(　)

9. 下面哪个操作不是系统调用？（　　　）

（A）open(　)　　　　（B）read(　)　　　　（C）wait(　)　　　　（D）sin(　)

10. Linux 操作系统内核必定包含的软件模块有（　　　）。

（A）系统初始化模块　　　　　　　　（B）进程管理模块

（C）文件管理模块　　　　　　　　　（D）用户管理模块

二、问答题

1. 什么是中断？什么是陷入？二者有何区别？

2. 现代计算机处理机为什么设置用户态、核心态这两种不同的状态？有哪些指令必须置于核心态运行？为什么？

3. 设定中断的优先级的原则是什么？多级中断的处理原则是什么？

4. 如何利用设置中断屏蔽来实现中断分级？

5. 陷入可以在内核态发生吗？为什么？

6. 什么是中断向量？其内容是什么？试述中断的处理过程。

7. 中断/陷入处理为什么要保存现场和恢复现场？现场应包括哪几方面的内容？

8. 操作系统内核的主要功能模块有哪些？什么时候会运行内核程序？

9. 从控制轨迹上看，系统调用和程序级的过程调用都相当于在断点处插入一段程序执行，但它们却有质的差别，试述这种差别。

10. 操作系统主要有哪些系统调用？

11. 试述终端命令解释程序处理过程。

12. 子程序调用保存的现场和中断/陷入进行时保存的现场有些什么不同？

第3章
进程与处理机管理

处理机是计算机系统的重要资源,计算机操作系统不但要管理处理机,还必须为各种程序提供在处理机上并发运行的机制。程序要在计算机上并发运行,操作系统必须对它们的运行状态进行记录,并由操作系统调度它们对处理机的占用。为了实现上述目的,操作系统要用适当的表格来表示程序的执行状态,操作系统还要分配存放程序、数据的主存等系统资源,保证用户程序能够顺利地在处理机上运行。

这里假设系统只有一个处理机,如何把处理机合理、有效地分配给各执行程序使用是处理机管理的主要内容。

本章将讨论如何在计算机系统中表示程序及其执行;如何管理和控制程序的执行;如何组织和协调程序对处理机的争夺,最大限度地提高处理机的利用率。

应该说,组织用户使用计算机的机制是随着计算机操作系统的发展而进化的。在监督程序时代是以作业形式表示程序运行的,那时,作业以同步方式串行地运行每个作业步;当操作系统发展到分时系统时,为了开发同一个作业中不同作业步之间的并发,作业机制已不能满足需要,因而引入了进程机制,让进程来实现作业步的执行。但随着多处理机计算机的出现,用户希望一个作业步中的程序还能够同时在多个处理机上运行,因此进程的机制得到了进一步发展,即让一个进程同时拥有多个线程,让多个线程在不同的处理机上同时运行。

本章的主要内容如下。

(1)进程管理。进程是操作系统中的一个重要概念,进程是从批处理系统中为了支持作业及作业步的并发而发展出来的机制。进程管理是本章的主要内容。本章将重点介绍进程的内部表示、进程的状态及变化、进程控制及调度算法等。

(2)进程与作业的关系。在早期监督程序时代,作业是处理机的使用单位,那时没有进程的概念,在提出了多道程序设计思想及分时系统出现后,进程这一概念被引入。本章将介绍在引入进程概念以后作业与进程的关系。

(3)线程引入。引入线程的目的是为了支持进程中程序执行的并发。原来的进程只有唯一一个占用处理机的执行单位,引入线程这一概念后,一个进程内可以有多个线程,每个线程都可以被调度占用处理机。这样,线程之间完全可以并发或并行执行,而且它们还都共享进程的程序和数据空间。

3.1　进　程　描　述

在操作系统中,程序以进程方式使用系统资源,包括程序和数据所用的主存空间、系统外设、文件等程序运行所需的系统资源，并且以分时共享的方式使用处理机资源。

操作系统相关的进程管理模块负责创建进程、为进程加载用户态运行程序、为进程申请分配资源、调度进程占用处理机、支持进程间通信等。操作系统可以被看成支持进程并且对进程所用系统资源进行管理的系统。

图 3-1 可以解释这一概念。在多道程序设计环境中，有 n 个进程（P_1，…，P_n）被创建。它们由操作系统定义了各自独立的进程用户空间，用户空间用于存放用户态运行的程序及处理的数据，每个进程在其执行过程中需要使用某些系统资源，包括处理机、物理主存、I/O 设备、文件等。如图 3-1 所示，进程 P_1 正在运行，该进程占有若干物理主存用以运行程序和访问数据，并且控制了两个 I/O 设备。进程 P_2 也占有若干物理主存，但由于申请的 I/O 设备已经被 P_1 独占而被阻塞，进入 I/O 设备的等待队列，进程 P_n 正在等待分配物理主存，因此在操作系统内核有关 P_n 进程的管理表格（PCB）中显示该进程处于挂起状态。下面要弄清的是，操作系统如何表示一个进程，如何控制进程及管理进程所需的资源。

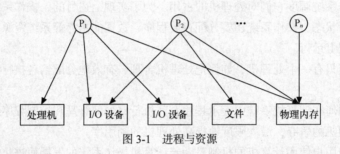

图 3-1　进程与资源

3.1.1　进程的定义

1．进程的组成

进程是支持程序执行的机制。进程可以理解为是程序对数据或请求的处理过程。具体来说，进程由以下方面组成。

（1）至少一个可执行程序，包括代码和初始数据，一般在进程创建时说明。注意：可执行程序可以被多进程共享，换句话说，多个进程可能运行同一个可执行程序。

（2）一个独立的进程用户空间，在进程创建时由操作系统分配。它用于存放进程用户态运行的程序和处理的数据。

（3）系统资源。这是指在进程创建时及执行过程中，由操作系统分配给进程的系统资源，包括 I/O 设备、文件等。

（4）一个执行栈区，包含运行现场信息，如子程序调用时所压栈帧，系统调用时所压的栈帧等，这是进程运行及进程调度进行处理机上进程切换时所要涉及的数据结构。

用户的独立空间是为了存放用户态运行的程序和处理数据的。在为进程分配用户空间的同时，操作系统通常还会为用户程序分配运行时所必需的初始系统资源，如程序进行输入/输出所用的标准输入/输出设备（通常是终端），并且在用户空间中加载用户态运行程序和初始数据。在进程的运行过程中，操作系统不断地将系统资源以独占方式或者与其他进程共享的方式分配给进程。

进程被创建时，系统往往会在用户进程空间定义一个用户栈，用来在运行时保存用户程序现场，同时系统还会为进程在操作系统核心空间分配一个核心栈，用来保存中断/陷入点现场及在进程运行核态程序后的转子现场。逻辑上讲，进程的用户栈和核心栈都是属于一个执行栈区，但由于核心栈是保存的核心态运行程序的现场信息，为了对核心栈进行保护，通常把核心栈放到操作系统数据空间。

2. 进程映像

一个进程至少执行一个可执行程序，这些程序往往以文件形式存放于辅存中，程序文件中还包含局部变量、全局变量数据以及常数定义。因此，一个进程需要足够的存储空间来存放进程的程序和数据以便执行。为了执行程序，操作系统还必须为进程分配一个栈区，用来保存过程调用时的现场。

同一个程序可以由多个进程分别执行，当然，不同的进程虽然执行的是相同的程序，但是处理不同的数据，这种程序被称为共享程序。编制共享程序的技术是研制软件（包括操作系统内核）的重要技术。可共享的程序必须是纯代码（Pure Code），或者叫做可再入（Re-entry）的代码。所谓纯代码是指在其执行过程中不改变自身的代码，通常它只能由指令和常数组成。任何一个程序逻辑上都可以将其分为两部分：执行过程中不改变自身的不变部分和可变的工作区、变量部分。程序内的指令、常量本身不会因程序的执行而发生变化。程序中的数组区、变量存储区及通用寄存器内的信息则将随着程序的执行发生不同的变化。显然，纯代码中若仅包含指令和常量，就不会因为被多个进程以交替方式取指令执行而发生执行错误。

为了使程序能成为纯代码，有效的方法是设法将其中的可变部分从程序体内移出作为进程相关的环境信息。类似于 C 语言的存储分配方法，程序内的变量被定义在"运行栈"上存储。由于"运行栈"作为各进程自身内部的环境信息，每个进程均单独有一个"运行栈"，因此不会发生执行时的中间结果相互覆盖。

我们把程序、数据、栈的集合称作**进程映像**（Process Image）。

没有进程映像，进程就不知道运行什么程序。进程映像放在哪里及如何放置取决于存储管理机制，在以前的实存系统中，进程运行时进程映像都存放于主存中，现代操作系统几乎都采用了页式虚存管理机制，操作系统为进程定义了独立的用户虚空间，在进程创建时会分配并初始化进程的虚空间。

初始化进程空间是指将辅助存储器中的可执行程序文件中的程序加载到进程空间，然后依照执行程序文件中局部变量、全局变量的数据说明分配进程的数据区空间并对其初始化，还要分配好栈区。

图 3-2 所示为在 Windows NT 系列操作系统中通过 Ctrl+Alt+Delete 组合键看到的关于系统所有进程描述的窗口。映像名称描述了进程所运行的执行文件名字，大家从图中可以看出有两个进程的映像名称都是 iexplore.exe，这表示系统有两个进程运行了相同的执行程序——浏览器 iexplore.exe。

图 3-2　Windows NT 中的进程窗口

3.1.2　进程控制块

操作系统要管理进程和资源，就必须拥有每个进程和资源的描述信息以及当前状态信息。这些信息由操作系统建立和维护的表格来表示，这些表格中包含了进程和资源的标识、描述和状态，可以通过表格中的指针将所有进程、同类资源连接起来或将同一进程所用的资源连接起来。通过这些指针，操作系统很容易得到下一个要处理的对象的表格信息。

操作系统管理和控制一个进程需要什么信息呢？操作系统必须建立一个表格描述该进程的存在及状态。这个表格被称为进程控制块（Process Control Block，PCB）。它描述了进程标识空间、运行状态、资源使用等信息。

操作系统管理着大量的进程，每个进程管理信息可以被认为存放于每个进程控制块中。由于各操作系统的实现方式不同，信息的组织方法也不一样。下面首先介绍操作系统管理进程所用到的数据。

进程控制块包含下述三大类信息。

1. 进程标识信息

在进程控制块中存放的标识信息主要有本进程的标识、本进程的产生者标识（父进程标识）、进程所属的用户标识，系统每个用户都有可能产生多个进程，用户标识信息可以让系统对同一用户的进程进行统一操作。

2. 处理机状态信息

这是特指进程进入核心态程序运行的现场保存信息区，进程在运行时，有很多现场信息存在于处理机的各种寄存器中，当进程在中断/陷入进入操作系统内核运行及在内核进一步调用子程序时需要保存处理机运行现场，运行现场以栈帧格式保存在进程的核心栈中。所以逻辑上说进程核心栈属于进程控制块，当然，在具体实现时并不一定将进程运行栈放在进程控制块中。再三说明，进程的用户栈区放在进程的用户空间，进程的核心栈区放在系统空间，逻辑上包含在进程控制块中，核心栈用于运行操作系统核心态的程序，每一个进程都有一个属于自己的核心栈。运行现场主要包括以下内容。

（1）用户可用的寄存器或通用寄存器。这是指任意程序可以使用的数据或地址寄存器，一般有几十个，甚至上百个。

（2）控制和状态寄存器。有许多用于控制处理机执行的寄存器，如包含下一执行指令地址的程序计数器（PC）、条件码寄存器（条件码是指当前逻辑或数学运算后导致进位或符号变化、溢出、全0或相等情况发生。条件码寄存器即那些反映这种变化的寄存器），还有中断开放否、处理机执行态等状态信息寄存器，通常称为处理机状态（PS）字。

处理机状态信息包含了处理机寄存器的内容，当进程正常运行时，这些信息被保存到寄存器中；当进程在正常流程被外中断打断或异常发生时，寄存器信息必须被保护入栈，以便进程中断返回时可以恢复原被中断的现场，所涉及的寄存器取决于处理机硬件的设计，通常包含用户可见寄存器、控制和状态寄存器、栈指针等。特别要提到的是处理机状态字，它记载了程序执行的状态信息，如条件码、外中断屏蔽标志、执行态（核心态还是用户态）标识等。

3. 进程控制信息

（1）调度和状态信息。这些信息主要用于操作系统调度进程占用处理机，主要包括下列3项。

● 进程状态。定义了进程当前的执行状况，如进程正在运行、就绪、等待等状态。

● 调度相关信息。这与操作系统调度算法相关，例如优先级、时间片、本进程已等待时间及进程上次占用处理机时间等。进程调度程序可根据优先级决定进程占用处理机的优先次序，也可以让等待时间长的进程优先占用处理机。

● 事件。当进程处于等待状态时，指明进程所等待的事件，这往往是进程与系统或其他进程同步所引起的，如等待资源锁的释放、等待其他进程结束等。

（2）进程间通信信息。为支持进程间通信相关的各种标识、信号、信件等，多个信件可以组织成队列。这些信息存放在信息接收方的进程控制块中。

（3）存储管理信息，如进程映像的主存地址（在页式虚存系统中即是包含指向本进程页表结构的指针）。

（4）进程所用资源列表。说明由进程打开、使用的系统资源，如打开的文件、I/O 设备等的描述、状态信息。

（5）链接信息。进程可以链接到一个进程队列或相关的其他进程中。例如，同一优先级的就绪进程被链成一个队列，一个进程可以链接它的父子进程，进程控制块需要有这样的一些指针域满足操作系统在处理同类同簇进程时对同类、同簇进程控制块的访问要求。

在操作系统中，每个进程都有一个唯一的数字标识符，它可以是图 3-2 中进程控制块的地址值，或者是可以映射出进程控制块的位置的某种索引值。标识符是非常有用的，操作系统控制的许多其他表格中可以用进程标识符来确定进程控制块位置。例如，文件访问的有关表格中可以存入进程标识符，说明该文件已被哪几个进程打开；当进程相互通信时，通过指明进程标识符说明要交换信息的对方进程；当进程创建子进程时用进程标识符来指明父进程或子进程。这里的进程标识符是一个数字式的系统内码，通过它可以建立其他表格与进程控制块的联系。

除了进程标识符，进程控制块中也包含了相应的用户标识，指明了进程所有者信息或进程所运行程序的所有者信息。所有同一用户的进程配合完成用户上机意图。

进程控制块中的链接指针可以把有相同特性的进程控制块链接起来，图 3-3 示出了 3 个进程队列。因为只有一个处理机，所以执行队列只有一个进程，就绪队列存放等待处理机运行的进程，等待队列存放等某种事件的进程，当然可以按照等待事件不同，设立不同的等待队列，这样就可以用队列区分不同的事件。

进程控制块

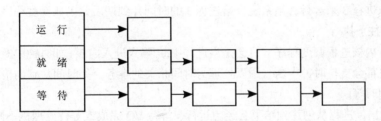

图 3-3　进程链结构

进程控制块是操作系统中最重要的数据结构，每个进程控制块都包含操作系统所需的进程信息。进程控制块几乎会被操作系统的所有模块访问和修改，包括那些进程调度、资源分配、中断处理和性能监督分析模块。可以说进程控制块的集合定义了操作系统的状态。

许多操作系统中的程序都需要访问进程控制块的信息。要直接访问这些表格并不难，每个进程都有唯一的标识，它可以被用做下标变量通过变换来访问进程控制块。但为了系统的层次化、模块化，可以利用面向对象的设计方法，设计一个专门处理例程来处理对进程控制块的访问，所有其他程序都通过这个专门处理例程来读写进程表格。可以在该处理例程中设置许多保护措施，而且在进程控制块结构调整时只需修改该例程即可。事实上，在操作系统设计过程中对于所有公共数据结构都存在这样一个问题，用户往往把对该公共数据结构的规范操作集中在一个例程中，称为管程设计方法。

3.2　进程状态

　　进程表示了程序的执行环境及执行过程。要做到程序的并发执行，操作系统必须能使不同进程中的程序占用处理机运行，所以一个进程在从创建到结束生命期内会占用处理机，也会让出处理机让别的进程去运行。

　　从处理机的观点来看，可以通过改变程序计数器 PC 值来改变指令的执行次序，程序计数器可以从一个应用程序的代码段改变到另一个应用程序的代码段，这也是处理机进程切换所要做的事情。从各独立程序的角度看，各独立程序的执行被称作任务或进程。

　　可以把一个进程里的程序指令执行序列称作进程的踪迹。从处理机的角度来看，处理机的指令执行序列是交替包含各进程的踪迹的。假设有 3 个进程在一个处理机上运行，其处理机指令执行序列可以是图 3-4 所示的情形。

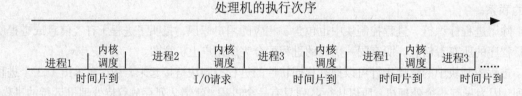

图 3-4　处理机执行进程过程

　　首先是进程 1 的程序在处理机上执行，当操作系统分给该进程的时间片到期时，内核进程调度程序会选取进程 2 来使用处理机；进程 2 执行到 I/O 请求时，因为其要等待 I/O 完成，内核进程调度程序会选取进程 3 来运行；当系统分给进程 3 的时间片到期后，内核调度程序又恢复进程 1 的上次保存现场往下执行。

　　操作系统运行内核进程调度程序的机会是当进程中断/陷入进入内核，如时钟中断发生进入内核时。每种处理机都会支持时钟中断，用以处理与时间相关的事务，如时间片到期检测、系统时钟、处理定时器超时等。

　　从图 3-4 可看出，进程从创建到结束会经历运行、等待 I/O 完成或等待处理机不同的状态。

3.2.1　进程的创建与结束

　　进程是用于运行用户程序的实体。一般的用户进程都是经历首先被创建、断断续续运行、最后结束的过程。当然，进程是不是结束要看如何利用进程来处理数据，有些情况下用进程来循环处理请求队列中的请求，那么这些进程一般循环地运行请求处理程序，永不结束，直到系统关机。这样的进程称为服务器进程或守护进程。

1．进程创建

　　操作系统提供了进程创建的系统调用。用户程序可以通过"进程创建"系统调用创建新的进程去运行新的程序。当要把新进程加入到系统时，操作系统创建管理该进程的所要的系统表格，为进程分配空间并初始化进程空间，准备好执行程序和数据。

　　在需要时，一个进程可以创建一个新的进程，被创建的进程称为子进程，创建者进程称为父进程。除了系统"祖先"进程外，其他进程只能由父进程建立。"祖先"进程是在系统初始化时通过初始化"祖先"进程的进程控制块建立的。

在 Linux 中，操作系统初始化时所创建的 1 号进程是所有用户进程的祖先，1 号进程为每个从终端登录入系统的用户创建一个终端进程，这些终端进程又会利用进程创建系统调用创建子进程，从而形成进程间的层次体系，称为进程树或进程族系。

系统服务进程是一类特殊的进程，它们运行用户态程序，但不属于任何登录用户进程树，它们往往是用于完成系统的功能，如安全检查、网络服务等。1 号进程也是一个系统服务进程，一旦创建，一般不会结束，除非系统要撤销它们提供的系统功能或要关机。

进程创建时，操作系统的处理过程如下。

（1）接收新建进程运行所需参数，如初始优先级、初始执行程序及输入参数等由父进程传来的参数。

（2）请求分配进程描述块 PCB 空间，得到一个内部数字进程标识。

（3）使用从父进程传来的参数初始化 PCB 表。

（4）产生描述进程空间的数据结构，使用初始参数指定的执行文件初始化进程空间，如建立程序区、数据区、用户栈区等。

（5）使用进程运行参数初始化处理机现场保护区。设置一个现场栈帧，待该进程第一次被调度后会从该栈帧恢复现场，从而能够进入执行文件程序的入口点运行。

（6）设置好父进程等关系域。

（7）将进程置成就绪状态。

（8）将 PCB 表挂入就绪队列，等待被调度运行。

在 Windows 系统中，在程序管理器 explorer.exe 的桌面窗口中单击程序或数据图符，explorer.exe 收到信息后会向 Windows 发送创建进程系统调用，创建一个新进程并且让新进程运行图符相关的处理程序。大家可以通过 Windows 任务管理器窗口看到系统中进程的变化。

2．进程结束

操作系统为用户提供系统调用服务，用于结束进程，以释放进程所占用的所有系统资源。进程可以请求操作系统结束自己。进程结束处理主要是释放进程所占用的系统资源，进行有关信息的统计工作，理顺当本进程结束后其他相关进程的关系，最后要调用进程调度程序选取高优先级就绪进程运行。

进程结束处理时，操作系统的处理过程如下。

（1）将进程状态改为结束状态。

（2）关闭所有打开使用的文件、设备。

（3）使进程与其所执行程序文件脱离关系。

（4）进行相关信息统计，将统计信息记入 Log 文件或进程控制块中。

（5）清理其相关进程的链接关系，如在 Linux 中，将该结束进程的所有子进程链到 1 号进程，作为 1 号进程的子进程，并通知父进程自己结束。

（6）释放进程空间和进程控制块空间。

（7）调用进程调度程序将处理机转移到其他进程的运行。

在 Windows 系统中，如果单击某个进程窗口右上角的关闭符"×"，操作系统核心收到鼠标单击中断后会根据单击位置确定你是想关闭哪个进程的窗口，并发送窗口关闭消息给那个进程，该进程收到消息后会关闭窗口，然后可能会调用结束进程系统调用，结束进程。

3.2.2 进程状态变化模型

进程在它的生存周期中，由于系统中各进程并发运行及相互制约的结果，使得它们的状态不断发生变化。通常进程处于以下 5 种状态：创建、运行、就绪、等待、结束。

（1）**运行（Running）状态**：一个进程正在处理机上运行。因为本章前几节讨论的是单机系统上的进程，在这种单机环境下，每一时刻最多只有一个进程处于运行状态。

（2）**就绪（Ready）状态**：一个进程获得了除处理机之外的一切所需资源，一旦得到处理机即可运行，称此进程处于就绪状态。

（3）**等待状态又称阻塞（Blocked）状态**：一个进程正在等待某一事件而暂停运行，如等待某资源成为可用或等待输入/输出完成。

（4）**创建（New）状态**：一个进程正在被创建，还没转到就绪状态之前的状态。

（5）**结束（Exit）状态**：一个进程正在从系统中消失时的状态，这是因为进程结束或其他原因流产所致。

创建状态和结束状态对系统进程管理也是非常有用的，当一个新进程被创建时，分配了进程控制块结构，标记了进程标识等参数，系统已经存在该进程的标识表格了，但它还不能调度运行，这时需要标记该进程为创建状态，表示该进程的表格还需要完成进一步的初化工作后才可以调度运行。从某种意义上说，标记创建状态是保证进程创建对进程控制结构操作的完整性。等到创建工作完成后，再将进程状态置为就绪，这时进程调度程序才可以选取该进程，保证进程调度一定是在创建工作完成后进行的。

同样，当进程到达自然结束点结束或因某种错误结束或由其他授权进程结束时，进程不再能够运行，系统需要逐步释放系统资源，最后释放进程控制块。因此，首先系统必须置该进程为结束状态，再进一步做信息统计、资源释放工作，最后将进程控制块表格清零，并将表格存储空间返还系统。

图 3-5 说明了进程状态变化情形，可能的状态变化如下。

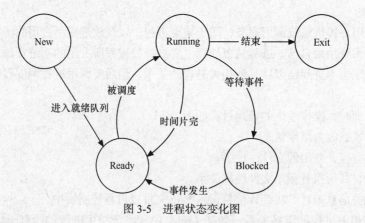

图 3-5　进程状态变化图

（1）**空→创建状态**：当产生一个新进程用于执行一个程序时，新进程处于创建状态。产生进程最先发生在操作系统初始化时，由系统初始化程序为系统创建第一个进程，以后由父进程通过使用创建进程的系统调用产生子进程。

（2）**创建状态→就绪状态**：当进程被创建完成，初始化后，一切就绪，准备运行时变到就绪态。有些操作系统为了使系统资源不过分地分散到各个进程，它通常限制从创建状态进入就绪状态的进程数，这样做可以使系统主存、内核表格空间等系统资源集中给有限的进程使用。因此可能进程进入了创建状态，但很长时间不能进入就绪队列，等操作系统把它选中时才可以分配好所有资源，变为就绪状态。

（3）就绪状态→运行状态：处于就绪状态的进程被进程调度程序选中后，就被分配到处理机上来运行，于是进程状态变成运行。

（4）运行状态→结束状态：当进程发出结束进程系统调用或者因程序执行错误而陷入内核，当前运行进程会由操作系统作结束处理。

（5）运行状态→就绪状态：处于运行状态的进程在其运行过程中，发生时钟中断进入操作系统时钟中断处理程序运行，发现分给该进程的处理机时间片用完而不得不让出处理机，从而从运行状态变为就绪状态。进程还有以下可能出现这种状态的改变：在可剥夺的操作系统中，当操作系统核心程序（如中断处理或某系统调用处理程序）让高优先级的进程就绪时，操作系统调度程序可以将正运行的进程从运行状态改变为就绪状态，让更高优先级的进程运行。

（6）运行状态→等待状态：当进程请求某个资源且必须等待得到它时，它就从运行状态变到等待状态，进程请求操作系统提供服务往往以系统调用的形式，是一种特殊的、由运行的用户态程序调用操作系统内核过程的形式。例如，当进程请求操作系统服务，而操作系统得不到提供服务所需的资源；或进程请求一个输入/输出操作，操作系统已启动外设，但输入/输出尚未完成；或进程要与其他进程通信，要接收信件，但对方还未发出时进程都会被阻塞。

（7）等待状态→就绪状态：当进程要等待的事件到来时，如 I/O 结束中断到来，中断处理程序必须把相应进程的状态从等待变为就绪。

（8）就绪状态→结束状态：这种状态变化没有在状态变化图中列出，但在有些系统中可以支持父进程终止没在运行的子进程，或支持特权进程终止任何其他进程。

（9）等待状态→结束状态：与就绪状态→结束状态的情形相同。

现代操作系统不再像早期的操作系统依次排放进程控制块，由进程状态标志来区分不同的状态，查找某种状态的进程时还需顺序扫描所有进程控制块。现代操作系统依靠队列把相关的进程链接起来，以节省系统的查找进程的时间。图 3-6 说明了进程创建后状态变化时由操作系统管理的队列结构和变化。

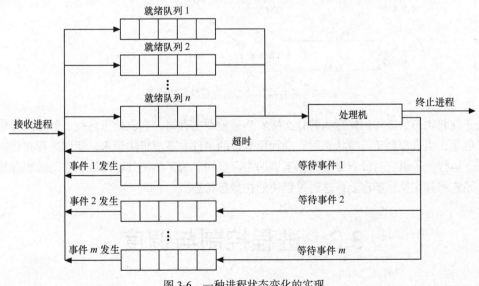

图 3-6　一种进程状态变化的实现

系统按进程优先级数设立几个就绪进程队列，同一优先级进程在同一队列中。系统先取最高优先级的队列中的队首进程占用处理机，当时间片到时往往重新计算优先级并挂回相应的就绪队列中，当要等待事件时，将其挂到相应的事件等待队列中。如果某个事件发生，系统从相应等待队列中选取队首进程并重新计算优先级，然后挂到就绪队列中。

3.2.3 进程的挂起

使用就绪、运行、等待状态可以反映出进程的基本变化，但是在现代操作系统中，进程的状态要更加复杂。为了利用系统有限的资源更好地为进程服务，设立了挂起（Suspended）状态，使处于挂起状态的进程不能立即被执行。挂起状态是因为如下的原因而引入的。

（1）为了支持进程交换。操作系统为了节省主存而将某些进程挂起，并让它们交换出主存。就是说，在挂起状态的进程没有资格占用主存，如果有进程从其他状态变为挂起，就把该进程映像占用的主存释放给系统。

（2）系统有时需要将系统中可能引起系统出错的进程挂起。

（3）一个交互式用户可能因调试程序或其他原因挂起程序的执行。

（4）一个进程可能是周期性地执行，如记账和系统监督进程，在等待下一次执行周期时挂起。

图 3-7 表示了具有挂起状态的系统中进程的状态变化图，在此系统中，进程增加了两个新的状态：就绪挂起和等待挂起。

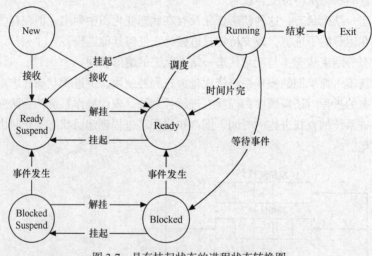

图 3-7　具有挂起状态的进程状态转换图

处于挂起状态的进程到底意味着什么呢？当进程在主存时，它就处于运行、就绪或等待状态之一。但是，当进程处于等待状态时，进程所等待的事件并不能很快到来，所以进程在短时间内不能往下运行，所以它就没有必要占据宝贵的主存空间。为了能使处于等待状态的进程释放主存空间，系统将其交换到辅存上，这时进程便处在挂起状态。

3.3　进程控制与调度

前面两节描述了进程在系统中的表示以及进程的状态变化。下面介绍进程运行和切换的系统实现技术。

3.3.1　进程执行

　　创建进程时，操作系统为它的运行准备好了初始现场，一旦被进程调度程序选择占用处理机运行，调度程序会马上把栈中存放的初始现场信息恢复到处理机的各个寄存器中，在存放输入参数的寄存器中放置由栈中得到的初始输入参数，进程运行程序的初始地址也恢复到 PC。进程会运行创建进程时指定的运行程序。创建进程时指定进程运行的程序是由进程在用户模式下运行的，如果进程在运行程序的过程中发生了中断或陷入（如系统调用、外部设备中断），进程会转入执行操作系统内核程序。

1. 处理机执行模式（态）

　　处理机在执行用户程序和执行操作系统内核程序时的模式是有区别的，这是因为处理机在运行系统内核程序时可以获得更多的特权，以便操作系统程序实现更强的功能；而在运行用户程序时，仅有有限的权限，用来保障系统的安全性。许多处理机支持至少两种执行态。某些指令只能在特权态下执行，如读写处理机状态字 PS 等控制寄存器以及存储管理相关的一些指令。另外，在特权态下，程序可以访问系统空间。

　　用户态就是非特权的模式，用户程序就是在这个模式下运行。当然，现代操作系统的许多系统功能也由运行在用户态的程序实现，如 Linux 操作系统的 1 号进程，它在用户态运行 INIT 程序，负责所有用户终端进程的创建。特权态又称核心态、系统态，操作系统内核程序在这种模式下运行。

　　划分两种执行态的理由是，保护操作系统和操作系统的数据表格不被可能出错的用户程序破坏。处理机如何知道它在哪种执行态下？执行态如何变化？何时变化呢？前面讲到过处理机状态字 PS 中有一位表示处理机执行态，这一位是可以通过特殊指令修改的。当运行在处理机上的用户程序产生陷入，或被外部事件中断进入操作系统程序运行时，系统要马上将处理机模式转变为核心态，原处理机状态字作为运行现场被保护，新的处理机状态字中的态为核心工作状态。这时，处理机执行任何特权指令或访问系统的空间都不会报错，待到返回用户态程序时，原保护的处理机状态字被恢复，处理机模式又转到用户态下。此后如果执行了特权指令，处理机则会报错。

　　如上所述，进程既为运行用户程序而创建，又会在用户陷入或外部中断时去运行操作系统内核程序。当进程运行系统内核程序时，系统要保存断点用户程序的运行现场，包括所有处理机状态、现场信息，保留原用户程序使用的用户栈不被核心态程序使用。当核心程序运行时，系统使用为该进程分配的核心栈空间，这样当核心程序调用子程序或被中断时可以利用核心栈保存现场。

2. 模式切换

　　处理机在执行每一条机器指令时，都会查看是否有中断发生。如果没有中断，处理机则继续原来的执行流程。如果有中断发生，处理机会按设计时的约定，用中断处理程序的入口地址重置 PC，同时将原来的 PC 值保存到栈中，这时处理机转向操作系统的程序执行。毫无疑问，操作系统应马上继续保护中断点的处理机现场，将处理机模式从用户态置成核心态模式。在处理机控制权被转到操作系统核心入口后，核心入口程序应做好以下工作。

　　（1）保护处理机现场，包括保护包含了原程序计数器值的处理机状态字和各种其他寄存器，其中包含有用户栈的指针。

　　（2）将处理机模式转换成核心态，以便以后执行的程序可以包含特权指令。

　　（3）根据中断级别设置中断屏蔽。一般情况下，如果发生了某一级中断，则要屏蔽该级及以下级别的中断，转向中断处理程序。

用户程序执行陷入指令进入操作系统程序执行的情形与上述情形基本相似，只是无需设置中断屏蔽，然后操作系统调用服务例程运行。

在操作系统处理中断或系统调用过程中，可能会导致一些等待状态的高优先级进程变成就绪态，如一个 I/O 结束中断处理完成后会使得原来那个等 I/O 完成的等待进程变成就绪。在处理时钟中断的过程中可能发现正运行的进程时间片已用完，或发现已经到了运行进程交换程序的时候，把一些挂起的进程解挂或把一些等待状态的进程挂起，这都会引起请求进程调度及切换。当遇到上述情形发生时，操作系统程序立即置好请求进程调度标志，马上进行进程调度并切换，或等到中断或例外处理完成准备返回恢复点时进行进程调度并切换。当然，如果没有发生上述事情，原进程的用户程序现场还会被恢复运行。

3. 进程切换

进程切换是指处理机从一个进程的运行转到另一个进程上运行。进程切换与处理机模式切换是不同的，进行模式切换时，处理机逻辑上还在同一进程中运行，因为核心程序运行还是使用同一进程的核心栈。进程切换则指处理机转入另一个进程运行。

如果进程因外部中断或陷入进入到核心态运行，在执行完操作后又恢复用户态刚被中断的程序运行，则操作系统只需恢复进程进入内核时所保存的处理机现场，无需改变当前进程空间等环境信息。但如果要切换进程，当前运行进程就改变了，当前进程空间等环境信息也需要改变。进程切换程序会涉及如下的过程：

（1）保存处理机的上下文，包括程序计数器、处理机状态字、进程核心栈指针等其他寄存器。

（2）修改当前运行进程的进程控制块内容，包括将进程状态从运行态改成其他状态，将该进程的进程控制块链接到相应新状态的队列中。

（3）选择另一个进程执行，这是进程调度所涉及的内容。

（4）修改被调度进程的进程控制块，包括把其状态改变到运行态。

（5）将当前进程存储管理数据修改为新选进程的存储管理数据。例如，改变当前进程存储地址寄存器内容。如果是虚存系统（参见存储管理），由于原来在处理机联想存储器中的页表项都是原进程页表项的缓冲，其地址变换是原进程的虚实映射，所以要废除处理机中联想存储器（TLB）的各项数据，并将当前进程页表指针改为指向新选定的进程页表。

（6）恢复被选进程上次切换出处理机时的处理机现场，按原保护的程序计数器值重置程序计数器，运行新选进程。

3.3.2 进程调度

在单处理机多道程序设计系统中，进程被作为占用处理机运行的执行单位。由于处理机是最重要的计算机资源，所以合理、有效地选择进程占用处理机是进程调度的重要任务。提高处理机的利用率及改善系统响应时间、吞吐率，在很大程度上取决于进程调度性能的好坏。

将进程调度到处理机上运行是进程调度的功能。一个进程能够在处理机上运行之前，还必须占有系统的其他资源（如主存等）。为了合理地安排进程占用这些资源，为进程占用处理机运行做准备，操作系统也存在对其他资源调度的概念，选择进程占用系统的其他资源。选择进程占用处理机的调度又称作低调或低级调度。

1. 调度的概念

一般意义上的调度是指选择。操作系统管理系统的有限资源，当有多个进程（或多个进程发出的请求）要使用这些资源时，鉴于资源的有限性，必须按照一定的原则选择进程（或请求）来占用资源，这就是调度。选择进程占用处理机称为进程调度；选择磁盘请求进行磁盘输入/输出称为磁盘调度等。有时因为使用者太多，被使用的资源太少，会设置一种"使用资格"状态，当选择资源申请者进入"使用资格"状态时也称为调度。

下面介绍 3 种针对使用者占用不同资源的调度。

（1）高级调度

高级调度又称作业调度。在支持批处理系统中，新提交的作业被排入批处理队列中。高级调度从批处理队列中选取合适的作业，产生相应进程运行作业控制语句解释程序，作业一旦被高级调度选中，相应的进程及进程组才会产生，其他系统资源才有可能被占用。

（2）中级调度

在实存交换方式存储管理系统中，中级调度选取辅存中的进程占用物理主存，为占用处理机做好准备。在虚存方式存储管理系统中，如果进程被中级调度选中，进程才有资格占用主存。对于被交换到辅存的进程，系统将进程占用的所有主存页帧释放，并且在没被中级调度选中之前不会再占用主存。因此，通过中级调度可以控制进程对主存的使用。一个进程在生命周期内可能被多次交换。

（3）低级调度（进程调度）

低级调度决定处在就绪状态中的哪个进程将获得处理机。通常所说的进程调度就是指低级调度。执行低级调度往往是原占用处理机的进程因各种原因要放弃处理机或有更高优先级的进程变成就绪状态。实现低级调度的程序往往又被称为分派程序（Dispatcher）。

下面重点讲述进程调度，将讨论进程调度的剥夺与非剥夺方式、请求调度的因素，更详细地讨论调度时机和进程切换时机。为了实现系统响应时间、吞吐率及资源利用率等方面的指标，设计进程调度时不但要考虑进程调度算法，而且还要考虑提供一个好的调度机制。

2. 进程调度方式

进程调度有以下两种基本方式。

（1）非剥夺方式

在这种方式下，一旦分派程序把处理机分配给某进程后，便让它一直运行下去，直到进程完成或发生某事件（如提出 I/O 请求）而阻塞时，才把处理机分配给另一进程。这种调度方式的优点是简单、系统开销小。但它存在很明显的缺点，如当一个紧急任务到达时，不能立即投入运行，实时性差。若有若干后到的短进程，则必须等待长进程运行完毕，致使短进程的周转时间增长。例如，有 3 个进程（P_1、P_2、P_3）先后（但又几乎在同时）到达就绪状态，它们分别需要 20、4 和 2 个单位时间运行完毕，若它们按 P_1、P_2、P_3 的顺序执行且不可剥夺，则 3 个进程各自的周转时间分别为 20、24 和 26 个单位时间，这种非剥夺方式对短作业 P_3 而言是不公平的。

（2）剥夺方式

在这种方式下，某个进程正在运行时可以被系统以某种原则剥夺已分配给它的处理机，将处理机分配给其他进程。剥夺原则可以是优先权原则，即高优先级进程可以剥夺低优先级的进程运行。也可以是时间片原则，在运行进程的时间片用完后被剥夺处理机，重新参与调度。图 3-8 给出了前述的 3 个进程在基于时间片原则的剥夺调度方式下的运行情况（假设时间片为 2 个时间单位）。可以看出，P_1、P_2、P_3 的周转时间分别为 26、10、6 个单位时间，平均周转时间已由非剥夺方式的 23.5 降低为 14 个单位时间。采用剥夺方式的调度，对加快系统吞吐率、加速系统响应时间都有明显的好处。

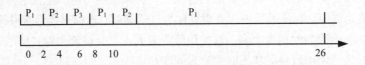

图 3-8　基于时间片原则的剥夺调度方式示例

3. 引发重新进行进程调度的原因

当进程在正常运行时，怎么会出现进程调度的要求呢？主要有两方面的原因：一方面是正在运行的进程无法再继续运行下去，而系统中有其他待运行的进程，操作系统必须把处理机交给一个合适的进程运行；另一方面是对可剥夺调度方式的支持，例如因为出现更高优先级的进程从原来的等待状态变为就绪状态，需要处理机，或为了让等待处理机过长的进程占用处理机，从而要求重新调度。

进程主动放弃处理机的原因有以下几个。

（1）正在执行的进程执行完毕。当运行程序的进程执行完后，它向操作系统发出进程结束系统调用，操作系统在处理进程结束系统调用后应请求重新调度。

（2）正在执行的进程发出 I/O 有关的系统调用，当操作系统代其启动外设 I/O 后，在 I/O 请求没有完成前要将进程变成等待状态，这时应该请求重新调度进程运行。

（3）正在执行的进程要等待其他进程或系统发出的事件，如等待另一个进程的通信数据，这时操作系统应将现运行进程挂到等待队列，并且请求重新调度。

（4）正在执行的进程得不到所要的系统资源，如要求进入临界区（参见进程同步与通信章节），但还不能进入时，这时等待的进程应自动放弃处理机，并且请求重新调度。

（5）正在执行的进程执行"自愿放弃处理机"的系统调用时，有些操作系统提供这种系统调用，以利高级用户程序可以主动影响处理机调度。

为了支持可剥夺的进程调度方式，在以下情况发生时，由于新就绪的进程可能会按某种调度原则剥夺正运行的进程，因此也应该申请进行下列进程调度。

（1）当中断处理程序处理完中断，如 I/O 中断、通信中断，引起某个等待进程变成就绪状态时，应该请求重新调度。

（2）当进程释放独占资源，走出临界区，引起其他等待该资源进程从等待状态进入就绪状态时，应该请求重新调度。

（3）当进程发出系统调用，引起某个事件发生（如发送进程间消息），导致其他等待该事件的进程（如等消息的进程）就绪时。

（4）其他任何原因引起有进程从其他状态变成就绪状态，如进程被中级调度选中时。

为了支持可剥夺调度，即使没有新就绪进程，为了让所有就绪进程轮流占用处理机，可在下述情况下申请进行进程调度：

（1）当时钟中断发生，时钟中断处理程序调用有关时间片的处理程序，发现正运行的进程时间片已到，应请求重新调度，以便让其他进程占用处理机。

（2）在按进程优先级进行进程调度的操作系统中，任何原因引起进程的优先级发生变化时，应请求重新调度，如进程通过自愿改变优先级系统调用或者系统处理时钟中断时根据各进程等待处理机时长而调整进程的优先级时。

操作系统并不一定在引发进程调度原因产生时就马上运行进程调度程序。下面说明进程调度与切换的时机。

4. 进程调度与切换时机

进程调度和切换程序是操作系统内核程序。当要求重新调度的事件发生后，才可能会运行进程调度程序，否则直接返回被中断的上一级程序运行。当调度了新的就绪进程后，才会去进行进程间的切换。这三件事情必须按这个顺序执行，但是它们并不一定是连续执行的。从理论上，这三件事情应该一气呵成，但实际设计中，在操作系统内核程序运行时，如果某时发生了引起进程重新调度的因素，并不一定能够马上进行调度与切换。例如，在运行操作系统内核中断处理程序时，来了一个更高优先级的 I/O 中断，高优先级中断处理完成后，因为把对应的等待该 I/O 中断的进程变为就绪状态，故请求调度。如果马上进行进程调度与切换，原被高级中断打断的那个低级中断处理程序还没有运行完成，不但影响中断的响应时间，原来在 I/O 硬件中的现场也可能会丢失。再如当运行操作系统内核中的要求独占资源的所谓临界段程序时，如果在临界段程序运行中来了时钟中断，导致请求调度事件发生，马上进行进程调度与切换则会导致临界段程序所占资源还处于独占状态，不能尽快释放，以致其他进程需要该资源时不能获得。

在现代操作系统设计中，不能进行进程的调度与切换的情况有以下几种。

（1）在处理中断的过程中。此时，部分现场存在于外设控制器中，而且当时的外设状态也是现场的一部分，如果这时要进行进程切换，必须保存当时的一切现场，这在实现上很难做到，而且中断处理是系统工作的一部分，逻辑上不属于某一进程，不应作为某进程的程序段而被剥夺处理机。

（2）进程在操作系统内核程序临界区中。在运行用户程序的进程陷入操作系统后，如果需要独占式访问共享数据，理论上必须申请独占，以防其他并发程序进入。在独占后释放前不应切换到其他进程运行，以加快该共享数据的释放。

（3）其他需要完全屏蔽中断的原子操作过程中，像中断现场保护、恢复等原子操作。在原子操作过程中，连中断都要屏蔽，更不应该进行进程调度与切换。

如果在上述过程中发生了引起调度的条件，并不能马上进行调度和切换，系统只好置上请求调度标志，等到完成上述过程后才进行相应的调度与切换。操作系统何时进行进程调度切换与操作系统实现相关。应该进行进程调度与切换的时机如下。

（1）当发生引起调度条件，且当前进程无法继续运行下去时（如发生各种进程放弃执行的条件），可以马上进行调度与切换。如果操作系统只在这种情况下进行进程调度，那么说该操作系统支持非剥夺调度。

（2）当中断处理结束或系统调用处理结束后，返回被中断进程的用户态程序执行现场前，若置上请求调度标志，即可马上进行进程调度与切换。如果操作系统支持在这种情况下运行调度程序，即实现了剥夺方式的调度。因为这时原进程并没有主动放弃处理机，而是在准备返回用户态程序继续执行时被剥夺的。

图 3-9 说明了上述两种运行调度程序的时机，当 write( ) 系统调用处理过程中因为向磁盘控制器发送了 I/O 请求，当前进程不能继续运行，因此运行进程调度程序，另一个运行调度程序的时机是内核总控程序准备恢复进程用户态运行时。

切换往往在调度完成后立刻发生。进程的切换过程根据处理机结构不同而不同。典型的进程切换要求保存原进程当前切换点的现场信息，恢复被调度进程的现场信息，现场信息主要有 PC、PS、其他寄存器内容、内核栈指针、进程存储空间的指针。

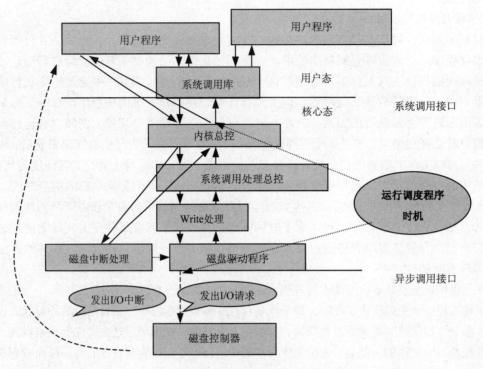

图 3-9　进程调度程序运行时机

为了进行进程现场切换，操作系统内核将原进程的上述信息推入当前进程的内核堆栈来保存它们，并更新堆栈指针。内核从新进程的内核栈中装入新进程的现场信息，还要更新当前运行进程空间指针。在内核完成清除工作后，重新设置 PC 寄存器，控制转到新进程的程序，新进程开始运行。

3.3.3　调度算法

前面已经描述了进程的调度时机，进程调度就是选择进程占用处理机。本节将介绍常用的进程调度原则。在描述进程调度算法之前，先给出以下几个概念。

（1）周转时间：进程从创建到结束运行所经历的时间。

（2）平均周转时间：n 个进程的周转时间的平均值。一般来说，如果调度算法使得平均周转时间减少，则用户的满意度会提高，系统效率也会提高。

（3）等待时间：指进程处于等处理机状态时间之和。等待时间越长，用户的满意度越低。

（4）平均等待时间：n 个进程的等待时间的平均值。如果一个调度算法使得平均等待时间短了，那么意味着减少了平均周转时间。

（5）系统吞吐量：单位时间完成的进程数，即进程平均周转时间的倒数。

（6）响应时间：指交互系统用户命令（或终端操作）的响应处理时间。该时间短意味着终端用户的满意度高。

在设计调度算法时主要要考虑以下因素。

（1）CPU 及外设资源利用率：提高资源利用率是操作系统管理目标之一，如果要想充分提高外设的利用率就应该让 I/O 请求多的进程优先调度。

（2）响应时间：在交互式系统中响应时间应该是影响调度的最重要因素，当前一些商用操作系统在这方面还有改进余地。

（3）系统吞吐量：提高系统吞吐量主要是在批处理系统中着重考虑，以提高多数批作业用户的满意度。

（4）公平及实时性：公平是指各进程拥有平等的机会占用处理机，实时性是指特定实时进程优先占用处理机。公平在分时系统中受到重视，实时性是实时系统必须重点考虑的因素。

不同的调度算法可满足不同的要求，要想得到一个满足所有用户和系统要求的算法，几乎是不可能的。

1. 先来先服务（FCFS）调度算法

先来先服务调度算法是最简单的调度方法。其基本原则是按照进程进入就绪队列的先后次序进行选择。对于进程调度来说，一旦一个进程占有了处理机，它就一直运行下去，直到该进程完成其工作或者因等待某事件而不能继续运行时才释放出处理机。先来先服务调度算法属于不可剥夺算法。

从表面上看，这个方法对于所有进程都是公平的，并且一个进程的等待时间是可以预先估计的。但是从另一方面来说这个方法并非公平，因为当一个大进程先到达就绪状态时就会使许多小进程等待很长时间，增加了平均的进程周转时间，会引起许多小进程用户的不满。

如今，先来先服务调度算法已很少用作主要的调度，尤其是不能在分时和实时系统中用做主要的调度算法。但它常被结合在其他的调度中使用。例如，在使用优先级作为调度的系统中，往往对许多具有相同优先级的进程使用先来先服务的原则。

2. 优先级调度算法

按照进程的优先级大小来调度，使高优先级进程优先得到的处理机调度称为优先级调度算法。进程的优先级可以由操作系统按一定的原则赋给它，也可以由操作系统外部来进行安排，甚至可由用户支付高额费用来购买优先级。

但在许多采用优先级调度的系统中，通常采用动态优先级。一个进程的优先级不是固定的，往往随许多因素的变化而变化，尤其随进程的等待时间、已使用的处理机时间或其他资源的使用情况而定。

优先级调度方法又可分为下述两种。

（1）**非剥夺的优先级调度法**　一旦某个高优先级的进程占有了处理机，就一直运行下去，直到由于其自身的原因而主动让出处理机时（任务完成或等待事件）才让另一高优先级进程运行。

（2）**可剥夺的优先级调度法**　任何时刻都严格按照高优先级进程在处理机上运行的原则进行进程的调度，或者说，在处理机上运行的进程永远是就绪进程队列中优先级最高的进程。如果在进程运行过程中，一旦有另一优先级更高的进程出现时（如一高优先级的等待状态进程因事件的到来而成为就绪），进程调度程序就迫使原运行进程让出处理机给高优先级进程使用或叫做抢占了处理机。在 Linux 系统中，其进程调度算法就是属于"可剥夺的优先级调度算法"，每个进程的优先数都是动态优先数，由系统为各进程每隔一个时间间隔计算一次优先数。

3. 时间片轮转算法

时间片轮转算法也多用于进程调度，采用此算法的系统，其进程就绪队列往往按进程到达的时间来排序。进程调度程序总是选择就绪队列中的第一个进程，也就是说按照先来先服务原则调度，但进程占有处理机仅使用一个时间片，在使用完一个时间片后，进程还没有完成其运行，它也必须释放出（被剥夺）处理机给下一个就绪的进程。被剥夺的进程返回到就绪队列的末尾重新排队，等候再次运行。时间片轮转算法特别适合于分时系统使用，当多个进程驻留在主存中时，在进程间转接处理机的开销一般是不大的。

由于时间片的大小对计算机系统的有效操作影响很大，所以在设计此算法时，应考虑下列问题：时间片选择大的还是小的？时间片的值是固定还是可变值？时间片的值是否对所有用户都相同还是随不同用户而不同？显然，如果时间片很大，大到一个进程足以完成其全部运行工作所需的时间。那么此时间片轮转算法就退化为先来先服务算法；如果时间片很小，那么处理机在进程间的切换工作过于频繁，使处理机的开销变得很大，而处理机真正用于运行用户程序的时间将会减少。通常最佳的时间片值应能使分时用户得到好的响应时间，因此时间片值应选得大于大多数分时用户的询问时间，即当一个交互进程正在执行时，给它的时间片相对来说略大些，使它足以产生一个输入/输出要求；或者时间片大小略大于大多数进程从计算到输入/输出要求之间的间隔时间。这样可使用户进程工作在最高速度上，并且也减少了不必要的在进程间切换的开销，提高了处理机和输入/输出设备的利用率，同时也能提供较好的响应时间。

各个系统最佳时间片值是不同的，而且随着系统负荷不同而有变化。关于时间片的更进一步考虑和时间片轮转的算法请参阅"多级反馈队列调度算法"。

4. 短进程优先（SPF）调度算法

短进程优先调度算法是从进程的就绪队列中挑选那些所需的运行时间（估计时间）最短的进程进入主存运行。这是一个非剥夺的算法，它一旦选中某个短进程后，就保证该进程尽可能快地完成运行并退出系统。这样就减少了在就绪队列中等待的进程数，同时也降低了进程的平均等待时间，提高了系统的吞吐量。但从另一方面来说，各个进程的等待运行时间的变化范围较大，并且进程（尤其是大进程）的等待运行时间难以预先估计。也就是说，用户对他的进程什么时候完成心里没有底，而在先来先服务算法中，进程的等待和完成时间是可以预期的。

短进程优先调度算法要求事先能正确地了解一个作业或进程将运行多长时间。但通常一个进程没有这方面可供使用的信息，只能估计。在生产环境中，对于一个类似的作业可以提供大致合理的估计。而在程序开发环境中，用户就难以知道他的程序大致将运行多长时间。

正因为此算法明显偏向于短进程，而且进程的运行时间是估计的，所以用户可能把他的进程运行时间估计过低，争取优先运行。为纠正这一情况，当一个进程超过所估计的时间时，系统将停止这个进程，或对超时部分加价收费。

短进程优先算法和先来先服务算法都是非剥夺的，因此均不适合于分时系统，这是因为这不能保证对用户及时响应。

5. 最短剩余时间优先调度算法

最短剩余时间优先调度算法是把最短进程优先算法使用于分时环境中的变型。其基本思想是，让进程运行到完成时所需的运行时间最短的进程优先得到处理，其中包括新进入系统的进程。在最短进程优先算法中，一个进程一旦得到处理机就一直运行到完成（或等待事件）而不能被剥夺（除非主动让出处理机）。最短剩余时间优先算法是可以被一个新进入系统并且其运行时间少于当前运行进程的剩余运行时间的进程所抢占。

本算法的优点是，可以用于分时系统，保证及时响应用户要求。其缺点是系统开销增加，首先要保存进程的运行情况记录，以比较其剩余时间大小。另外，进程运行时间只是估算的，不一定很准确。毫无疑问，这个算法使短进程一进入系统就能立即得到服务，从而降低了进程的平均等待时间。

6. 最高响应比优先调度算法

Hansen 针对短进程优先调度算法的缺点提出了最高响应比优先调度算法。这是一个非剥夺的调度算法。按照此算法，每个进程都有一个优先数，该优先数不但是要求的服务时间的函数，而且是该进程得到服务所花费的等待时间的函数。

进程的动态优先数计算公式如下：

$$优先数 = (等待时间 + 要求的服务时间) / 要求的服务时间$$

要求的服务时间是分母，所以对短进程是有利的，它的优先数高，可优先运行。但是由于等待时间是分子，所以长进程由于其等待了较长时间，从而提高了其调度优先数，终于被分给了处理机。进程一旦得到了处理机，它就一直运行到进程完成（或因等待事件而主动让出处理机），中间不被抢占。

可以看出，"等待时间+要求的服务时间"就是系统对作业的响应时间。所以优先数公式中的优先数值实际上也是响应时间与服务时间的比值，称为响应比。响应比高者得到优先调度。

7. 多级反馈队列调度算法

短进程优先或最短剩余时间优先均是在估计的进程运行时间基础上进行调度。但在程序开发环境中或其他情况下，往往难以估计进程的运行时间。这里所研究的算法是时间片轮转调度算法的发展，不必估计进程运行时间的大小。但是本算法仍然基于以下考虑。

（1）为提高系统吞吐量和降低进程平均等待时间而照顾短进程。

（2）为得到较好的输入/输出设备利用率和对交互用户的及时响应而照顾输入/输出型进程。

（3）在进程运行过程中，按进程运行情况来动态地考虑进程的性质（输入/输出型进程还是处理机型进程），并且要尽可能快地决定出进程当时的运行性质（以输入/输出为主还是以计算为主），同时进行相应的调度。

具体来说，多级反馈队列的概念如图 3-10 所示。系统中有多个进程就绪队列，每个就绪队列对应一个调度级别，各级具有不同的运行优先级。第 1 级队列的优先级最高，以下各级队列的优先级逐次降低。调度时选择高优先级的第 1 个就绪进程。

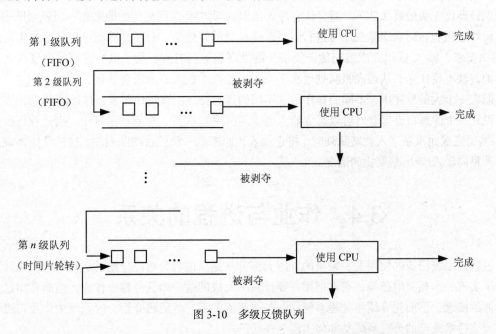

图 3-10　多级反馈队列

各级就绪队列中的进程具有不同的时间片。优先级最高的第 1 级队列中的进程的时间片最小，随着队列的级别增加，其进程的优先级降低了，但时间片却增加了。通常下放一级，其时间片增加 1 倍。各级队列均按先来先服务原则排序。

当一个新进程进入系统后，它被放入第 1 级就绪队列的末尾。该队列中的进程按先来先服务原则分给处理机，并运行一个对应于该队列的时间片。假如进程在这个时间片中完成了其全部工作或因等待事件或等待输入/输出而主动放弃了处理机，于是该进程撤离系统（任务完成）或进入相应的等待队列，从而离开了就绪队列。若进程使用完了整个时间片后，其运行任务并未完成仍然要求运行（也没有产生输入/输出要求），则该进程被剥夺处理机，同时它被放入下一级就绪队列的末尾。当第 1 级进程就绪队列为空后，调度程序才去调度第 2 级就绪队列中的进程。其调度方法同前。当第 1 级、第 2 级队列皆为空时，才调度第 3 级队列中的进程，当前面各级队列皆为空时，才调度最后第 n 级队列中的进程。第 n 级（最低级）队列中的进程采用时间片轮转算法进行调度。当比运行进程更高级别的队列中来了一个新的进程时，它将抢占运行进程的处理机，而被抢占的进程回到原队列的末尾。

多级反馈队列的调度操作如上所述，它是根据进程执行情况的反馈信息而对进程队列进行组织并调度进程。但对此调度算法仍需要加以下述说明。

（1）"照顾"输入/输出型进程的目的在于充分利用外部设备，以及对终端交互用户及时地予以响应。为此，通常输入/输出型进程被放入最高优先级队列，从而能很快得到处理机。另外一方面，第 1 级队列的时间片大小也应大于大多数输入/输出型进程产生一个输入/输出要求所需的运行时间。这样，既能使输入/输出型进程得到及时处理，也避免了不必要的过多的在进程间转接处理机操作，以减少系统开销。

（2）处理机型（计算型）进程由于总是用尽时间片（有些计算型进程一直运行几小时也不会产生一个输入/输出要求）而由最高级队列逐次进入低级队列。虽然运行优先级降低了，等待时间也较长，但终究得到较大的时间片来运行，直至最低一级队列中轮转。

（3）在有些分时系统中，一个进程由于输入/输出完成而要求重新进入就绪队列中，并不是将它放入最高优先级的就绪队列，而是让它进入因输入/输出要求而离开的原来那一级就绪队列。这就需要对进程所在的就绪队列序号进行记录。这样做的好处是，有些计算型进程偶然产生一次输入/输出要求，输入/输出完成后仍然需要很长的处理机运行时间。为了减少进程的调度次数和系统开销，就不要让它们从最高级队列逐次下降，而是直接放入原来所在队列。

但在一个大的程序中，不同的程序段有不同的运行特点。有时计算多，有时输入/输出多。也就是说，一个计算型进程有时可以看成输入/输出型进程。为此，在有些系统中，当进程每次由于输入/输出完成而重新进入就绪队列时，将它放入比原来高一级的就绪队列中，这样就能体现进程由计算型向输入/输出型变化的情况。

3.4　作业与进程的关系

进程是系统资源的使用者，系统的资源大部分都是以进程为单位分配的。而用户使用计算机是为了实现一串相关的任务，通常把用户要计算机完成的这一串任务称为作业。前面介绍过批处理作业的概念，下面先介绍批处理系统作业与进程的关系，然后再介绍分时系统中作业与进程的关系及支持批处理的分时系统是如何实现批作业的。

作业是用户向计算机提交的相关任务集合，而进程则是具体完成用户任务的运行实体和分配计算机资源的基本单位。那么，用户如何提交作业？作业在何时、如何分解成独立运行的进程实体？进程（或进程族）又如何完成作业的功能呢？本节将讨论这些问题。

1. 批处理系统中作业与进程的关系

批处理系统中的批处理作业与进程的关系如图 3-11 所示。用户通过磁带或卡片机向系统提交批作业，由系统的 SPOOLing 输入进程将作业放入磁盘上的输入井中，作为后备作业。作业调度程序（一般也作为独立的进程运行）每选择一道后备作业运行时，首先为该作业创建一个进程（称为该作业的根进程）。该进程将执行作业控制语言解释程序以解释该作业的作业说明书。"根进程"在运行过程中可以动态地创建一个或多个"子进程"，执行说明书中的语句。例如，对一条"编译"语句，该进程可以创建一个子进程执行编译程序对用户源程序进行编译。类似地，子进程也可以继续创建子孙进程去完成指定的功能。因此，一个作业就动态地转换成了一组运行实体——进程族。当"根进程"遇到作业说明书中的"撤除作业"的语句时，将该作业从运行状态改变为完成状态，将作业及相关结果送入磁盘上的输出井。作业终止进程负责将输出井中的作业利用打印机等输出，回收作业所占用的资源，删除作业有关数据结构和在磁盘输出井中的信息等。作业终止进程撤除一道作业后，可向作业调度进程请求进行新的作业调度。至此，一道进入系统运行的作业全部结束。因此，一道作业处于运行状态实际上是指与作业相应的进程正在内部活动。进程受自身轨迹和系统内各种因素的作用"走走停停"，在 3 种进程的基本状态中反复变化。当一道作业的全部进程均结束后，作业也相应地结束。

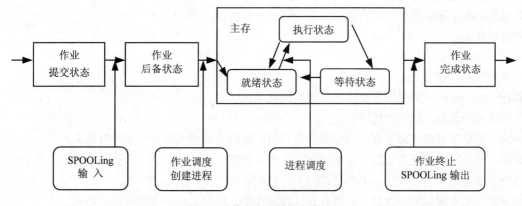

图 3-11　作业和进程状态转换图

作业控制语言解释程序是一个可被共享的程序。在多道程序设计系统中，作业控制语言解释程序对应着多个执行活动，同时控制多道作业运行。引入进程概念后，系统为多道作业分别创建执行作业控制语言解释程序的根进程，便能达到同一个作业控制语言解释程序对不同作业的控制。

2. 分时系统中作业与进程的关系

在分时系统中，作业的提交方法、组织形式均与批处理作业有很大差异。分时系统的用户通过命令语言逐条地与系统应答式地输入命令，提交作业步。每键入一条（或一组）命令，便直接在系统内部对应一个（或若干个）进程。在系统启动时，系统为每个终端设备建立一个进程（称为终端进程），该进程执行命令解释程序，命令解释程序从终端设备读入命令，解释执行用户键入的每一条命令。对于每一条终端命令，可以创建一个子进程去具体执行。若当前的终端命令是一条后台命令，则可以和下一条终端命令并发处理。各子进程在运行过程中完全可以根据需要创建子孙进程。终端命令所对应的进程结束后，命令的功能也相应处理完毕。用户通过一条登出命令即结束上机过程。

分时系统的作业就是用户的一次上机交互过程，可以认为终端进程的创建是一个交互作业的开始，登出命令运行结束代表用户交互作业的中止。

命令解释程序流程扮演着批处理系统中作业控制语言解释程序相同的角色，只不过命令解释程序是从用户终端接收命令。命令解释程序流程如图 3-12 所示。

命令解释程序流程如下。

（1）读入用户键入的命令。命令解释程序最初（或者处理完前一条命令后）发出相关系统调用，请求设备管理程序为其从终端上读入一条命令，并将命令放在约定的工作变量中。

（2）分析命令。命令解释程序接收到一条终端命令后，分析命令语法及参数的正确性。若不正确，则由终端输出错误信息，并重新显示输入命令的提示符（例如$）。

（3）执行当前命令。当命令解释程序判断输入的命令合法后，便创建一个（或一组）子进程，根据命令功能为子进程加载相应的执行程序，子进程具体负责对命令的处理。例如，在 Linux 系统中用户输入一条代表当前系统所有进程的命令：

```
$ps -eal
```

这时终端进程便创建一个子进程去执行文件名为 ps 的程序。运行 ps 的子进程完成相应的处理后向终端显示系统所有进程的信息，然后自行结束。

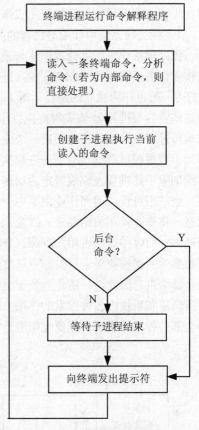

图 3-12　命令解释程序流程

（4）等待子进程结束消息。当创建子进程后，终端进程便主动等待子进程结束信息。子进程结束后，终端进程便结束等待，重新向终端发出一个提示符，开始下一条新命令的读入和处理。若当前命令指定为后台执行，则终端进程不必在此等待。

显然，命令解释程序也是一个可共享执行的程序。可以由多个终端进程共享它。

3. 交互地提交批作业

在同时支持交互和批处理的通用操作系统中，人们可以以交互的方式准备好批作业的有关程序、数据及作业控制说明书。比如，可用交互系统提供的全屏幕编辑命令编辑好自编的一个天气预报程序，用编译及装配命令将程序变成可执行文件，用调试命令进行程序调试，在调试成功后，用户每天都要做如下工作：准备原始天气数据，运行天气预报执行文件处理原始数据，把结果打印出来等。这时，用交互系统提供的全屏幕编辑命令编辑好将要提交的作业控制说明书文件，假设其文件名为 job。这个作业控制说明书文件中包含下述命令：

```
cp data workingfile    //将原始数据拷入 workingfile 文件
forecast               //运行 forecast，它是天气预报执行程序，它处理 workingfile 数据文件，结
                       //果存于 result 文件
lpr result             //打印 result 文件
```

然后用一条作业提交命令（如$llsubmit　job）将作业提交给系统作业队列中。系统有专门的作业调度进程负责从作业队列中选取作业，为被选取的作业创建一个根进程运行命令解释程序，解释执行作业控制说明书文件中的命令。

3.5　线程的引入

处理机一直是计算机系统的一个非常重要而且特殊的资源。用户要运行程序，必须以操作系统提供的机制来占用处理机资源。下面首先介绍处理机分配单位的演变过程，再介绍为什么要引入线程这个概念。

1. 处理机分配单位的演变

在批处理时代早期，只有作业的概念，用户交给计算机完成的任务被称为作业，同时操作系统以作业为单位分配系统资源，如为作业分配主存，为作业分配处理机等。虽然多个作业可以同时进入主存，作业之间可以并发执行，但是同一个作业是一个作业步一个作业步地串行执行的，也就是说，同一作业的作业步是不能并发运行的。事实上，同一作业的作业步之间有些必须同步执行，但是也有一些作业步之间没有次序限制，为了提高并发度，也应该让可以并发的作业步能够并发地占用 CPU 运行，为此，原来的作业为 CPU 的分配/调度单位已不能满足发展的需求，从而引入了进程。

引入进程后，系统资源，特别是 CPU 的分配单位变成了进程，原来由一个作业完成的用户任务通过系统中多个进程来实现，一个进程代表了一个作业步，因为进程可以并发地占用 CPU 运行，因此实现了同一个作业不同作业步的并发。最初是以作业为单位占用主存或 CPU 等系统资源，引入进程后，作业概念的内涵变了，系统不再以作业分配资源，而是以进程为单位分配资源。但是只有被系统选中（调度）了的作业才能有资格建立一系列进程从而占用系统资源。

2. 线程概念的引入

引入进程是为了实现作业内作业步的并发执行，既然是实现同一作业的并发进程，那么进程之间就会有许多的协作，需要进行数据交换，进程有自己独立的存储空间，互相不干扰。如果要进行进程间数据交换，则需要操作系统系统调用支持，操作系统必须提供相应的进程间通信系统调用来完成进程间数据交换的任务，这样会给编程带来困难。因此，一种共享存储空间的进程概念应运而生，它被称为轻权进程（Light-Weight Process），即让完成同一作业的进程共享一片存储空间，但是进程独立作为 CPU 的调度单位占用处理机。因为这些轻权进程共享存储空间，所以可以利用全局变量或全局数据结构进行数据交换，因为轻权进程又作为独立的 CPU 调度单位，可以被进程调度程序调度占用处理机并发地运行。

另一方面，随着共享主存多 CPU 计算机的发展，用户迫切需要加速单个作业步的运行速度。如果一个作业步由一个进程实现，让不同作业的进程同时占用多 CPU 的并行执行，可以加速系统作业的吞吐率，但不能够加快单作业步的运行速度。事实上，同一个作业步的工作也是有可并行成分的。例如，一个实现天气预报的程序可以将处理长沙地区、北京地区、上海地区天气数据的过程并行地展开。如果还沿用传统的进程实现天气预报程序执行，那么因为进程内程序执行的顺序性，则不可能实现不同地区数据处理的并行执行。为此，线程的概念呼之欲出。在一个进程中可以包含多个可以并发（并行）执行的线程。系统按进程分配所有除 CPU 以外的系统资源（如主存、外设、文件等），程序则依赖于线程运行，系统按线程分配 CPU 资源，引入线程后，进程概念的内涵改变了，进程只作为除 CPU 以外系统资源的分配单位，不再以进程为单位占用 CPU。

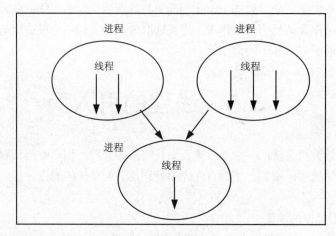

图 3-13　进程与线程的关系

图 3-13 给出了进程与线程的关系。在进程建立时，同时也为该进程建立第一个线程，用以运行程序（注意：进程至少要包含一个线程），以后在适当的时候可以通过操作系统的线程创建系统调用或者其他方法建立后续线程。这些线程共享了程序区和数据区，但是它们有各自的运行栈区，可以被独立地调度占用 CPU 并行或并发地运行。当某个线程被剥夺处理机时，只需把其运行现场保存到该线程的对应栈区，下次该线程被调度时，又可以从上一次的剥夺点恢复现场继续运行。当进程内所有的线程结束时，意味着进程结束，从而释放进程所占用的所有资源。

在进程内，每个线程可以运行进程程序区的不同子程序或相同的可共享子程序，它们处理不同的用户原始数据或不同的外来请求。每个线程完成一个相对独立的任务，尽可能地并发（并行）运行，同时因为它们是实现同一个作业步，它们之间总会存在着同步与通信，共享存储区这一特点使用同步与通信方式相对简单，线程的引入为共享存储的并行编程提供了极大的便利。同时，线程创建时无需再分配存储空间，所以创建的开销比进程要小，通过加快运行实体之间通信速度和节省运行实体创建开销可以大大提高利用线程进行并发编程的作业运行效率。

3. 进程与线程的关系

在多线程环境下，进程被定义成除处理机以外资源的分配单位及保护单位。进程包含如下 4 个部分。

（1）一个独立的用户虚空间，可以装入进程映像，这在操作系统创建进程时定义。

（2）至少一个与该进程关联的可执行程序/数据文件。这里包含了进程要执行的程序和处理数据。当然，在进程生命周期内，可以有多个这样的可执行程序/数据文件在不同的时间段上映射到进程的虚空间上。也就是说，进程可以在不同的时段运行不同的可执行文件程序。

（3）系统外设、文件等资源占用及访问有关信息。

（4）一个或多个执行对象，即线程。进程在创建时一般同时创建好第一个线程，其他线程按需要由用户程序发出请求创建。

进程内至少包含一个线程，可以包含多个线程。第一个线程一般在进程创建时建立，其他线程由某个线程通过系统调用或其他方法建立。线程的基本组成部分如下。

（1）线程标识信息。

（2）线程运行状态（如运行、就绪等）和调度优先级等调度信息。

（3）一个执行程序用栈。用于存放转子调用点（或中断/陷入点）现场、子程序局部变量等。

根据线程实现方法的不同，这个栈结构也不同。后面将详细讨论。

（4）一个与线程关联的私有存储区。每个线程有一个用于存放与线程相对应的局部变量区。该区与执行栈的区别是，栈区间用于存放调用点现场、函数内局部变量，一般由编译安排使用，而该私有存储区空间可由用户程序指定申请，存放长效局部变量，可以在同一个线程中跨函数使用。如果线程运行的用户程序是多线程共享的，则程序中请求私有存储区空间也就是申请与执行线程关联的私有存储区空间。

（5）与进程描述信息的连接信息。进程内的每个线程都共享进程描述信息，如地址空间、使用资源等。

图3-14给出了从进程管理角度看传统进程与多线程进程的内部表示。在传统进程模型中，PCB进程控制块记录进程的所有信息。

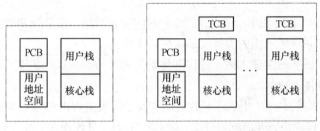

(a) 传统进程模型　　　　(b) 多线程进程模型

图 3-14　传统进程与多线程进程模型

进程拥有一个地址空间，一个用户栈用于执行用户程序，另一个核心栈用于执行内核程序。在多线程进程模型中，除了进程控制块和进程空间外，每个线程都拥有一个线程控制块（TCB），每个线程都有一个用户栈与核心栈。这是由操作系统内核支持线程的情形，操作系统可以通过线程控制块的信息调度线程占用处理机。注意，用户栈存放于进程用户空间中，核心栈存放于系统空间中。

一个进程中的所有线程可共享进程空间及对系统其他资源的使用。如果一个线程修改了某个数据，则另一线程可看到修改结果。如果一个线程以读方式打开一个文件，同进程中的另一线程同样也可以访问这个打开了的文件。

由于进程中的线程都共享进程的用户程序区，因此要多产生一个线程非常容易，只需生成线程控制块及相应的用户栈、核心栈，并以进程程序区中的某个函数作为该线程的执行程序，赋予一定的初始参数即可。线程的结束以及进程内线程切换的开销都很少，而且线程共享进程用户空间，因此，利用进程内多线程实现并行执行比利用多进程实现并行相比，无论在编程上还是在系统性能上都占有优势。

对处理机的占用以线程为单位，调度及处理机切换则必须利用线程的数据结构。所有有关的状态、调度及处理机的现场信息必须存放在与线程相关的结构中。当然，一些对进程的操作会影响到进程内所有的线程，如进程的结束也意味着进程内所有线程的结束。

小　　结

进程是支持程序执行的系统机制。由操作系统管理、控制进程所用标识和特性信息集合称为进程控制块，进程控制块主要包含进程标识信息、处理机状态信息和进程控制信息。程序、数据、用户栈的集合称作进程映像。

进程状态一般分为运行状态、就绪状态、阻塞/等待状态。与进程控制有关的系统调用主要有创建、结束进程。进程挂起是指进程没有占用主存或者没有资格占用主存。

进程的态（模式）切换是指进程从运行用户态的程序转入核心态程序执行或反过来从核心态转入用户态。进程切换则是指处理机从一个进程转到另一个进程中运行。

进程调度的基本功能是按照某种调度算法（或原则）为进程分配 CPU。进程调度也称为低调或 CPU 调度。进程的调度方式分为剥夺调度和非剥夺调度。剥夺调度能充分保证系统的并发性，非剥夺调度可以有效地简化操作系统程序设计。引起进程调度的原因主要有进程结束、进程等事件阻塞、进程时间片到、有更高优先级进程就绪等。进程调度的时机主要有：当发生引起调度条件，且当前进程无法继续运行下去时；当中断处理结束或系统调用处理结束返回被中断进程的用户态程序执行前。

进程调度算法有 FCFS、SPF、优先级调度、时间片轮转法、多队列调度法和多级反馈队列调度法，目前实际操作系统通常使用多级反馈队列调度法。

作业是用户上机任务的宏观实体，进程则是系统内部的微观运行实体。用户作业是通过相应的一组进程运行来具体完成的。

为了实现进程间空间共享，引入了轻权进程；为了实现进程内的程序并发/并行运行，引入了线程。在引入线程的概念后，进程成为资源（除 CPU 以外）分配单位，线程则是处理机分配单位。

习　题

一、选择题

1. 下列程序只能在核心态执行的是（　　）。
　（A）编译程序　　　　　　　　　　（B）命令解释器
　（C）进程调度程序　　　　　　　　（D）程序管理器

2. 什么时候可能不能运行进程调度程序？（　　）
　（A）进程结束处理完毕　　　　　　（B）当前运行进程阻塞
　（C）时钟中断处理结束　　　　　　（D）系统调用处理结束

3. 什么时候不能运行进程调度程序？（　　）
　（A）系统调用处理结束时　　　　　（B）当前进程阻塞后
　（C）中断处理结束返回用户态程序时（D）时钟中断处理结束返回低级中断处理时

4. 下列哪种算法适宜用作分时系统进程调度算法？（　　）
　（A）FIFO　　　　　　　　　　　　（B）分时轮转
　（C）固定优先级调度算法　　　　　（D）短进程优先

5. 以下哪些行为发生后直接运行进程调度程序？（　　）
　（A）进程结束处理　　　　　　　　（B）I/O 完成
　（C）用户程序异常处理结束　　　　（D）启动物理 I/O 后

6. 应该降低进程调度优先级的时机是（　　）。
　（A）进程时间片运行完　　　　　　（B）进程刚被 I/O 中断处理程序就绪
　（C）进程已在就绪状态等待了 ΔT 时间　（D）进程正在运行

7. 多线程编程与多进程编程相比的好处是（　　　）。

（A）安全性好　　　　　　　　　　（B）可共享程序

（C）支持多任务并发运行　　　　　（D）开销小

8. 利用进程与利用线程方式的多任务编程比优点是（　　　）。

（A）创建任务开销小　　　　　　　（B）编程方便

（C）避免任务程序数据被别的任务非法访问（D）通信开销小

二、问答题

1. 什么是进程？为什么要引入此概念？试述进程的特点以及它与程序的区别。

2. 进程控制块的作用是什么？其中应包括哪些信息？

3. 什么是挂起状态？什么是等待状态？二者有何区别？

4. 试说明进程状态何时及如何发生变化。

5. 进程创建的主要工作是什么？

6. 进程切换的主要工作是什么？

7. 详细说明几个引起进程调度的原因。

8. 什么时候进行进程调度最为合适？说明理由。

9. 证明短进程优先调度算法可使进程的平均等待时间最短。

10. 对于三类进程（以 I/O 为主、CPU 为主和 I/O 与 CPU 均衡），说明应如何赋予它们的运行优先级并给出理由。

11. 假设在单处理机上有 5 个（1，2，3，4，5）进程争夺运行，其运行时间分别为 10、1、2、1、5（s），其优先级分别为 3、1、3、4、2，这些进程几乎同时到达，但在就绪队列中的次序依次为 1、2、3、4、5，试回答：

（1）给出这些进程分别使用时间片轮转法、短进程优先法和非剥夺优先级调度法调度时的运行进度表，其中时间片轮转法中的时间片取值为 2。

（2）在上述各算法的调度下每个进程的周转时间和等待时间为多少？

（3）具有最短平均等待时间的算法是哪个？

12. 假定有这样一个进程调度算法，它为各进程累加 CPU 运行时间并首先调度在最近一段时间内占用 CPU 时间最短的进程运行。为什么该算法有利于以 I/O 为主的进程，而又不会让以 CPU 为主的进程永久地等待？

13. 试述剥夺调度与非剥夺调度之间的区别，并分析各自的优缺点。

14. 许多 CPU 调度算法都是含有变量的，例如时间片轮转法的时间片、多级反馈队列调度法中的队列个数、优先级、各队列的调度算法以及进程在队列之间移动的原则等。也可以说，这些算法通过选取某些变量的不同值可能演变成其他算法，如时间片轮转法当时间片取值无穷大时，便演变成 FCFS 法。另外，一种调度算法也可以包含另一种调度算法。试述下面的各对进程调度算法之间的关系。

（1）优先数算法，短进程优先法；

（2）多级反馈队列法，先来先服务法；

（3）优先数法，先来先服务法；

（4）多队列调度法，多级反馈队列法。

（5）时间片轮转法，短进程优先法。

15. 假定对于交互作业进程采用时间片轮转法调度，对于后台批作业进程使用多条队列的剥夺式优先级调度法，试述这样的多队列调度法与多级反馈队列调度法的区别。

16. CPU 调度算法决定了被调度进程的执行次序。在单处理机上若有 n 个进程同时处于就绪状态，那对这 n 个进程有多少种不同的调度次序？给出关于 n 的公式。

17. 作业与进程有何不同？它们之间有什么关系？

18. 作业控制语言解释程序的功能是什么？它为什么应该是可共享的？

19. 什么是批处理作业和交互式作业？它们的特点是什么？系统如何管理？

20. 在支持批处理与分时的操作系统中，用户如何在终端上提交批处理作业和交互式作业？

21. 进程与线程的区别是什么？多线程编程的优势和缺点是什么？

22. 线程控制块的主要内容是什么？解释为什么要包含这些内容。

第4章
并发控制

在多道程序设计系统中，进程是可以并发或并行运行的，进程运行用户自编的程序或是系统实用程序，在这些程序的运行过程中，会因为中断/陷入进入操作系统内核程序运行，在运行操作系统内核程序时，会去访问一些需要分时独占使用的共享资源或数据，访问共享资源或数据而引发一种所谓互斥关系，即要满足各进程不同时使用共享资源或数据的要求。另外一种情形是一个进程需要向另外一个进程传递数据，也就是说，后面的进程必须等待前面进程数据到达才能继续运行，这是一种进程间的次序关系，我们称之为同步。

在引入线程的系统中，进程内的多个线程可以并发或并行运行，因为线程天然共享存储空间，各线程在运行用户态程序过程中会因为访问共享数据及等待数据而发生互斥与同步关系。

为了正确控制并发活动，必须提供相应的手段以协调这些制约关系，本章将给出相应的同步互斥手段。

进程间的互斥关系可能引起一种死锁状况。早期的操作系统在收到进程对某种资源的申请后，若该资源尚可分配，则立即将资源分配给这个进程。后来发现，对资源不加限制地分配可能导致进程间由于竞争资源而相互等待以致无法继续运行的局面，人们把这种局面称为死锁（Deadlock）。死锁问题直到 1965 年才被 Dijkstra 首先认识。1968 年，Havender 在评论 OS/360 操作系统时说：“原先多任务的概念是让多个任务不加限制地竞争资源……但是随着系统的发展，很多任务被锁在系统中了。”1971 年，Lynch 说：“1962 年，我们设计 Exec Ⅱ 系统时并没有认识到死锁问题，系统中也没有任何防范措施，结果现在一些程序已被锁在系统中了。”那么，什么是死锁？死锁在系统中是怎样产生的？人们用什么方法来解决死锁？这些也是本章所要讨论的问题。

4.1 并发执行实现

用户编程是为了实现一个计算任务，一个计算任务可以分解为许多子任务组成，子任务之间并不一定就是严格串行运行的，通常有可以并发运行的成分。如图 4-1 所示，一个计算任务由 3 个子任务组成，图中的箭头说明了子任务间的次序关系，没有次序关系的子任务之间就可以并发执行，比如说 S1 和 S2 就可以并发执行，但是人们习惯顺序编程，比如，按照 S1、S2、S3 的次序进行处理。

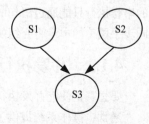

图 4-1 子任务示意图

4.1.1　并发编程方法

许多计算任务均包含可并发执行的子任务，要想让任务中的并发成分能够并发执行，通常有如下几种方法：

（1）程序员编写顺序程序，系统设计一个"并发识别器"实用程序，把顺序程序作为"并发识别器"的输入，识别程序中存在着的并发成分，并利用操作系统支持的进程（线程）机制把这些并发成分对应地创建成一组并发进程（线程），以并发地执行。

（2）由程序员识别并发成分，利用并发程序设计语言编写并发程序，由编译系统生成代码时安排创建相应的一组进程（线程）以并发执行。

（3）由程序员识别并发成分，利用操作系统支持的进程（线程）机制提供的系统调用或高层的并发库函数，生成进程（线程）并使其运行并发子任务。如果使用 C 语言进行并发程序设计，因为 C 语言不是并发程序设计语言，则必须在程序中安排生成进程（线程）的系统调用或库函数来进行 C 语言并发程序设计。

人们可以利用并发程序设计语言作为并发编程的高级语言，并发程序设计语言中通常提供了相应的结构和语句，供程序员描述其程序中的并发成分。一般情况下，并发程序设计语言可以从顺序程序设计语言增加并发语句成分改造而来，但一些新的语言在设计的时候就已经考虑了对并发程序设计的支持。

下面给出一种在普通顺序程序设计语言中增加描述并发成分的基本语句，即**并发语句**。

为了在高级语言一级描述程序中的并发成分，Dijkstra 提出了一种**并发语句 Parbegin/Parend**。该语句的形式是：

Parbegin　S1; S2; …; Sn; **Parend;**

其中：Si（i=1，2，…，n）是单个语句；包含在 **Parbegin** 和 **Parend** 之间的所有语句可以并发执行。

例如，对图 4-1 的计算任务可以描述为：

Parbegin

S1;

S2;

Parend;

S3;

并发语句 Parbegin/Parend 的结构化特征非常好，但存在着描述能力不强的缺点，即存在着用 Parbegin/Parend 语句无法描述的并发、优先关系，如图 4-2 所示。

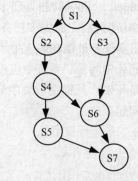

图 4-2　并发语句不能描述的任务

这是因为并发语句只是描述了并发运行成分，非并发成分的串行执行只能通过语句的自然顺序实现，如果有比较复杂的同步，则无法描述。若能辅以其他同步手段（如本章将介绍的信号量机构），则并发语句可以大大增加其描述能力。

4.1.2　并发执行的实现

要想真正使能并发执行的程序并发地执行，必须依赖操作系统的进程或线程机制。

通常，操作系统提供了进程或线程创建、结束和同步等系统调用，可用来支持并发程序的执行。如果用户用并发程序设计语言编写并发程序，编译系统在对该程序进行编译时，会将程序中的并发语句转化为对操作系统相关系统调用函数的调用，以动态地创建一组进程或线程来执行该程序。也就是说，系统将利用进程或线程的并发性来获得程序中并发成分的并发执行。当然，用户也可以直接利用这些系统调用函数来编写并发程序。

下面我们给出 Linux 的 pthread 库所提供的支持线程并发执行有关线程创建及同步函数。

（1）创建线程

int pthread_create (pthread_t   *tid,const pthread_attr_t *attr,void *(*func)(void *),void *arg);

一个进程中的每个线程都由一个线程 ID（thread ID）标识，其数据类型是 pthread_t（常常是 unsigned int）。如果新的线程创建成功，其 ID 将通过 tid 指针返回。

每个线程都有很多属性：优先级、初始栈大小等。当创建线程时，可通过初始化一个 pthread_attr_t 变量说明这些属性以覆盖默认值。通常使用默认值，在这种情况下，将 attr 参数说明为空指针。

最后，当创建一个线程时，要说明一个它将执行的函数。线程以调用该函数开始，然后显式地终止（调用 pthread_exit），或者隐式地终止（让该函数返回）。函数的地址由 func 参数指定，该函数的调用参数是一个指针 arg。如果需要多个调用参数，则必须将它们打包成一个结构，然后将其地址当做唯一的参数传递给起始函数。调用成功后，返回 0；出错时，返回正 Exxx 值。Pthread 函数不设置 errno。

（2）等待某线程结束

int pthread_join(pthread_t tid,void **status);

tid 是必须等待线程的 tid。执行该函数可能导致执行线程阻塞，在要等待的线程结束时被就绪并返回。

（3）获得正在执行线程的 ID

pthread_t pthread_self(void);

线程都有一个 ID，以在给定的进程内标识自己。线程 ID 由 pthread_create 返回，可以调用 pthread_self( )取得自己的线程 ID。

（4）将线程变为独立状态

int pthread_detach(pthread_t tid);

pthread_detach 函数将指定的线程变为独立的。线程或者是可汇合的（joinable）或者是独立的（detached）。当可汇合的线程终止时，将保留其线程 ID 和退出状态，直到另外一个线程调用 pthread_join。独立的线程终止时，所有的资源都释放。如果一个线程需要知道另一个线程什么时候终止，最好保留第二个线程的可汇合性。

（5）线程结束

void pthread_exit(void *status);

该函数终止线程。如果线程未独立，其线程 ID 和退出状态将一直保留到进程中的某个其他线程调用 pthread_join 函数时。

指针 status 不能指向局部于调用线程的私有存储对象，因为线程终止时这些对象也消失。

（6）加锁/解锁

int pthread_mutex_lock(pthread_mutex_t *mutex)

int pthread_mutex_unlock(pthread_mutex_t *mutex)

这两个函数用于对临界区/段的加锁和解锁，以保证对共享数据的互斥操作。Mutex 包含指向锁结构的地址。

4.2 同步与互斥

进程（线程）因为协同实现用户任务或者因为要共享计算机资源，在进程（线程）之间存在着相互制约的关系。这些制约关系可以分为两类。

（1）**同步关系（亦称直接制约关系）** 指为了完成用户任务的伙伴进程（线程）间，因为需要在某些位置上协调它们的工作次序而等待、传递信息所产生的制约关系。

（2）**互斥关系（亦称间接制约关系）** 即进程（线程）间因为相互竞争使用独占型资源（互斥资源）所产生的制约关系，如进程间因为争夺打印机设备而导致一方必须待另一方使用结束后方可使用。

本节主要讨论系统中常见的同步与互斥问题，并给出解决的基本方法。进程（线程）的同步与互斥是并发进程活动中经常遇到的问题。

本章后面所举例子大多是以进程来说明如何对进程共享的临界资源进行互斥与同步操作，同样，线程所共享的临界资源一样需要互斥与同步操作。

4.2.1 同步与临界段问题

同步问题主要是在进程（线程）间协调它们的工作而等待、传递信息而产生的。

【例1】 让两个进程来实现图 4-2 所示的任务。其中进程 P1 依次运行 S1、S2、S4、S5、S7 子任务，进程 P2 依次运行 S3、S6 子任务。那么进程 P1 和进程 P2 在如下 3 个点存在同步关系。

（1）进程 P2 的 S3 运行前必须等待进程 P1 的 S1 执行完毕。

（2）进程 P2 的 S6 运行前必须等待进程 P1 的 S4 执行完毕。

（3）进程 P1 的 S7 运行前必须等待进程 P2 的 S6 执行完毕。

临界段（Critical Section）问题的实质是进程互斥使用资源问题。下面举例描述临界段问题。

【例2】 进程 P1 和 P2 共享硬件的"打印机"资源，即 P1 和 P2 分别执行图 4-3 所示的操作。

图 4-3　进程共享打印机

打印机是需要互斥使用的独占型资源。若让它们随意使用，那么两个进程的输出信息很可能交织在一起而看起来极不方便，故必须互斥使用，即在每个进程使用打印机的前后分别加上一段控制代码 entry code 和 exit code，以保证互斥使用。在设备管理一章将会看到使用独占型设备，入口码 entry code 将是一条请求分配设备的系统调用，出口码 exit code 将是一条释放设备的系统调用。

【例 3】　进程 P1 处理存款到一个账户，同时进程 P2 处理借贷。下面的代码框架显示了进程如何访问共享的变量 balance。

shared double balance; /* shared variable */

进程 P1 的代码框架　　　　　　　　　　　　　　进程 P2 的代码框架

　　…　　　　　　　　　　　　　　　　　　　　　…

　　balance= balance+amount;　　　　　　　　　　balance= balance-amount;

　　…　　　　　　　　　　　　　　　　　　　　　…

这些高级语言语句将被编译成几条机器指令，如下所示：

进程 P1 的代码框架　　　　　　　　　　　　　进程 P2 的代码框架

load　R1,balance　　　　　　　　　　　　　load　R1,balance

load　R2,amount　　　　　　　　　　　　　load　R2,amount

add　R1,R2　　　　　　　　　　　　　　　sub　R1,R2

store　R1,balance　　　　　　　　　　　　store　R1,balance

假设进程 P1 在单处理机上运行正在执行下面的指令时，定时中断发生：

load R2, amount

如果中断处理完成后运行进程调度程序，调度程序接下来可能选择 P2 进程运行，它执行"balance= balance-amount;"的机器指令代码段，当然，中断处理完成后也可能再调度 P1 进程运行。那么在进程 P1 和 P2 之间，就出现了竞争状态。如果进程 P1 赢了，那么已经读到 R1 和 R2 中的值就会加在一起，并安全地写回到主存中的共享变量中。如果进程 P2 赢了，它将会读取 balance 的最初值，计算 balance 和 amount 的差值，然后将差值存放到保存 balance 的主存位置。进程 P1 最后会重新使用前面已经装入 R1 中的原来的值，这个原来的值在进程 P1 被剥夺处理机时被保存起来了，接着进程 P1 会计算 balance 与 amount 的和，从而产生的 balance 值，这与进程 P1 阻塞时，进程 P2 写的 balance 值不相同，因而再次写入保存 balance 的主存位置，会使进程 P2 更新的值丢失。

根据两个进程对共享变量 balance 的使用，程序在进程 P1 和 P2 中都定义了一个临界段。对于进程 P1，临界段就是计算 balance 与 amount 和的部分；但对于进程 P2，临界段就是计算 balance 与 amount 差的部分。因为同一个程序在相同数据上的多次执行可能产生不一样的结果，所以这两个进程的并发执行是不能保证确定性的。在一次执行中，进程 P1 可能赢了，在下一次的执行中，进程 P2 可能赢了，因而在共享变量中会有不同的最后结果。只通过考虑进程 P1 的程序或 P2 的程序是不可能检查出问题的，问题是由共享所引起的，而不是因为顺序代码中有错误造成的。让任一个进程在它需要进入的时候进入相应的临界段，而其间排斥另一个进程也进入相应的临界段，这样就可以避免临界段问题。

从上述关于临界段问题的两个例子可知，进程（线程）间若共享必须独占使用的资源，则往往存在互斥问题，即存在临界段问题。下面给出临界段问题的描述。

● **临界资源（Critical Resource，CR）**　一次仅允许一个进程（线程）使用（必须互斥使用）的资源，如独占型硬件资源，以及可以由多进程（线程）访问到的变量、表格、队列、栈、文件等软件资源。

● **临界段（Critical Section，CS）**　是指各进程（线程）必须互斥执行的那种程序段，该程序段实施对临界资源的操作。

4.2.2　实现临界段问题的硬件方法

通过硬件支持实现临界段问题是实现临界段问题的低级方法或称作元方法，并且硬件实现方法与计算机体系结构有关系，我们先介绍单处理机系统中的屏蔽中断方法，然后介绍共享主存多处理机体系结构中可行的解决临界段问题的硬件指令。

1. 屏蔽中断方法

在一个多道程序的单处理机系统中，中断会引起多进程并发执行，因为中断处理结束会引起调度程序运行。如果某进程在临界段中发生中断，随着上下文切换，会保存被中断进程的寄存器状态，然后调度另外的进程运行，另一个进程如果再进入相关临界段，会修改它们的共享数据，如果再次进行进程切换，原先进程重新执行时，使用了原来保存的寄存器中的不一致的数据，导致错误。如果程序员意识到中断引起的并发能够导致错误的结果，可考虑在程序执行临界段部分的处理时屏蔽中断。

下面的临界段说明了如何利用中断开放 enableInterrupt 和中断屏蔽 disableInterrupt 指令，编写临界段部分代码，以避免两个进程同时在它们的临界段中。当一个进程进入它的临界段时，中断被屏蔽，然后当该进程结束它的临界段执行时，再开放中断。当然，这种技术可能影响到 I/O 系统的行为，由于这个原因，用户态下运行的程序不能使用 enableInterrupt 和 disableInterrupt 指令，而且使用屏蔽中断实现临界段互斥执行应该保证临界段要尽可能短，以确保尽快走出临界段，保证中断响应。

Program for P1 进程 P1 的程序	Program for P2 进程 P2 的程序
disableInterrupt();	disableInterrupt();
balance= balance+amount;	balance= balance-amount;
enableInterrupt();	enableInterrupt();

中断屏蔽只能用于单处理机系统；另外，使用中断屏蔽实现的临界段不宜过长，否则中断响应会受影响；还有，中断屏蔽是属于特权指令，在用户态运行的并发程序中是不能使用中断屏蔽来实现互斥执行的。

在共享主存的多处理机系统中，中断屏蔽方法不能实现互斥执行，需要硬件提供某些特殊指令，例如，能在一个存储周期内同时完成对某一主存单元的内容进行测试和修改等。利用这些特殊指令可以实现临界段的互斥执行。它们是硬件指令，硬件指令是不会被中断打断执行的。

2. Test_and_Set 指令

Test_and_Set 指令又叫"读后置 1"指令，该指令完全由硬件逻辑实现，不会被中断，其功能描述为：

```
boolean Test_and_Set(boolean &target){
    Boolean   rv=target;
    target = true;
    return rv;
}
```

如果机器支持 Test_and_Set 指令，则互斥问题可以通过声明一个初值为 false 的布尔变量 Lock，使用下列方法解决。

```
while (Test_and_Set(Lock));
```

临界段

```
Lock=false;
```

非临界段

在 Lock 变量原值不为 false（即 0）时，表示已经有进程（线程）进入临界段，因此"while（Test_and_Set(Lock)）;"语句会一直循环做空操作，直到原值为 false 时，再进入临界段。

上述的实现临界段的硬件方法一般都要求临界段要相当短，如果临界段过长，在用中断屏蔽方法中会影响中断的响应，在用"读后置 1"指令中，在不能进入临界段时会引起处理机在空操作上循环导致忙等待。

4.2.3　信号量

1965 年，Dijkstra 提出了一种称为信号量（semaphore）的同步互斥工具，通常称为信号量机构。信号量机构是一种功能较强的机制，可用来解决互斥与同步问题。下面首先给出信号量机构的抽象描述：信号量机构由"信号量"和"P 操作、V 操作"两部分组成。信号量（s）为一个整型变量，只能被两个标准的原语所访问，分别记为 P 操作和 V 操作，定义为：

```
P(s){
    while s≤0
        ;//空操作
    s = s – 1;
}
V(s){
    s = s +1;
}
```

P 操作、V 操作是两条原语。

1. 原语的概念与实现

原语（Primitive）是指完成某种功能且不被分割和中断执行的操作序列。有时也称为原子操作，通常可由硬件来实现完成某种功能的不被分割执行特性，像前面所述的"Test-and-Set"指令，其指令就是由硬件实现的原子操作。原语功能的不被中断执行特性在单处理机时可由软件设置屏蔽中断方法实现。

原语之所以不能被中断执行，是因为原语对变量的操作过程如果被打断，可能会去运行另一个对同一变量的操作过程，从而出现临界段问题。如果能够找到一种解决临界段问题的元方法，就可以实现对共享变量操作的原子性。

解决临界段问题的元方法有两种：

（1）屏蔽中断方法。这种方法只能用于单处理机情形。在进入临界段之前屏蔽中断，在离开临界段时开放中断。在单机情形下，屏蔽中断使得临界段程序不可能被打断执行，从而实现了临界段操作的原子性。

（2）利用"Test-and-Set"硬指令解决临界段问题。这可以解决多处理机情形下的临界段问题。

因为 P(s)和 V(s)中的 s 是临界资源，故可以根据情况选取上述的一种解决临界段问题的元方法来实现 P、V 原语。

下面我们用屏蔽中断方法实现 P(s)和 V(s)的原子性。

```
P(s){
    disableInterrupt();
    while (s≤0){
        enableInterrupt();
        disableInterrupt();
    }
    s = s - 1;
    enableInterrupt();
}
V(s){
    disableInterrupt();
    s = s +1;
    enableInterrupt();
}
```

我们在 P 操作的 while 循环中开放中断的目的是为了在循环忙等待时能够响应中断，同时也可以有机会运行进程调度程序，以便让另一个进入临界段的进程被调度运行，以尽快走出相关临界段。

2. 信号量的使用

信号量机构能用于解决 n 个进程的临界段问题。n 个进程共享一个公共的信号量 mutex，初值为 1。任意一个进程 Pi 的结构为：

> P(mutex);

临界段

> V(mutex);

非临界段

信号量机构也能用于解决进程间各种同步问题。例如，有两个并发进程 P1、P2 共享一个公共信号量 synch，初值为 0。P1 执行的程序中有一条 S1 语句，P2 执行的程序中有一条 S2 语句。而且，只有当 P1 执行完 S1 语句后，P2 才能开始执行 S2 语句。对于这种简单的同步问题，可以很容易用信号量机构解决。它们间的同步控制描述为：

```
semaphore    synch;
synch = 0;   // 信号量初值为 0
```

进程 P1 的程序框架如下：

```
…
S1;
V(synch);
…
```

进程 P2 的程序框架如下：

…

P(synch);

S2;

…

如果要解决 4.2.1 节中例 1 的同步问题，可以用信号量描述如下：

semaphore   s13，s46，s67;

s13=0;s46=0;s67=0;   //信号量初值都设置为 0

此时进程 P1 的程序框架如下：

…

S1;

V(s13);

S2;

S4;

V(s46);

S5;

P(s67);

S7

…

进程 P2 的程序框架则为：

…

P(s13)

S3;

P(46);

S6;

V(67);

…

这里，我们可以理解为信号量初值表示了临界资源个数，在互斥时设定为 "1" 表示临界资源只有一个，在同步时设定为 "0" 表示刚开始同步需要等待的数据资源还没有生成。

3. 信号量的具体实现

解决临界段问题的有关硬件方法以及信号量机构所描述的 P、V 操作，都存在 "忙等待"（busy-waiting）现象，即如果某一个进程正在执行其临界段，其他欲进临界段的进程均需在它们的 entry code 中连续不断地循环等待（如执行 **while（condition）;** 语句等）。这种循环等待方式实现的互斥工具又称为 spinlock。在这样的处理方式下，如果能够很快走出循环，进入临界段（如相关临界段很短，其他进程很快走出临界段）则是可取的，但是如果相关临界段很长，势必欲进入临界段的进程可能会长时间循环等待其他进程走出相关临界段，这样会浪费宝贵的处理机时间，其他已经在临界段的进程也不能及时得到处理机运行。

为了克服信号量机构中的 "忙等待"，可重新定义 P 操作、V 操作。当某个进程在执行 P 操作过程中，若发现信号量的状态不允许其立即进入临界段，则 P 操作应使得该进程放弃 CPU 而进入约定的等待队列（使用 block( )）。当某个进程执行 V 操作时，如果在该信号量上有被阻塞的等待进程，则 V 操作负责将其唤醒（假设使用 wakeup( )）。

无忙等待的 P、V 操作定义分为信号量定义、P 操作定义和 V 操作定义。

（1）信号量定义

```
typedef    struct{
    int    value;
    struct    process    *L;
}semaphore;
```

每个信号量定义成一个结构，其中包括一个整型变量 value 和与该信号量相关的等待状态进程队列 L。

（2）P 操作定义

```
void P(semaphore s){
    s.value = s.value −1;
    if    (s.value<0) {
                add this process to s.L;
                block();
    }
}
```

在进程调用 block( )后，进程从运行状态进入阻塞状态，并运行进程调度程序，处理机因此进入被调度的新进程运行。

（3）V 操作定义

```
void V(semaphore s){
    s.value = s.value +1;
    if    (s.value<=0  = {
                remove a process P from s.L;
                wakeup(P);
    }
}
```

这里的 wakeup(P)是将 P 进程从阻塞状态改变为就绪状态，这样待到运行进程调度程序时，调度程序可能会选中 P 进程运行，P 进程从 block()程序返回，进入临界段运行。

在实际系统中，可以将进程队列 L 设计成由 PCB 组成的队列，排队的原则一般选用 FIFO 策略（以防止进程因为优先级低长期得不到就绪运行而出现"饿死"现象），或者按进程优先级高低排队。

信号量机构同步能力强，是目前仍广泛采用的一种进程同步和互斥的工具。其主要缺点是程序结构差，用户若使用不当易产生死锁（死锁问题将在 4.4 节中详细讨论）。

4.2.4　同步与互斥举例

在日常生活中，同步事例比比皆是。例如，客车上的司机和售票员各司其职，为了完成同一个运送乘客的任务相互配合。如图 4-4 所示，当汽车到站，司机将车停稳后，售票员才能开启车门，让乘客上下车后再关车门。只有当得到车门已关好的信号后，司机才能开动汽车继续行驶。

计算机系统中，共同完成同一任务的一组进程之间亦如此，常常存在着类似的同步问题。下面以几个典型的实例论述如何用 P 操作、V 操作解决同步互斥问题。

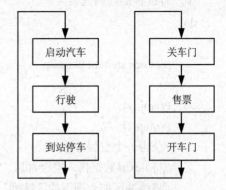

图 4-4 司机与售票员同步

1. 有限缓冲区问题

问题的描述为：假设一组生产者进程 P_1，P_2，…，P_k 和一组消费者进程 C_1，C_2，…，C_m，通过 n 个缓冲区组成缓冲池共同完成"生产和消费"任务，如图 4-5 所示，每个缓冲区存放一个消息，生产者将生产出的消息放入空缓冲区，消费者从满缓冲区中取出消息。一旦所有缓冲区均满时，生产者必须等待消费者提供空缓冲区；一旦缓冲池中所有缓冲区全为空时，消费者必须等待生产者提供有消息缓冲区。另外，对所有生产者和消费者进程来说，把缓冲池看成一个整体，因此缓冲池是临界资源，即任何一个进程在对池中某个缓冲区进行"存"或"取"操作时必须和其他进程互斥执行。若用信号量机制来解决这种问题，则首先要定义下列公共信号量：

（1）信号量 mutex。初值为 1，用于控制互斥访问缓冲池。

（2）信号量 full。初值为 0，用于记数。full 值表示当前缓冲池中"满"缓冲区数。

（3）信号量 empty。初值为 n，用于记数。empty 值表示当前缓冲池中"空"缓冲区数。

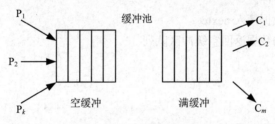

图 4-5 有限缓冲区问题

有限缓冲区生产者/消费者进程描述如下：

```
typedef    struct{
      …
} item;                       //消息类型
typedef    struct{
      struct item    inst;
      struct buffer *next;
} buffer;                     //缓冲类型

semaphore    full, empty, mutex;    //信号量
struct item    nextp, nextc;        //消息变量
//下面设置信号量初值
full = 0;
empty = n;
mutex=1;
```

生产者进程的代码框架为：

```
do{
    …
    produce an item in nextp
    …
    P(empty);
    P(mutex);
    //获得一个空缓冲区
    //将 nextp 数据拷入空缓冲区
    //将缓冲区加入满缓冲区队列
    V(full);
    V(mutex);
}while(1);
```

消费者进程的代码框架为：

```
do{
    P(full);
    P(mutex);
    //获得一个满缓冲区
    //将满缓冲区数据拷入 nextc
    //将缓冲区中的数据返回空缓冲区队列
    V(empty);
    V(mutex);
    …
    comsume the item in nextc
    …

}while(1);
```

应该特别注意的是，无论是在生产者还是消费者进程中，V 操作的次序无关紧要，但两个 P 操作的次序却不能颠倒，否则可能导致死锁。

特别要理解为什么对空缓冲区和满缓冲区计数用信号量来表示。如果 full 和 empty 不用信号量表示，而作为一般的整型数，那么意味着在对这些计数变量操作时也要保证互斥操作，必须引入另外的信号量来实现对 full 和 empty 共享变量的互斥操作，现在直接对 full 和 empty 共享变量套用 P.V.操作，一方面，P.V.操作的语义与当时对 full 和 empty 共享变量的操作语义一致，另一方面，P.V.操作已经是原子操作，因此保证了对 full 和 empty 共享变量的互斥操作。

2．Readers/Writers 问题

计算机系统中的数据（如文件、记录）常被若干个并发进程共享。但其中某些进程可能只希望"读"数据（这种进程称为 Reader），另一些进程则希望修改数据（这种进程称为 Writer）。就共享数据而言，Reader 和 Writer 是两种不同类型的进程。通常，两个或两个以上的 Reader 同时访问共享数据时，不会产生副作用。但若某个 Writer 和其他进程（Reader 或 Writer）同时访问共享

数据时，则可能导致数据不一致的错误。为了避免错误，同时尽可能地让 Reader 和 Writer 并发运行，只需保证任何一个 Writer 进程能与其他进程互斥访问共享数据即可。这种特殊的同步互斥问题被称为 Reader/Writer 问题。

该问题是在 1971 年首先由 Courtots 等人提出并解决的。考虑到 Reader 和 Writer 争夺访问数据时可以具有不同的优先权，Reader/Writer 问题有几种变形。一种称为 First Reader/Writer 问题（第一类 Reader/Writer 问题），另一种称为 Second Reader/Writer 问题（第二类 Reader/Writer 问题）。

在第一类 Reader/Writer 问题中，当 Reader 和 Writer 争夺访问共享数据时，Reader 具有较高优先权。该问题的具体描述如下所述：

（1）如果当前无进程访问数据，无论 Reader 或 Writer 欲访问数据都可直接进行访问。

（2）如果已有一个 Reader 正在访问数据，那么其后欲访问数据的 Reader 可直接进行访问；而当前欲访问数据的 Writer 则必须无条件等待（这一点说明了 Reader 具有较高优先权）。

（3）若某个 Writer 正在访问数据，则当前欲访问数据的 Reader 和 Writer 均须等待。

（4）当最后一个结束访问数据的 Reader 发现有 Writer 正在等待时，则将其中的一个唤醒。

（5）当某个 Writer 结束访问数据时发现存在等待者，那么若此时只有 Writer 处于等待，则唤醒某个 Writer。若此时有 Reader 和 Writer 同时处于等待，则按照 FIFO 或其他原则唤醒一个 Writer 或唤醒所有 Reader。

在该问题中的"Reader 优先"主要表现在：除了某个 Writer 正在访问数据之外，任何情况下 Reader 欲访问数据均可以直接进行访问，即只要存在 Reader 正在访问数据，后续到达的那些欲访问数据的 Reader 就无需顾忌此时是否已存在等待访问数据的 Writer，均直接进行访问。

第二类 Reader/Writer 问题则不同，它试图使得 Writer 具有较高的访问优先权。所谓"Writer 优先"表现在：Writer 欲访问数据时，将尽可能早地让它访问。只要存在一个 Writer 正在等待访问数据，那么任何后续欲访问数据的 Reader 均不能进行访问。第二类 Reader/Writer 问题的例子如图 4-6 所示，假设 T0 时刻有若干个 Reader 正在访问数据，而在此之后顺序出现了一组等待者，如果在 T6 之后的较长时间内不出现新等待者，正在访问数据的 Reader 均结束后，后续访问数据的顺序将是 Writer1→Writer2→Reader1，Reader2，Reader3（假设 Writer2 到达时 Writer1 还未出临界段）。

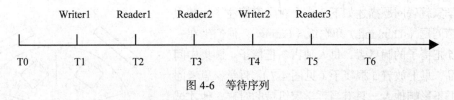

图 4-6 等待序列

不难看出，上述两种方法均能解决 Reader/Writer 问题，但均可能导致进程被"饿死"的现象。在第一种情况下，Writer 可能因为连续不断地出现新的 Reader 而长期不能访问数据被"饿死"。在第二种情况下，Reader 则可能因为连续不断地出现新的 Writer 而长期不能访问数据被"饿死"。因此，基于这种原因，人们又提出了另一些关于 Reader/Writer 问题的解决方法。

下面使用信号量机制给出解决第一类 Reader/Writer 问题的实现方法。Reader/writer 进程共享下列数据结构：

semaphore   mutex, wrt;

int readcount;

其中，mutex，wrt 初值均为 1，readcount 初值为 0。变量 readcount 用于记录当前有多少个 Reader 正在访问数据，信号量 mutex 用于保证 Reader 之间互斥地修改 readcount，wrt 则是 Reader 和 Writer 共用的一个互斥信号量。

Writer 进程的一般结构为：

P(wrt);

…

writing is performed

…

V(wrt);

Reader 进程的一般结构为：

P(mutex);

readcount = readcount+1;

if (readcount ==1)

P(wrt);

V(mutex);

…

reading is performed

…

P(mutex);

readcount = readcount-1;

if (readcount==0)

V(wrt);

V(mutex);

3. 哲学家就餐问题

Dijkstra 于 1965 年首先提出并解决了哲学家就餐问题。该问题是大量并发控制问题中的一个典型例子。

哲学家就餐问题描述如下：5 个哲学家倾注毕生精力用于思考问题（Thinking）和吃饭（Eating），他们坐在一张放有 5 把椅子的圆桌旁，每人独占一把椅子。圆桌中间放置食品，桌上放着 5 根筷子（见图 4-7）。哲学家思考问题时，并不影响他人。只有当哲学家饥饿的时候，他才试图拿起左、右两根筷子（一根一根地拿起）。如果筷子已在他人手上，则需等待。饥饿的哲学家只有同时拿到了两根筷子才可以开始吃饭。而且，也只有当他吃完饭后才放下筷子，重新开始思考问题。

在这里筷子是共享但是又必须互斥使用的资源。这种互斥问题的一个简单解决办法是：为每根筷子单独设置一个信号量，哲学家取筷子前执行 P 操作，放下筷子

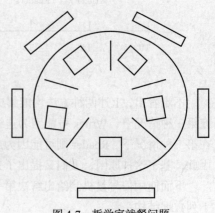

图 4-7 哲学家就餐问题

后执行 V 操作。哲学家们共享下列数据：

semaphore　chopstick[5];　// 其中，各信号量初值均为 1

那么，第 i 个（$i=0$，1，2，3，4）哲学家所执行的程序描述为：

```
do{
    P(chopstick[i]);
    // 取左边的筷子
    P(chopstick[(i+1)% 5]);
    // 取右边的筷子
    …
    Eating
    …
    // 放下左边的筷子
    V(chopstick[i]);
    // 放下右边的筷子
    V(chopstick[(i+1) %5]);
    …
    Thinking
    …
}while(1);
```

尽管这种方法简单，并能保证任何时候均不存在两个相邻的哲学家同时在吃饭的问题。但由于进程的并发执行与 CPU 的调度问题，可能使得每个哲学家都只拿到了自己左边的筷子，那么这一组进程就会发生没有人能够继续下去的死锁现象。

4.3　消息传递原理

进程之间交换信息被称为进程间通信。要实现进程间通信，有如下两种基本的方法。

（1）共享存储（Shared Memory）方法。要通信的进程之间存在着一片可直接访问的共享空间，通过对这片共享空间进行写/读操作可以实现在它们之间的信息交换，如一个进程往这片共享空间写数据，而另一个进程从共享空间读取数据。对共享空间进行写入/读取数据时，需要使用同步互斥工具（如 P 操作、V 操作）对其共享空间的写入及读取动作进行控制。在共享存储方法中，操作系统只负责为通信进程提供可共享使用的存储空间和一些同步、互斥工具，数据交换则由用户安排读写指令完成。需要注意的是，进程用户空间一般都是独立的，要想让两个进程共享用户空间必须通过特殊系统调用实现，而进程内的线程是自然共享进程用户空间的。

（2）消息传递（Message Passing）方法。消息传递的主要思想是：系统提供发送消息 Send( ) 与接收消息 Receive( ) 两个原语，进程间通过使用这两个原语进行数据交换。如果要通信的进程之间不存在可直接访问的共享空间，则必须利用操作系统提供的消息传递类系统调用实现进程间通信。

4.3.1　消息传递通信原理

消息传递原语的一般形式如下。

发送消息：Send(destination,&message)

接收消息：Receive(source,&message)

在实际的通信系统中，有关通信的原语格式会有所不同。这里所列出的格式只是用于说明消息传递原理。

发送者必须把要发送的消息准备好，存放于进程用户空间的消息缓冲区中，并给出消息要达到的目的地标识，接收者接收消息时要给出接收消息的接收缓冲区，可视情况给出源地址标识。源地址可以是通信双方公用的信箱的标识，也可用来说明接收者只接收由源地址标识的进程发来的消息。

1. 消息传递方法

实现消息从发送者到接收者的传送有两种方法。

一种方法是设立一个通信参与者共享的逻辑实体，如信箱，发送者只是向信箱发送消息，接收者从信箱取消息。这种方法又称为间接通信方法。共享的逻辑实体可以是操作系统在核心空间中提供的一组数据结构，也可以以磁盘上的文件作为基础，最主要的特点就是它不属于通信中的任意一方，而是一个中介实体。

另一种方法则是直接以接收者进程内部标识为目的地标识发送消息，这种方法又称为直接通信方法。这种方法虽然很直观，但是在进程间通信编程时不一定能够得到要执行通信进程的内部标识。

2. 消息缓冲

进程之间通信的目的是相互合作，完成某项任务。发送者进程发送一个消息给接收者进程，可以是某任务在发送者进程中的工作已完成，后续工作由接收者进程完成，这时发送者进程可以结束或去执行其他的任务；发送者进程也可以等待接收者进程完成相应的工作后再作后续处理。所以消息传递常常作为进程同步的手段。

若要实现进程间的消息传递，可以设定在通信源和目的之间存在一条虚拟的通信链，该链从源进程消息缓冲区开始，以目的进程消息缓冲区结束，链中可以包含许多系统的缓冲区。系统设立消息缓冲区可以带来下述许多好处。

（1）在接收方准备好接收缓冲区之前，发送方就可以发送，这时消息可以存放于系统的消息缓冲区中。

（2）一旦消息从发送方缓冲区拷入系统缓冲区，发送方缓冲区又可用来存放另一个要发送的消息，而无需等待上一个消息被接收者完全接收。这样能实现消息传递的流水线操作。

4.3.2 消息传递通信示例

下面举例说明实现"消息传递系统"的基本设计思想。在一个消息定长（8 个字）的简单直接通信消息系统中，进程间通过两个基本系统调用进行通信。

● Send(&A)：发送者用以发送消息。&A 为包含接收者内部标识符和消息正文的进程用户空间发送缓冲区始地址。

● Receive(&A)：接收者用以接收当前已到达的消息，&A 为消息的用户空间接收区始地址。若当前无消息到达，则接收者进入等待状态，直到到达了一条消息再从内核返回。

操作系统内部按如下思想实现上述消息系统：操作系统管理一个用于进程通信的缓冲池，其中的每个缓冲区 buffer 可存放一条消息，欲发送消息时，发送者从缓冲池中申请一个可用 buffer，接收者取出一条消息时再释放 buffer。系统缓冲区的格式说明如图 4-8 所示。

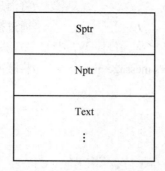

其中：

Sptr：指向发送者的 PCB 指针（即指示该消息的发送者）。

Nptr：指向消息队列中下一缓冲区的指针。

Text：消息正文（包含接收者内部标识符）。

图 4-8　内核中的消息缓冲区格式

系统中每个进程均设置有一个消息队列,任何发送给该进程的消息均暂存在其消息队列中（按 FIFO 原则进出）,在进程 PCB 中设置一个队列头指针 Hptr 指向该消息队列；为了保证对该进程消息队列的互斥操作,在 PCB 中设置一个互斥信号量 Mutex（初值为 1）；PCB 中同时设置一个用于计数信号量 Sm（初值为 0）,Sm 也用于记录该消息队列中现存消息的数目,如图 4-9 所示。

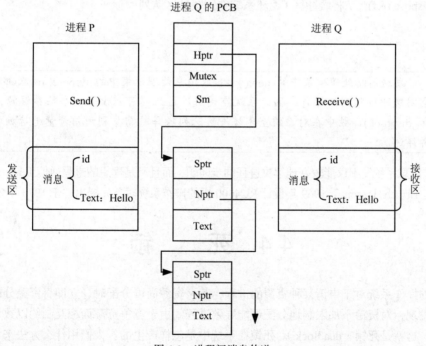

图 4-9　进程间消息传递

Send (&A) 处理程序框架：

Send (&A){

　　…

　　new (&p); //从系统空缓冲队列获得一个空闲缓冲 p

　　p.Sptr = address of the sender's PCB;

```
    move the message to buffer p;                    //将消息从用户空间拷入缓冲 p
    find the receiver's PCB;                         //通过接收者内部标识获得接收者 PCB
    P (mutex);
        add buffer p to the receiver's message queue;   //将缓冲 p 加入接收者队列
        V (Sm);
    V (mutex);
    …
};
```

Receive (&A) 处理程序框架：

```
Receive (&A){
…
P (Sm);
P (mutex);
    move out a buffer f from the message queue of the receiver;   //从消息队列获取缓冲 f
V (mutex);
move sender's name and text from buffer f to receiver;           //将发送者信息和缓冲 f 的消
息正文传给接收者
dispose (&f);    //将缓冲区 f 返还系统空闲缓冲区队列
…
};
```

　　发送消息处理框架中的 new( )和接收消息处理框架中的 dispose( )函数都有针对系统空闲缓冲区队列的操作，因此系统空闲缓冲区队列可以看做一个临界资源，在 new( )和 dispose( )函数中在对系统空闲缓冲区队列操作时需要利用信号量进行加锁，这里不再详述。

　　使用"消息系统"不仅能较好地解决进程同步问题，而且又是理想的进程通信工具。这种消息通信的思想是 Brinch Hansen 于 1969 年设计 RC4000 机的操作系统时首先提出并于 1970 年公布于众的。

4.4　死　　　锁

　　早期的操作系统对于申请某种资源的进程，若该资源尚可分配时，立即将资源分配给这个进程。后来发现，对资源不加限制地分配可能导致进程间由于竞争资源而相互制约以致无法继续运行的局面，这就是**死锁**（deadlock）。死锁在系统中是怎样产生的？人们用什么方法来解决死锁？这些正是本节要讨论的问题。

4.4.1　死锁示例

　　日常生活中，常常有许多有关死锁的事例。例如，车队从东南西北四方开来，行至一个井字形的马路（见图 4-10）时，便可能出现了 4 个车队都无法再前进的状态：东路车要等北路车开走后方可前进，北路车要等西路车开走后才能前进，西路车要等南路车开走后才能前进，而南路车却要等东路车开走后才能前进。显然，各路车队等待的事件都不会发生。若不采用特殊方法去解决该问题，这 4 队车将永远停留在这个井字形的路上而处于死锁状态。

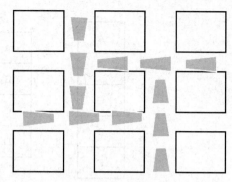

在计算机系统中，进程发生死锁与上述事例实质上是一样的。计算机系统中有各种资源，如主存、外设、数据、文件等，进程是因为相互竞争资源而导致死锁的，与 4 路车队（可视为进程）竞争路口（可视为资源）类似。

图 4-10　交通死锁的例子

下面分别就进程竞争外部设备、存储空间以及一组伙伴进程相互通信而导致死锁的情况各举一例。

【例 1】　竞争外部设备。设系统中有输入和输出设备各一台，进程 A、B 的代码形式如下：

进程 A	进程 B
（1）申请输入设备	（1）申请输出设备
……	……
（2）申请输出设备	（2）申请输入设备
……	……
（3）释放输入设备	（3）释放输出设备
（4）释放输出设备	（4）释放输入设备

由于 A、B 是并发进程，因此语句执行的先后次序是不确定的。如果某次运行是按 A（1），B（1），……的次序进行，即 A 进程得到了输入设备，B 进程得到了输出设备，以后无论 A 和 B 按什么次序运行它们的语句，总会出现这种局面：A 进程执行到语句（2）便开始等待输出设备，B 进程执行到语句（2）开始等待输入设备，形成了 A 进程占有输入设备等待输出设备而 B 进程占有输出设备等待输入设备的局面。因为 A 进程结束等待的前提是 B 进程释放输出设备，而 B 进程结束等待状态的前提是 A 进程释放输入设备。因此 A、B 进程均无法继续运行而出现死锁，如图 4-11 所示。

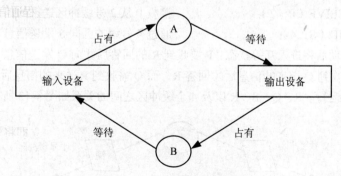

图 4-11　竞争外部设备出现死锁

【例 2】　竞争辅存空间的多进程多文件写操作也可能出现死锁。假设系统中有 3 个进程 A、B、C 并行地往磁盘中文件 a、b、c 中添加信息，同时假设文件空间是写时分配，进程写完文件，并且打印文件后即删除文件。现在如果 3 个进程均未完成写文件而磁盘空间已耗尽（如图 4-12 所示），则进程 A 的文件 a、进程 B 的文件 b 和进程 C 的文件 c 都占有一部分空间，必须等待另外两个进程释放一些磁盘空间才能继续运行，于是形成了死锁。

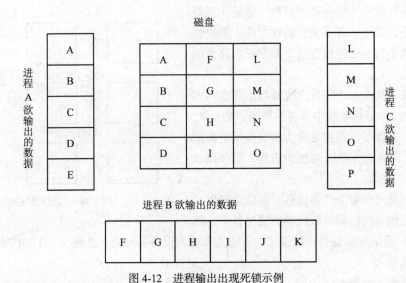

图 4-12 进程输出出现死锁示例

【例3】 进程通信。设有 4 个进程 P、S、Q、R 用 4 个缓冲区进行通信，进程分别有如下代码：

进程 P　　SEND（R，1）：　　　　　　通过 1 号缓冲区向 R 发送信息
　　　　　WAIT（R，ANSWER）：　　　等待 R 的回答
　　　　　SEND（Q，2）：　　　　　　通过 2 号缓冲区向 Q 发送信息
进程 R　　SEND（S，3）：　　　　　　通过 3 号缓冲区向 S 发送信息
　　　　　WAIT（S，ANSWER）：　　　等待 S 回答
　　　　　RECEIVE（P，1）：　　　　　接收 P 送来的信息
　　　　　ANSWER（P）：　　　　　　回答 P
进程 S　　RECEIVE（Q，4）：　　　　　接收 Q 从 4 号缓冲区送来的信息
　　　　　RECEIVE（R，3）：　　　　　接收 R 从 3 号缓冲区送来的信息
　　　　　ANSWER（R）：　　　　　　回答 R
进程 Q　　RECEIVE（P，2）：　　　　　接收 P 从 2 号缓冲区送来的信息
　　　　　SEND（S，4）：　　　　　　通过 4 号缓冲区向 S 发送信息

这 4 个进程启动后将进入互等状态：P 要收到 R 的回答后才向 Q 发送信息，R 回答 P 之前要等待 S 回答，S 要收到 Q 送来的信息后才回答 R，而 Q 需收到 P 送来的信息后才向 S 发送信息。这样它们都无法再运行。R、Q、S、R 以及 4 个缓冲区之间的关系如图 4-13 所示。

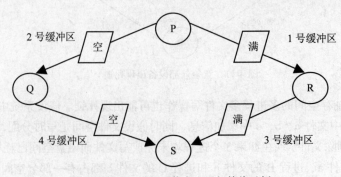

图 4-13　进程通信产生互相等待示例

前两例中，死锁的出现与进程间执行的相对速度有关，若进程按其他次序运行就不一定出现死锁。因此，死锁是一种与时间相关的问题。但是在例 3 中，无论进程按什么次序运行总免不了互等，它属于这一组协同进程本身设计中的错误，不是我们下面要讨论的死锁问题。

4.4.2 死锁的定义

本节将论述死锁的定义及其存在的必要条件，并描述系统资源分配状态的资源分配图。

从上述示例中不难看出，死锁是指进程处于等待状态且等待的事件永远都不会发生。在这种定义下所包括的死锁范围太广。例如，某进程执行一条等待语句 WAIT（EVENT），等待事件标志 EVENT 被置 1，但系统中没有任何进程负责将 EVENT 置 1，因此按这种定义该进程也处于死锁状态。

然而计算系统中进程间竞争资源是导致死锁的主要原因。因此将把处于死锁状态的进程所等待的事件局限为释放资源，并规定有等待进程就有被等待的进程。故例 3 可视为程序设计本身的错误。

死锁的定义：在一个进程集合中，若每个进程都在等待某些释放资源事件的发生，而这些事件又必须由这个进程集合中的某些进程来产生，就称该进程集合处于死锁状态。

在前述车队事件中，若把 4 个车队看成一个进程集合，它们都处于等待状态，等待的都是另一车队让出路口，对于另外几例，同样可使用上述定义来分析。

出现死锁的系统必须同时满足下列 4 个必要条件。

条件 1：互斥。在出现死锁的系统中，必须存在需要互斥使用的资源。计算机系统中有存储器、CPU、外部设备、共享程序等各种资源。有些资源可以共享使用，有的必须独占使用，即互斥使用。若系统中所有资源均可共享使用，则进程不会处于等待资源的状态，因而不会出现死锁。那么可以肯定，如果系统出现了死锁，则必然存在需要互斥使用的资源。

条件 2：占有等待。在出现死锁的系统中，一定有已分配到了某些资源且在等待另外资源的进程。如果这个条件不满足，则所有等待资源的进程都不会占有任何资源，而资源的拥有者也不会处在等待资源的状态中。因此拥有资源的进程迟早会释放出它们所拥有的资源，从而使等待这些资源的进程结束等待状态。故条件 2 也是死锁必须满足的条件。

条件 3：非剥夺。在出现死锁的系统中，一定有不可剥夺使用的资源。不可剥夺是指在进程未主动释放资源之前不可夺走其已占资源。若资源都可剥夺，进程就不会进入僵持状态，也就不会出现死锁。

条件 4：循环等待。在出现死锁的系统中，一定存在一个处于等待状态的进程集合，表示为 $\{P_0, P_1, \ldots, P_n\}$，其中 P_i 等待的资源被 P_{i+1} 占有（$i = 0, 1, \cdots, n-1$），P_n 等待的资源被 P_0 占有（如图 4-14 所示）。

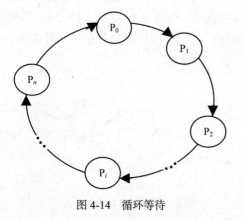

图 4-14　循环等待

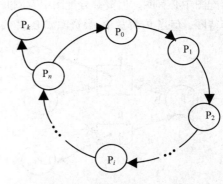

图 4-15　满足条件 4 但无死锁

条件4乍看与死锁的定义似乎一样，其实不然。按死锁定义构成等待环所要求的条件更严，它要求 P_i 等待的资源必须由 P_{i+1} 来满足。循环等待条件则松一些，P_i 等待的资源由 P_{i+1} 占有，当然也可能被另一个进程所占有。例如，系统中有两台输出设备，P_0 占有一台，P_k 占有另一台，且 k 不属于集合 $\{0, 1, \cdots, n\}$。P_n 等待一台输出设备，它可以从 P_0 获得，也可能从 P_k 获得。因此，虽然 P_n、P_0 与其他一些进程形成了循环等待，即系统有一个循环等待圈，但 P_k 不在圈内，若 P_k 释放了输出设备，则可打破循环等待圈（如图4-15所示）。因此循环等待只是死锁的必要条件。

值得注意的是，上述4个必要条件不是彼此独立的。比如条件4包含了前面3个条件。将它们分别列出以便研究各种防止死锁的方法。

为了描述和研究死锁，人们使用了各种工具。其中，资源分配图就是广为应用的一种描述系统内资源使用与申请状况的工具。

资源分配图的定义：资源分配图 $G =(V, E)$，其中顶点集 $V=P\cup R$，P 是进程集合：$P=\{P_1, P_2, \cdots, P_n\}$，$P_i$ 在图中用圈表示；R 是资源类集合：$R=\{R_1, R_2, \cdots, R_n\}$，$R_i$ 表示系统中的 R_i 类资源，在图中用□表示，R_i 类资源的数量在□中用圆点表示。E 是边的集合：E 中有两类边，一类是请求边（P_i，R_i），表示进程 P_i 等待一个 R_i 类型的资源；另一类是分配边（R_i，P_i），表示进程 P_i 占有一个 R_i 类型的资源。

资源分配图在系统中是随时间变化的。当进程 P_i 请求 R_i 类型的资源时，将一条请求边（P_i，R_i）加在图中，若此请求被满足（分给 P_i 一个 R_i 类型的资源），则将这个请求边改成分配边（R_i，P_i）。当 P_i 释放一个 R_i 时便去掉分配边（R_i，P_i）。例如，系统有两台宽行打印机和一台图形显示器，如果进程 P_1 请求一台宽行打印机，则有图4-16所示的资源分配图；如果进程 P_1 分配到一台宽行打印机并请求一台图形显示器，进程 P_2 分配到一台图形显示器并请求一台宽行打印机，则有图4-17所示的资源分配图。

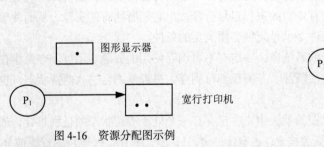

图4-16　资源分配图示例

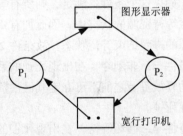

图4-17　资源分配图示例

死锁的必要条件4（循环等待）与资源分配图中含有圈是等价的。如果系统中出现死锁，则资源分配图中必有圈，但资源分配图中有圈并不一定有死锁，如图4-18所示，$\{P_1, P_3\}$ 虽然形成循环等待圈，但当 P_2 释放 R_1 类资源或 P_4 释放 R_2 资源后，循环等待圈即被打破，如图4-19所示。

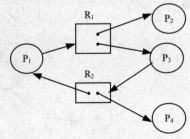

图4-18　资源分配图含圈但无死锁

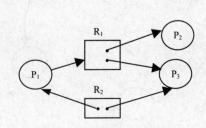

图4-19　循环等待圈被打破

资源分配图含圈而系统又不一定有死锁的原因是同类资源数大于 1，若系统中每类资源都只有一个资源，则资源分配图含圈就变成了系统出现死锁的充分必要条件。

解决死锁问题一般采用两类方法，一类是设计无死锁的系统，另一类是允许系统出现死锁，并在发现死锁后排除。

设计无死锁的系统通常采用下述两种途径。

（1）死锁防止（Deadlock Prevention）：通过在应用编程时或者资源分配管理程序设计时破坏死锁存在的必要条件来防止死锁发生。

（2）死锁避免（Deadlock Avoidance）：在进行资源分配管理时，通过判断如果满足这次分配资源后是否仍存在一条确保系统不会进入死锁状态的路径，如果没有这样的路径，即使现有资源能满足申请，也拒绝进行分配。

如果允许系统出现死锁，则应有能发现系统中有无进程处于死锁状态的**死锁检测**（Deadlock Detection）手段。为此，可以通过操作员人为判断是否出现死锁，或在操作系统中设立一个检测进程（平时处于睡眠状态），使其周期性地被唤醒以检查系统中有无死锁进程，一旦发现死锁及时排除。有关排除死锁的研究称为死锁恢复（Deadlock Recovery）。

综上所述，死锁主要研究死锁防止、死锁避免、死锁检测及死锁恢复。

4.4.3　死锁的防止

下面首先介绍死锁防止。若把死锁的 4 个必要条件记做 c_1、c_2、c_3、c_4，把死锁记做 D，则有以下逻辑公式：

$$D \to c_1 \wedge c_2 \wedge c_3 \wedge c_4$$

$$!c_1 \vee !c_2 \vee !c_3 \vee !c_4 \to !D$$

其中"→"表示"蕴涵"，"∧"表示"与"，"∨"表示"或"，"!"表示"非"。

由此可见，只要有一个必要条件不成立，系统就能保证不出现死锁，这是死锁防止的理论基础。

1．破坏互斥条件

如果允许系统资源都能共享使用，则系统不会进入死锁状态。例如，在 Linux 系统中对终端设备的使用就是采用非独占的共享方式使用，允许多个进程同时使用终端输出，这样做可能会出现多个进程交叉在终端输出的情形，可能导致输出信息不易读取的问题。这种方法不一定对所有资源都可行，因为有些资源若共享使用则无法保证正确性。比如对临界资源的访问就必须互斥进行。

2．破坏占有等待条件

方法 1：使进程申请到了它所需要的所有资源后才能开始运行。在运行过程中进程只需释放资源不需申请资源。这种方法又称资源预分配法。由于资源是一次性全部分配，因此获得资源的进程不会进入等待资源状态。而那些所需资源不能全部被满足的进程则得不到任何资源，处于初始等待状态。这种方法虽然能保证系统不出现死锁，但是资源利用率很低。例如，某进程需要运行几十个小时，在结束运行前需要打印结果，但是宽行打印机要在这个进程开始运行前就获得分配。资源预先分配的方法适用于对辅存空间的分配，因为辅存的数量较大，属于非紧俏资源。但是也存在不能预计使用多少资源的问题。

方法 2：进程提出申请资源前，必须释放已占有的一切资源。这样虽然能提高资源利用率，但设计程序要仔细，有时仍需提前申请资源才能保证正确性，比如必须先申请主存才能再占用处理机，而且占有处理机前不能释放运行程序及处理数据所占用的主存。

破坏占有等待条件还应考虑"饿死"问题。若进程一次申请的资源较多，而系统又无法满足进程时只好让进程等待，这种等待很可能是长时间的。例如，进程 P_1 申请资源 R_1、R_2、R_3，但系统现在只有 R_3，故 P_1 等待。这时进程 P_2 申请 R_3，于是 P_2 被满足。之后某进程释放 R_1、R_2，因系统已把 R_3 分配给了 P_2，故 P_1 仍需等待。若类似事件不断发生，则 P_1 可能被"饿死"。这种现象的实质与死锁效果类似，必须有相应的防止措施，例如，按申请资源的先后次序给进程赋予优先级。

3. 破坏非剥夺条件

在进程主动释放占有的资源前允许被资源管理者剥夺进程所占有的资源，也能保证系统不出现死锁。

方法 1：当进程 P_i 申请 R_i 类资源时，资源管理者检查 R_i 中有无可分配的资源。若有，则分配给 P_i；否则将 P_i 占有的资源全部回收而让申请进程进入等待状态。此时，P_i 需要等待的资源包括新申请的资源和被剥夺的原占有资源。

方法 2：当进程 P_i 申请 R_i 类资源时，检查 R_i 中有无可分配的资源。若有，则分配给 P_i，否则检查占有 R_i 类资源的进程 P_k。若 P_k 处于等待资源状态，则剥夺 P_k 的 R_i 类资源分配给 P_i，若 P_k 不处于等待资源状态，则置 P_i 等待资源状态（注意：此时 P_i 原已占有的资源可能被剥夺）。

剥夺资源时需要保存现场信息，因为使用资源的进程尚未主动释放资源，并不知晓所占资源已被系统剥夺。由于这种做法会导致开销很大，故只宜在 CPU 和主存这类重要资源的管理上使用，在剥夺 CPU 时需要保存 CPU 运行现场，以便在进程再次申请并得到 CPU 时恢复现场，在剥夺主存资源时需要保存主存内容到磁盘交换区中，以便进程再次获得主存时将保存信息恢复到主存中。不宜剥夺临界资源等类型的资源。

4. 破坏循环等待条件

采用资源顺序分配法可以破坏循环等待条件。该方法首先给系统中的资源编号，即寻找一个函数 $F: R \rightarrow N$（R 为资源类型集合，N 为自然数集合）。进程只能按序号由小到大的顺序申请资源。例如，某进程已占有资源 R_1，R_2，…，R_i，又申请 R_{i+1} 类资源，资源分配程序则检查对于所有的 $j \in \{1，2，…，i\}$，是否均有 $F(R_j) < F(R_{i+1})$ 成立，若不满足则拒绝分配。

例如，系统有输入设备 I、输出设备 O、磁带驱动器 T。编号为 $F(I)=1$，$F(T)=3$，$F(O)=4$。进程 P 有如下请求序列。

（1）申请输入设备 I。

（2）申请输出设备 O。

（3）申请磁带设备 T。

语句（1）、（2）都是正常的。语句（3）则是非法语句，因为 $F(T)=3$，$F(O)=4$，如果在语句（2）与（3）之间有"释放输出设备 O"的语句，则语句（3）才合法。

采用资源顺序分配法的系统不会出现循环等待，可以用反证法予以证明。假设在这样的系统中还会存在循环等待的一组进程，不妨记为 $\{P_0，P_1，…，P_n\}$，且 P_i 拥有资源 R_i，那么根据资源顺序分配原则有：

$$F(R_0) < F(R_1) < \cdots < F(R_n) < F(R_0)$$

即有 $F(R_0) < F(R_0)$，显然这与资源编号的唯一性相矛盾，因此这种假设不成立。

给资源编码时，应尽量使得编码能适应一般程序请求资源的先后次序。例如，进程初始阶段使用输入设备的可能性较大，结束时使用输出设备的可能性较大，故通常前者编号应小于后者。

4.4.4　死锁的避免

1965 年 Dijkstra 根据银行家为顾客贷款的思想提出了另一种保证系统杜绝死锁的方法（被称为银行家算法）：银行家有一笔资金，n 个顾客需要银行家提供贷款，顾客所需的全部资金可根据顾客的要求分期付给，如果顾客获得全部资金，肯定在一定期间内会将资金全部归还给银行家。由于 n 个顾客所需资金总数通常比银行家拥有的资金多（当然每个顾客要求的资金总数应小于等于银行家拥有的资金），因此给顾客提供资金时需仔细斟酌，以免顾客得不到所要的全部资金而造成资源可能无法回收。例如，银行家拥有的资金总数为 10，顾客 P、Q、R 分别需要的贷款总数为 8、3、9。若第一次 P 请求 4，Q 请求 2，R 请求 2，则银行家还剩资金 2，然后 Q 又请求 1，于是 Q 所需资金全部被满足。一段时间之后，Q 便将资金全部归还给银行家，这时银行家拥有资金 4，P 再次请求资金 4，被满足后，P 将归还所有资金，于是银行家拥有资金 8，最后满足 R 的要求。这一过程如图 4-20 所示。

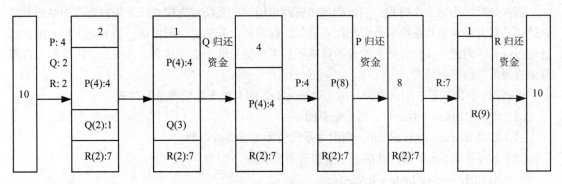

图 4-20　银行家为顾客贷款示例

但若 P 请求 4，Q 请求 2 被满足后，R 请求 3 则不应分配。因为若此时满足了 R 的请求，那么待 Q 下一次请求被满足且 Q 归还全部资金后，银行家仅拥有资金 3，此数目今后既不能满足 P，也不能满足 R。P、R 因为得不到全部资金而无法继续，并且都不会归还部分资金给银行家。此时，P、R 便进入了死锁状态。

从上例中可以看出，当顾客申请资金时，能否给予满足的关键是，考察这次提供资金会不会给今后的贷款造成障碍。按上例中第一种情况贷款时，每进行一步，余下的资金都能保证总存在一种方法可满足顾客以后的需要，故系统处于安全状态。但对第二种情况若满足了 R 的请求，虽然余下的资金可满足 Q 的需求，但并不能保证 P 和 R 的进一步需要得到满足，故系统处于不安全状态。死锁避免正是通过确保系统随时处于安全状态来防止死锁的。

安全状态定义：设系统中有 n 个进程，若存在一个序列<P_1, P_2, …, P_n>，使得 P_i（$i=1$, 2, …, n）以后还需要的资源可以通过系统现有空闲资源加上所有 P_j（$j<i$）已占有的资源来满足，则称此时这个系统处于**安全状态**。序列<P_1, P_2, …, P_n>被称为**安全序列**。

在银行家贷款的例子中，当 P 第一次申请资金 4 时，安全序列为<QPR>或<PQR>或<PRQ>，当 Q 申请资金 2 时，安全序列为<QPR>或<PQR>。若此时 R 申请资金 3，则不存在安全序列。若 R 申请资金 2，则安全序列为<QPR>。

银行家算法是以系统中只有一类资源为背景的死锁避免算法。1969 年，Haberman 将银行家算法推广到多类资源的环境中，形成了现在的死锁避免算法。其数据结构如下所述。

（1）n：系统中的进程个数。m：系统中的资源类型数。

（2）Available(1 : m)：现有资源向量。Available(j)=k 表示有 k 个未分配的 j 类资源。

（3）Max(1:n, 1:m)：资源最大申请量矩阵。Max(i, j)=k 表示第 i 个进程在运行过程中对第 j 类资源的最大申请量为 k。

（4）Allocation(1:n, 1:m)：资源分配矩阵。Allocation(i, j)=k 表示进程 i 已占有 k 个 j 类资源。

（5）Need(1:n, 1:m)：进程以后还需要的资源矩阵。Need(i, j)=k 表示第 i 个进程以后还需要 k 个第 j 类资源，显然 Need = Max-Allocation。

（6）Request（1:n, 1:m）：进程申请资源矩阵。Request(i, j)=k 表示进程 i 正申请 k 个第 j 类资源。

为了简单起见，记向量 A_i 为 $A(i, 1)$, $A(i, 2)$, …, $A(i, m)$，其中 A 为 $n×m$ 矩阵。定义长度为 m 的向量 X、Y 间的关系为：

$$X \leqslant Y \text{ 当且仅当 } X(i) \leqslant Y(i) \text{ (对于所有的 } i = 1, 2, …, m)$$

资源分配程序的工作过程：当进程提出资源申请时，系统首先检查该进程对资源的申请量是否超过其最大需求量及系统现有资源能否满足进程需要。若超过，则报错，若不能满足，则让该进程等待；否则进一步检查把资源分给该进程后系统能否处于安全状态，若安全，则分配，否则置该进程为等待资源状态。

设进程 i 申请资源，申请资源向量为 Request i，则有如下的资源分配过程：

（1）如果 Request i>Need i，则报错返回。

（2）如果 Request i>Available，则因为系统暂无足够资源返回。

（3）假设进程 i 的申请已获准，于是修改系统状态：

Available = Available − Request i

Allocation i = Allocation i +Request i

Need i = Need i − Request i

（4）调用安全状态检查算法。

（5）若系统处于安全状态，则将进程 i 申请的资源分配给进程 i 并返回。

（6）若系统处于不安全状态，在恢复下列系统状态后，因为系统不能保证安全，资源没有分配而返回：

Available = Available + Request i

Allocation i = Allocation i − Request i

Need i = Need i + Request i

安全状态检查算法

设 Work（1:m）为临时工作向量。初始 Work=Available，令 $N=\{1, 2, …, n\}$。

（1）寻找 $j \in N$ 使其满足 Need j≤Work，若不存在这样的 j 则转步骤（3）。

（2）Work = Work+Allocation j，$N = N-\{j\}$，转步骤（1）。

（3）如果 N 为空集，则返回，提示系统安全；如果 N 不为空集，则返回并说明系统不安全。

采用死锁避免方法要求用户在提交作业时说明对各类资源请求的最大量（即说明 Max i），这对用户来说是不方便的。况且在有些情况下对资源的最大申请量是不确定的。此外，系统处于不安全状态时只是有发生死锁的可能性，并非一定会进入死锁状态。主要原因是进程虽然说明了在运行中所需的最大资源量，但进程活动期间对资源的请求是动态的，时而申请几个，时而释放一些。因此当系统处于不安全状态时，若碰上某些进程释放一些资源，则很可能系统又进入了安全状态。

4.4.5　死锁的检测

死锁避免方法在每次资源申请时资源管理程序都需要作安全状态检查，开销太大，另一方面，往往进程今后要申请的资源总数是不可能预先知道的。若系统中未制定无死锁的防范措施，即允许系统出现死锁，则必须设置一套机构用来检查系统中有无进程已进入死锁状态。一旦发现死锁则应立即排除，以确保系统继续正常运行。

可以采用化简资源分配图的方法来检测系统中有无进程处于死锁状态。资源分配图的简化过程如下：

（1）在图中寻找一个进程顶点 P_i，P_i 的请求边均能立即满足。

（2）若找到这样的 P_i，则将与 P_i 相连的边全部删去，并重复上一步；否则化简过程结束。

如果化简后所有的进程顶点都成了孤立点，如图 4-21 所示，则称该图可完全化简；否则称该图是不可完全化简的，如图 4-22 所示。不难证明，系统中有死锁的充分必要条件是：资源分配图不可完全化简。经过化简后，非孤立点的进程处于死锁状态（证明留作习题）。

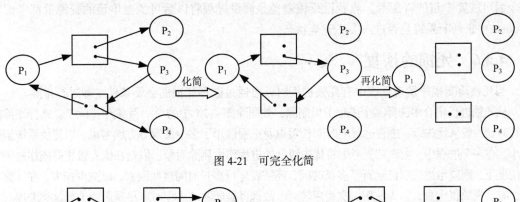

图 4-21　可完全化简

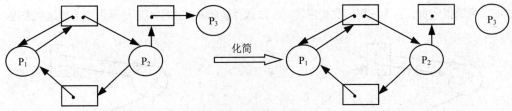

图 4-22　不可完全化简

资源分配图可以用死锁避免算法中的数据结构来描述：Allocation 表示分配边，Request 表示请求边，Available 表示系统资源集合 R 中那些没有分配的资源。例如，对应图 4-23 中各个数据结构中的内容如下：

	Allocation: $R_1R_2R_3$	Request: $R_1R_2R_3$	Available: $R_1R_2R_3$
P_1	0　0　0	1　0　1	1　1　1
P_2	1　1　0	0　0　0	
P_3	1　0　2	0　1　0	
P_4	0　0　1	0　1　0	

使用算法描述资源分配图的化简过程（即死锁检测算法）如下所述。

设 Work(1 : m)为临时工作向量。初始时 Work = Available，令 $N=\{1, 2, \cdots, n\}$。

（1）寻找 $j \in N$ 使得 Request j ≤Work，若不存在则转步骤（3）。

（2）Work = Work+Allocation j，$N=N-\{j\}$，转步骤（1）。

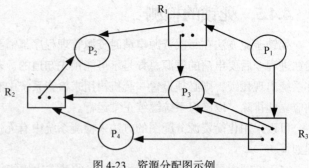

图 4-23　资源分配图示例

（3）若 N 为空集则无死锁，若 N 不为空集则存在死锁进程，且此时的集合 N 是处于死锁状态的进程标号的集合。

不难看出，死锁避免算法与死锁检测算法很相似。二者的差别仅在于死锁避免算法考虑了进程今后可能要申请的资源量，或者说死锁避免是假设进程将以后可能要申请的资源量都考虑在 Request 中来判断系统是否进入了不安全状态。

4.4.6　死锁的恢复

当死锁检测程序发现系统中有死锁进程时，可通过破坏死锁的必要条件立即进行排除。

从死锁进程集合中选择某个进程予以删除，如删除图 4-24 中的 P_2，死锁便排除了。选择删除的进程时，一般从优先级、进程运行的时间长短以及进程已用了多少资源等方面考虑，以便使系统损失最小。在多个进程中，应该首先考虑将优先级低的进程作为删除对象。但是在优先级相等或相差不大的情况下，则应考虑进程已运行了多长时间、还需要运行多长时间这些因素，以减少损失。在计算机中，有些资源很宝贵，因为使用一次费用较高，故选择被删除的进程时应尽量避免选择这类进程。

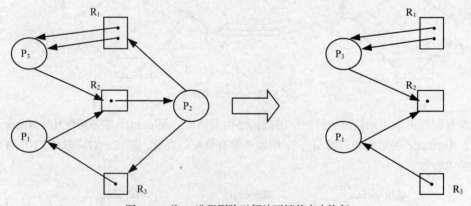

图 4-24　将 P_2 进程删除以便从死锁状态中恢复

4.4.7　死锁综合处理

上述各种处理死锁的方法都有局限性，无论哪种方法都无法适用于各类资源。系统资源主要有以下几类：

（1）内部资源（系统所用的资源，如 PCB 表等）。

（2）供进程使用的主存、CPU。

（3）供进程使用的其他资源（如行打印机、磁带驱动器、文件等）。

（4）辅存。

对于一些辅存一类的资源可采用预分配法，对于主存、CPU 可采用剥夺法。也可使用死锁检测程序或人为对系统进行检测，发现死锁后再排除死锁。

另外在设计操作系统时，应通过各种渠道避免死锁的发生。例如，多进程创建多个文件会竞争辅存空间容易造成死锁，通常避免这种死锁的方法是给辅存设置一个可用空间阈值，当辅存可用空间小于阈值时，操作系统不允许创建新文件操作，直到辅存空间大于阈值后才开放创建文件操作。

小　结

本章重点讨论了实现并发成分的并发执行，必须依靠操作系统提供的进程（线程）机制，操作系统提供进程（线程）创建、结束及同步等系统调用，用户编程可直接或间接使用这些系统调用实现程序的并发执行。

进程同步关系是指协调完成同一任务的进程之间需要在某些位置上相互等待的直接制约关系，进程互斥关系指的是进程间共享独占型资源而必须互斥执行的间接制约关系，互斥问题也称临界段问题。

利用硬件提供的特殊指令可以实现基本互斥工具和进程互斥。主要的硬件方法有单机中断屏蔽、Test_and_Set 指令或 Swap 指令。

原语表示一个操作的不可分割特性，可以通过屏蔽中断、加硬锁等方法来保证这种操作的不可分割性。

信号量机构（又称关于信号量的 P 操作、V 操作，或简称 P 操作、V 操作）是理想的同步互斥工具，能够解决临界段问题和各种同步互斥问题。

许多典型的进程同步、互斥问题，例如有限缓冲区问题、Reader/Writer 问题和哲学家就餐问题是非常重要的，因为它们代表着不同的并发控制问题。这些问题也一直被用于检测新提出的各种同步、互斥工具。

信号量机构作为同步互斥工具是非常理想的，但它难以作为进程通信工具。消息传递则是目前广泛采用的理想通信工具，它不仅能方便地用于传输消息，而且也能用于解决各种同步互斥问题。"消息系统"可以分为直接通信和间接通信两种类型，后一类型又称为信箱通信。

在计算机系统中，进程间由于竞争资源而造成相互等待以致僵持不前的状态称作死锁。出现死锁时系统必然满足 4 个条件：互斥、占有等待、非剥夺和循环等待。通常采用两种方法解决死锁：一是设计无死锁的系统，二是允许系统出现死锁后排除之。前者包括死锁的防止和避免，死锁防止是通过破坏死锁存在的 4 个必要条件进行的，死锁避免是通过保证系统随时处于安全状态而实现的。死锁检测可以通过化简资源分配图来实现，死锁恢复可以通过破坏死锁的 4 个必要条件来达到。死锁的 4 种处理方法都有一定的局限性，采用综合方法处理死锁在一定程度上能解决由于这些局限而造成的问题。

在现在的操作系统中，死锁问题并不十分严重。多数系统采用可剥夺法来预防死锁，或者对死锁不予理睬，当操作员从外部发现系统僵持不前时可删除有关进程，或重新启动一次系统。

习 题

一、选择题

1. 不可以用于 SMP 机多进程互斥的方法有（　　）。
   （A）屏蔽中断　　　　（B）PV 操作　　　（C）读后置 1 指令
2. P 操作可能导致（　　）。
   （A）进程就绪　　　（B）进程结束　　　（C）进程阻塞（等待）　　　（D）新进程创建
3. 计算机系统产生死锁的根本原因是（　　）。
   （A）资源太少　　　　　　　　　（B）进程推进顺序不当
   （C）系统中进程太多　　　　　　（D）进程运行太快

二、简答题

1. 并发任务如何在程序中表示？
2. 任务并行（并发）运行的操作系统的支持基础是什么？
3. Hyman 于 1966 年提出了如下的解决临界段问题算法，判断它是否正确。如果不正确，举例说明它有什么问题。

两个进程 P_0 和 P_1 共享下列变量：

boolean flag[2];

int turn;

其中，flag 数组元素初值均为 false。进程 P_i（i=0 或 1）所对应的程序表示为：

```
do{
    flag[i]=true;
    while (turn≠i) {
        while (flag((i+1)%2)) {
        空操作
        };
        turn=i;
    };
    …
    critical section
    …
    flag[i]= false;
    …
    non critical section;
}while(1);
```

4. 何谓原语？它与系统调用有何区别？如何实现原语执行的不可分割性？
5. 什么是"忙等待"？如何克服"忙等待"？
6. 如果 P 操作、V 操作不作为原语（可分割执行），那么是否还可用于解决互斥问题？如果不能，则举例说明。

7. 使用下列指令设计一个解决 n 个进程互斥问题的算法：

（1）Swap 指令。

（2）Test_and_Set 指令。

8. 如何定义二值（仅取 0 或 1）信号量的 P、V 操作并利用其实现一般（多值）信号量的 P、V 操作？

9. 在无忙等待的信号量机构中，等待队列通常设计成 FIFO 队列。如果将其设计成一个栈，会出现什么问题？

10. 假设系统只提供信号量机制（P、V 原语）。如欲重新定义如下两条原语：ENQ 和 DEQ。其中，r 是某个资源，P 是一个进程，queue(r) 是等待使用资源 r 的进程 FIFO 队列，inuse(r) 是一个布尔变量。

```
ENQ(r){
    if (inuse(r))then{
        insert P in queue(r);
        block P;
    };
    else {
    inuse(r)=true;
    }
}
DEQ(r){
    P=head of queue(r);
    if (P≠nil)then activate P;
    else {
    inuse(r)=false;
    }
}
```

试利用信号量机构实现 ENQ 和 DEQ，允许使用任何所需的数据结构和变量。

11. 多元信号量机构允许 P、V 操作同时对多个信号量进行操作。这种机构对同时申请或释放若干个资源是非常有用的。假设二元信号量机构中的 P 原语定义为：

```
P(S, R):While(S≤0 or R≤0);
        S=S-1;
        R=R-1;
```

试用一元信号量机构加以实现。

12. 为什么说 P 操作、V 操作使用不当容易出现错误。请列举可能出现的错误，并分析有限缓冲区的生产者、消费者程序，颠倒两个 P 操作的次序时，在什么条件下会出现死锁？

13. 假设有 3 个并发进程（P，Q，R），其中 P 负责从输入设备上读入信息并传送给 Q，Q 将信息加工后传送给 R，R 则负责将信息打印输出。写出下列条件的并发程序：

（1）进程 P、Q 共享一个缓冲区，进程 Q、R 共享另一个缓冲区；

（2）进程 P、Q 共享一个由 m 个缓冲区组成的缓冲池，进程 Q、R 共享另一个由 n 个缓冲区组成的缓冲池（假设缓冲区足够大，进程间每次传输信息的单位均小于等于缓冲区长度）。

14. 8 个协作的任务：（A，B，C，D，E，F，G，H）分别完成各自的工作。它们满足下列条件：任务 A 必须领先于任务 B、C 和 E，任务 E 和 D 必须领先于任务 F，任务 B 和 C 必须领先于任务 D，而任务 F 必须领先任务 G 和 H。试写出并发程序，使得在任何可能的情况下它们均能正确工作。

15. “理发师睡觉”问题：假设理发店由等待间（n 个座位）和理发间（只有一个座位）构成。无顾客时，理发师睡觉。顾客先进等待间再进理发间，当顾客进入理发间发现理发师在睡觉时，则叫醒理发师。试写出模拟理发师和顾客的程序。

16. "吸烟者"问题：假设一个系统有 3 个吸烟者（Smoker）进程和一个供货商（Agent）进程。每个吸烟者连续不断地制造香烟并吸掉它。但是，制造一支香烟需要 3 种材料：烟、纸、火柴。一个吸烟者进程有纸，另一个有烟，第三个有火柴。供货商进程可以无限地提供这 3 种材料。供货商将两种材料一起放在桌上，持有另一种材料的吸烟者即可制造一支香烟并吸掉它。当此吸烟者抽香烟时，它发出一个信号通知供货商进程，供货商马上给出另外两种材料，如此循环往复。试编写一个程序使供货商与吸烟者同步执行。

17. 假设某个系统未直接提供信号量机构，但提供了进程通信工具。如果某个程序希望使用关于信号量的 P、V 操作，那么该程序将如何利用通信工具模拟信号量机构？要求说明如何用 Send/Receive 操作及消息表示 P、V 操作和信号量。

18. 假设系统未提供任何类似 P、V 操作的同步工具和任何通信工具，仅提供了 Sleep（进程睡眠）和 Wakeup（唤醒进程）系统调用，能否解决同步、互斥问题？如果不能，说明理由。如果能，举例说明。

19. 死锁的 4 个必要条件是彼此独立的吗？试给出最少的必要条件。

20. 若系统中只有一个进程，可能发生死锁吗？

21. 设系统只有一种资源，进程一次只能申请一个资源。进程申请的资源总数不会超过系统的资源总数。下列情况中哪些会发生死锁？

	进程数	资源总数
（a）	1	1
（b）	1	2
（c）	2	1
（d）	2	2
（e）	2	3

现在假设进程最多需要两个资源，下列情况中哪些会发生死锁？

	进程数	资源总数
（f）	1	2
（g）	2	2
（h）	2	3
（i）	3	3
（j）	3	4

22. 考虑由 4 个相同类型资源组成的系统，系统中有 3 个进程，每个进程最多需要 2 个资源。该系统是否会发生死锁？为什么？

23. 假设系统由相同类型的 m 个资源组成，有 n 个进程，每个进程至少请求一个资源。证明：当 n 个进程最多需要的资源数之和小于 $m+n$ 时，该系统无死锁。

24. 对于哲学家就餐问题，采用书中的解决办法时，这 5 个哲学家在什么情况下进入死锁状态？重新设计一种无死锁的方法，并考虑新设计的方法中是否存在"饿死"情况？

25. 设某系统没有死锁预防和死锁避免机构。该系统每月运行 5 000 个作业，大约每一个月发生两次死锁。当死锁出现时要求中止并重新启动大约 10 个作业。每个作业平均耗费 6 元钱，作业被中止时平均有一半的工作已被完成。

性能管理者已估算出，若装配一个死锁避免机构，将使每个作业的执行时间增加 10%，平均周转时间增加 20%　由于系统当前有 30%的空闲时间，所以每月仍能运行完 5 000 个作业。问：赞成装配死锁避免机构的理由是什么？反对装配死锁避免机构的理由又是什么？

26. 设系统有 3 种类型的资源，数量为(4，2，2)，系统中有进程 A、B、C。按如下顺序请求资源：

进程 A 申请(2，2，1)

进程 B 申请(1，0，1)

进程 A 申请(0，0，1)

进程 C 申请(2，0，0)

该系统按照死锁防止第二种资源剥夺法分配资源。试对上述请求序列，列出资源分配过程。指出哪些进程需要等待资源，哪些资源被剥夺。进程可能进入无限等待状态吗？

27. 在实际的计算机系统中，资源数和进程数是动态变化的。当系统处于安全状态时，如下变化是否可能使系统进入非安全状态？

（a）增加现有资源向量　（b）减少现有资源向量　（c）增加资源最大申请量矩阵

（d）减少资源最大申请量矩阵　（e）增加进程数　（f）减少进程数

28. 设系统状态如下：

Allocation	Max	Available
0012	0012	1520
1000	1750	
1354	2356	
0632	0652	
0014	0656	

使用银行家算法回答下列问题：

（1）Need 的内容是什么？

（2）系统是否处于安全状态？

（3）如果进程 2 请求(0，4，2，0)，能否立即得到满足？

29. 银行家算法有某些不足之处，使得该算法难以在计算机系统中应用，试说明之。

30. 讨论死锁检测算法与死锁避免算法的联系与区别。

31. 化简如图 4-25 所示的资源分配图，并说明有无进程处于死锁状态。

32. 没有死锁预防、避免、检测和恢复措施的某系统是否一定会发生死锁？若发生了死锁会出现什么现象？系统管理员对此应采取什么措施？

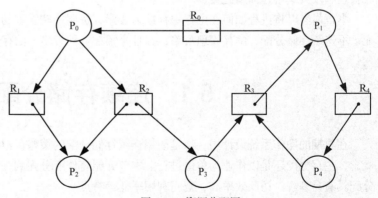

图 4-25　资源分配图

33. 对于早期的 SPOOLing 系统来说，SPOOLing 空间总是固定的。如果设计 SPOOLing 系统空间的大小可以根据需要发生变化，那么 SPOOLing 系统减少还是增大了出现死锁的可能性？为什么？

第 5 章
存储管理

存储管理主要是研究进程或作业如何占用主存资源。当前计算机都是基于冯·诺依曼存储程序式的计算机，程序和数据在运行和使用时都需要保存在主存中。设计操作系统的重要目标之一是提高计算机资源的利用率，而提高计算机资源利用率的根本途径是采用多道程序设计技术。因此，必须合理地管理主存储空间，使尽量多的进程或作业能够同时存放于主存以竞争 CPU，保证 CPU 和 I/O 设备足够繁忙。

存储管理所研究的内容包括 3 个方面：取（Fetch）、放（Placement）、置换（Replacement）。"取"是研究该将哪个进程（或进程的哪些部分）从辅存调入主存。调入进程占用主存或有资格占用主存是中级调度的工作。在主存资源有限的情况下，也可以调入进程的某些部分占用主存，调入进程的某些部分占用主存一般有请调（Demand Fetch）和预调（Anticipatory Fetch）之分，前者按照进程运行需要来确定调入主存的进程的某一部分；后者是采用某种策略，预测出即将使用的进程的某部分并调入到主存。"放"则是研究将"取"来的某进程（或进程的某部分）按何种方式放在主存的什么地方。"置换"是研究将哪个进程（或进程的哪些部分）暂时从主存移到辅存以腾出主存空间供其他进程（或进程的某部分）占用。在这 3 个方面中，"放"是存储管理的基础。

目前"放"的技术可归结成两类：一类是连续的，即运行的程序和数据必须存放在主存的一片连续空间中（本章介绍的单道连续分配、多道固定分区和多道可变分区方法均属此类）；另一类是不连续的，即运行的程序和数据可以放在主存的多个不相邻的块中（本章介绍的分页管理、分段管理和段页式管理即属此类）。

本章内容以将进程如何在主存中存放为线索，按照存储管理的发展历程详细描述连续存储分配、不连续存储分配、虚存管理策略，并且介绍在各种策略下的存储空间保护和地址变换问题。

5.1　连续存储分配

在早期的操作系统设计中，都是采用连续存储分配的策略。早期操作系统还没有引入进程的概念，主存分配还是以作业为单位进行。本节介绍将作业分配到一段连续存储的方法。连续存储分配具有易理解、访问效率高、空间利用率低等特点。

5.1.1　单道连续分配

在没有操作系统的时期，整个存储空间由单个用户使用。随着系统"监督程序"的出现，存储管理也随之出现了。在单道连续分配系统中，系统只有单道用户作业处于运行状态，且单道用户程序和数据连续存放于主存中。

1. 存储分配与空间保护方法

当时的存储管理十分简单，仅将主存空间分成两块（如图 5-1 所示），操作系统通常在低地址部分（0 ~ a 单元），且操作系统必须和中断向量放在同一区域中。

为了避免用户程序执行时访问操作系统占用主存空间，应将用户程序的执行严格控制在用户区域中。这种存储保护的控制措施主要是通过硬件提供的**界地址寄存器**和**越界检查机构**来实现的。将操作系统所在空间的下界 a 存放在界地址寄存器中，用户程序执行时（即当处理机处在用户态执行时），每访问一次主存，越界检查机构便将访问主存的地址和界地址寄存器中的值进行比较，若越界便通报程序执行出现异常，进入操作系统异常处理（如图 5-2 所示）。

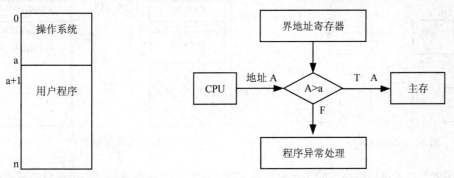

图 5-1　单道连续分配的空间安排　　　图 5-2　单道作业地址越界检查

2. 覆盖（overlay）技术

早期，主存十分昂贵，因此主存的容量通常较小。虽然主存中仅存放一道用户程序，但是存储空间容不下用户程序的现象也常会发生。这一矛盾可用覆盖方法来解决。覆盖的基本思想是：由于程序运行时并非任何时候都要访问程序及数据的各个部分（尤其是大程序），因此可以把用户空间分成一个固定区和一个或多个覆盖区，将经常活跃的部分放在固定区，其余部分按调用关系分段。首先将那些即将要用的段放在覆盖区，其他段放在辅存，在需要调用前通过特定系统调用将其调入占用覆盖区，替换覆盖区中原有的段。

例如，某作业各过程（函数）间有如图 5-3 所示的关系：过程 A 调用过程 B 和 C，过程 B 调用过程 F，过程 C 调用 D 和 E。由于 B 不会调用 C，C 也不会调用 B，所以过程 B、C 不必同时存入主存，同样的关系也发生在过程 D、E 之间以及过程 D、E 和过程 F 之间。因此，用户可以建立如下的覆盖结构：将主存分成一个长度为 4KB 的固定区（由过程 A 占用）和两个覆盖区，长度分别为 6KB 和 10KB（如图 5-4 所示）。将作业分成两个覆盖段：覆盖段 0 由过程 B、C 组成，覆盖段 1 由过程 F、D、E 组成。组成覆盖段的那些过程称为覆盖。

图 5-3　过程间的调用关系　　　　　图 5-4　主存区域的分区

在覆盖结构中，每个覆盖用（i, j）来表征，i 指覆盖所在的覆盖段号，j 指覆盖段中的覆盖号。本例给出覆盖结构，如图 5-5 所示。作业运行时，过程段 A 占用固定区，覆盖区 0 由覆盖段 0 中的覆盖根据需要占用，覆盖区 1 由覆盖段 1 中的覆盖根据需要占用。例如，覆盖区 0 由覆盖（0, 1）占用，覆盖区 1 由覆盖（1, 1）占用。这时过程 C 要调用过程 E，于是将覆盖（1, 1）移到辅存，将覆盖（1, 2）从辅存调入主存占用覆盖区 1。这一变化过程如图 5-6 所示。

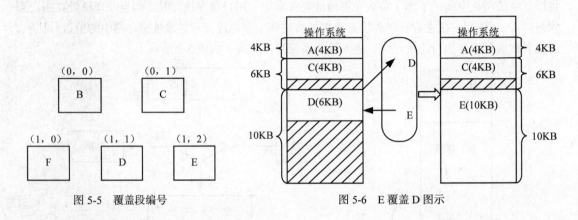

图 5-5　覆盖段编号　　　　　　　　图 5-6　E 覆盖 D 图示

采用覆盖技术是把解决空间不足的问题交给了用户。操作系统提供帮助用户将覆盖段调入主存的系统调用，但用户自己必须说明覆盖段，并安排调入覆盖段，由此可见，覆盖技术用户参与过多会给用户带来麻烦。

3. 交换（Swapping）

作业调度与存储管理方案密切相关。在单道连续分配情况下，最适宜作业调度的方法是 FCFS（或非剥夺优先级调度法）。若要采用时间片轮转法或可剥夺优先级调度法，则需借助交换技术。

交换的基本思想是：把处于等待状态（或在 CPU 调度原则下被剥夺运行权利）的作业从主存移到辅存，这一过程又叫做换出；把准备好竞争 CPU 运行的作业从辅存移到主存，这一过程又称为换入。

交换要花费较多的时间进行信息传输。例如，辅存采用磁鼓，平均延迟时间为 8ms，传输速度为 250 000 字/秒，用户空间为 20K 字，则一次交换活动需要 $2 \times (8 + 10^3 \times 20 \times 1\,024 / 250\,000) = 179$ms。因此采用时间片轮转法时，时间片应大于 179ms。

交换所需时间与交换的信息长度成正比，用户程序一般不会占用整个用户空间，作业说明书中注明了作业的长度，系统进行交换时仅交换那些占用了的部分。在这种情况下，若用户程序在运行过程中动态扩大了占用空间，则应通知系统，由系统给予登记，否则在交换时会造成信息丢失（由此引进了申请空间的系统调用）。

应特别注意的是，当作业处于等待状态而准备换出交换时，应注意该作业是否满足换出交换条件。如果一个作业正在进行 I/O 活动则不能进行换出交换，否则该作业的 I/O 数据区将被新换入的作业占用，会导致错误。因此，应该等待作业的 I/O 活动结束后才能进行换出交换。当然也可以在操作系统区中开辟 I/O 缓冲区，将数据从外设输入或将数据输出到外设的 I/O 活动在系统缓冲区中进行，这样在系统缓冲区与外设进行 I/O 活动时作业交换不受限制。交换技术可以作为通用的技术，与后面所述的各种存储方法相结合，借助辅存空间在逻辑上实现主存空间的扩展，从而有效地改善存储利用率。

5.1.2 多道固定分区法

单道连续分配方法中主存只能存放一道作业。硬件仅提供了一个界址寄存器和越界检查机构做存储保护。随着多道批处理操作系统的出现，多道固定连续存储分配方法诞生了。

在多道情况下，主存中可以存放多道作业，若仍利用前述简单的存储保护方法，操作系统虽然得以保护，但在某道作业运行时可能误访问其他作业空间，使其他作业的空间却得不到应有的保护。因此，在多道程序设计中硬件应提供更多的支持。最简单的多道分配是多道固定分区法。

1. 地址重定位与空间保护方法

将用户空间分成如图 5-7 所示的长度固定的几块，各块大小的选取很重要。系统初启时，可根据系统中常运行的作业的大小来划分各块，以后在系统运转过程中不断收集统计信息，再重新修订各块的大小。

在用户程序被编译装配时，编译装配程序并不知道程序和数据会放到哪个存储区域，因此编译装配时将目标代码统一从 0 开始编址，这个编址空间又叫做**逻辑地址**空间。但是目标代码不会存放于 0 地址开始的物理主存，因此必须在目标代码加载到主存时（或程序执行时）进行地址重定位。

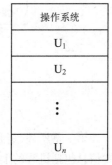

图 5-7 多道固定分区法的
空间安排

地址重定位是指将目标代码中相对于 0 地址开始的所有指令、数据地址变换成指令、数据所在的主存物理地址。主要的重定位方法有两种：一是**静态重定位**，即在将目标代码加载到主存时，将所有地址域改为"原地址+目标代码所在主存起始地址"；二是**动态重定位**，这需要硬件地址转换机制实现，在执行访存指令时将所有地址域改为"原地址+目标代码所在主存起始地址"后进行访问。

多道固定分区法所依赖的保护机制有两种，一种是**上、下界寄存器和地址检查机制**，另一种是**基址寄存器、长度寄存器和动态地址转换机制**。前者要求目标代码是绝对的（即目标代码中使用主存的绝对地址）或静态重定位的（目标代码中使用相对于 0 的逻辑地址，加载程序在确定其主存存放位置时将其装配成绝对物理主存地址），后者要求用户的代码是动态重定位的（用户代码中的逻辑地址在指令执行时才被动态地转换成绝对物理主存地址）。

（1）上、下界寄存器：分别存放正在运行程序的上、下界。当 CPU 资源分给某道作业时，即将该道作业的上、下界分别装入上、下界寄存器。

（2）地址检查机制：当用户程序被执行时，每访问一次主存，地址检查机制将 CPU 提供的访存地址与上、下界寄存器的值进行比较。若介乎上、下界之间，则可用该地址访问存储器，否则终止程序的运行，如图 5-8 所示。

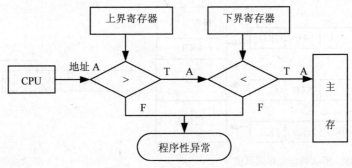

图 5-8 多道作业地址越界检查

（3）基地址寄存器、长度寄存器：这两种寄存器分别存放运行程序在主存的起始地址及其总长度。当 CPU 资源分给某道作业时，即将其主存的始地址和长度分别装入基地址寄存器和长度寄存器。

（4）动态地址转换机制：用户程序运行时，每访问一次主存，该机制将 CPU 提供的访存地址（相对逻辑地址）与长度寄存器中的值进行比较。若越界，则终止该程序，否则与基地址寄存器中的值相加成为访问主存的绝对物理地址，如图 5-9 所示。

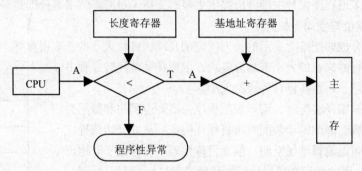

图 5-9　动态地址转换

如第 3 章所述，进程控制块 PCB 包含的信息中有位置信息。在多道固定分区存储管理系统中，位置信息包括进程的上、下界或基地址与程序长度。当进程调度程序选中某进程后，应将其 PCB 中这些位置信息内容装入上、下界寄存器或基地址寄存器和长度寄存器。

2. 作业存储调度

作业存储调度又叫做中级调度，是指如何选取作业占用主存。在多道固定分区法下，作业存储调度一般分为多队列法和单队列法。

多队列法是指每个存储区对应一个作业队列，作业到达后，按该作业的大小在对应的队列中排队。例如，总存储量为 32KB，操作系统占 10KB，用户空间被划分成长度为 4KB、6KB 和 12KB 的 3 块，作业要求的存储量若未超过这 3 个存储量，则分别进入相应的队列 1、队列 2 或队列 3，如图 5-10 所示。各队列可以独自采用一种调度方法而互不竞争，这显然不大利于充分利用空间。

单队列法是指系统中仅保持一个作业队列。例如，作业按先后到达次序进入队列，如图 5-11 所示，经过调度后长度为 5KB、4KB 的作业分别占用了大小为 6KB 和 4KB 的存储块，适用于下一作业（3KB）的存储块（第一块）已被占用，此时，一种方案是让该作业等待，直到存储块 1 可用；另一种方案是让该作业占用大小为 12KB 的存储块，或选取长度为 7KB 的作业占用大小为 12KB 的存储块。不管采用何种方案，都可以配合使用交换技术。

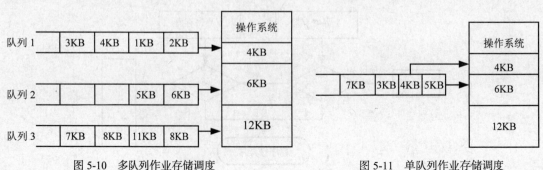

图 5-10　多队列作业存储调度　　　　　　图 5-11　单队列作业存储调度

3. 存储碎片（Memory Fragmentation）

多道固定分区法虽然比单道连续分配法提高了空间的利用率，但对空间的利用仍不充分。进入各存储块的作业长度往往短于该块的长度，因而存在一些未加利用的存储空间。另外，若大作业较多，小的存储块就常处于空闲状态而形成浪费。这些未得到利用的空间称为**存储碎片**。

若存储块长度为 n，该块存储的作业长度为 m，则剩下的（长度为 $n-m$）空间称为该块的碎片。由于碎片存在于固定分区内部，因此又叫做内部碎片。

5.1.3　多道连续可变分区法

多道连续固定分区法对存储空间的利用仍有较大的局限性，特别是容易造成内部碎片，故引入了多道连续可变分区法。这种方法对用户存储区域实施动态分割，从而改善了空间的利用。

1. 管理方法

系统设置一张表，用于登记主存空间用户区域中未占用的块（空闲块）。作业到达后，即可在空闲块中分配空间。例如，主存的总存储量若为 257KB，操作系统占用 40KB，并且假设在任何一段时间里，驻留在主存中的每一个作业都获得相等的 CPU 时间。当前作业队列如表 5-1 所示（假设作业运行时间是指 CPU 时间，不含 I/O 时间），则存储区域的变化如图 5-12 所示。

表 5-1　　　　　　　　　　　　　　　　作业队列

作业队列次序	所需存储量	运 行 时 间
1	60	10
2	100	5
3	30	20
4	70	8
5	50	15

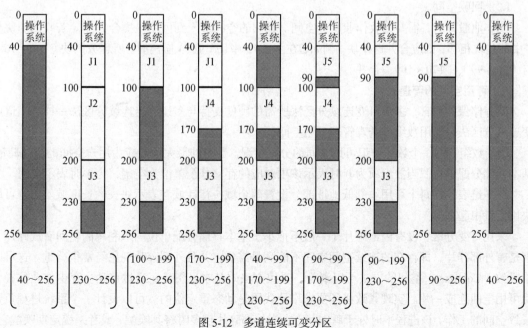

图 5-12　多道连续可变分区

多道连续可变分区法的存储管理较复杂，需设置为作业分配和回收存储空间的算法。

（1）分配存储空间

调度程序为选中的作业分配存储空间，则在可用块集合中按某种策略选择一个大小满足该用户作业要求的可用块分配给用户。若选中的块比该用户作业需要的量大，则应将剩余部分回收到可用块集合中。假设 F 为可用块集合，$size(k)$ 为块 k 的大小，$size(v)$ 为用户所需的存储量。算法可表示为：

① 如果对所有的 $k \in F$，均有 $size(k) < size(v)$，则分配失败。

② 否则按下述一种"分配策略"选出 $k \in F$，使得 $size(k) \geqslant size(v)$。

③ $F = F - \{k\}$。

④ 如果 $size(k) - size(v) < \varepsilon$（$\varepsilon$ 为基本存储分配单位的大小），则将块 k 分给该用户。

⑤ 否则分割 k 为 k' 和 k''，其中：$size(k') = size(v)$。将 k' 分给用户同时回收 k''，$F = F \cup \{k''\}$。

（2）分配策略

满足作业要求的可用块可能有很多块，那么应该选哪一块分给该作业呢？有下述 3 种选择方法：

● 首次满足法（First Fit）：搜索 F 时，选择所碰到的第一个满足作业存储量要求的块分配给用户。

● 最佳满足法（Best Fit）：在 F 中选出所有满足作业要求的存储块中最小的一块分给用户。

● 最大满足法（Largest Fit）：在 F 中选出满足作业要求的最大块分给用户。

对于上述 3 种分配策略，若采用后两种方法，则需要将可用块进行排序。采用最大满足法仅需搜索 F 中的第一个元素（F 中元素按从大到小的次序排列），而最佳满足法搜索的平均次数为 $n/2$（$n = \#(F)$）。第一种方法则无需对可用块排序。Knuth 和 Shore 分别就这 3 种方法对存储空间的利用情况做了模拟实验，结果表明：首次满足法可能比最佳满足法好，而首次满足法和最佳满足法一定比最大满足法效果好。

（3）回收空间

当作业撤离时，需要回收作业所占空间。收回的空间加入到可用块集合 F 中。若收回的块与 F 中某些块相邻，则应合并这些块。例如，在图 5-13 中，作业 J4 撤离时，所释放的块（100 ～ 169）与（90 ～ 99）、（170 ～ 199）合并。

2. 可用空间的管理

就存储保护而言，多道可变连续分区法所需的硬件支持与多道固定连续分区法一样。多道可变连续分区法一般用数组或链表管理可用空间。

（1）数组：用一个数组登记可用空间的分配情况。数组的最大项数应为用户空间的总存储量/基本存储分配单位。当数组项为 0 时表示该项对应的存储分配单位为空闲，为 1 时表示占用。

（2）链表：在每个可用块的低地址部分设置两个域：指针域和表示块长的长度域。所有可用块用指针串起来。

采用可变分区，没有内部碎片（一般不把小于基本存储分配单位的未利用的空间看成碎片）。但是有外部碎片，即存在的连续空闲空间不能满足需要，并且外部碎片现象经常很严重。这可以用紧致（Compact）空间的方法予以消除。紧致方法的基本思想是：通过移动主存中作业位置，使可用空间连成一片。实现紧致必须要求作业代码是动态重定位的。可以设计一个系统进程负责紧致空间的工作，该进程平时处于睡眠状态，当外部碎片较多时将其唤醒，或者系统定期唤醒它。紧致方法需要花费很多时间，并且在紧致时不容许被移动的作业运行，否则难以保证正确性。

上述 3 种管理方法有一个共同特点：即用户作业在主存中是连续存放的。表 5-2 对这 3 种方法进行了比较和总结。这类方法的优点是硬件支持简单，但无论何种方法都有大量的存储碎片。多道可变连续分区法虽然可用紧致方法消除外部碎片，但时间和空间耗费都太大。

表 5-2　　　　　　　　　　　　　　连续分配法的比较

	作业道数	内部碎片	外部碎片	硬件支持	可用空间管理	解决碎片方法	解决空间不足	提高作业道数
单道连续分配	1	有	无	界地址寄存器越界检查机构			覆盖	交换
多道固定连续分配	≤N（用户空间划成 N 块）	有		上下界寄存器、越界检查机构，基址寄存器、长度寄存器、动态地址转换机构				
多道可变连续分配	不确定	无	有		数组链表	紧致		

5.2　不连续存储分配

连续存储分配容易出现大段的连续空间因为不能容纳作业或进程而不可用。为了充分利用存储空间资源而引入了不连续存储分配策略。所谓不连续存储分配是指作业或进程映像不连续地存放于主存中。

5.2.1　分页管理

连续分配存储空间存在存储碎片，即空间利用率低的问题，其原因在于连续分配要求把作业（进程）放在主存的一片连续区域中。分页管理避开了这种连续性要求。例如，有一个长度为 3 单位的作业，而主存中当前仅有两个长度为 2 单位和一个长度为 1 单位的可用块，总长度可以满足。在连续存储分配法中，对此的唯一解决办法就是紧致存储空间，然而紧致是开销大并且很困难的。在分页系统中，将作业和主存都等分成较小的块，可将作业的各块非连续地分配到主存的可用块中。这样做既不用移动作业，又解决了碎片问题。

1. 空间安排

在连续存储分配中，用户作业的地址与主存地址有简单的对应关系。在分页系统中，由于连续性被破坏，所以用户作业目标代码所用的逻辑地址与目标代码在主存中所对应的物理地址已失去了这种简单对应关系。用户目标代码所设想的空间和所用地址称为逻辑空间和逻辑地址，所有目标代码逻辑地址均从 0 地址开始。主存空间称为物理空间，对应的地址称为物理地址，物理地址从 0 开始编址。在分页系统中，逻辑空间、物理空间均以相同长度为单位进行等分。逻辑空间所划分出的每个区域称为页（page），物理空间所划分出的每个区域称为页帧（page frame）。可以有多个作业或进程的逻辑空间以空分的形式存放于物理空间中。

系统初启时，把所有页帧作为可用页帧放在一个队列中。当用户作业申请空间时，便从可用队列中按申请的量分配页帧。整个逻辑空间中的页面集合可以离散地以页面为单位存储在主存中。当某用户释放空间时，系统将释放的页帧回收到可用队列。

2．动态地址转换机制

分页方法中逻辑地址与物理地址之间失去了自然联系。程序运行时，必须由硬件提供的动态地址转换机制把逻辑地址映射成对应的物理地址程序，才能正确运行。

（1）页表

由于逻辑地址和物理地址不一致，因此必须把逻辑地址所对应的物理地址登记在一张称为页表的表中。逻辑空间若有 n 页，页表就应该有 n 项。每一个作业或进程都需要一张各自的页表。

页表的第 i 项描述第 i 页。例如，用户作业由 5 页组成，分别放在第 1 号、第 8 号、第 5 号、第 3 号和第 0 号页帧中。页表项的内容如图 5-13 所示。在分页系统中，系统空间设置一片区域作为页表区，系统为每个作业（进程）提供一个页表。如果是进程，则页表的起始地址存放在进程 PCB 表的进程位置信息栏目中。

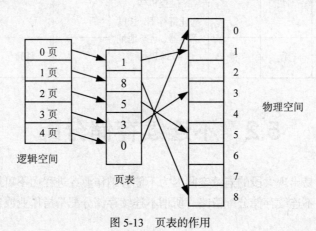

图 5-13　页表的作用

（2）地址结构

在分页系统中，线性逻辑地址和物理地址可以分解成两部分。线性逻辑地址可以分解成页号、页内位移，分别记为 P、d。线性物理地址可以分解成页帧号、页帧内位移，记为 f、d（例如页面大小为 512B，地址 539 属于第 1 页，页内位移为 27）。在求解逻辑地址对应的物理地址时，首先应分解出逻辑地址的页号和页内位移，然后按页号查找对应的页表项。按空间的划分规则可知：

$$P = 线性逻辑地址/页面大小 \qquad d = 线性逻辑地址 - P \times 页面大小$$

（3）有关页面大小的考虑

由上可知，地址转换过程为：通过线性逻辑地址求出 P、d；将页表始地址加上 P 得到页表项地址；从页表项中获得该页所驻留的页帧号 f，再将 f 乘以页面大小，然后加上 d 就得到所要的物理地址（见图 5-14）。

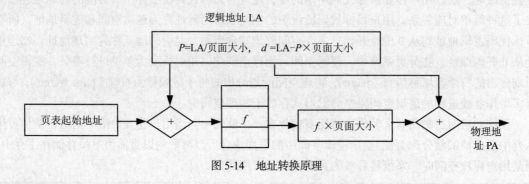

图 5-14　地址转换原理

这种过程要作加、减、乘、除运算，耗费太大。由于计算机采用二进制编码，所以如果取页面大小为 2 的正整数次幂，乘、除法就变成了位移运算。例如，取页面大小为 512B，则逻辑地址的低 9 位便为页内位移，高位为页号。这样，地址转换时所需要的乘除法则可免去。在分页系统中有如下原则：

$$页面大小 = 2^k \text{（} k \text{是正整数）}$$

另外，页面不可过小，也不可过大。太大便失去了分页的意义，太小则一方面造成页表过大，另一方面可用空间的管理开销太大。一般情况下，页面大小取 512B、1024B、2048B、4096B。在上述原则下，地址转换机构可以大为简化：取逻辑地址的高 $n \sim k$ 位作为页号，查页表得到页帧号 f，把逻辑地址的低 k 位拼接在 f 的右侧便得到物理地址，如图 5-15 所示。

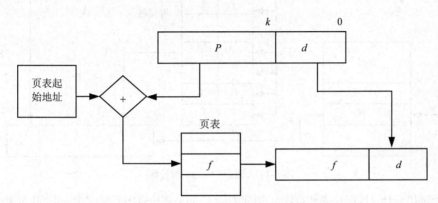

图 5-15　页面大小为 2^k 的地址转换原理

（4）快表（TLB）

页面大小为 2^k 虽然能加快地址转换速度，但由于地址转换时要查页表（页表存放在主存中），因此用户每访问一次存储单元实际需要两次访问主存。由于访存在程序执行过程中占据较大比例，因此两次访问主存几乎使程序运行的速度下降了一半。显然，不解决这个矛盾，分页系统就无法在实际系统中使用。若把页表中经常使用的页表项置于快速存储器（如快表），此矛盾就能得到较好的解决，分页管理法也才得以付诸实用。

快表是一种高速存储体。它的每一项主要由两部分组成：关键字和值。每一项还有一个比较装置。当输入信息到达后，便同时与快表中各项的关键字进行比较，若某项关键字与输入信息相同，则输出该项的值。若所有项的关键字均与输入信息不同，则输出一个特殊信号表示匹配不成功。把分页系统中的页表项放在快表，则其页号为关键字，对应的页帧号是值。将待转换的逻辑地址的页号作为输入，与快表中的每一项进行匹配。若匹配成功，则输出对应的页帧号，从而合成物理地址，如图 5-16 所示。

由于访问快表的时间短得可以忽略不计，因此若把整个页表都放在快表中，则地址转换的时间基本接近一次访问主存的时间。但是，快表只是页表的高速缓冲，不可能将整个页表都放在快表中。一般只设置由很少几项组成的快表，将一部分页表项放在其中。这时地址转

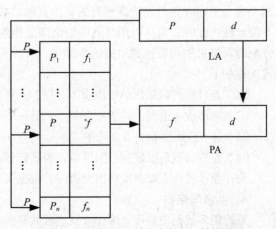

图 5-16　将页表存入快表中的地址转换原理

换过程为：首先把页号送到快表中匹配，若匹配成功，则形成物理地址，否则到主存页表中查找页表项来形成物理地址，如果快表未满，则将新页表项加入快表，否则从快表中淘汰一项后再加入新项，如图 5-17 所示。

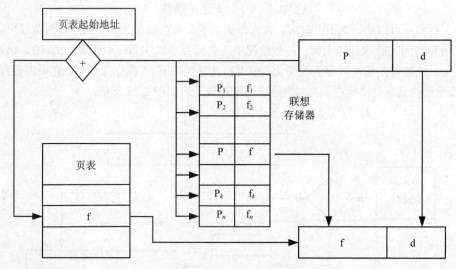

图 5-17　地址转换的一般过程

有些处理机设计是匹配快表和查找页表同时进行，如果在快表中匹配成功，则查找页表逻辑终止。

在拥有快表的分页存储系统中，假设访问主存的时间为 750ns，搜索快表的时间为 50ns，命中率为 80%，则可求出平均访存指令执行时间为：

$$80\% \times (50+750) + 20\% \times (50+750+750) = 950ns$$

与非页系统相比，访问速度只降低了 26.6%。这种耗费不算大，降低的速度也可控制在允许的范围内。故分页系统一般都采用这种机构进行动态地址转换。

综上所述，可以把快表视为一组特殊的寄存器，低调选中某进程后，一方面将该进程的页表始地址装入页表始地址寄存器，另一方面应对快表内容进行更新，由新选中的进程使用。

3. 可用空间管理

分页系统把所有可用页帧组成一个链表，或将它们登记在位图（bitmap）结构中（位图中每一位代表对应页帧的分配状态，通常 0 表示对应页帧未分配）。当按调度原则选中某作业（进程）进入主存时，首先检查现有的可用页帧总数是否大于或等于作业（进程）的总页数，否则不能分配。此时，需从可用队列中取出满足作业（进程）要求的若干页帧分给该作业（进程）。分配时需将页中内容抄到对应的页帧中，并填写对应的页表项，使二者互为对应。可用空间管理工作如下：

（1）若可用页帧总数小于作业（进程）总页数，则拒绝分配，结束。

（2）取作业（进程）的下一页 P，分配一个可用页帧 f，并将 P 的内容抄到 f 中。

（3）将 f 抄到页 P 的页表项中。

（4）若所有页已处理完，则结束；否则转到步骤（2）。

当作业（进程）撤离或换出交换时，根据页表项中记录的页帧号，回收页帧到可用队列中。

4. 共享与保护

系统很多代码应是可被多作业或进程共享的，如命令解释程序、编译程序、编辑程序等。在连续分配存储空间模式下，共享是不可能的，因为一个作业运行时只能访问一片连续的区域，多个作业显然不能与被共享程序都保持连续，因此这些本可共享的程序必然存在多副本。

在分页系统中便可实现共享。例如，有 3 个作业（进程）共享编辑程序 EDIT，EDIT 的长度为 3 页，这 3 页分别驻留在主存的 3、4、6 号页帧中。3 个作业（进程）的逻辑空间安排及所占用的页帧如图 5-18 所示。3 个作业（进程）与共享部分在物理上虽然不连续，但逻辑上是连续的。每个作业（进程）运行时由自己的页表来进行地址映射，从而实现了多个作业（进程）对一个 EDIT 程序的共享。

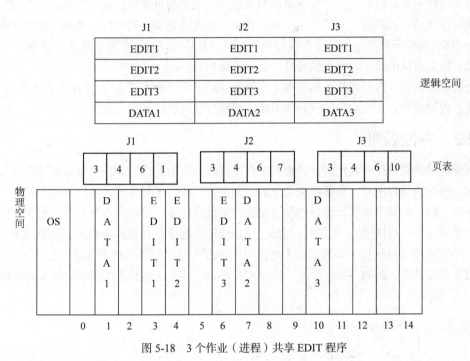

图 5-18　3 个作业（进程）共享 EDIT 程序

当引进分页不连续分配模式后，由于共享的出现对存储保护也提出了新的要求。在分页系统中除了仍需进行越界保护外，对共享页还要进行特殊保护。每个作业或进程可以对页面进行访问方式许可保护，访问操作是否可行必须先看页面保护说明。

在分页系统中，越界保护的方法是设置页表长度寄存器。在查页表之前，首先应该检查页号是否已越界。

访问方式许可保护的一般方法是，在页表项中增设一个存储保护域。保护的项目一般有读、写、执行，分别用 R、W、E 来表示。每个保护项目用一位来表示，该位为 1 表示可以进行这种操作，为 0 表示不可以进行这种操作。R、W、E 各位的不同取值形成如表 5-3 所示的 8 种保护。

表 5-3　　　　　　　　　　　　对页面实施的 8 种保护

RWE	描　述
0 0 0	不可以执行任何操作
0 0 1	可以执行，但不能读写
0 1 0	可以写，但不能读、执行
0 1 1	可以写、执行，但不能读
1 0 0	可以读，但不能写、执行

RWE	描　　述
1 0 1	可以读、执行，但不能写
1 1 0	可以读、写，但不能执行
1 1 1	可以读、写、执行

硬件在进行地址转换的同时，将该次访问要进行的操作与页表项中的保护码进行匹配。若访问不合法则报告访问权限错，系统产生异常，异常处理将终止作业的运行。例如，若页表项中的保护码为 101，而访问该页是取其指令执行则为合法。若是欲修改该页面（即进行写操作），则访问不合法。故页表项中除了含有页帧号外，还包含保护码。

就分页管理而言，内部碎片虽然存在（即作业最后一页可能不满），但是很少，可忽略不计，故认为没有内部碎片。可用空间的管理很简单，但硬件地址转换开销比较大。

5.2.2　分段管理

分页管理虽然具有空间利用好、管理方法简单的特点，但是将空间按页划分就用户而言显得极不自然。用户看待程序是以自然段为单位的，如主程序段、子程序段、不同的数据段等。若用户要求保护，保护的基本单位也是自然段。例如，某段只能读，另一段可执行等。而分页完全可能把不属于同一段的两块分到一页中。例如，用户程序由程序段和数据段组成，分页结果可能使得第 4 页中程序段（可执行）和数据段（可读写）各占一半（如图 5-19 所示）。此外，分页也不利于以段为单位共享。例如，共享一段子程序 SIN 的两个作业（进程）的逻辑空间安排如图 5-20 所示。

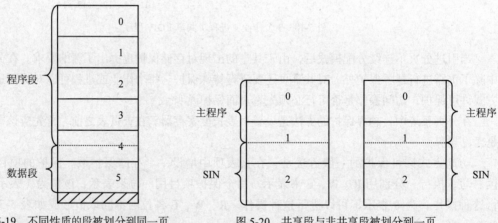

图 5-19　不同性质的段被划分到同一页　　　　图 5-20　共享段与非共享段被划分到一页

两个作业（进程）的第 1 页都由两部分组成：一部分是自己的主程序段，另一部分属于共享段。那么应怎样对待第 1 页呢？针对上述问题，人们提出了亦属于多道不连续存储管理法的分段系统。在分段系统中，空间不按等长划分，而是根据程序的自然段来划分。

1. 空间安排

分段系统是按照用户作业（进程）中的自然段来划分逻辑空间的。例如，用户作业（进程）由主程序、两个子程序、栈和一段数据组成，于是可将这个用户作业（进程）划分成 5 个段，每段从零开始编址（见图 5-21），其逻辑地址则由两部分组成：段号与段内位移，分别记做 S、d。若作业

（进程）正在运行主程序，则地址形式为（0，d）；一旦调用子程序 1，地址变为（1，d）；若访问数据段，地址变为（4，d），等等。在分页系统中，逻辑地址的页号和页内位移对用户是透明的，但分段系统中的段号、段内位移必须由用户显式提供，显然，对高级程序设计语言的用户而言，这种提供是不自然的。应该在编译程序对源程序进行编译时，把地址翻译成（S，d）的形式。

分段系统对物理空间的管理与多道连续可变分区法一样，但分段系统不要求作业（进程）在主存中以整个作业（进程）为连续单位，而以段为连续单位。例如，将图 5-21 中的各段安排在主存的各个区域中的一种特例如图 5-22 所示。

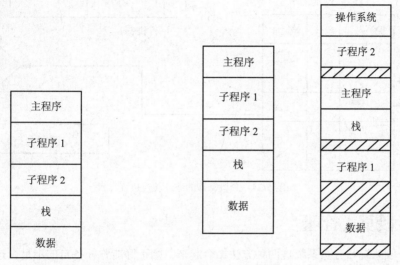

图 5-21 分段系统中段的划分 　　图 5-22 作业（进程）在主存中以段为连续存放单位

2. 动态地址转换

由于作业（进程）在逻辑空间连续但主存空间不连续，故运行时必须进行地址转换。分段系统的地址转换与分页系统基本相同。首先需要一张逻辑空间与主存空间对照的段表：若作业被划分成 n 段，段表就应该有 n 项。段表项中的内容（如图 5-23 所示）包括本段在主存的起始地址、本段的长度以及保护码等。系统为每个用户设置一张段表并放在系统空间。进程 PCB 表中可保存段表起始地址和段表长度。系统还设置段表起始地址寄存器及段表长度寄存器，低调选中某个进程后就将该进程的段表起始地址与长度装入这对寄存器中。

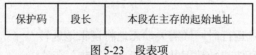

图 5-23 段表项

保护码同于分页系统的保护码。在进行地址转换时需要用到段长，即用于检查段内位移 d 是否在本段内。在分页系统中不必设置这一项，因为页是等长的，而页内位移一定是在一页以内。同样，要设置快表，将部分段表项放在快表中以提高转换速度。地址转换的过程是：将段号与快表中的各个关键字进行比较，若匹配成功，则检查段内位移 d 是否在该说明的长度内，同时检查保护码与本次操作的一致性，若这些比较结果都正常，则输出该段的起始物理地址，并与 d 相加得到物理地址；若在快表中匹配不成功，则将 S 与段表长度寄存器的内容进行比较，若没有越界，则将 S 与段表始地址相加，得到段表项的物理地址，查询段表项，检查 d 是否越界，以及操作码是否与保护码一致。最后用该段起始地址与 d 相加得到物理地址，同时更换快表的内容。这一过程如图 5-24 所示。

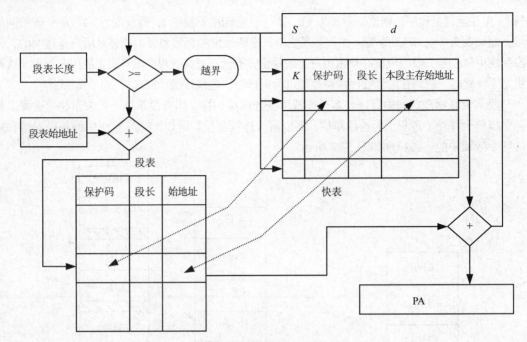

图 5-24　分段管理的地址转换过程

5.2.3　段页式管理

若能将分段系统和分页系统这两种方法结合起来，则正好能弥补各自的不足，这就是本节将要介绍的段页式管理的思想基础。

1. 空间安排

段页式系统对物理空间的管理、安排与分页系统相同，而对逻辑空间则先进行段的划分，然后在每一段内再进行页的划分。例如，若用户作业由主程序、子程序和数据段组成，则通过段、页划分后如图 5-25 所示。其逻辑地址由三部分组成：段号、页号、页内位移，分别记为 S、P、d。对用户来讲，段页式系统和分段系统是一样的。用户逻辑地址只提供段号和段内位移，系统则按分页管理的原则将段内位移分割成页号和页内位移。

2. 动态地址转换

在段页式系统中，作业运行时同样需要动态地将逻辑地址转换成物理地址。地址转换所依赖的数据结构是段表和页表。每个作业均有一个段表，而每一段都有一个页表（都放在系统空间里）。段表项中原先的"本段在主存的起始地址"一栏改成"本段页表在主存的起始地址"。图 5-26 给出了与图 5-25 对应的段页表。动

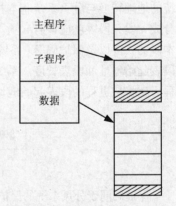

图 5-25　对作业进行段、页划分

态地址转换时，首先通过段表查到页表始地址，然后通过页表找到帧号，最后形成物理地址。因此，进行一次访问实际需要 3 次访问主存。解决方法仍旧是采用快表。快表的关键字由段号、页号组成，值是对应的页帧号和保护码。

地址转换时，首先向快表输入 S、P，S、P 同时与各个关键字比较。若匹配成功，则进行操作保护检查。若操作合法，则输出对应的页帧号，合成物理地址。若匹配不成功，则将 S 与段表

长度进行比较，查看是否越界。若正常，则将段表始地址与 S 相加，到主存中查找对应的段表项。将段表长度与 P 比较，若没有越界，则将段表始地址与 P 相加得到页表项地址，同时进行操作保护检查。最后查页表项，得到 f，将 f 与 d 合成物理地址，并用 S、P、f 替换快表中的一项，如图 5-27 所示。

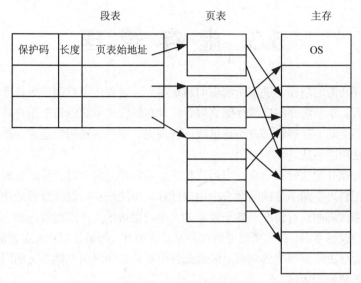

图 5-26　所示作业的段页表

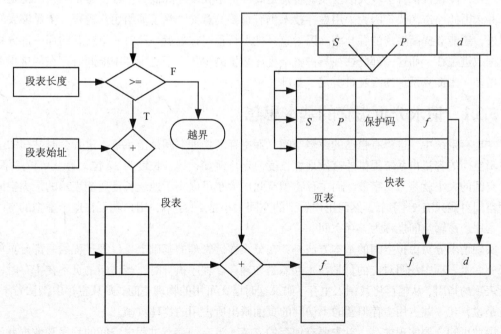

图 5-27　段页式系统的地址转换

经验表明，若采用适当的替换策略，使用 8 ~ 16 项组成的快表，命中率可达 80% ~ 95%。例如，存储访问时间为 750ns，访问快表的时间为 50ns，命中率为 95%，则可求出等效访问时间为 95%×(50+750)+5%×(50+750+750+750)=875，只比原速度降低了 16.7%。

在各种存储管理方法中，"放"可归纳为连续存放与不连续存放这两类。前者包括单道连续分区、多道连续固定分区和多道连续可变分区。后者包括分页、分段和段页式系统。对于连续存放的管理方法，硬件只提供越界保护措施。但是这类方法不能较好地利用存储空间（多道可变分区法虽然可用紧致方法消除碎片，但耗费巨大），并且无法实现共享。非连续存放的管理方法均要求硬件提供动态地址转换机构，能实现共享。

5.3 虚存管理

随着用户程序功能的增长，进程所需空间越来越大，进程所需空间很容易突破主存的大小，导致进程无法运行。本节将介绍虚拟存储管理，这种存储管理系统给每个用户进程一个很大的可以超过主存的存储空间。这种管理方法通过统一管理主、辅存，给用户造成一种仿佛系统内具有巨大主存供用户使用的假象。

在介绍连续存储分配法时曾指出：当用户程序比实际存储量大时，可通过覆盖使程序正常运行。但覆盖只是把解决空间不足的问题交由用户处理。由用户自行设计覆盖结构是不容易的，它需要了解整个程序代码的运行情况、各子程序的大小与覆盖区大小匹配等问题。程序越大，编程时对覆盖的设计也就越复杂。而需要覆盖的往往又是大程序，如果让用户在覆盖问题上花费精力，则不利于集中精力解决所要解决的问题。因此最好由系统自动解决空间不足的问题。虚存技术正是为了满足这种需要而产生的。

现在，硬软件都有了较大的发展，特别是硬件价格大幅度降低，主存已做得很大。但是虚存技术并未因此而遭淘汰，因为采用虚存技术仍有重要的意义，除了能给用户进程一个足够大的虚空间外，还能够提高系统的吞吐率。因为它只把运行程序在最近一段时间里活跃的那一部分程序和数据放进主存，而这一部分往往只占整个程序数据的少数，于是主存中能同时存在的进程道数明显增多，为提高系统的吞吐量奠定了基础。

5.3.1 请求分页虚存的基本思想

在虚存系统中，进程有自己的逻辑空间，而主存的物理空间是由系统各进程分时共享的。进程逻辑空间的容量由系统提供的有效地址长度决定。例如，地址长度为 32 位，寻址单位是字节，逻辑空间的大小就是 2^{32} 字节，而主存物理空间的大小可以小于地址长度所能表示的最大空间，物理空间可能只有 2^{12} 字节，然而用户看到的空间大小是 2^{32} 字节，用户就可在这个虚拟的空间上编制程序。逻辑空间也称为虚存空间。

实现请求分页虚拟空间的基本方法是：在分页存储管理的基础上，仅把进程的一部分页放在主存中。页表项中注明对应的页是在主存还是在辅存。程序执行时，当访问的页不在主存时，根据页表项的指引，从辅存将其调入主存。如果这时已无可用的物理空间，则从主存中淘汰若干页，也就是说，让一些占用主存但暂时不访问的页面腾出所占用的物理页帧。

由此可知，要实现虚存，首先要有辅存的支持，没有辅存，进程虚空间的程序和数据就没有地方保存，主存可以看成是进程虚空间的缓冲区。主存空间管理必须以非连续的存储管理法为基础。分页管理、分段管理、段页式管理和虚存技术的结合分别称为请求分页虚存系统、请求分段虚存系统、请求段页式虚存系统。下面只介绍请求分页虚存系统的实现原理。

进程虚空间的页面中如果有有效数据，那么这些页面数据可以来源于存在辅存空间中的文件，如果是在进程执行过程中新生成的数据页面或其他修改过的数据页面，通常这些页面在被淘汰时

（让出所占页帧时）会被保存到辅存的交换区，如图 5-28 所示。

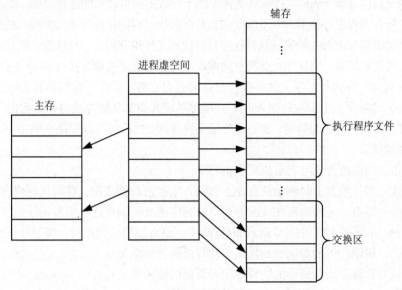

图 5-28　进程请求分页虚空间与辅存、主存间的关系

5.3.2　请求分页虚存管理的实现

请求分页虚存系统对页表项的内容进行了扩充，首先因为虚空间以辅存为基础，故必须增加一个栏目以存放对应页驻留在辅存空间的块号。增加一个合法位（valid bit）用以标志对应页是否在主存中。若在主存中，则合法位为 1，该页合法，同时，页表项中指出该页所在的主存页帧号，否则合法位为 0，该页不合法，页表项此时应指出该页所在的辅存块号。下面将介绍具体的页表项结构、页表的建立时机及过程、硬件动态地址转换过程、当页面不在主存中时的缺页处理方法。通过这些介绍可使读者了解一条访存指令由硬件及操作系统的处理过程。

1. 页表项结构

图 5-29 显示出请求分页虚存系统中页表项应包含的基本内容。修改位是为了在将页面所占用的主存页帧释放回系统时，指明该页是否要回写到辅存块中。如果修改位已被置位，则表示该页面自上次从辅存调入主存以来，页面中的数据已经被修改过；若没有置位，则说明该页自上次从辅存调入主存以来，未对其进行写操作。因此，在该页所占页帧回收到系统时，也不必将页面回写到辅存中。修改位置上的页一旦回写到辅存后，即可以释放页帧，并将修改位、页帧号和合法位都清零。

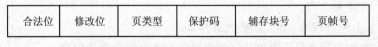

合法位	修改位	页类型	保护码	辅存块号	页帧号

图 5-29　页表项结构

页表项中的辅存块号表示页面在辅存存放的位置，当一个进程刚被创建用来运行一个程序时，该进程的页面所在的辅存即是程序目标代码文件所在的辅存位置。一般来说，该文件中包含了程序的二进制目标码及程序所要处理数据的初始值和无初值（或初值为 0）的工作区说明，在进程的运行过程中，含数据初始值的页面被调入主存使用，后来存放有初始值的变量可能被修改。这时，系

统不能够将修改过的页面回写到执行程序文件中，因为执行程序文件中的初始值不能被改变。为此引入了专用的交换区（或 swap 文件或页文件）用于存放那些可读写的进程页面。只读的进程页面所在辅存的块号在进程生存周期内是不改变的，都指向执行程序目标代码文件所在的辅存空间，但上述的可读写的进程页面的初始值从执行程序目标代码文件中获得，一旦修改，回写时则写到辅存的交换空间，再度使用时，则从辅存交换空间中取出。这种页面被称为回写 swap 文件页。

还有一种页面，在执行程序文件中被说明是初值为 0 的工作区，我们称其为零页，表示该页的初始值是 0，这种页面分配主存页帧时不必增加系统开销来从辅存获得初始数据，只要在分配页帧时将页帧清 0 即可。当回写时，也需要分配交换空间，然后回写到交换空间中。以下是图 5-29 中各域的具体说明。

- 合法位：当该位置上时表示该页在主存中。
- 修改位：当该位置上时表示该页在上次调入主存后被修改过，在淘汰时应回写到辅存中。
- 页类型：零页，表示该页在分配物理页帧时应清 0 页帧空间；回写 swap 文件页，表示在回写时必须分配 swap 空间，并回写到 swap 空间中。没有设置页类型时，表示按正常方式处理。
- 保护码：说明许可的对该页的操作（读写或执行操作）。
- 辅存块号：该页所在辅存的块号，用于页面的调入和回写。
- 页帧号：当合法位置上时代表该页所在主存的页帧号。

2. 页表的建立

页表是在进程创建时建立的，初始化页表的主要方法是用一个可执行的程序来初始化页表，或利用父进程页表进行页表生成，如 Linux 中的 fork( )系统调用处理。

（1）用一个可执行程序文件来初始化页表

产生一个进程就是为了执行一个程序，故可以利用一个执行程序目标代码文件所在的辅存信息来初始化进程的页表。页表初始化的大致过程如下：

- 为执行代码页面创建页表项，将保护码置为可执行，辅存块号置为对应执行程序目标代码文件的辅存块号。这些页面是不用回写的，因为这些页面不会被修改。
- 为全部有初值的数据页面创建页表项，将保护码置为可读写，页类型说明成"回写 swap 文件页"，辅存块号为该页对应执行程序目标代码文件的辅存块号。待该页被修改后回写时，再分配交换空间，修改辅存块号栏并清除页类型（说明以后作为一般页进行处理）。
- 为所有零数据页面创建页表项，保护码为可读写，页类型说明成零页，辅存块号栏为空，当第一次访问该页时，分配主存页帧并清零。当该页被修改后需要回写时，再分配交换空间，用交换空间块号填写页表项中的辅存块号栏并清除页类型。

（2）利用父进程页表生成进程页表

下面描述 Linux 中进程创建系统调用 fork( )的大致处理过程。可以看出，建立并初始化页表是进程创建的一个主要工作。

- 给子进程分配进程号 pid，分配 PCB 空间。
- 填写 PCB 表中的进程标识信息，进程控制信息中的调度等信息。
- 分配子进程页表空间。
- 将父进程的所有代码页的页表项复制到子进程页表中，使程序代码共享。
- 复制父进程的数据区和栈区页面，重新填写子进程数据区和栈区页面的页表项内容，这些页面的初始数据还继承父进程的相应页面的内容，但从此以后页面所占主存页帧及交换空间都将与父进程不同。

- 继承父进程对其他资源的访问现场，例如打开文件的现场。
- 利用父进程 PCB 的核心栈中处理机现场区初始化子进程 PCB 的核心栈中的处理机现场区，并保证子进程从 fork( )系统调用返回点开始执行，同时保证子进程 fork( )的返回值为 0。
- 将子进程挂到就绪队列。
- 为父进程返回子进程 pid。

3. 硬件动态地址转换

硬件执行访存指令的大致过程如下。

- 当 CPU 执行访存操作时，首先从快表中查找要访问地址的逻辑页号对应的物理页帧号。注意，快表中的项都是合法页的页表项，在进程被调度运行时由操作系统置入。若能够在快表中获得要访问页的页帧号，则合成物理地址并进行访问。
- 若要查找页表，必须检查该页页表项的合法性。若合法位已被置上，则从页表项中获得页帧号，合成物理地址并进行访问。
- 若合法位未被置上，则马上产生一个页故障（Page Fault）或称为缺页陷入。进入操作系统核心后，操作系统要马上进行页面调入处理。操作系统处理完成后，返回刚产生页故障的指令运行现场，重新执行访存指令。这时，访存指令可以合成物理地址并进行访存。由此可见，页故障的开销会非常大，如何减少页故障是操作系统虚存管理面临的挑战。

4. 缺页处理

当硬件执行访存指令时，若要访问的页面不在主存中，则会发生缺页异常。发生缺页异常后，硬件会马上转到操作系统中断/陷入入口，操作系统进行现场保护，并区分出是否是缺页，然后进行如下处理。

- 根据发生页故障的虚地址得到对应页的页表项。
- 申请一个可用的页帧（根据所采用的页面置换策略，可能需要淘汰某一页，即将某页的主存空间释放）。
- 检查发生页故障页的页类型。若为零页，则将刚申请到的页帧清零，将页帧号填入页表项，置合法位为 1；否则，调用 I/O 子系统将页表项中辅存块号所指的页面读到页帧中，将页帧号填入页表，将合法位置 1，结束缺页异常的处理，转到中断/陷入处理公共出口，恢复现场。
- 重新执行访存指令。

5. 页淘汰

页淘汰可以发生在申请页帧时，因为已无可用空闲页帧，所以需要淘汰部分页面，将其所占的页帧回收。现代操作系统一般定时进行页面淘汰，以保证在缺页处理时可以马上申请到页帧。如何选取被淘汰的页是由页面置换策略决定的。若已决定淘汰页 P，则主要做以下工作。

- 查找 P 页表项的修改位，若未修改，则对合法位清零，并将页帧回收。
- 若已修改，则检查 P 的类型栏。
- 若是零页或回写交换空间页，则申请交换空间的一个空闲块，将 P 页表项的辅存块号置上并且清除页类型（以后作为一般页处理）。
- 调用 I/O 子系统将页帧上的数据写到辅存块号所指的辅存空间中，对合法位清零，并将页帧回收。

在请求分页虚存管理系统中，假设页表内容如表 5-4 所示，页面大小为 2^{12}B，主存的访问时间是 100ns，快表的访问时间是 10ns，换入页面的平均时间为 100 000 000ns，并且该时间已经包含页表修改及将页表项加入快表的时间，当进程被调度执行时，依次访问虚地址 0x236B、0x1A65、

0x2575，问各需要多少访问时间？虚地址 0x2575 的物理地址是多少？（假设快表初始为空，变址先访问快表）

表 5-4　　　　　　　　　　　　　　　　　页表

页　　号	页　帧　号	驻　留　位	磁盘块号
0	0x101	1	0x334
1		0	0x326
2	0x254	1	0x77A
3		0	0x120

首先应该算出地址所在的页面号，0x236B 地址页面号为 2，该页为合法页，但是快表中无对应页表项，故访问时间=10ns(快表查找时间)+100ns(页表项访问时间)+100ns(地址单元访问时间)=210ns。

0x1A65 地址所在的页号为 1，该页不在主存中，由于缺页处理完成后需要重新执行访存指令，该地址访问时间=10ns(快表查找时间)+100ns(页表项访问时间)+100 000 000ns(调入页面时间及快表更新)+10ns(快表查找时间)+100ns(地址单元访问时间)=100 000 220ns。

因为 2 号页面以前访问过一次，因此快表已经缓冲了 2 号页面的页表项，因此 0x2575 的访问时间=10ns+100ns=110ns。

0x2575 的物理地址是 0x254575，因为 2 号页面的物理页帧号是 0x254，计算机硬件会利用页帧号 0x254 和页内偏移号 0x575 合并形成物理地址。

5.3.3　页面置换策略

采用虚存技术能较好地解决空间不足的矛盾并提高系统的效率。解决空间不足的效果一般较明显，而提高系统效率的实现是有条件的。因为采用虚存技术后，通常会出现页故障，解决页故障需要与辅存打交道，故耗时较多。如果系统不能有效地将页故障控制在一定范围内，则会使系统陷于页故障的频繁处理，很少做有用工作。影响页故障数的首要因素是页面置换策略。下面将首先介绍访问串、驻留集、局部置换和全局置换的概念。

访问串（Reference String）是指进程访问虚拟空间的地址踪迹。例如，某进程依次访问了如下地址：0100，0432，0101，0612，0102，0103，0104，0101，0610，0102，0103，0104，0101，0609，0102，0105。但若将这样一串地址作为访问串则太庞大，不便于使用。由于请求分页虚存管理是以页为基本单位进行存储管理，因此可只记下虚地址所属页的页号。若页面大小为 100，则上述访问串简化为 1，4，1，6，1，1，1，1，1，6，1，1，1，1，1，6，1，1。另外，若访问了第 i 页，则紧随该页第一次访问后再对第 i 页的访问一般不会造成页故障，因此可进一步简化将访问串中连续的同一页号合而为一，访问串又可简化为 1，4，1，6，1，6，1，6，1。

进程的合法页集合称为驻留集。

置换策略可分成两类：一类是基于进程驻留集大小固定不变的策略，这种固定驻留集大小的方式是将固定的页帧分给进程使用，进程调页时只置换本进程的页面，又称局部置换策略；另一类是基于进程驻留集大小可变的策略，因为页帧不固定给某进程使用，而是全局分配，又称全局置换策略。下面分别介绍这两类策略中的主要策略。

1. 局部置换策略

这类策略的共同点是进程驻留集大小固定不变。若设 m 为驻留集大小，$s(t+1)$ 为时刻 t 的驻留集，$r(t)$为时刻 t 访问的页号（t 是以访问串的每一项为单位的时间），如访问串为 1，4，5，即时刻 1 访问第 1 页，时刻 2 访问第 4 页，时刻 3 访问第 5 页，则记为 $r(1) = 1$，$r(2) = 4$，$r(3) = 5$。驻留集大小固定的置换策略有如下控制过程：

$$s(0) = 空集$$

$$s(t+1) = \begin{cases} s(t) & r(t+1) \in s(t+1) \\ s(t) + \{r(t+1)\} & r(t+1)! \in s(t+1),\ |s(t)| < m \\ s(t) + \{r(t+1)\} - \{y\} & r(t+1)! \in s(t+1),\ |s(t)| = m,\ y \in s(t+1) \end{cases}$$

式中 y 为被置换页。根据不同的选择 y 的方法可形成不同的策略。

（1）FIFO（First In First Out）

这是一种最简单的置换策略。例如，驻留集大小为 3 个页帧，在 FIFO 策略控制下，对于访问串 7，0，1，2，0，3，0，4，2，3，0，3，2，1，2，0，1，驻留集的变化如图 5-30 所示，出现 12 次页故障。

7	0	1	2	0	3	0	4	2	3	0	3	2	1	2	0	1
7	7	7	2	2	2	2	4	4	4	0	0	0	0	0	0	0
	0	0	0	0	3	3	3	2	2	2	2	2	1	1	1	1
		1	1	1	1	0	0	0	3	3	3	3	3	2	2	2
X	X	X	X		X	X	X	X	X			X	X		X	X

（X 表示产生一次页故障）

图 5-30　在 FIFO 控制下的驻留集的变化过程

实现 FIFO 策略无需硬件提供新的帮助，只需采用循环数组管理驻留集。但是 FIFO 策略的实际效果不好，并且伴有一种称为 Belady 奇异的现象。

Belady 奇异是指置换策略不符合随着驻留集大小的增大页故障数一定减少的规律。例如，取访问串为 1，2，3，0，4，1，2，5，1，2，3，4，5，当驻留集大小为 3 个页帧时，驻留集的变化如图 5-31 所示，共出现 9 次页故障；当驻留集大小为 4 个页帧时，驻留集变化如图 5-32 所示，共出现 10 次故障。因此 FIFO 是具有 Belady 奇异的策略。

1	2	3	4	1	2	5	1	2	3	4	5
1	1	1	4	4	4	5	5	5	5	5	5
	2	2	2	1	1	1	1	1	3	3	3
		3	3	3	2	2	2	2	2	4	4
X	X	X	X	X	X	X			X	X

图 5-31　FIFO 策略下 3 个页帧时的驻留集变化过程

1	2	3	4	1	2	5	1	2	3	4	5
1	1	1	1	1	1	5	5	5	5	4	4
	2	2	2	2	2	2	1	1	1	1	5
		3	3	3	3	3	3	2	2	2	2
			4	4	4	4	4	4	3	3	3
X	X	X	X			X	X	X	X	X	X

图 5-32　FIFO 具有 Belady 奇异

没有 Belady 奇异的策略随着驻留集大小的增大，页故障数一定减少，如图 5-33 所示。而对具有 Belady 奇异的策略而言，有时随着驻留集大小的增大，页故障数也会增大，如图 5-34 所示。

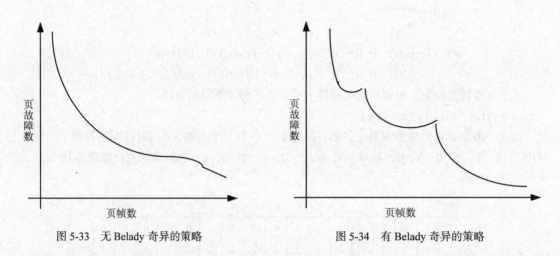

图 5-33　无 Belady 奇异的策略　　　　　　图 5-34　有 Belady 奇异的策略

（2）OPT（Optional Replacement）

OPT 策略是驻留集大小固定这类策略中的最优策略。它淘汰下次访问距当前最远的那些页中序号最小的一页。例如，驻留集大小为 3 个页帧，访问串为 7, 0, 1, 2, 0, 3, 0, 4, 2, 3, 0, 3, 2, 1, 2, 0, 1，在 OPT 策略控制下，驻留集变化如图 5-35 所示，共出现 8 次页故障。称 OPT 为驻留集固定类策略中的最优策略的理由是，OPT 策略对任意一个访问串的控制均有最小的时空积（进程所占空间与时间的乘积）。例如，进程共占用主存的时间为 10s，前 3s 占用 40 个页帧，中间 5s 占用 15 个页帧，最后 2s 占用 7 个页帧，则时空积为 3×40+5×15+2×7=209（页帧×秒）。就驻留集固定这类策略而言，由于所占空间为一个常数，因此评判策略的性能时只需比较处理同一访问串各自所花费的时间量，即页故障的次数。可以证明 OPT 策略是驻留集固定策略中的最优策略。

OPT 虽然被誉为驻留集固定策略中的最优策略，但由于用以控制页面置换时需要预先得知整个访问串，故难以付诸实用，仅能将其作为一种标准，用以测量其他可行策略的性能。

7	0	1	2	0	3	0	4	2	3	0	3	2	1	2	0	1
7	7	7	2	2	2	2	2	2	2	2	2	2	2	2	2	
	0	0	0	0	0	0	4	4	4	0	0	0	0	0	0	
		1	1	1	3	3	3	3	3	3	3	3	1	1	1	

　X　X　X　　X　　　X　　　　X　　　　X

图 5-35　在 OPT 策略控制下的驻留集的变化

（3）LRU（Least Recently Used）

LRU 策略淘汰上次使用距当前最远的页。例如，驻留集大小为 3 个页帧，访问串为 7, 0, 1, 2, 0, 3, 0, 4, 2, 3, 0, 3, 2, 1, 2, 0, 1，在 LRU 控制下，驻留集的变化如图 5-36 所示，共出现 11 次页故障。

7	0	1	2	0	3	0	4	2	3	0	3	2	1	2	0	1
7	7	7	2	2	2	2	4	4	4	0	0	0	1	1	1	1
	0	0	0	0	0	0	0	0	3	3	3	3	3	3	0	0
		1	1	1	3	3	3	2	2	2	2	2	2	2	2	2
X	X	X	X		X		X	X	X	X			X		X	

图 5-36　在 LRU 策略控制下的驻留集的变化

对于相同的访问串，满足任意时刻 $S(m, t)$ 都属于或等于 $S(m+1, t)$ 的置换策略称为栈算法（其中，m 为页帧数；$S(m, t)$ 为时刻 t 大小为 m 的驻留集）。LRU 属于栈算法，因为 LRU 淘汰的是最后一次使用以来离时刻 t 最远的页，故若驻留集为 m 个页帧，则驻留集中总是保持着最近使用过的 m 页；若为 $m+1$ 个页帧，则总保持最近使用过的 $m+1$ 页。$S(m, t)$ 属于 $S(m+1, t)$，即 LRU 为栈算法。

栈算法是没有 Belady 奇异的。设 $n>m$，对于栈算法，有 $S(n, t)$ 包含或等于 $S(m, t)$。任取 $r(t)$，若 $r(t)$ 不属于 $S(n, t)$，则 $r(t)$ 也不会属于 $S(m, t)$，因此驻留集大小为 n 时出现的页故障一定会在驻留集大小为 m 时出现，而必有 $P(m) \geq P(n)$（其中 $P(i)$ 表示驻留集为 i 个页帧时所出现的故障数）。由此可知，栈算法没有 Belady 奇异。由于 LRU 是栈算法，故 LRU 没有 Belady 奇异。

LRU 的实现耗费较高。由于 LRU 淘汰的是上次使用距时刻 t 最远的页，故必须记录这个距离。记录方法可使用计数器：给每个页帧增设一个计数器。每访问一页，就把对应页帧的计数器清零，其余页帧的计数器加 1，因此，计数器值为最大的页，即上次访问距今最远的页。例如，驻留集大小为 3 个页帧，访问串为 7, 0, 1, 2, 0, 3, 0, 4, 2, 3, 0, 3, 2, 1, 2, 0, 1，LRU 策略用计数器方法记录，则驻留集及计数器的变化如图 5-37 所示。

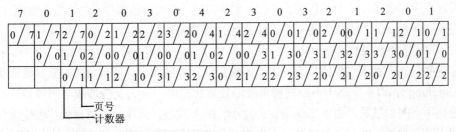

页号
计数器

图 5-37　用计数器方法实现 LRU 算法的例子

（4）时钟页面置换算法（CLOCK）

使用 LRU 策略对主存进行管理虽然耗费大，但效果较好。人们曾对 LRU 和 FIFO 策略进行各种比较，结论是多数情况下 LRU 优于 FIFO，但后者的实现耗费相对很低，故实际系统中常兼顾二者的长处而采用近似 LRU 的方法。

CLOCK 算法的基本思想是：由硬件给每个页帧增设一个使用位，每访问一页就置对应的使用位为 1，驻留集所有页面形成一个环形链表，当前页面指针指向环形链表中的某页，在处理页故障时，如果当前页面指针所指页的使用位为 0，则置换之，当前指针后移；如果使用位为 1，则清 0，且当前指针后移后，继续判断页面使用位，直到找到使用位为 0 的页面为止，如图 5-38 所示。该算法考虑了在最近被访问的情况，但是并没有考虑被访问的次数，同时也考虑了优先淘汰驻留时间长的未使用页，因此实现简单，效果也不错。

（5）最近未使用页面置换算法（NRU）

NRU（Not Recently Used）也是一种 LRU 的近视实现算法。由硬件给每个页帧设一使用位，每访问一页就置对应的使用位为 1，页面管理软件则定时地把所有的使用位重新置 0。必须淘汰时，任选一个使用位为 0（可能不唯一，但表明该页最近没有被访问）的页。若所有页的使用位都为 1，则按 FIFO 规则淘汰。

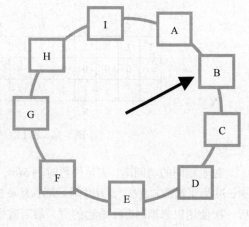

图 5-38　时钟页面置换算法的页面组织

更加实用的方法要考虑页面修改因素。为了减少淘汰页的回写时间需增设修改位。因此在选择淘汰页时，要尽量避免首先淘汰被修改过的页，因为这种页被淘汰时需要写回辅存。若将使用位与修改位结合起来，则可制定如下的淘汰顺序：先选择使用位和修改位为 0 的页作为淘汰对象，若无这种页，则选择未使用但被修改过的页，然后选择使用过但未被修改过的页，最后再按 FIFO 规则选择二者均为 1 的进行淘汰。

2. 驻留集大小可变的全局置换策略

若采用进程驻留集大小固定的策略，管理则比较容易，但驻留集大小的确定绝非易事。同时，页帧被固定分配给进程，不利于页帧的共享，可能造成浪费，例如，某进程长时间没有机会占用处理机运行，但是却一直占用页帧，并且这些页帧不能给正需要页帧的进程使用。

人们称访问串所具有的性质为程序行态（Program Behavior），并对访问串作过许多统计研究后发现程序具有局部性行态（Locality）。所谓局部性行态是指可将程序执行的时间分成很多段，在每一段时间里程序只引用整个页集合的一个小子集也称为工作集（Working Set），也就是说，程序在执行过程中形成了一个个工作集。以后人们又发现，在大多数程序（主要指非数值计算程序）的执行过程中，从一个工作集到另一个工作集的过渡是突然的，这就是阶段转换行态，工作集一般不超过程序总页数的 20%等。

根据这些行态，驻留集应比最大的工作集稍大些，如果太小会使页故障频繁出现而引起系统抖动（Thrashing），即系统陷于不断进行页故障处理状态中；太大又会造成空间浪费，达不到充分合理地利用空间的目的。由于工作集有大有小，时大时小，因此让驻留集大小恒定就不能合理使用空间，更合理的策略应该是随着工作集的变化来动态调整进程驻留集的大小。下面介绍几种驻留集大小可变的全局页面置换策略。

（1）WS（Working Set）

这是一种为顺应程序的局部性行态而制定的策略，在驻留集中只放置当前活跃的工作集中的页。WS 需要一个控制参数，记为 Δ。若某页在驻留集中有 Δ 个时间单位（访存间隔）未被引用，则将其淘汰。例如，取 $\Delta=5$，访问串为 7, 0, 1, 2, 0, 3, 0, 4, 2, 3, 0, 3, 2, 1, 2, 0, 1, 驻留集的变化如图 5-39 所示，其中共产生了 7 次页故障，驻留集的平均大小为 3.5 个页帧。

WS 策略的效果与参数 Δ 的选取密切相关。Δ 应该足够大以至于各工作集活动期间工作集内页不至于被淘汰；Δ 又应该足够小以至于访问串进入一个新的工作集后上一工作集留下的页很快会被淘汰。

实现 WS 策略的耗费很高。可用计数器记录对各页的访问，经过自动检查后淘汰计数器值等于 Δ 的页。由于实现 WS 策略的耗费太大，故实际系统中很少采用。

访问串	7	0	1	2	0	3	0	4	2	3	0	3	2	1	2	0	1
驻留集	7	7	7	7	7	3	3	3	3	3	3	3	3	3	3	3	0
		0	0	0	0	0	0	0	0	0	0	0	0	0	0	0	2
			1	1	1	1	1	4	4	4	4	2	2	2	2	2	
				2	2	2	2	2	2	2	2	1	1	1	1	1	
驻留集大小	1	2	3	4	4	4	4	4	4	4	4	4	3	4	4	4	3

图 5-39　在 WS 策略控制下的驻留集的变化

（2）SWS（Sampled Working Set）

实际系统中，常用的是 SWS 策略，它近似于 WS。在 WS 策略的控制下，每过 τ 个时间单位（如取 τ=10 000）检查一次计数器，将计数器值大于等于 Δ 的页淘汰出去。

这样做耗费仍很大，可用硬件时钟计数来进一步降低耗费：每访问一页，同时将当前时钟值记录在页表项中，经过 τ 时间单位后便检查驻留集，将当前时钟值与记录在页表项中的值相减，淘汰差值大于等于 Δ 的页。

3. 置换策略的选择

从上述对几种主要置换策略的讨论可以看出：效果好的策略耗费大，而耗费小的策略效果不佳。那么在具体实现一个虚存系统时应该选择什么策略呢？一般原则是：中、大型机配置的虚存系统可选择耗费高些的策略（中、大型机的主频速度快，硬件支持手段能提供高耗费策略所要求的环境），小、微型机上的虚存系统一般只能选用低耗费策略（这类机器硬件提供的支持不具有实现高耗费策略所需的条件）。

低耗费策略的效果不能令人满意，施用于小、微型机上是否会严重影响系统的性能呢？如果采用某些技巧性的措施，则可弥补低耗费策略的大部分缺陷。操作系统 Windows NT 成功地改造了先进先出的全局置换策略，Window NT 通过一些实现技巧，使最近被使用过的页面避免被淘汰。其主要改进措施是：设置了被淘汰但其中数据在实质被置换前还可再利用的页面链表，即自由链表和修改链表，并在自由链表中维持一定数量的备用页帧。淘汰页面不要等到需要页帧且没有自由页帧时进行，而是定时地进行页面淘汰，或者当自由链表太短时进行页面淘汰。

当淘汰一页时，并不立即将被淘汰的页内容从页帧中抹去，而是根据该页是否被修改过而链入自由链表（若没被修改过）或修改链表（若被修改过）的尾部，表示作为预备空闲页。分配可用页帧时从自由链表的表头取页帧。若修改链表超过了限定的长度（或自由链太短），则将修改链表中的页回写辅存，并将回写后的页链入自由链表。当某页被选中淘汰，该页并未被立即从主存中抹掉，而是链于自由链表或修改链表的尾部，因此若该页在最近又被访问，则不必到辅存中取回，而是直接从自由链表或修改链表中取回即可，这种无需从辅存读取的页故障的处理所花费的时间很少。若选中淘汰的页最近一段时间不会被使用，那么过一段时间该页就从自由链表尾走到链表头，最后被分配给某一进程的调入页，这时该页帧原来的数据是真正被更改了。

选中淘汰某页时，页表项中应该注明这一页已是无效页，但在自由链表或修改链表中。当这一页所在的页帧最后被分给别的进程时，这一页不在主存中，而只在辅存中。如果不计算处理自由链表、修改链表的页故障所花费的时间（这种耗费与从辅存调入页进行 I/O 的时间耗费相比，可忽略不计），这种方法的开销接近于 FIFO，效果接近于 LRU。

小　结

存储管理主要研究三方面的内容：取、放、置换。其中"放"是基础，根据程序在主存的不同存放方法，可以把存储管理分为连续存放与非连续存放两类。

连续存放的存储管理方法有单道连续管理法、多道固定分区法和多道可变分区法。硬件仅需提供一个界地址寄存器和越界检查机构即可实现单道连续存储分配管理。若用户程序所需空间大于用户空间，则用户可采用覆盖技术解决。

单道连续分配法适于采用 FCFS 和优先级作业（进程）调度策略，若在这种存储管理模式下实现时间片轮转法或优先剥夺法，则可通过交换技术来完成。若进程正在通过用户区域进行 I/O，则不能交换。

多道固定分区法需要硬件提供上、下界地址寄存器和越界检查机构，或者基地址寄存器、长度寄存器和动态地址转换机构。固定分区法虽然管理简单，但是空间得不到充分利用，内部碎片无法避免，若各种大小的作业分布不均，则会造成某些分区不可用。

多道可变连续分区法所需的硬件支持与多道固定连续分区法相同。分配可用块的方法有首次满足法、最佳满足法和最大满足法。可用块不能小于基本存储分配单位。可用块可以用数组或链表来管理。若外部碎片太多，则可采用紧致方法消去外部碎片。

非连续存放的存储管理方法有分页、分段和段页式方法。

分页管理将逻辑、物理空间按同样的长度进行划分，用户作业在逻辑空间连续但在物理空间不一定连续。程序运行时需要进行动态地址转换，地址转换依赖的数据结构是页表。页表是唯一把页与页帧相互对应的映射机构。为了加快地址转换速度，要求页面大小为 2^k。另外必须增设快速存储器（如快表），存放部分页表以减少地址转换过程中对主存的访问次数。在分页系统中可实现共享，用越界保护和操作访问保护实现存储保护。

分段管理将逻辑空间按用户程序的自然段划分为若干段。每段在主存中连续存放，段与段间可不连续。作业运行时通过动态地址转换（数据结构是段表）将逻辑地址变为物理地址。

段页式管理是分段与分页的结合。对于用户而言，空间特征与分段系统一致。在空间的利用与管理上具有分页系统的优点，而在存储保护与共享方面则汲取了分段系统的优点。

在分页存储管理的基础上，将程序的部分页放于主存中，进程运行时当所访问的页不在主存中时会产生页故障，通过操作系统处理页故障来实现虚拟存储技术。为了保证虚存系统的性能优越，还必须注意尽量减少缺页量、回写的次数和回写量等问题，故由此而引进修改位、零页等概念。为了保证数据页面回写时执行文件内容不被修改，还必须设置页文件或交互区。

虚存系统的性能优劣主要取决于置换策略。置换策略可分为局部置换和驻留集大小可变的全局置换两类。OPT 是局部策略中的最优策略，但难于付诸实用，只能作为评价其他置换策略的标准。LRU 策略效果虽好，但耗费高。FIFO 策略的耗费最低，但效果不佳。LRU 和 FIFO 相结合的 CLOCK 和 NRU 策略是优质低耗的实用策略。对于动态驻留集大小的全局置换策略，WS 策略效果虽好，但耗费高。WS 策略能够很好地顺应程序行态。在实际系统中，通常采用 WS 的近似策略 SWS。

习　题

一、选择题

1. 以下数据结构处在用户空间的是（　　）。
   （A）进程用户栈　　　（B）I/O 请求队列
   （C）磁盘数据缓冲池（D）进程页表

2. 处理机在执行下列哪个指令时可能从用户态进入核心态执行？（　　）
   （A）访存指令　　　　（B）设置中断屏蔽指令　　　　（C）设置 I/O 寄存器指令

3. 使用下列哪种存储分配方式可使内存利用率最高？（　　）
   （A）连续存储分配　　　　　　　（B）分页式存储分配
   （C）请求分页式虚存　　　　　　（D）分段式存储分配

4. 操作系统存储保护工作包括（　　）。
   （A）校验错误处理　　（B）越界保护　　（C）访问方式保护（D）缺页处理

5. 虚存访问效率提高与下面哪个技术无关？（　　）
   （A）以 2^k 为页面大小　　　　　（B）提供联想存储器
   （C）页表常驻内存　　　　　　　（D）提供 64 位虚存地址

6. 下列页面中哪个可作为最佳淘汰页面？（　　）
   （A）进入内存最早的且未写过的　　（B）最近一次访问时间最早且未写过的
   （C）正在与 I/O 设备交换数据的页　　（D）最近一次访问时间较早且写过的

7. 淘汰页面的较好且可行的方法是（　　）。
   （A）LRU　　　　　　　　　　　（B）淘汰最先调入的页面
   （C）淘汰页号最小的页面　　　　（D）OPT

8. 回收（淘汰）页面的另一个主要作用是（　　）。
   （A）可以预防死锁　　　　　　　（B）将页面内容写入磁盘
   （C）加速中断的处理　　　　　　（D）节省内存

二、简答题

1. 存储管理研究的主要问题有哪些？

2. 假设在一个计算机系统中，硬件仅提供了界地址寄存器和越界检查。试设计一种存储管理方法，使主存中能同时存储 3 道作业运行。要求保证作业之间、作业与系统程序之间运行时不相互破坏。

3. 可以进行交换的条件是什么？为什么要这样限制？

4. 如果在支持多道的分页系统中实施交换调度，应考虑哪些因素？如何实现？

5. 实现多道连续存储管理时，需要哪些硬件支持？如何进行地址变换？如何实现存储保护？

6. 为什么要引进分页存储管理方法？在这种管理方法中硬件应提供哪些支持？

7. 在分页系统中：

（1）如果一次存储访问需 120ns，那么访问一次页面单元需要多少时间？

（2）如果增加 8 个单元快表，且查询快表的命中率为 75%，那么等效存储访问时间为多少（假定在快表中查找一个页表项所需时间为 0）？

8. 如果要让作业可以在主存中移动，对编址有什么要求？

9. 考虑一个分页系统，其页面大小为 100 字，对下列程序给出访问串。

    0 Load from 263;

    1 store into 264;

    2 store into 265;

    3 Read from I/O 设备;

    4 Branch into location 4, if I/O Device busy;

    5 store into 901;

    6 Load from 902;

    7 Halt;

10. 如果允许页表中的两个页表项同时指向同一页帧，那么将产生什么后果？这种方法能用来减少从存储器的一个地方复制大量内容到存储器的另一个地方所需的时间吗？

11. 在分页存储管理系统中怎样使多个作业共享一个程序或数据？

12. 试述分段存储管理系统的动态地址转换过程。

13. 在分段系统中采用快表以保存最活跃的段表项，且整个段表保存在主存中。如果存储器的存取时间为 100ns，快表的命中率为 85%（假设不计访问快表时间），问等效访问时间是多少？如果快表的命中率仅是 50%，等效访问时间又是多少？

14. 在分段系统中如何实现共享？对共享段有什么限制？为什么？

15. 为什么要引入段页式存储管理？说明在段页式系统中的动态地址翻译过程。

16. 在段页式存储管理系统中，设访问主存的时间为 50μs，访问快表的时间为 0.5μs，如果要求等效访问时间不能超出访问主存时间的 25%，问快表的命中率至少应该达到多少？

17. 在请求分页虚存系统中，系统为用户提供了 2^{24} 个字节的虚存空间。系统有 2^{20}B 的主存空间。每页的大小为 512B。设用户给出了 11123456（八进制）的虚存地址。试说明系统怎样得到相应的物理地址。列出各种可能，并指出哪些工作由硬件完成，哪些工作由软件完成？

18. 某程序大小为 460 个字。考虑如下访问序列：10，11，104，170，73，309，189，245，246，434，458，364，页帧大小为 100 个字，驻留集大小为 2 个页面。

（1）给出访问串。

（2）分别求出采用 FIFO、LRU 和 OPT 置换算法控制上述访问串的故障数和页故障率。

19. 在请求分页虚存系统中，根据程序的局部性行态试指出以下哪种技术和数据结构较好？何者低劣？（假设以下数据结构或程序使用了多个页面。）

（1）栈结构；

（2）杂凑（Hash）技术；

（3）顺序搜索；

（4）少用或不用 GOTO 语句。

20. "FIFO 策略有时比 LRU 策略的效果好"这句话对吗？为什么？"LRU 策略有时比 OPT 策略的效果好"这句话对吗？为什么？

21. 试证明 OPT 最优算法没有 Belady 奇异。

22. 对于访问串 1，2，3，4，2，1，5，6，2，1，2，3，7，6，3，2，1，2，3，6，驻留集大小分别为 1，2，3，4，5，6，7 时，试指出在置换算法 FIFO、LRU、OPT 控制下的页故障数。

23. 在请求分页虚存系统中，测得各资源的利用率：CPU 的利用率为 20%，后援存储器的利用率为 99.7%，其他 I/O 设备的利用率为 5%。若采用以下方法：

（1）使用一个更快的 CPU；

（2）使用一个更大的后援存储器；

（3）增加多道程序道数；

（4）减少多道程序道数；

（5）采用更快的 I/O 设备。

哪种方法可提高 CPU 的利用率？为什么？

24. 设某作业的程序部分占一页，A 是该作业的一个 100×100 的数组，在虚空间中按行主顺序存放（即按如下顺序存放：$A(1, 1)$，$A(1, 2)$，…，$A(1, 100)$，$A(2, 1)$，…，$A(2, 100)$，…，$A(100, 1)$，…，$A(100, 100)$。页面大小为 100 个字，驻留集大小为 2 个页帧。若采用 LRU 置换算法，则下列两种对 A 进行初始化的程序段引起的页故障数各是多少？

（1）for j=1 to 100 do

　　　for i=1 to 100 do

　　　A(i,j)=0

（2）for i=1 to 100 do

　　　for j=1 to 100 do

　　　A(i, j)=0

25. 在虚存系统中淘汰页时为什么要回写？通常采用什么方法来减少回写次数和回写量？

26. 在虚存系统中为何要引进页文件（交换分区）？

27. 在什么情况下页面置换算法 FIFO 变得与 LRU 一样？如何改进 LRU 算法使得其更加易于实现？

28. 在请求分页虚存系统中，有些系统在系统缓冲区中做 I/O，有些系统直接在用户缓冲区中做 I/O，这两种方法对系统各有什么影响？

29. 试述 WS、SWS 置换策略的主要思想。

30. 设有如下访问串：6，9，2，1，0，3，5，4，3，2，1，0，2，1，取 $\Delta=4$，给出用 WS 算法控制该访问串驻留集的变化情况。

31. 如果主存中的某页正在与外部设备交换信息，那么在页故障中断时可以将这一页淘汰吗？对于这种情况应如何解决？

32. 在请求分页虚存管理系统中，设页面大小为 2^8，页表内容如下（表中的数均为十六进制），现访问虚地址 0x233 和 0x345，问是否会发生缺页（页故障）？如果会则简述缺页处理过程，否则将虚地址变换成物理地址。

页　　号	合　法　位	页　类　型	页　帧　号	辅　存　块　号
0	0			0x40
1	1		0x5	0x177
2	1		0x20	0x6
3	0	零页		

33. 在请求分页虚存系统中，通常规定页表全部存放在主存中。但是若虚存空间很大，页面又较小时，页表的体积非常大。若页表全部放入主存，空间消耗太大。在这种情况下，通常把虚

存空间分成系统虚空间和用户虚空间。映射系统虚空间的页表全部放入主存，而映射用户虚空间的页表页放在系统虚空间。因此用户页表页可能不在主存中。

试给出这种情况下地址转换的过程。指出哪些地方可能产生页故障。产生页故障后应该如何处理？哪些工作由硬件完成？哪些工作由软件完成？

第6章 设备管理

管理和控制所有的外部设备是操作系统的主要功能之一。外部设备又称 I/O（输入/输出）设备。操作系统中完成这部分功能的代码称为设备管理子系统。在一个计算机系统中涉及的外部设备种类繁多，为了支持大量外部设备的连接，连接的可扩充性特别重要，外部设备连接方式也特别复杂和多样化，而且外部设备及外部设备与主机的连接还在不断地发展中，所以在操作系统的设计及实现中，设备管理子系统是相当庞大而复杂的功能模块。

本章首先介绍外部设备的分类以及 I/O 控制原理等基本知识，然后介绍设备使用方法、I/O 子系统的层次结构及设备管理子系统中的常用技术，最后介绍辅存及磁盘请求调度技术。

6.1　I/O 硬件概念

本节主要介绍常见外部设备的分类、特点，设备控制器及其与主机的接口，I/O 控制方式的概念及发展。

6.1.1　常见外部设备的分类

在计算机系统中，用于输入/输出信息的设备有许多，而且工作方式各不相同，通常可以分成下述 3 类。

（1）人机交互类外部设备。又称为慢速 I/O 设备。这类设备主要与用户交互，数据交换速度相对较慢，通常是以字节为单位进行数据交换，这类设备主要有显示器和键盘一体的字符终端、打印机、扫描仪、传感器、控制杆、键盘、鼠标等。图形显示器（包含显卡）是一个很特殊的设备，只用于输出，输出数据时只要往显卡存储中写入数据就能够从显示器上显示出来。图形显示器虽然也是与人打交道的设备，但逼真图形图像处理要求图形显示器输出速度越来越高，因此其数据交换方式有别于一般的慢速 I/O 设备。

（2）存储类型的设备。这类设备主要用于存储程序和数据，数据交换速度较快，通常以许多字节组成的块为单位进行数据交换，主要有磁盘设备、磁带设备、光盘等。

（3）网络通信设备。这类设备数据交换速度通常高于慢速 I/O 设备，但低于存储类外部设备。这类设备主要有各种网络接口、调制解调器等。网络通信设备在使用和管理上与上述两类设备有很大的不同。

本章主要涉及前两类设备的管理。之所以将设备分成上述 3 种类型，主要是因为对它们的管理方法不同。为什么会有不同的管理方法？这是因为这些设备之间存在着较大的差异，主要体现在下述方面。

（1）设备的使用目的。设备的使用目的直接影响操作系统的实现策略。例如，若将磁盘用于存储文件，使用这种磁盘，除了需要设备管理的功能外，还需要文件管理子系统的支持；若将一个磁盘或磁盘的一部分用来存储页式虚存中被替换出主存的页面，使用这种磁盘还需要虚存管理子系统的支持。

（2）控制的复杂性。打印机的控制相对简单，磁盘的控制比较复杂。设备管理子系统屏蔽了对各类设备的控制细节，提供一个设备与操作系统其余部分之间的简单易用的接口，并且该接口应对所有设备尽可能地一致，这就是设备无关性。

（3）数据传输单位不同。在某些外部设备上，数据以字节流或字符流方式传输，例如字符终端的 I/O。在某些外部设备上，数据以块为单位传输，例如磁盘数据的输入/输出。

总而言之，因为慢速外部设备以字节为单位进行数据交换，传输速度慢，但控制方式简单，设备管理程序编写相对方便。存储类设备一次交换数据多，速度快，但控制复杂，设备管理程序的编写也较复杂，而且用户一般不直接使用存储类型设备，而是通过访问文件由文件系统管理程序调用存储类型设备的管理程序。

6.1.2　设备控制器（I/O 部件）

外部设备通常包含一个机械部件和一个电子部件。为了达到设计的模块性和通用性，一般将其分开。电子部分称为 I/O 部件或设备控制器。在个人计算机中，它常常是一块可以插入主板扩展槽的印制电路板，机械部分则是设备本身。

随着计算机外部设备的发展，现在的设备控制器可以做得很复杂，可以控制多台设备与主存交换数据，如 SCSI 设备控制器可以控制 SCSI 总线上的不同设备并行地与主存交换数据。这时，也要求设备本身拥有更高的智能，以配合 SCSI 设备控制器完成并行 I/O 的功能，所以设备本身又发展成了拥有机械部分和部分控制电路的智能设备。

之所以区分控制器和设备本身是因为操作系统大多与控制器打交道，而非设备本身。大多数小型、微型计算机的 CPU/主存和设备控制器之间的通路采用图 6-1 所示的多总线模型。大型主机则可以采用非总线的方式连接外部设备，以加大 I/O 带宽。大型主机通常采用专用 I/O 通道（即专门用于 I/O 的计算机）。I/O 通道可以以交叉开关或其他连接形式连接多台外部设备，并可以控制多台外部设备并行地与处理机或主存交换数据。它能够减轻主 CPU 的工作负担。

CRT 字符终端控制器是一个字节类型串行设备。它从主存中读取欲显示字符的字节流，然后产生用来调制 CRT 射线的信号，最后将结果显示在屏幕上。控制器还产生当水平方向扫描结束后的折返信号以及当整个屏幕被扫描后的垂直方向折返信号。如果没有 CRT 控制器，则操作系统程序员只能自己编写程序来解决此问题。有了 CRT 控制器后，操作系统只需通过几个参数对控制器进行初始化、输入参数，如每行的字符数和每屏的行数，之后控制器将自行控制扫描波束。

再例如，一个磁盘可能被格式化为每道 16 个 512 字节的扇区。实际从硬盘中读出来的是一个字节流，以一个前缀开始，随后是一个扇区的 512 字节，最后是一个检查和（亦称为纠错码 ECC）。其中的前缀是磁盘格式化时写进磁盘的，里面包含有柱面数和扇区数、扇区大小之类的数据以及同步信息。低层磁盘控制器的任务是将这个串行的字节流转换成字节块，并在需要时进行纠错。通常，该字节块是在控制器中的一个缓冲区中由逐个字节汇集而成。在对数据进行检查和校验之后，该块数据随后被拷贝到主存中。

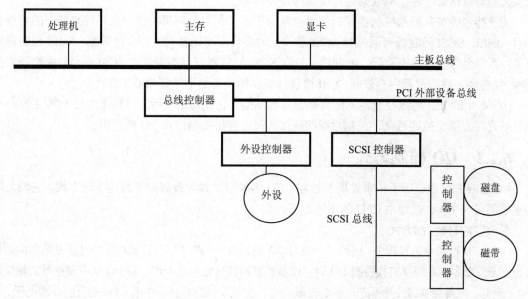

图 6-1 连接 CPU、主存、设备控制器和设备模型

为了支持操作系统设备驱动程序控制设备 I/O，设备控制器都有一些用来与 CPU 通信的寄存器。在某些计算机上，这些寄存器占用主存物理地址空间的一部分，这种方案称为主存映像 I/O。例如，多数 RISC 计算机就采用该方案。有些计算机则使用 I/O 专用的地址，每个控制器中的寄存器对应地址空间的一部分。除了设备控制器中的寄存器外，许多控制器还使用中断来通知 CPU 它们已做好准备，使其寄存器可以被读写。图 6-2 中描述了各控制寄存器利用物理主存 $k \sim n$ 空间映射的情形，$0 \sim k{-}1$ 表示实际的物理主存，但如果程序访问 $k \sim n$ 段物理地址，实际就是访问对应的设备控制器寄存器。

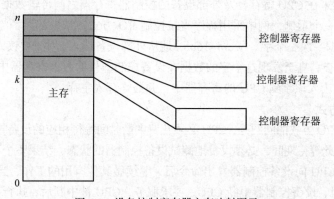

图 6-2 设备控制寄存器主存映射图示

操作系统通过向控制器的寄存器写命令字来执行 I/O 功能。例如，IBM PC 的软盘控制器可以接收 15 条命令，包括读、写、格式化、重新校准等。其中许多命令带有参数，这些参数也要装入控制器的寄存器中。某设备控制器接收到一条命令后，完成具体的 I/O 操作，在此期间，CPU 可以不停地反复读取控制器状态，测试控制器是否完成操作；CPU 也可以转向其他工作，当控制器完成相应操作后向 CPU 发出中断信号。例如，在慢速人机交互外部设备情况下，若设备控制器所完成的 I/O 操作是从设备读取数据，在 CPU 收到控制器送来的中断后，CPU 运行中断处理程序可

以从控制器数据寄存器读取数据到处理机的寄存器中。

能支持多设备并行的控制器控制逻辑会复杂很多，但与处理机的接口也是控制器中的各种寄存器。例如，SCSI 控制器可以控制 SCSI 总线上的多台不同设备与主存交换数据，SCSI 控制器提供了一系列命令及状态寄存器，处理机可以向 SCSI 控制器寄存器中置入 SCSI 命令，由控制器执行 SCSI 命令，执行过程中会依照 SCSI 协议控制具体设备的下层控制器工作。

图 6-1 中的 PCI 总线控制器不能算是设备控制器，它在初始化后，只是作为处理机/主存与外部设备之间数据交换的通路，控制总线的使用，没有直接控制设备 I/O 的逻辑。

6.1.3　I/O 控制方式

I/O 控制方式也经历了一个发展的过程。I/O 的控制方式大致有如下所述 3 种方式。它们之间的主要不同在于 I/O 过程中 CPU 的干预程度。

1.　程序直接控制方式

CPU 在执行指令的过程中，遇到了一条与 I/O 相关的指令，CPU 执行此指令的过程是向相应的设备控制器发命令。在程序直接控制 I/O 时，设备控制器执行相应的操作，将 I/O 状态寄存器的相应位（bit）置上。设备控制部件并不进一步地通知 CPU，也就是说，它并不中断 CPU 的当前处理过程。

因此，CPU 必须负责周期性地检查设备控制器的状态寄存器，直到发现 I/O 操作完成为止。在这种方式中，CPU 还负责从主存中取到需输出的数据，送到设备控制器寄存器；或从设备控制器寄存器取出输入数据，将输入的数据存入主存。

总之，在程序直接控制 I/O 时，CPU 直接控制 I/O 操作过程，包括测试设备状态，发送读/写命令与数据。因此，处理机指令集中应包括下述类别的 I/O 指令。

（1）控制类：用于激活外部设备，并告之做何种操作。例如，对磁带机的控制类命令可以有反绕至开始处（Rewind）或向前移一个记录等。

（2）测试类：用来测试设备控制部件的各种状态。

（3）读/写：用来在 CPU 寄存器及外部设备的控制器寄存器之间传输数据。

图 6-3 给出了一个示例，例中采用程序直接控制 I/O 方式，从外部设备（如磁带）读取一个数据块到主存。数据一次一个字（1word=16bit）地从外部设备读入。对于要读入的每一个字，CPU 循环地执行状态检查，直至发现这个字的数据在设备控制部件的数据寄存器中已准备好。然后，CPU 从设备控制器读入该字到 CPU 的寄存器中，并最终存入主存。

2.　中断驱动方式

程序直接控制 I/O 方式的问题是，CPU 必须花费大量时间等待相应的设备控制器准备好接收或发送数据，CPU 在此等待期间，必须反复地测试设备控制器的状态，结果整个系统的性能下降了。

解决办法是，CPU 向设备控制器发出命令后，继续做其他有用的工作，当设备控制器准备好与 CPU 交换数据时，设备控制器中断 CPU，要求服务，CPU 被中断后，执行 CPU 寄存器与设备控制器之间的数据传输，然后恢复被中断的工作。

下面分别从设备控制器和 CPU 两个方面细化上述过程。从设备控制器的角度来看，输入时，设备控制器收到 CPU 的读命令。然后设备控制器从外部设备读取数据，一旦数据进入到设备控制器的数据寄存器，设备控制器通过中断信号线向 CPU 发出一个中断信号，表示设备控制器已准备好数据。然后设备控制器等待，直至 CPU 来向它请求数据。设备控制器收到从 CPU 来的取数据请求后，将数据放到数据总线上，传到 CPU 的寄存器中。至此，本次 I/O 操作完成，设备控制器又可开始下一次 I/O 操作。

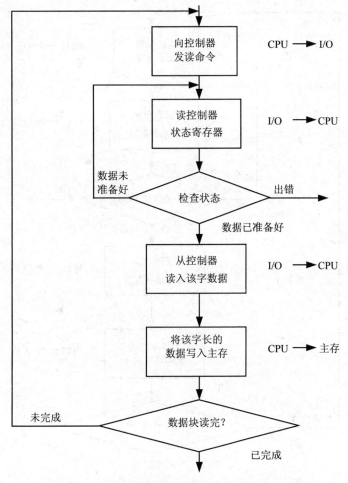

图 6-3　程序直接控制 I/O 方式示例

从 CPU 的角度来看，输入过程是，CPU 发出读命令，然后 CPU 保存当前运行程序的上下文（现场，包括程序计数器及处理机寄存器），转去执行其他程序，在每个指令周期的末尾，CPU 检查中断，当有来自设备控制器的中断时，CPU 保存当前运行程序的上下文，转去执行中断处理程序处理该中断，这时，CPU 从设备控制器读一个字的数据传送到 CPU 寄存器，并存入主存，接着，CPU 恢复发出 I/O 命令的程序（或其他程序）的上下文，继续运行。

图 6-4 给出了一个示例，采用中断驱动方式读入一个数据块。与图 6-3 相比可看出，中断驱动 I/O 方式比程序直接控制 I/O 方式效率更高，因为 CPU 不必进行耗时的同步等待。

然而，中断驱动 I/O 方式仍然消耗了大量的处理机时间，因为每次将一个字的数据从设备控制器传送到主存或从主存传送到设备控制器时都必须经过 CPU。

通常情况下，一个计算机系统中有多个设备控制器。这时，系统中要有相应的机制，以便让 CPU 发现哪个部件引发了中断，从而决定（当多个中断同时发生时）先处理哪个中断。在某些系统中，有多条中断信号线，每个设备控制器从不同的中断信号线向 CPU 发出中断信号，并且每条中断信号线有不同的中断优先级。当然，也可以只有一条中断线，但需要用附加的信号线来传送设备地址。

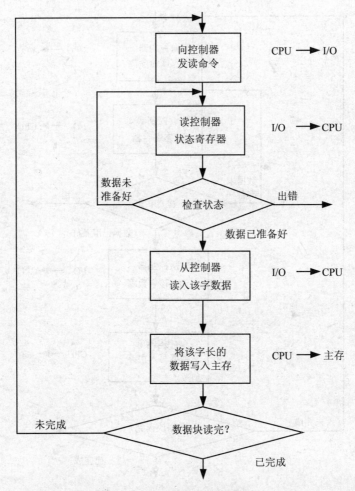

图 6-4　中断驱动 I/O 方式示例

3. DMA 方式

虽然中断驱动 I/O 方式比程序直接控制 I/O 方式更有效，但它在主存与设备控制器之间传送数据时仍然需要 CPU 的干涉：任何数据传输必须经过 CPU 中的寄存器。对于以字节为单位传送的外部设备，这种处理方式可以满足需求，但对于存储类型的外部设备，一次有大量的数据传送，这种处理方式让人感到处理机干涉太多。

当大量的数据在外部设备与主存之间移动时，一种有效的技术就是 DMA（Direct Memory Access）。DMA 的功能可由一个独立的 DMA 部件在系统总线上完成，也可整合到设备控制器中，由此设备控制器完成。无论是哪种情况，DMA 的传送方式都是相同的：当 CPU 需要读或写一个数据块时，它给 DMA 部件发送命令，命令中一般包含下述信息。

- 操作类别：读或写；
- 所涉及的外部设备的存储地址；
- 读取或写入数据在主存中的首地址；
- 读取或写入数据的字数。

发出命令后，CPU 继续进行其他的工作。它把这次 I/O 任务委托给了 DMA 部件，DMA 部件将负责完成这次 I/O 操作。DMA 部件每次一个字地将整个数据块直接读取或写入主存，而无需经过 CPU 的寄存器。当传送过程完成后，DMA 部件向 CPU 发出中断信号。因此，仅在数据块传送的开始及结束处涉及 CPU，如图 6-5 所示。

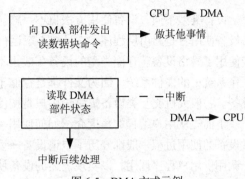

图 6-5　DMA 方式示例

在将数据读出、写入主存的过程中，DMA 部件需要控制总线。由于 DMA 部件对总线的竞争使用，有时会出现这种情况：CPU 需要使用总线，总线正被 DMA 部件控制，CPU 不得不等待总线空闲。注意，这不是一次中断，CPU 不需要保存程序的执行上下文,转去执行其他内容。CPU 只需要暂停一个总线周期。最终的结果是，在 DMA 传送期间，CPU 的执行速度会慢下来。无论如何，对于一次成块的多字节的 I/O 传送来说，DMA 方式比中断驱动 I/O 要减少许多中断，减少许多 CPU 的 I/O 启动操作。

6.1.4　I/O 控制方式的发展过程

I/O 控制的发展有如下几个历程。

（1）CPU 直接控制外部设备。这种情况在简单的微处理机控制设备上仍然可见。

（2）加入设备控制器或者 I/O 部件。CPU 采用程序直接控制 I/O 方式而非中断驱动方式控制 I/O。这样，CPU 在某种程度上从与外部设备接口的细节中脱离出来了。

（3）同前一历程有相同的结构，但引入了中断。CPU 不需要将时间花费在等待 I/O 操作完成同步上，因而提高了效率。

（4）设备控制器增加了 DMA 功能，从而能直接访问主存。这样，在外部设备与主存之间移动一个数据块时，除了在传送的开始及结束处，其他地方不需要再用 CPU。

（5）设备控制器的功能进一步增强，从而成为一个独立的不包含程序存储空间的处理机，该处理机的指令集只包含 I/O 指令。CPU 命令 I/O 处理机执行主存中的 I/O 程序。I/O 处理机从主存中取出指令并执行，不需要 CPU 的干预。CPU 可以要求 I/O 处理机完成一系列的 I/O 操作，并且仅在所有的 I/O 操作完成后被中断。

（6）设备控制器有其自己的本地存储器，I/O 程序放在本地被设备控制器执行。这样，设备控制器就能控制许多 I/O 设备，而 CPU 只需做极少的工作。

在发展历程的最后两步中，一个重要的变化是，设备控制器能够执行程序，二者的差别在于控制器执行的程序是在主存还是在设备控制器的本地存储器中。在某些书中，将前一历程中的设备控制器称为 I/O 通道，将后一历程中的设备控制器称为 I/O 处理机。有时将这两个历程中的设备控制器不加区别地称作 I/O 通道或 I/O 处理机。

6.2　设备 I/O 子系统

下面首先从编程的角度讨论设备的使用接口，然后了解设备 I/O 子系统的层次结构，并仔细讨论关键层次的一些实现技术。

6.2.1　设备的使用方法

设备类型不同，设备使用方法也不一样。对于网络类型设备，不提供用户直接使用界面，网络设备使用者是路由层程序，它是核心态运行的程序，用户只是通过使用 Socket 网络编程接口间接使用了网络设备。存储类型的设备一般也不提供用户直接使用界面，存储类型设备的使用者是操作系统中的文件系统，因为文件都是存储于存储类设备中，用户通过使用文件间接使用存储类设备。一般人机交互类设备提供给用户直接使用。

下面先从用户编程的角度介绍如何使用一个设备。一个用户态程序如果直接使用设备的话，对设备的使用过程一般都经历了申请设备→读/写设备→释放设备的过程。操作系统提供有关的系统调用供用户程序调用，以实现上述的设备使用过程。

1．设备相关系统调用

操作系统为用户提供了一个通用的设备使用界面，所以用户无需知道设备管理和驱动的实现细节。为了实现程序对设备的使用，主要的操作系统系统调用如下所述。

（1）申请设备。该系统调用中有参数说明了要申请的设备名称。操作系统处理该系统调用时，会按照设备特性（是独占还是分时共享式使用）及设备的占用情况来分配设备，返回申请是否成功标识。有些操作系统提供设备类型名参数来申请设备，这时由操作系统内核分配一个同类型的可用设备返回给申请者。在 UNIX 操作系统中提供指定设备申请系统调用 open( )。其中有参数说明了所要申请的具体设备名。如果该设备申请成功，系统调用返回一个代表该设备的 fd(file descriptor)，以后对该设备进行读/写时就用 fd 来定位设备，而不再需要设备名。

（2）将数据写入设备。该系统调用的目的是将用户提供的输出数据写入指定的设备。

（3）从设备中读取数据。该系统调用从设备中读取输入数据，放入用户指定的存储区中。

（4）释放设备。这是申请设备的逆操作。在设备不再使用时，用户通过该系统调用将设备还给操作系统。

上述的系统调用主要用于对人机交互类慢速外部设备的使用。对于存储类外部设备，用户程序一般不直接使用它们，而是通过对文件的访问间接使用它们，但是有些操作系统也提供对存储类外部设备的类似系统调用。如在 Linux 中，可以用如下的系统调用将数据写入软盘中：

fd=open("/dev/fd0",O_RDRW): 申请软盘设备，"/dev/fd0" 代表软盘。

lseek(fd,1024,0): 将软盘当前 I/O 位置定位到 1024B 位置。

write(fd,buffer,1024): 将用户缓冲区 buffer 中的 1024B 写入软盘 1024 ~ 2047B。

…

close(fd): 释放软盘。

显然，这样的使用方式绕过了文件管理，而直接读/写软盘空间。当然，用户必须清楚软盘的什么位置存放了什么信息，才能做到正确地读/写。

2．独占式使用设备

独占式使用设备是指在申请设备时，如果设备空闲，就将其独占，不再允许其他进程申请使用，一直等到该设备被释放才允许被其他进程申请使用。

为什么一个设备要被独占使用呢？这是因为设备一次 I/O 操作中的数据是不完整的。假设一次 I/O 操作系统调用是原子操作，那么一次 I/O 操作中的数据在设备上是物理连续的。如果一个逻辑上完整的数据不能够通过一次 I/O 操作系统调用实现其输入/输出，那么就必须分成多次 I/O 操作才能完成这个逻辑上完整数据的输入/输出，而这里的多次 I/O 操作必须是针对外部设备资源的互斥操作。为了保证这些操作不被其他进程的针对同一外部设备资源的操作打扰，则必须在申请该外部设备资源时以独占方式申请。这就相当于为外部设备资源加锁一样。等到多次的 I/O 操作将一个逻辑上完整的数据全部输入/输出完成，则释放外部设备资源。

例如，对打印机外部设备的使用，假设一个针对打印机的写操作只能向打印机输出一行字符，如果要将一个 n 行文本文件打印出来，则必须调用 n 次写操作，在进行写打印机操作之前，必须以独占方式申请占用打印机，否则如果有其他并发进程使用同一打印机，打印纸上会交替出现不同打印文件的字符行，从而影响观看效果。

3. 分时式共享使用设备

独占式使用设备时，设备的利用率很低。因为进程独占设备后并没有一直使用它，而其他想使用该设备的进程却申请不到该设备。

假设一次 I/O 操作是原子操作，如果一个逻辑上完整的数据可以通过对设备的一次 I/O 操作完成，那么就不必要独占该设备；反过来说，如果一次 I/O 操作的数据逻辑上完整，则不必要对该设备进行独占方式的申请使用。在申请该设备时，不必检查是否已被占用，只要简单累加设备使用者计数即可，并返回申请设备成功。

在 Linux 中对终端设备采用分时式共享使用方式，在申请终端设备时，并不查看它是否已被其他进程申请过，而是将终端的申请次数累加。这样当一个进程在多次写终端的操作过程中，就有可能插入其他进程对终端的写操作。也就是说，终端上可能将交替地显示不同进程的输出数据。这一点在并发编程时需要用户自己避免。

对磁盘设备进行 I/O 时，也采用了分时式共享使用，就是说把每一次对磁盘设备的 I/O 数据都看成是逻辑上完整的，从而无需对设备进行独占式申请，保证设备的高效使用。

分时式共享就是一种细粒度地分时使用设备，不同进程的 I/O 操作请求以排队方式分时地占用设备进行 I/O ，应特别注意它和独占式的不同点：分时式共享设备总能申请成功，只是通过 I/O 操作请求队列将多进程对同一设备的并发 I/O 操作请求顺序化了。从用户程序的系统调用界面看，I/O 操作是并发的，但是操作系统处理时将 I/O 操作请求排入了队列，设备驱动程序会依次按队列中的请求启动设备进行 I/O 操作，如图 6-6 所示，所以说设备还是被分时使用的。

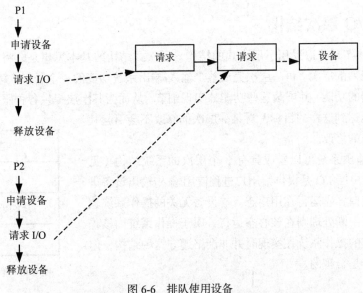

图 6-6　排队使用设备

4. 以 SPOOLing 方式使用外部设备

SPOOLing 技术是在批处理操作系统时代引入的。当时就把作业的输入/输出设备用磁盘输入/输出井进行虚拟化，在现代操作系统中，可以使用文件来虚拟输入/输出设备。

对有些设备必须进行独占式使用，如打印机，通常打印机输出的数据不是独立的字符行，而是一批关联的字符行。当输出这批关联字符行时，必须独占打印机设备，才能使关联的字符行连续打印出来。如果在进程执行中一边生成输出结果一边调用写打印机系统调用输出，则打印机在独占期间因为等待输出结果而未被充分利用。因此必须避免边生成输出数据边打印的情况，可以将输出数据边生成边写入文件中（或写到所谓的磁盘输出井中），文件相当于虚拟打印设备，待到全部输出完成，再独占打印机把文件（或输出井）内容从打印机上打印出来。

为每个打印机建立一个打印服务（daemon）进程和一个打印队列（该队列的每个表项对应一个输出文件拷贝）。打印服务进程循环地获取打印队列中的表项，对每一个要输出的文件拷贝，服务进程从文件拷贝中读取出数据，再成批地调用写打印机的系统调用将该文件的数据打印在纸上。这样保证了同一个文件的数据在打印纸上连续显示，因为读取文件拷贝是批处理，要比临时生成输出数据快得多，所以打印机也不会因为等待数据的生成而闲置。

用户可以用一条人机交互命令（如 Linux 中的 shell 命令"lp"）将要打印的文件拷贝到约定的 SPOOLing 目录，生成一个打印表项并排入某打印服务进程的打印队列。打印服务进程会依次获取要打印的表项，将对应文件拷贝下来并以成批输出的方式从打印机上打印出来，如图 6-7 所示。

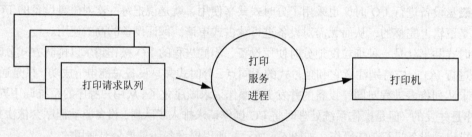

图 6-7　以 SPOOLing 方式使用外部设备

6.2.2　I/O 层次结构

输入/输出的实现普遍采用了层次式的结构。层次式结构的基本思想是，将系统输入/输出的功能组织成一系列的层次。每一层次完成整个输入/输出系统功能的一个子集，每一层次都依赖其下层完成更原始的功能，并屏蔽这些功能的实现细节，从而为其上层提供各种服务。理想情况下，层次的定义应能达到这样的目标，对某一层次的修改不会引起其下层或上层代码的修改。

整个输入/输出系统可以看成具有 3 个层次的系统结构（见图 6-8），其中用户层 I/O 是提供给用户进程使用输入/输出设备进行 I/O 操作的接口，它运行在用户态。与设备无关的操作系统软件、设备驱动及中断处理则在核心态运行，属于操作系统内核程序。当然，特定的操作系统在实现时并非严格遵守这种结构，但这种层次的划分是合理的。

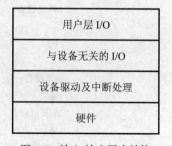

图 6-8　输入/输出层次结构

1. 用户层 I/O

虽然输入/输出实现的大部分软件在操作系统核心中，但是用户程序一般直接使用 I/O 库函数进行输入/输出，如 C 库中的函数 fopen( )、fread( )、fwrite( )、fclose( )等，这些库函数在用户态下运行，它们往往没有做太多的事情，而只转调操作系统的输入/输出相关的系统调用。操作系统的系统调用也是以函数界面形式供用户程序调用，如 UNIX 的 open( )、read( )、write( )、close( )等。

用户层 I/O 与设备的控制细节无关。它将所有的设备都看成逻辑资源，它为用户进程提供各类 I/O 函数，允许用户进程以设备标识符以及一些简单的函数接口使用设备。所以，这个层次的函数主要任务是为相应的系统调用处理函数提供参数。

2. 与设备无关的 I/O

这一层以下一般在操作系统内核中实现。它对上层提供了系统调用的接口，对下层通过设备驱动程序接口调用设备驱动程序。

与设备无关的 I/O 和设备驱动程序之间的精确界限在各个系统都不尽相同。对于一些以设备无关方式完成的功能，在实际中由于考虑到其他因素，也可以考虑由驱动程序完成。

这个层次的基本功能是执行适用于所有设备的通用 I/O 功能，并向其上层提供一个统一的接口，即输入/输出相关的系统调用接口。该层所承担的主要任务有以下一些。

● 设备名与设备驱动程序的映射。该工作在申请设备系统调用处理中进行。用户通过设备名指定申请使用的设备，使用设备要通过设备驱动程序，与设备无关的 I/O 任务之一就是要将设备名映射到相应的驱动程序。在 Linux 中，一个设备名对应一个特殊的设备文件，如/dev/tty00 唯一地确定了一个 i-node 节点数据结构，其中包含了主设备号（Major Device Number），通过主设备号就可以找到相应的设备驱动程序。i-node 节点也包含了次设备号（Minor Device Number），它作为传给驱动程序的参数指定具体的物理设备。

● 设备保护。对用户是否许可使用设备的权限进行验证，在"申请设备"系统调用处理时进行。操作系统如何保护设备的未授权访问呢？多数个人计算机系统根本就不提供任何保护，所有进程都可以为所欲为。在多数大型主机系统中，普通用户进程绝对不允许访问 I/O 设备。在 Linux 中使用一种更为灵活的方法。由于对应于 I/O 设备的设备文件的保护采用与普通文件一样的保护方式，所以系统管理员可以为每一台设备设置合理的访问权限。

● 缓冲 I/O。块设备和字符设备都需要缓冲技术。对于块设备，硬件每次读写均以块为单位，而用户程序则可以读写任意大小的单元。如果用户进程写半个块，操作系统将在内部保留这些数据，直到其余数据到齐后才一次性地将这些数据写到盘上。对于字符设备，用户进程向系统写数据的速度可能比向设备输出的速度快，所以需要进行缓冲。超前的键盘输入同样也需要缓冲。在与设备无关的 I/O 中提供了独立于设备的缓冲块大小。对于不同的磁盘，其扇区大小可能不同，与设备无关的 I/O 屏蔽了这一事实并向高层软件提供统一的数据块大小，比如将若干扇区作为一个逻辑块。这样高层软件就只与逻辑块大小都相同的抽象设备交互，而不顾及物理扇区的大小。类似地，有些字符设备（如 MODEM）对字节进行操作，另一些则使用比字节大一些的单元（如网卡），这类差别也可以进行屏蔽。当然在具体系统中也有可能把这些工作放在驱动程序层来做。

● 错误报告。错误处理多数由驱动程序完成，多数错误是与设备紧密相关的，因此只有驱动程序知道应如何处理（如重试、忽略、严重错误）。一种典型错误是磁盘块受损导致不能读写。驱动程序在尝试若干次读操作不成功后将放弃，并向设备无关软件报错。从此处往后的错误处理就与设备无关了。如果在读一个用户文件时出错，则向调用者报错即可。但如果是在读一些关键系统数据结构时出错，比如读磁盘占用位图时出错，则操作系统打印出错误信息，并标示该设备不可用。

● 文件系统管理模块也是与设备无关的 I/O 层的程序，文件系统管理模块的主要工作是定位逻辑文件在物理辅存上的位置。当文件系统管理模块要与存储类型的设备进行 I/O 时，直接调用相应的与设备相关的驱动程序接口函数。

3. 设备驱动与中断处理

操作系统会规定一个统一的设备驱动程序接口由设备无关层的软件调用。这个接口就是一些函数。这些函数地址放入一个系统表格中，设备无关层软件通过设备名找到这些驱动程序函数，并调用它们。在设备输入/输出结束时，通过中断机制，处理机将运行设备的中断处理程序。

（1）设备驱动程序完成设备驱动

设备驱动程序中包括了所有与设备相关的代码。每个设备驱动程序只处理一种设备或者一类紧密相关的设备。例如，若系统所支持的不同品牌的所有终端只有很细微的差别，则较好的办法是为所有这些终端提供一个终端驱动程序。另一方面，由于一个机械式的硬拷贝终端和一个带鼠标的智能化图形终端差别太大，所以只能使用不同的驱动程序。

在本章的前半部分介绍了设备控制器的功能，我们知道每个设备控制器都有一个或多个寄存器来接收命令。设备驱动程序发出这些命令并对设备状态进行检查，因此操作系统中只有设备驱动程序才知道设备控制器有多少个寄存器以及它们的用途。例如，磁盘驱动程序知道使磁盘正确操作所需要的全部参数，包括扇区、磁道、柱面、磁头、磁头臂的移动、交叉系数、步进电动机、磁头定位时间等。

笼统地说，设备驱动程序的功能是从与设备无关的软件中接收抽象的 I/O 请求并执行。一条典型的请求是"读第 n 块磁盘数据"。如果请求到来时设备空闲，则它立即执行该请求。但如果设备正在处理另一条请求，则将该请求挂在一个等待队列中。

执行一条 I/O 请求的第一步是将它转换为更具体的形式。例如，对于磁盘驱动程序，它包含计算出所请求块的物理地址，检查驱动器电动机是否在运转，检测磁头臂是否定位在正确的柱面，等等。简而言之，它必须确定需要哪些控制器命令以及命令的执行次序。

一旦决定应向设备控制器发送什么命令，驱动程序将向设备控制器的寄存器中写入这些命令。某些控制器一次只能处理一条命令，另一些则可以接收一串命令并自动进行处理。

这些控制命令发出后有两种可能。在多数情况下，由于驱动程序需等待设备控制器完成一些操作，所以驱动程序阻塞，直到中断信号到达才解除阻塞。在少数情况下是由于操作没有任何延迟，所以驱动程序无需阻塞。后一种情况的例子如在有些终端上滚动屏幕只需往设备控制器寄存器中写入几个字节，无需任何机械操作，所以整个操作可在几微秒内完成。

在前一种情况下，被阻塞的驱动程序必须由中断唤醒，而在后一种情况下它根本无需睡眠。无论哪种情况下，都要进行错误检查。如果一切正常，则驱动程序将数据传送给其上层。最后，它将向它的调用者返回一些关于错误报告的状态信息。

（2）中断处理

中断应该尽量放在操作系统的底层进行处理，让操作系统的其他部分尽可能少地与之发生联系。当进程进行 I/O 操作时，将其阻塞在内核至 I/O 操作结束并发生中断时。中断发生时，由中断处理程序执行相应的操作并解除相应进程的阻塞状态，使其能够继续执行。同时，中断处理程序应该从设备请求队列中获得下一个设备驱动请求并驱动设备。

例如，当用户程序试图从设备中读入一数据块时，需通过操作系统的系统调用来执行操作。与设备无关的 I/O 首先在数据块缓冲区中查找此块，若未找到，则它调用设备驱动程序向硬件发出相应的请求。用户进程随即阻塞直到数据块被读出。当磁盘操作结束时，硬件发出一个中断，它将激活中断处理程序。中断处理程序则从设备中获取返回状态值，并唤醒睡眠的进程来结束此次 I/O 请求，使用户进程继续执行。

6.2.3　设备驱动程序

一个设备驱动程序一般管理相同类的所有设备，它由许多子程序组成，这些子程序与设备特性相关，通常由上层设备无关层设备类系统调用处理函数调用。存储类设备驱动程序会由文件系统层调用。

1．设备驱动程序接口函数

设备驱动程序一般包含如下子程序。

（1）驱动程序初始化函数：这个函数是为了使驱动程序的其他函数能被上层正常调用而做一些针对驱动程序本身的初始化工作，如向操作系统登记该驱动程序的接口函数，以便上层程序在处理设备系统调用时能查到登记的驱动程序的接口函数，并转调驱动程序的对应函数。该初始化函数在系统启动时或驱动程序动态装入内核时执行。

（2）驱动程序卸载函数：是驱动程序初始化函数的逆过程，在支持驱动程序可动态加载、卸载的系统中使用，在卸载时执行。驱动程序可动态加载是指在系统启动时或者系统正常运行时将驱动程序加入操作系统内核中，而不可动态加载的操作系统必须在操作系统编译链接时就将驱动程序加入内核。

（3）申请设备函数：该函数申请一个驱动程序所管理的设备，按照设备特性进行独占式占用或者分时共享式占用。如果独占式申请成功，则还应该对设备做初始化工作。

（4）释放设备函数：是申请设备函数的逆过程，对于分时共享设备，将设备表中的占用用户数减 1。对于独占型共享设备，即将占用标志位置零。

（5）I/O 操作函数：这个函数实现对设备的 I/O。对于独占型设备，包含了启动 I/O 的指令。对于分时共享型设备，该函数通常将 I/O 请求形成一个请求包，将其排到设备请求队列，如果请求队列空，则直接启动设备。

（6）中断处理函数：这个函数在设备 I/O 完成时向 CPU 发出中断后被调用。该函数对 I/O 操作完成后进行善后处理，一般是找到等待完成 I/O 请求的阻塞进程，将其就绪，使其能进一步进行后续工作。如果 I/O 请求队列还有后续请求，则启动下一个 I/O 请求。

虽然设备驱动程序通常是在核心态下运行的，但设备驱动程序常由设备制造厂家提供，作为购买设备的附件提供给用户。设备驱动程序在功能上属于内核。每个设备驱动程序是单独的一个或多个文件（但在不支持动态加载操作系统中，设备驱动程序需要经过重编译链接后才能进入内核），编写设备驱动程序的厂家通常都不太了解操作系统的核心源码，但是必须知道如何调用操作系统内核提供的一些如内核存储分配等功能，有类似于 UNIX 设备开关表这样的驱动程序函数入口表机制和接口标准，可使操作系统内核其他部分灵活而正确地调用设备驱动程序。

现代操作系统通常都规定了设备驱动程序与核心间的接口标准，为某个操作系统编写某个设备驱动程序的厂家必须遵从该操作系统的驱动程序接口标准，而且只要遵从了这个标准，设备厂家就不需要了解核心其他源码。制造设备的厂家若要让其某型号设备在若干个不同的操作系统环境中都能工作，就必须为该型号设备编写针对不同操作系统的多个驱动程序版本。

UNIX 自 SVR4 起规定了对所有 UNIX 变种都统一实行的设备驱动程序接口标准——DDI/DKI（Derive-Driver Interface/Driver-Kernel Interface，设备驱动接口/驱动核心接口）规范（specification）。该接口标准共分 5 节和 3 个部分。

第 1 节：描述了一个驱动程序需要包括的数据定义。

第 2 节：描述了驱动程序入口例程，包括设备开关表中定义的函数、中断处理子例程、初始化子例程。

第 3 节：描述了驱动程序可以调用的核心例程。

第 4 节：描述了驱动程序可以使用的核心数据结构。

第 5 节：包括驱动程序可能需要的核心#define 语句。

DDI/DKI 规范的 3 个部分如下所述。

（1）驱动程序（核心）：这是该接口标准中最大的一部分，包括驱动程序入口和核心支持例程。

（2）驱动程序（硬件）：该部分描述用于支持在驱动程序与设备间交互的那些例程。

（3）驱动程序（boot）：该部分描述一个驱动程序如何加入核心，这不包括在 DDI/DKI 规范中，但在各种厂商有关的设备驱动程序编程指南中有描述。

2．显示器驱动程序功能

显示器包括 CRT 显示器及硬复制终端（即带键盘的打印机），CRT 显示器又分为字符显示器和图形显示器，图形显示器分为矢量显示器和位映像显示器，现在最常见的是位映像显示器。位映像显示器驱动程序的功能除了驱动层的常规工作外，还要负责以下工作。

（1）将用户程序送来的输出数据转换、写入视频缓存，这种数据转换主要是从存储编码（例如 ASCII 码或汉字国标内码 GB 码）到输出编码（字库中的字形数组）的转换，国际化和本地化（例如汉化）都属于驱动程序的工作。

（2）对用户程序送来的输出数据进行 Esc 码的识别和执行等。

3．键盘驱动程序功能

键盘驱动程序的功能除了完成驱动层的常规工作外，还要负责以下工作。

（1）对键入数据进行加工处理，在加工方式下驱动提供给上层有效字符串，例如，如果在键盘上输入 "a"、"b"、"c" 及 BackSpace 键，有效字符串就是 "a"、"b"。当然要看用户程序是否要求这样做，如果是，则称键盘在加工方式下工作，否则称为原始方式，原始方式下提交给上层的就是 "a"、"b"、"c" 及 BackSpace 键。

（2）将键入数据送至显示器进行回显。

4．打印机驱动程序功能

打印机的类型很多，从简单的用于正文输出的点阵打印机或行打印机，到复杂的能够在纸、透明胶片或其他介质上产生任意图像的喷墨打印机、激光打印机等。汉字打印机通常自带汉字库（硬字库），英文打印机没有字库，但也可以打印汉字，不过需要使用软字库，即操作系统或应用软件（例如排版软件）自带的字库。打印机驱动程序的功能除了驱动层的常规工作外，需要负责的工作还有：如果打印机没有字库，或者虽然打印机有字库，但用户不希望使用硬字库而希望使用软字库，则打印机驱动程序需要进行从存储编码到输出编码（字库）的转换等。

5．设备管理有关的数据结构

操作系统为了实施对物理设备的管理，应建立一组 I/O 数据结构，用以描述 I/O 请求格式，描述各设备的特性和使用状态，描述硬件级 I/O 子系统的连接关系以及其他与 I/O 相关的信息。从形式上看，I/O 数据结构通常由一系列的表格、队列组成。I/O 数据结构是操作系统中较为繁杂的一部分内容，它们直接与物理设备相关，各设备之间也无统一的格式。操作系统中需建立的 I/O

数据模型一般由以下几部分组成。

（1）描述设备、控制器等部件的表格。系统中常常为每一个部件、每一台设备分别设置一张表格，这种表格常称为设备表或部件控制块。这类表格具体描述设备的类型、标识符、进行状态以及当前使用者的进程标识符等。

（2）建立同类资源的队列。系统为了方便对 I/O 设备的分配管理，通常在设备表的基础上通过指针将相同物理属性的设备链成队列（称为设备队列）。

（3）建立面向进程 I/O 请求的动态数据结构。每当进程发出 I/O 请求时，系统通常建立一张表格（称为 I/O 请求包）。将此次 I/O 请求的参数填入表中，同时也将该 I/O 有关的系统缓冲区地址等信息填入表中。I/O 请求包随着 I/O 的完成而删除。

（4）建立 I/O 队列。在一般 I/O 的过程中，对于独占型设备应先提出申请，待系统分配相应设备后再进行使用。如果进程申请时系统暂无可分配的设备，则进程应等待，直到设备被其他进程释放。为了实现这种动态等待，通常为独占型设备建立一条"分配等待队列"。队列中保持着当前等待占有该设备的所有进程，队列头放在设备表中。当进程使用分时共享型设备时，如果多个 I/O 请求在相近的时间段同时发出，则也必须建立一条队列，称为"使用等待队列"。系统将多个同时发出的 I/O 请求保存在队列中并按顺序完成请求。

上述数据结构的关系如图 6-9 所示。

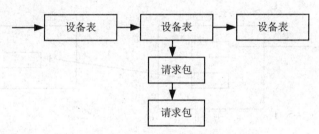

图 6-9　与设备管理有关的数据结构关系图

6.2.4　缓冲技术

缓冲技术实际上是在计算机各个层次使用的一种通用技术，缓冲区比目标存储访问速度要快，当然，缓冲区只能存放目标存储的部分数据，设立缓冲区的目的是减少访问目标存储部件的次数，提高输入/输出的速度。

在操作系统设计中，要想提高外部设备输入/输出的速度，应在系统主存空间开辟一片区域，将要从外部设备读取的数据预先读到这片主存区，将要输出到外部设备的数据先写到这片主存区，以后再择机写到外部设备。这样，本来要直接与外部设备进行的输入/输出操作变成了与系统主存的读/写操作，主存速度远高于外部设备，因此提高了输入/输出的速度。

设想下述情况：一个用户进程希望从磁带上读入一个数据块，数据块长度 100 字节，读入的数据放在用户进程的虚地址 1000～1099 处。完成这个任务的最简单的方式是向磁带机发出一条 I/O 命令（例如 Read Block[1000,tape]），然后等待数据。这种等待可以是一种忙等待（循环地测试设备状态）方式，或是一种节省处理机资源的方式，进程阻塞等待中断的发生。

这个过程中存在这样一个问题：进程在等待较慢的 I/O 完成时，操作系统可能会将此进程换出主存，进程虚地址空间 1000～1099 却必须保留在主存中，否则可能会丢失数据。若采用页式存储管理，至少虚地址 1000～1099 所在的页必须留在主存中，虽然这时操作系统可能已选中该页将其淘汰出主存。同样的问题在输出时也可能发生，假设一个数据块正在从用户进程空间写到设备控制器中。在此传送过程中，进程被阻塞，但相应的进程空间却不能换出主存。

为了解决这些问题，可采用预先读及延迟写的技术。这两种技术都是缓冲技术，就是说在系统空间设立 I/O 数据缓存，让与设备交互的主存空间不是用户空间，而是系统空间。在讨论缓冲技术之前，有必要重提对外部设备的分类方法：将外部设备分为块设备及字符设备。块设备以定长的数据块存储数据，在读入及写出时，一次以一个数据块为单位进行，因此可用块号来引用数据。磁盘、磁带都属于块设备。字符设备以字节流读入及写出数据，没有块结构。终端、打印机、通信端口、鼠标等非二级存储设备都是字符设备。

1. 单缓冲

操作系统所能提供的最简单的缓冲支持就是单缓冲。当用户进程发出一个 I/O 请求时，操作系统在主存的系统区域为该操作分配一个缓冲区，如图 6-10（a）所示。

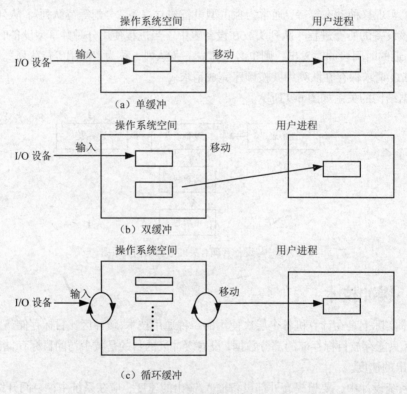

（a）单缓冲

（b）双缓冲

（c）循环缓冲

图 6-10 输入/输出缓冲区

对于块设备，采用单缓冲输入的过程是：将从设备控制器来的数据先送入系统缓冲区，该数据块送完后，用户进程将此数据块移到用户进程空间，并且立即请求下一个数据块，这就是**预先读**。这个读请求是基于"下一数据块最终将需要使用"这一假设。对于许多计算问题来说，这种假设在大多数情况下是合理的。

单缓冲与无系统缓冲区的情况相比，速度快得多：在用户进程处理某个数据块的同时，下一数据块正在读入。操作系统也能将该用户进程换出主存，因为读入操作是针对系统缓冲区，而不是用户进程空间。单缓冲的引入会增加操作系统的复杂度，因为操作系统增加了缓冲区管理的功能。

对于块设备，采用单缓冲输出的过程是：当需要将数据块写出时，首先将数据块从用户进程空间拷贝到系统缓冲区，这时可继续执行用户进程，并可在需要时换出主存。操作系统会安排最终将系统缓冲区的内容输出到设备上，这称为**延迟写**。

对于字符设备，单缓冲的使用可有两种方式：一次一行的方式和一次一个字节的方式。一次一行的方式适用于滚屏终端，对于这种终端来说，用户的输入是一次一行，以回车标志一行的结束，对终端的输出也是一次一行。行式打印机是这种设备的另一个例子。一次一个字节的方式常用于传感器、控制杆之类的外部设备上。

采用一次一行方式时，缓冲区用来保存一行。输入时，用户进程阻塞至整行内容全部进入才被唤醒。输出时，用户进程将要输出的一行信息送入缓冲区后便可继续运行，不必阻塞。但是若缓冲区非空，同时用户进程又需要将新的一行送入缓冲区，此时用户进程需要阻塞，等待缓冲区为空。

2. 双缓冲

对 I/O 操作使用双系统缓冲区（见图 6-10（b））可进一步改进系统性能。这样，在用户进程从一个系统缓冲区移走（填入）数据的同时，操作系统可往另一系统缓冲区填入（移走）数据。

3. 循环缓冲

双缓冲可以平滑 I/O 设备与进程之间的数据流。但是进程用户空间与缓冲区交换数据的速度还是远远快于 I/O 设备与缓冲区交换数据的速度。进程通常会产生一阵 I/O 操作（远远多于两个I/O 操作），例如要将多块数据写入磁盘，而在这一阵 I/O 操作时两个缓冲区不足以存放用户欲写入磁盘的数据。在这种情况下，可以通过增加系统缓冲区的数目来达到目的，如图 6-10（c）所示。

可以开辟超过 2 个的缓冲区来构成一个系统缓冲池。当读/写外部设备的系统调用处理时，首先针对系统的缓冲区进行操作。例如写操作时，只要写到系统缓冲区，写外部设备系统调用就可以返回。当读操作时，先到系统缓冲区里查找要读的数据。如果找到，读外部设备系统调用可马上返回，如果没有找到，再到外部设备中读出并存入系统缓冲区。

在设备管理子系统中，引入缓冲可有效地改善 CPU 与 I/O 设备之间速度不匹配的矛盾。这主要体现在两方面：可以通过预读和延迟写加快 I/O 的速度，可以在重复对同一数据进行 I/O 时减少设备 I/O 的次数。然而，当系统中用户进程的平均 I/O 需求超过了 I/O 设备的处理能力且用户不重复访问相同的数据时，无论开辟多少缓冲区，都无法使 I/O 操作的速度跟得上进程的运行。当所有的缓冲区渐渐地被填满后，缓冲区的作用随即减弱，进程将不得不在处理完一批数据后，等待 I/O。无论如何，在多道程序的环境中，当系统中有多个 I/O 设备和多个进程同时活跃时，缓冲区是提高系统性能、改善进程运行时间的有效工具之一。

4. 缓冲技术举例

在某个 UNIX 的版本中，对磁盘的 I/O 操作使用了如下的缓冲技术。操作系统在主存中预留了一片缓冲区，称为高速缓冲。高速缓冲与设备之间以物理块大小的整数倍进行 DMA 方式的传输。

为了循环使用有限的高速缓冲，系统维护了下述两个队列。

（1）空闲队列：高速缓冲中可被再分配的缓冲区在这个队列中。

（2）设备队列：高速缓冲中已存放了磁盘设备数据块数据的缓冲区在这个队列中。

高速缓冲中的所有缓冲区或者只位于空闲队列中（当缓冲区还从未被使用时），或者只位于设备队列中（当正在进行 I/O 操作时，即正在与外设或与用户空间交换数据时），或者既位于空闲队列中同时也在设备队列中（当缓冲区内容被用过时，一个存放了设备数据块数据的缓冲区在被用过后放入空闲队列尾中，但同时还保持在设备队列。如果该缓冲区在被别的数据块占用之前又被访问，则马上可以从设备队列中找到）。

当要访问某个设备上的某个设备某物理块号的数据块时，操作系统首先到高速缓冲的设备队列中查找，为了减少在高速缓冲中的检索时间，设备队列按 Hash 表方式组织。Hash 表的长度固定，每个表项包含指向高速缓冲区的指针。对访问的设备号、块号的数据块将会映射到 Hash 表的某个表项。属于同一 Hash 表项的所有数据缓冲区组成一个 Hash 链表，Hash 表项中的指针指向该链表中的第一个缓冲区。每个缓冲区包含一个指针，用来指向链表中的下一缓冲区。因此，设备号、块号所对应的数据块若在高速缓冲中，就一定在设备号、块号所映射的 Hash 表项后的 Hash 链表中。

对于高速缓冲中的缓冲区，采用最近最少使用的替换算法：高速缓冲中的缓冲区一旦分配给某个磁盘块数据，就将一直维持这种关联，直到这个缓冲区被另一个磁盘块数据占用。最近最少使用的次序是在空闲队列中被维护，即一旦某缓冲区被用过一次，则插入空闲队列尾；若再要被使用，则从空闲队列中抽出。这样空闲队列中的第一个缓冲区一定是最近最少使用的。

图 6-11 中缓冲 F、G、H 就是 hash 值相同的缓冲区，其中缓冲 F 还在空闲队列中，表示缓冲 F 中存放有有效数据，但是也可以作为备用缓冲。

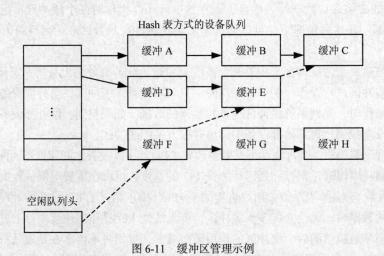

图 6-11　缓冲区管理示例

6.3　存　储　设　备

存储设备与其他外部设备硬件相比实现相对复杂，对它的使用管理也相对特殊。本节我们介绍一些常见的存储外部设备，特别介绍针对盘类存储设备的请求包队列的重新排序算法。

6.3.1　常见存储外部设备

计算机中使用的数据存储在计算机存储设备中。存储量不大而经常使用的数据通常存储在主存储器中。存储量大的数据则以文件的方式存储在辅存设备中。辅存设备主要有磁带、磁盘（软、硬）和光盘以及近来日益普及的半导体稳态存储。辅存设备与主存储器相比，容量大、易扩充，成本低，但存取速度慢（存取时间比主存多几个数量级）。

1．磁带存储设备

磁带存储设备的结构与磁带录影机类似。磁带是涂有薄薄一层磁性材料的一条窄带。一条宽 0.5 英寸（1 英寸 ≈2.54cm），长约 700m 的磁带，表面平行地涂有 7 ~ 9 条磁道，绕在一个卷盘上。磁道上每个点都可以做正、反方向磁化，表示二进制的 0 和 1，如图 6-12 所示。

将磁带装入磁带机，当需要从磁带上读写数据时，启动磁带机，接受转盘转动，带动磁带前进，通过读写头就可以读出磁带上的信息或把信息写入磁带中，如图 6-13 所示。

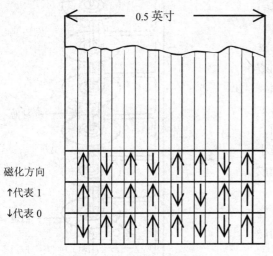

图 6-12　8 磁道带的 8 条磁道

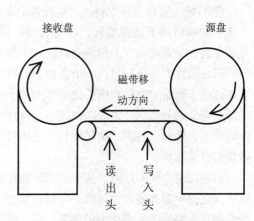

图 6-13　磁带运转示意图

磁带不是连续运转的设备，而是一种启停设备。信息（即数据）在磁带上是分块存储并以块为单位进行读/写的。块与块之间留有适当长度的空白间隔区，称为间隙 IRG（Inter Record Gap）。根据启停时间的需要，这个间隙通常为 0.25 ~ 0.75 英寸。如果每个字符组的长度是 80 个字符，IRG 为 0.75 英寸，则对密度为每英寸 1 600 个字符的磁带，其利用率仅为 1/16，15/16 的带空间用于 IRG（如图 6-14 所示）。磁带机从静止开始，启动、加速到正常读/写速度（约 150 ~ 200 英寸/秒）需要 5 ~ 10ms 左右的时间，这个时间恰能保证磁头越过块与块的间隙。磁头越过间隙的时间称为延迟时间。每次至少读/写一块，连续读/写时，延迟时间为 5ms。

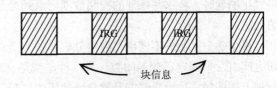

图 6-14　磁带上信息存放示意图

为了有效地利用磁带，加快读/写速度，通常在主存中开辟输入/输出缓冲区。正常情况下，一次读/写总是读满缓冲区，或把缓冲区内容全部写到磁带上。磁带的块存储长度取决于缓冲区的长度。由于 IRG 的存在，块越长，存储效率越高，读/写速度越快，但要求主存缓冲区也越大，从而耗费主存空间也多，而且，由于一次读/写太长，则出错的概率就增大。

由于磁带是顺序存储设备，则读/写信息之前先要进行顺序查找，并且当读/写头位于磁带尾端，而要读取的信息在磁带始端时，这时需要用反绕（rewind）命令把磁带全部倒回，这种情况反映了顺序存取设备的主要缺点，它使检索与修改信息很不方便。因此，顺序存取设备主要用于处理变化少、只进行顺序存取的大量数据，比如用作备份存储设备。磁带在磁盘问世之前的确是一种大容量存储数据的有力工具。

2. 磁盘存储设备

磁盘是一个扁平的圆盘，是一种方便直接存取的存储设备。它与磁带相比是以存取时间变化不大为特征的。磁盘既可以进行直接存取，又可以进行顺序存取。它的特点是容量较大、存取速度快。

一片或一组磁盘装在磁盘设备上（见图6-15），磁盘设备执行读/写信息的功能。盘片装在一个主轴上，并绕主轴高速旋转，当磁道在读/写磁头下通过时，便可以进行信息的读/写。一个盘的两面（盘组的最上、最下的两面除外）都可以存储数据。

读/写磁头安装在存取臂上，靠近各个盘面，盘片在驱动器带动下高速旋转。磁盘转动一周，读/写磁头在一个固定位置上扫视磁盘的一个同心圆。一个同心圆称为一条磁道。一个盘面上可有成百上千条磁道。盘组中直径相同的磁道形成一个柱面。每条磁道又划分成几个扇区。扇区是可寻址的最小存储单位。柱面、盘面、扇区编号（或块号）构成磁盘的存储地址。

相邻磁道之间有空隙。这个空隙可防止或减轻磁头与磁道不对齐带来的错误，还可防止磁道间磁场的相互影响。为了简化电子部件，每个磁道上可存储的数据量相同。这就意味着盘面边缘的磁道上的数据密度（位/英寸）低于内圈磁道的数据密度。

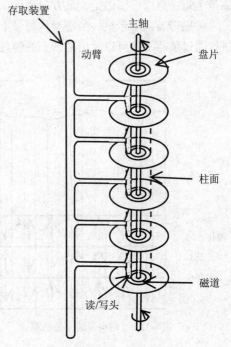

图6-15 活动头盘示意图

数据从盘上读出/写入的单位是块（block）。相应地，数据块存放在扇区（sector）中。一般一条磁道可容纳的扇区数为10~100。为了避免可能引起的精度问题，相邻扇区之间有空隙。

为了定位磁道中的某个扇区，需要采用特定的方法来识别扇区的起始和结束位置。因此，在格式化磁盘时，将这些额外的控制数据记录到盘上，这些数据仅被磁盘驱动器访问，用户是不可访问的。

根据磁头机制的不同可将磁盘分成3种类型。传统的类型是读/写磁头位于盘片的上方，与盘面之间有一个固定不变的间隙。另一种类型是，在读/写操作期间，读/写磁头与盘面的磁介质有物理上的接触，这种机制就是软盘所使用的机制。为了理解第三种类型的磁盘，需要考查盘面上的数据密度、磁头与盘面的间隙之间的关系。为了能够正确地写入或读出数据，磁头中必须产生或感应到足够强的电磁场。磁头越窄小，它越需要更近地靠近盘面。磁头窄小意味着磁道窄小，也就意味着更大的数据密度，这是我们所希望的。然而磁头距离盘面越近，因为杂质等因素所造成的读写错误的可能性就越大。为了推动技术的进步，温彻斯特（Winchester）磁盘应运而生。温彻斯特盘的磁头放在密封的磁盘驱动部件中，因而不会被杂质污染。磁头是一个气动的金属薄片。当盘片静止时，磁头轻轻地搭在盘面上；当盘片急速地旋转时，所产生的空气压力使磁头升离盘面。磁头的设计使读/写操作时距离盘面的间隙比传统的刚性磁头要小，因而盘面可有更大的数据密度。

3. 光盘存储设备

光盘是一种高密度的塑料圆盘，大小有2.5英寸、3.5英寸或者4.75英寸等。光盘的访问定位特性和磁盘的访问定位特性非常类似，所以既支持顺序存取，又支持直接存取。光盘可看做一个打开写保护的大容量软盘。光盘的特点是成本低，容量大，保存数据更可靠、更持久。磁带、软盘和硬盘都是基于磁介质的存储设备。然而光盘应用了全然不同的原理，它利用坑和槽存放信息，使用一束激光扫描光盘表面而取出信息。存放在光盘表面上的信息不会因为磁和粉尘污染而造成数据丢失。光盘自 1985 年首次问世以来，已成为计算机强有力的存储设备。目前使用的光盘驱动设备有 CD-ROM（只读光盘驱动器）、CD Recorder（CD 刻录机）和 CD-RW（可擦写光驱）、DVD 等。

（1）CD-ROM

CD-ROM 是计算机使用的一种内置或外置播放设备，通过 SCSI 或 IDE 接口同主机连接，数据载体是 3.5 英寸或 4.75 英寸的光盘（CD）。它只能读取光盘上的数据，不可写入，是一种"只读"设备。最早的光驱的数据传输速度很低，只有 150KB/s。随着技术的革新，速度也越来越快，而且以原始速度的倍数增加。目前有 52 倍速的光驱，相应的数据速率是非常可观的。

（2）CD-R 和 CD-RW

CD-R 是一种特殊的光盘驱动器，除了能读取光盘数据外，还能在母盘上一次或多次写入数据。大多数都采用 WORM 格式（一次写、多次读）。换言之，如果将数据永久性地烧入碟片，以后不能删除、修改或者覆盖。但 CD-RW（可擦写光驱）更进一步实现了数据的真正"擦写"，可多次写入数据，就像硬盘一样，只是速度比较慢。

4. 半导体永久存储设备（Flash Memory）

Flash Memory 是一类非易失性半导体存储器 NVM（Non-Volatile Memory），在供电电源关闭后仍能保持片内信息，现在被广泛使用（如用于 U 盘，取代了软盘），发展趋势迅猛，有进一步取代硬盘之势。Flash Memory 可以以数据块为单位进行传输，并且很好地支持随机访问。由于没有机械部件，传输速度比硬盘高得多。其独特的性能使其广泛地运用于各个领域，包括作为网络互联设备、个人数字助理（PAD）、智能仪器仪表等嵌入式系统中的永久存储设备。

6.3.2 磁盘调度

前面已经介绍了磁盘的物理特性。下面将介绍磁盘驱动程序中使用的磁盘 I/O 请求重排技术，用以提高总体 I/O 性能。

就一个磁盘片组而言，各盘面上的同心圆磁道数是相同的。通常将这些同心圆从外向内依次编号为 0，1，2，…，$m-1$ 以作为标识，其中 m 表示盘面上的磁道数。同样，也将磁盘片组的全部盘面从上至下地编成盘面号 0，1，2，…，$k-1$，其中 k 为磁盘片组的所有盘面数（每片盘有正反两个盘面）。一个磁盘片组所有盘面的第 i（$i=0$，1，2，…，$m-1$）条磁道均在同一个圆柱面上，故每个片组有 m 个圆柱面（磁盘系统通常以柱面为单位，供用户记录文件信息），可同样依次编号为柱面 0，柱面 1，柱面 2，…，柱面 $m-1$。因此，磁盘地址一般按"台号·柱面号·盘面号·扇区号"表示。如果系统仅配置一台磁盘机，则台号可以缺省。进程程序请求对磁盘进行读/写操作时，应提供的参数为 I/O 操作码、磁盘地址、主存地址、传输长度。

读/写一次磁盘信息所需的时间可以分解为寻找（寻道）时间、延迟时间与传输时间。

（1）寻找时间（Seek Time）。活动头磁盘的读/写磁头在读/写信息之前，必须首先将磁头移到相应的柱面（磁道）。磁头这种定位柱面所花费的时间称为寻找时间。

（2）延迟时间（Latency Time）。读/写磁头定位于某一磁道的块号（扇区）所需时间为延迟

（或等待）时间。

（3）传输时间（Transfer Time）。数据写入磁盘或从磁盘读出的时间。

一次磁盘 I/O 请求服务的总时间是上述三者之和。为了提高磁盘传输效率，磁盘设备驱动程序应着重考虑减少寻找时间和延迟时间，使磁盘平均服务时间最短。

1. 减少寻找时间的方法

寻找时间是机械运动时间，通常在毫秒时间量级。因此设法减小寻找时间是提高磁盘传输效率的关键。磁盘空间是以"柱面"划分和使用的，若将信息连续地存储在一个"柱面"上，则针对一次 I/O 请求只需移动一次磁头，定位相应的柱面，然后根据不同盘面上的读/写磁头进行连续读/写。在多道程序设计系统中，大部分进程对磁盘的使用彼此独立。操作系统磁盘驱动程序可通过合理调度它们对磁盘的使用顺序，达到减少磁盘平均服务时间的目的。例如，假设在某一时间，系统中的若干进程同时请求下列磁盘地址上的读/写操作：

t0：柱面 1，盘面 2，扇区 1

t1：柱面 40，盘面 3，扇区 3

t2：柱面 4，盘面 4，扇区 5

t3：柱面 38，盘面 5，扇区 7

若按照自然的时间顺序访问磁盘，则磁头将在盘面的水平方向为定位各柱面来回运动，寻找时间会较长。若操作系统对各服务请求顺序进行重新调整，按下列地址顺序访问磁盘：

（柱面 1，面 2，扇区 1）→（柱面 4，面 4，扇区 5）→（柱面 38，面 5，扇区 7）→（柱面 40，面 3，扇区 3）

磁头只需朝一个方向移动，节省了反向运动的时间，因而平均服务时间较短。

（1）FCFS（First Come First Served）调度

这是一种最简单的磁盘调度算法。根据进程请求访问磁盘的时间顺序，先来先服务。这种方法简单，但调度效果不好。

假设磁盘请求队列中所涉及的柱面号（或磁道号）为 Queue=98，183，37，122，14，124，65，67。磁头的初始位置为 53，则磁头的运动过程如图 6-16 所示。磁头共移动了 640 个磁道。显然，若对访问顺序稍作变更，将柱面号 122 与 14 对调，便能减少磁头运动。

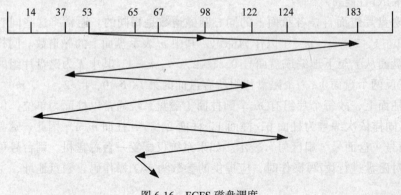

图 6-16　FCFS 磁盘调度

（2）SSTF（Shortest Seek Time First）调度

这是根据磁头的当前位置首先选择请求队列中距磁头最短的请求，再为之服务。仍援引上例 Queue=98,183,37,122,14,124,65,67。若磁头的初始位置是 53，则采用 SSTF 调度算法，磁头

（运动过程如图 6-17 所示）共移动了 236 个磁道。由于寻找时间总与两次服务之间的磁道数目成正比，所以 SSTF 调度能有效地减少寻找时间。SSTF 磁盘调度算法可能导致队列中某些请求长时间得不到服务而被"饿死"。在实际系统中，请求队列中随时可能增加新的请求。假设队列中存在访问柱面 14 和柱面 183 的请求，如果磁头正在柱面 14，而且在柱面 14 附近频繁地增加新的请求，那么 SSTF 调度算法使得磁头长时间在柱面 14 附近工作，而柱面 183 的访问被迫长时间等待。从理论上讲，如果柱面 14 附近新的请求连续地到达，将使柱面 183 的访问无限期地延迟，即被"饿死"。

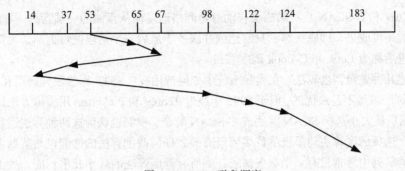

图 6-17　SSTF 磁盘调度

SSTF 算法的平均寻找时间虽然小于 FCFS 算法，但仍不是最优算法。上例中如果磁头从 53 先移至 37（尽管它不是最近的），然后再移至 14，最后才返回去为 65，67，98，122，124 和 183 提供服务，则磁头移动只有 208 个磁道，效果要好于 SSTF 算法。

（3）SCAN 调度（电梯调度）

考虑到磁盘队列的动态特性，为了避免队列的某些请求被"饿死"，人们提出了 SCAN（扫描）调度算法，即让磁头固定地从外向内然后从内向外逐柱面运动，如此往复，磁头固定在水平的两个端点来回扫描。

Queue = 98,183,37,122,14,124,65,67。若磁头的初始位置为 53，则使用 SCAN 调度算法时磁头的运动过程如图 6-18 所示。

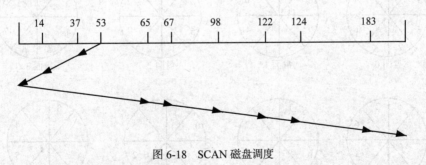

图 6-18　SCAN 磁盘调度

SCAN 算法也叫做"电梯"算法（犹如一幢高楼里上下运动逐层服务的电梯）。

（4）C-SCAN（Circulor SCAN）调度

这种调度算法使磁头从盘面上的一端（逐柱面地）向另一端移动来服务请求，回返时直接快速移至起始端而不服务任何请求。如此往复单向地扫描并平均地为各种请求服务。如当 Queue = 98,183,37,122,14,124,65,67 时，若磁头的初始位置为 53，则磁头运动过程如图 6-19 所示。

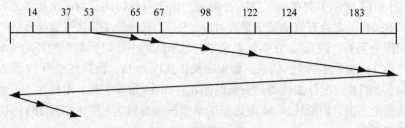

图 6-19　C-SCAN 磁盘调度

采用 SCAN 和 C-SCAN 算法时磁头移动总是严格地遵循从盘面的一端到另一端的原则。不言而喻，使用时还可改进，即磁头移动只需达到并服务于最后一个请求便可返回，无需到达磁盘端点。如此改进后称为 Look 和 C-Look 调度算法。

对于上述几种磁盘调度算法，在实际系统中如何选用呢？SSTF 算法较为通用和自然，SCAN和 C-SCAN 算法虽然不是最优的，但于 1972 年经过 Teorey 和 Pinkerton 用模拟方法比较各种算法后推荐：根据负载大小选择 SCAN 算法或 C-SCAN 算法，我们也认为这两种算法适用于磁盘负载较大的系统。选择调度算法与系统的许多因素有关。任何调度算法的性能也与队列中请求服务的数目有关。若队列中常常只有一个服务请求，则所有调度算法的效率几乎相同，故 FCFS 算法最理想。另外，磁盘服务请求很大程度上也受制于文件存储结构。文件在磁盘空间连续地存储有利于提高传输效率。

在实际系统中，磁盘驱动程序尽可能维持一个磁盘 I/O 请求队列，在请求入队列时进行重排队优化，确保相邻请求其磁道相距最近，以减少磁头移动。

2. 减少延迟时间的方法

如何有效地减少延迟时间也是提高磁盘传输效率的重要因素。一般常对盘面扇区进行交替编号，对磁盘片组中的不同盘面进行错开命名。假设每盘面有 8 个扇区，磁盘片组共 8 个盘面，则扇区编号如图 6-20 所示。

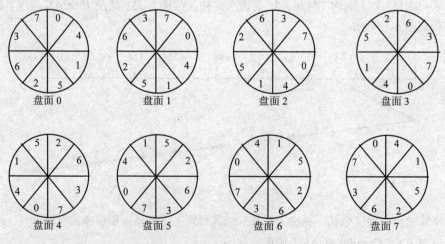

图 6-20　磁盘片组扇区编号

磁盘是连续自转的设备，磁盘机读/写一个物理块后，必须经过短暂的处理时间才能开始读/写下一块。假设逻辑记录数据连续存放在磁盘空间中，若在盘面上按扇区交替编号连续存放，则连续读/写多个记录时能减少磁头的延迟时间；同一柱面不同盘面的扇区若能错开命名，连续读/

写相邻两个盘面的逻辑记录时，也能减少磁头延迟时间。

6.3.3　磁盘阵列

现在磁盘设备变得越来越小，越来越便宜。因此在计算机系统上连接大量的磁盘是经济上可行的。当系统内有大量的磁盘时，如果这些磁盘并行操作，则可提高数据的读/写速度。而且这种装置可以提高数据存储可靠性，因为冗余的信息可以存储在多个磁盘上。这样，一个磁盘的失效不会导致数据丢失。这种磁盘组织技术统称为冗余廉价磁盘阵列（Redundant Arrays of Inexpensive Disks，RAID），通常用于解决性能和可靠性问题。

过去，相对于大型昂贵的磁盘，由廉价磁盘组成的 RAID 是一个划算的选择。现今，RAID 主要是因为它们较高的可靠性和较高的数据传输速度而被使用，而不是因为经济原因。因此，可以说 RAID 中的 I 代表"Independent"，而不是"Inexpensive"。

1. 通过冗余提高可靠性

磁盘的可靠性问题的解决是引入了冗余。磁盘中除了原始信息以外还存储额外数据，虽然它们不被经常使用，但可以用来在磁盘失效时重建丢失的信息。这样，即使磁盘失效，数据也可以恢复。

最简单（但最贵）的冗余方法是复制所有的磁盘。这种技术称为镜像。一个逻辑盘由两个物理盘组成，每次写操作在两个盘上都进行。如果一个盘失效，可以从另一个盘读出数据。只是在第一个失效磁盘被替换之前，第二个盘也失效，数据才会丢失。

镜像磁盘的平均失效时间由两个因素决定（这里的失效是指数据丢失）：单个磁盘的平均失效时间以及它们的平均修复时间，平均修复时间是指替换失效磁盘并且把数据存储在上面（平均）所花的时间。假设两个盘的失效是独立的，即一个盘的失效与另一个盘的失效没有关系，如果单个磁盘的平均失效时间是 10 000 小时，平均修复时间是 10 小时，那么镜像盘系统的平均数据丢失时间是 $100\,000^2/(2 \times 10) = 500 \times 10^6$ 小时，或者 57 000 年！

实际上，磁盘失效独立性的假设是不正确的。电源失效以及自然灾害（例如地震、火灾和洪水）都可能导致所有磁盘同时被损害。随着磁盘使用时间的增长，失效的可能性逐渐增大，增加了第二个磁盘在第一个磁盘修复之前失效的几率。尽管有这些考虑，但是镜像磁盘系统提供了大大高于单磁盘系统的可靠性。

要特别考虑电源失效问题，因为它们比自然灾害出现得更加频繁。不管如何，即使是镜像系统，如果写操作正在对两块磁盘的相同块进行写，那么在所有块被完全写之前电源失效，这两个块将会处于不一致的状态。解决这个问题的方法是先写一份拷贝，再写另一份，这样，两份拷贝中的某个通常是一致的。在电源失效后重启需要一些额外的操作，以便从不完全写中恢复。

2. 通过并行性提高性能

下面讨论对多磁盘并行访问的好处。通过磁盘镜像，处理读请求的速度加倍，因为读请求能够被送到任何一个磁盘（只要一对磁盘中的每一个都是可独立操作的）。每一次读的传输速度与单磁盘系统相同，但是每个单元处理的读请求的数量加倍了。

还可以通过在多磁盘上条带化（striping）数据来提高传输速度。在最简单的形式中，数据条带化把每一字节分成很多位分布到多个磁盘上，这样的条带化叫做位级条带化。例如，在一个具有 8 个磁盘的阵列中，把每一字节的位 i 写到磁盘 i。可把 8 个普通磁盘的阵列当作单个磁盘对待，此单个磁盘空间是普通磁盘空间的 8 倍大小。更重要的是，拥有 8 倍的访问速度。在这样的结构中，盘阵中每一个磁盘都参与每一次的访问（读或写），因此每一秒可以执行的访问次数与单个磁盘相同，但是每一次访问在同样的时间内所能读的数据是单个磁盘所能读的数据的 8 倍。

位级条带化要求一定数目的磁盘，这个数目是 8 的倍数或是可以被 8 整除的数。例如，如果采用 4 个盘的阵列，每个字节的第 i 位和第 $4+i$ 位写到磁盘 i。而且，条带化不必一定处于字节位这样的级别，例如在块级条带化中，可以用多个物理磁盘组成一个逻辑盘；对于 n 个物理磁盘，逻辑盘的第 i 块写在第 $(i \bmod n) + 1$ 个物理磁盘上。

3. RAID 级别

镜像提供了高可靠性，但是它很昂贵。条带化提供了高数据传输率，但它不能提高可靠性。通过运用结合了"奇偶校验"位的磁盘条带化的思想，提出了低开销的冗余的大量方案。这些方案有不同的性能价格比，并且划分为成为 RAID 的各个不同级别。下面将介绍各个级别，图 6-21 形象地表示了它们（图中，P 表示校验位，C 表示数据的第二份拷贝）。在图中描述的所有情况中，存储了 4 个磁盘容量的数据，额外的磁盘用来为失效恢复存储冗余信息。

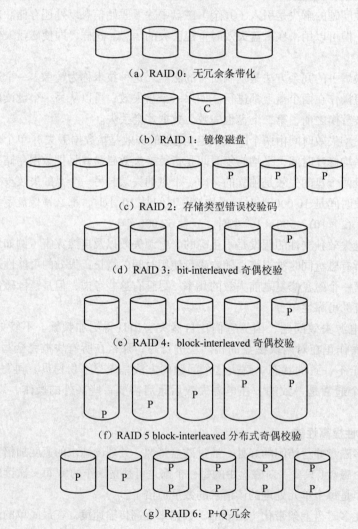

（a）RAID 0：无冗余条带化

（b）RAID 1：镜像磁盘

（c）RAID 2：存储类型错误校验码

（d）RAID 3：bit-interleaved 奇偶校验

（e）RAID 4：block-interleaved 奇偶校验

（f）RAID 5 block-interleaved 分布式奇偶校验

（g）RAID 6：P+Q 冗余

图 6-21　RAID 级别

RAID 级别 0：RAID 级别 0 指用了块级条带化的磁盘阵列，但是没有用到任何的冗余（例如镜像和奇偶校验位）。一个大小为 4 的阵列如图 6-21（a）所示。

RAID 级别 1：RAID 级别 1 指磁盘镜像。图 6-21（b）表示存储一个磁盘容量数据的镜像结构。

RAID 级别 2：RAID 级别 2 也称为存储类型校验码（ECC）结构。存储系统具有运用已久的奇偶校验的错误检测。存储系统的每一个字节都有一个奇偶校验位与之相连，用来记录字节中被置 1 的位的数目是偶数（奇偶校验位=0）还是奇数（奇偶校验位=1）。如果字节的各位中的某一位被破坏了（或者 1 变成 0，或者 0 变成 1），这个字节的奇偶校验位发生变化，不再与存储的奇偶校验位相匹配。同时，如果存储的奇偶校验位被破坏了，它就不再匹配计算出的奇偶。这样，单个位的错误被存储器系统检测出来。错误校验方案存储两个或更多额外的位，并且可以在单个位被破坏时重建数据。ECC 可直接在通过将字节条带化分布于各磁盘的磁盘阵列中使用。例如，每一个字节的第 1 位存储在第 1 个磁盘上，第 2 个字节存储在第 2 个磁盘上，等等，直到第 8 个字节存储到磁盘上，校验位存储在额外的磁盘上。这个模式如图 6-21 所示，在图中，标为 P 的磁盘存储校验位。如果某一磁盘失效，可以从其他盘中读出这个字节余下的位以及相关联的校验位，用来重建损坏的数据。图 6-21（c）表示了一个大小为 4 的列。对于 4 个磁盘量的数据，RAID 级别 2 只需要 3 个磁盘的开销。

RAID 级别 3：RAID 级别 3 也称为 bit-interleaved 奇偶校验结构，是在 RAID 级别 2 上进行了改善，磁盘控制器可以检测扇区是否被正确读取，因此一个单独的奇偶校验位可用来进行错误校验，也可以用于检测。实现原理如下，如果某个扇区损坏，可确切地知道哪一个扇区，对于出错扇区中的每一位，我们通过计算从其他磁盘扇区读出的相关位的奇偶校验值来判断该位是 1 还是 0。如果其余位的奇偶校验值与存储的奇偶校验值相等，丢失的位是 0；否则是 1。RAID 级别 3 具有与 RAID 级别 2 相同的优点，但在额外磁盘数量上没有那么大的开销（它只有一个磁盘的开销），因此 RAID 级别 2 并没有在实际中使用。在图 6-21（d）中形象地表示了这个模式。

与 RAID 级别 1 比较，对于几个磁盘只需要一个奇偶校验磁盘，不像在 RAID 级别 1 中，每一个磁盘需要一个镜像磁盘，这样减少了存储开销。在另一方面，RAID3（所有基于奇偶校验的 RAID 级别）带来的一个性能问题是计算以及写奇偶校验值的开销。与非奇偶校验的 RAID 阵列相比，这项开销导致了明显的写速度的降低。为了缓和这项性能的损失，许多 RAID 存储阵列都具有带有专用奇偶校验硬件的硬件控制器。这使奇偶校验的任务从 CPU 转到了阵列。这样的阵列也具有非易失随机存储器（NVRAM）高速缓存，用来当计算出奇偶校验值后存储各个数据块。这种结合可以使奇偶校验 RAID 几乎与非奇偶校验 RAID 一样快。事实上，进行奇偶校验的高速缓存 RAID 的性能优于非高速缓存非奇偶校验的 RAID 的性能。

RAID 级别 4：RAID 级别 4 也称为 block-interleaved 奇偶校验结构，运用块级条带化，像在 RAID 级别 0 中一样。此外，对于 N 个磁盘上的对应块，在另外单独的磁盘上保存奇偶校验块。图 6-21（e）形象化地表示了这种模式。如果 N 个磁盘中的某一个失效了，奇偶校验块可与其他磁盘上保存的对应块一起来恢复存储失效磁盘的块。

读取一个块的操作只访问一个磁盘，但允许同时通过其他磁盘处理其他请求。这样，每次访问的数据传输速度虽然略有降低，但是可以并行执行多个读访问，使总的 I/O 速度提高。因为可以并行地读取所有的磁盘，所以处理大量读请求的传输速度很高。因为可以并行地写数据和奇偶校验值，处理大量写请求也具有很高的传输速度。

另一方面，不能并行执行小型独立的写操作。对一个块的写操作，不得不去访问存储这个块的磁盘以及奇偶校验磁盘，因为要修改奇偶校验磁盘。而且为了计算新的奇偶校验值，要读出奇偶校验块的旧值和所写块的旧值。这叫做读—修改—写。这样，一个单独的写操作需要 4 次磁访问：2 次用来读 2 个旧块，另外 2 次用来写 2 个新块。

RAID 级别 5：RAID 级别 5 也称为 block-interleaved 分布式奇偶校验，与 RAID 级别 4 不同的是，它把数据和奇偶校验分布到所有的 *N*+1 个磁盘上，而不是把数据存储在 *N* 个磁盘上，把奇偶校验值存储在另一个磁盘上。各盘阵生产厂商有自己的奇偶块分布规则。例如，对于 5 个磁盘的阵列，第 1 个 4 块有效数据组的奇偶校验值存储在第 5 个磁盘上，其余 4 个磁盘的第 1 块存储实际数据；第 2 个 4 块有效数据组的奇偶校验值存储在第 4 个磁盘上，其余 4 个磁盘的第 2 块存储实际数据，依此类推。图 6-21（f）形象地表示了这种装置，图中的 P 被分布于所有的磁盘上。通过把奇偶校验位分布于装置中所有的磁盘上，RAID 级别 5 避免了在 RAID 级别 4 中可能出现的过度使用单独一个奇偶校验磁盘的情况。

RAID 级别 6：RAID 级别 6 也叫做 P+Q 冗余模式，很像 RAID 级别 5，但存储了额外的冗余信息来防止多个磁盘失效。这里不用奇偶校验，而用错误校验码，例如 Reed-Solomon 码。这种模式如图 6-21（g）所示，图中，对于每 4 位数据，存储 2 位的冗余数据，不像 RAID 级别 5 中的一个奇偶校验位，因此系统可以忍受 2 个磁盘失效。

RAID 级别 0+1：RAID 级别 0+1 是指 RAID 级别 0 和 1 的结合。RAID 级别 0 提供性能，RAID 级别 1 提供可靠性。一般来说，它提供比 RAID 级别 5 更好的性能。它通常用于性能和可靠性都很重要的环境中。不幸的是，存储中需要的磁盘数目变成了 2 倍，所以它变得更加昂贵。在 RAID 级别 0+1 中，一组磁盘被条带化，然后条带被镜像到另一个相等的条带。另一种商业上可行的 RAID 选择是 RAID 级别 1+0，其中磁盘被镜像成对，最后所得到的镜像对被条带化。这种 RAID 与 RAID 级别 0+1 相比有理论上的优势。例如，如果在 RAID 级别 0+1 中单独一个磁盘失效，其他盘上的对应条带都不可访问。对于 RAID 级别 1+0 中的一个磁盘失效，这个单独的磁盘不可用，但它的镜像盘仍然可用，如图 6-22 所示。

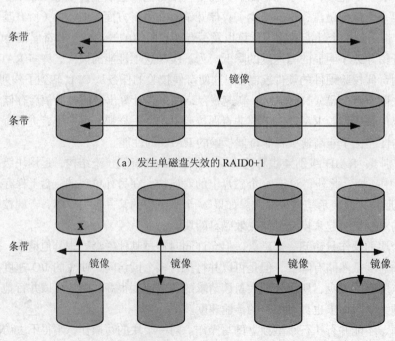

（a）发生单磁盘失效的 RAID0+1

（b）发生单磁盘失效的 RAID1+0

图 6-22　RAID 0+1 和 RAID 1+0

这里描述的是一些基本的 RAID，实际有许多不同的变种。这可能导致在确切划分不同的 RAID 级别时存在混乱。

4. 选择 RAID 级别

如果磁盘失效，重建数据所用的时间是一个很重要的因素，它随着使用的 RAID 级别的不同而不同。对于 RAID 级别 1，重建最容易，因为数据可以从另一个磁盘中拷贝；对于其他的级别，需要访问阵列中所有其他的磁盘来重建失效磁盘中的数据。如果需要连续提供数据，例如在高性能或交互式数据库系统中，RAID 系统的重建时间会非常短。

RAID 级别 0 用于高性能应用。RAID 级别 1 适用于要求具有迅速恢复能力的高可靠性的应用。RAID 级别 0+1 和 RAID 级别 1＋0 用于性能和可靠性都很重要的地方，例如小型数据库。由于 RAID 级别 1 的高空间开销，RAID 级别 5 通常用于存储大量的数据。许多 RAID 实现虽然不支持级别 RAID6，但它可提供比 RAID5 级别更好的可靠性。

RAID 系统设计者必须作出其他几个决定。例如，阵列中应该有多少磁盘？每一位奇偶校验位应该保护多少位？阵列中的磁盘越多，数据传输速度越高，系统越贵。如果一个奇偶校验位保护的位越多，奇偶校验位带来的空间开销就越低，第二个磁盘在第一个磁盘修复前失效的几率就越大，从而导致数据丢失。

大多数 RAID 级别提供一个或多个热备份磁盘。热备份不是用于数据，而是在任何其他磁盘失效时用作替代。例如，热备份可以用于重建镜像对，当其中一个磁盘失效时，RAID1 可以自动重建，不需要等到失效磁盘被替代。设置多次热备份允许在不需要人工干涉的情况下修复多次失效。

小 结

从设备功能上，通常将设备分成人机交互设备、存储设备、网络通信设备。不同种类的设备的使用方法、驱动程序结构都不同。

设备控制器（又称为 I/O 部件）是一台 I/O 设备的电子部分。复杂的设备控制器可以控制多台设备并行 I/O。每个可编程设备控制器都有一些用来与 CPU 通信的寄存器，设备控制器中常常包含 3 类寄存器，它们分别用于存放控制命令、状态信息和数据。

软件通过读/写这三类寄存器完成相应的 I/O 操作。

设备驱动程序可对设备控制器采用的 3 种基本控制方式如下：

（1）程序直接控制 I/O 方式；

（2）中断方式；

（3）DMA 方式。

当计算机系统管理控制的外部设备数量很多时，可采用复杂的设备控制器（又称 I/O 总线控制器或 I/O 通道、I/O 处理机）。

操作系统与设备相关的系统调用有申请设备、将数据写入设备、从设备获得数据和释放设备。设备的使用方法有独占式、分时共享式和 SPOOLing 方式。

现代操作系统大多采用层次式的结构，通过将输入/输出系统组织成用户层 I/O、与设备无关的 I/O、设备驱动和中断处理 3 个层次，从而高效地实现设备管理的目的。用户层 I/O 的主要任务是，提供各类 I/O 函数的接口，将其转化为相应的系统调用。与设备无关的 I/O 所承担的主要任务如下：

（1）设备名与设备驱动程序的映射；

（2）设备保护；

（3）缓冲；

（4）文件系统等。

设备驱动与中断处理层完成设备的驱动及数据传输完毕后的善后工作。

设备驱动程序接口函数有驱动程序初始化函数、驱动程序卸载函数、申请设备函数、释放设备函数、I/O 操作函数、中断处理函数。

与设备管理有关的数据结构有描述设备、控制器等部件的表格，面向进程 I/O 请求的动态数据结构以及将相关数据结构连接起来的队列。

设备管理中使用缓冲技术可有效地实现阵发性 I/O 情况下主机与外部设备速度的匹配，利用预读和延迟写提高系统的 I/O 性能。

常见的外部存储设备有磁带、磁盘、光盘、Flash Memory。为了节省磁盘寻找时间，提高磁盘设备的 I/O 效率，设备驱动程序中可以采用磁盘调度算法对请求进行重排序。常见的磁盘调度算法有 FCFS、SSTF、SCAN 和 C-SCAN 等。磁盘阵列是为了提高磁盘的可靠性和 I/O 并行度。常见的磁盘阵列使用方法有 RAID0、RAID1、RAID0+1、RAID5。

习　　题

一、选择题

1. 下列设备中哪个是独占型设备？（　　　）

（A）网络通信设备　　（B）打印机　　　　（C）磁盘　　　　　　（D）图形显示器

2. 用户通过键盘输入的系统命令字符码首先由谁获得？（　　　）

（A）命令解释程序　　　　　　　　（B）键盘中断处理程序

（C）read 系统调用处理程序　　　　（D）键盘输入处理程序

3. 在内存设置磁盘信息缓冲区的作用是（　　　）。

（A）可以避免进程阻塞　　　　　　（B）可以直接加快磁盘 I/O 速度

（C）可以减少 CPU 的负担　　　　　（D）可以减少磁盘 I/O 次数

4. 下面不属于改善磁盘设备 I/O 性能的方法是（　　　）。

（A）重排 I/O 请求减少寻道时间　　（B）RAID1 技术

（C）预读和延迟写　　　　　　　　（D）对盘面扇区进行交叉编址

5. 下列哪种方式能够较好地提高磁盘 I/O 性能？（　　　）

（A）重排 I/O 请求减少寻道时间　　（B）加快磁盘旋转速度

（C）DMA 方式与内存交换数据　　　（D）预读部分数据

6. 下面哪项技术不能提高 I/O 性能？（　　　）

（A）预读　　　　　　　　　　　　（B）延迟写

（C）按磁盘柱面号序排列 I/O 请求　（D）同步 I/O

7. 缓冲技术对下面哪种情况效果不佳？（　　　）

（A）顺序读　　　　　　　　　　　（B）随机小数据读写

（C）磁盘数据备份　　　　　　　　　　（D）偶尔进行数据读/写

8. 以下不属于 I/O 设备控制器的是（　　）。

（A）主板　　　　　（B）网卡　　　　　（C）显卡　　　　　（D）声卡

9. 驱动程序中不由设备无关层调用的函数是（　　）。

（A）中断处理函数　　　　　　　　　　（B）I/O 操作函数

（C）申请设备函数　　　　　　　　　　（D）释放设备函数

二、简答题

1. 操作系统设备管理的任务及实现的目标是什么？

2. 设备控制器与处理机如何通信？

3. 简述各种不同的 I/O 控制方式。

4. 什么是独占型设备和分时共享型设备？如何保证独占型设备的独占使用？

5. 以 SPOOLing 方式使用设备是如何实现的？

6. 以下的工作各在 3 个 I/O 软件层的哪一层完成？

（1）对一个磁盘读操作计算磁道、扇区、磁头。

（2）维护一个最近使用的磁盘块的缓冲。

（3）向设备寄存器写入命令。

（4）检查用户是否有权使用设备。

（5）将二进制整数转换成 ASCII 码以便打印。

7. 设备管理中引用缓冲技术有何目的？

8. 如何使用缓冲区实现预先读及延迟写？这两种读/写方式的优缺点是什么？

9. 设备驱动程序有可能调用操作系统其他模块程序吗？为什么？

10. 在支持汉字输入的系统中，要将 ASCII 码串转换成 GB 汉字内码，在什么地方做这个工作比较合适？

11. 假设对磁盘的请求串为 95，180，35，120，10，122，64，68，磁头初始位置为 30，试分别画出 FCFS、SSTF、SCAN、C-SCAN 调度算法的磁头移动轨迹及磁头移动的磁道数（磁道号：0 ~ 199）。

12. 假设磁道编号为 0 ~ 199 的可移动头磁盘已完成了对 125 号磁道的访问，正在服务于 143 号磁道的请求。假设请求队列 86，147，91，177，94，150，102，175，130，若分别采用 FCFS、SSTF、SCAN、C-SCAN、Look 调度算法，试分别计算满足所有请求的总磁道移动数。

13. 在磁盘请求队列平均长度较小的情况下，所有的磁盘调度算法都将退化成 FCFS 算法，解释其原因，并给出可能的避免方法。

14. 除了 FCFS 磁盘调度算法外，其他调度算法对所有进程并不完全公平（可能出现"饿死"情况），这是为什么？试提出一种公平的调度算法。

15. 对磁盘的请求并不总是服从均匀分布的，例如，存放文件目录的柱面总是比存放文件本身的柱面更常被访问。假设已知 50% 的磁盘请求均是访问某固定柱面（编号较小的柱面），将使用何种磁盘调度算法？能否设计一个满足这种情况的调度的新算法？

16. 在磁盘管理程序中，何时进行磁盘调度？

17. 什么是冗余廉价磁盘阵列（RAID）？它分为哪几级？每一级的主要特征是什么？

18. RAID 级别 0+1 有什么特点？可用于什么应用环境？

第7章
文件系统

　　计算机系统是一个可以存储并处理大量各式各样信息的信息加工系统。系统需要提供大量可公用的实用程序及服务程序给用户使用，也需要支持用户自编程序和数据的运行和处理。由于存储处理的信息量太大，不可能全部保存在主存中，故早期人们引进了辅助存储器（也称文件存储器）用以保存大量的永久性信息（如系统库程序、编译程序等实用程序及操作系统自身的部分程序和数据等）和临时性信息（用户的程序、数据、系统临时数据等）。

　　早期，文件存储器仅保存一些系统程序。随着计算机系统的不断发展和大容量磁盘存储器的问世，文件存储器也向用户开放，允许用户将其信息保存在文件存储器中。在文件管理软件出现之前，不论是系统自身还是用户，均需要熟悉文件存储器的物理特性，不但要按其物理地址存取信息，而且还要准确地记住其信息在文件存储器中的物理位置和整个辅存的信息分布情况，稍有疏忽，就可能破坏已存入的内容。例如，一条磁带上可能有几百甚至上千个信息组，其中某些信息组已记录了有效信息，某些组为空白组，另一些可能是不能记录信息的故障组。要求记住如此大量而复杂的信息分布情况，对用户显然是一种沉重负担，同时也给系统带来了不安全因素。特别在多道程序设计系统出现之后，不仅要为用户准备私用的文件存储器（如磁带、软盘等），而且要设立共享的文件存储器（如大容量磁盘）。这就使得辅存更不安全，更不利于保密。用户所关心的是存取方法的灵活方便和安全可靠，并不是信息的具体存放位置。基于上述原因，必须在操作系统内部增加一组专门的管理软件，以管理文件存储器中的文件资源。

7.1 文件结构

　　辅助存储器用来存放各种程序和数据，这些存放在辅助存储器中的程序和数据称为文件，下面介绍文件中信息的逻辑格式及如何存放于物理辅助存储器中。

7.1.1 文件的概念

　　计算机通过物理介质（磁带、磁盘、光盘等）存储信息，不同的物理设备具有不同的物理特性和结构。为了使用户能方便地使用计算机辅存储器中的信息，操作系统为信息存储访问提供了标准的使用界面，操作系统抛开存储设备的物理特性，定义逻辑存储实体（即所谓文件），并负责将文件映射到物理设备上。这也就是操作系统文件管理所要完成的基本功能之一。

　　关于文件目前尚无严格的定义，仅有一些含义相近的解释。文件是由创建者所定义的一组相关的信息。通常将程序（源程序、目标代码）和数据组织成文件。数据文件可以是数字、字母、字母数字组合或其他二进制码。文件内的基本访问单位可以是字节、行或记录，这取决于操作系统的文件系统的支持和文件创建者的选择。文件不仅具有符号名（创建者命名的文件名），还包含文件类型、文件被创建的时间、创建者的名字、文件长度等其他属性。

7.1.2　文件的逻辑结构

文件内的信息由创建者定义。如源程序、目标程序、数据、文本等许多不同类型的信息均存储在文件内。

文件根据其用途必须有确定的结构：一个文本文件是一组被组织成行或页的字符序列；一个源文件是一组分别由说明语句、执行语句组成的子程序和函数的序列；一个目标文件是一组字节或字的序列，这些字节或字被组织成可加载的记录块；数据文件是一组被组织成逻辑记录的字母、数字的序列。操作系统知道了文件结构，就可以智能地支持文件操作。人们首先考虑的是，操作系统到底应该知道并支持多少种文件结构。

问题在于让操作系统知道文件的具体逻辑结构会有很多不便：操作系统自身的代码量会大大增加；如果操作系统定义多种不同的文件结构，则必须具有相应量的代码分别支持这些文件结构；支持多种不同文件结构也使系统自身不灵活，例如，假设操作系统仅支持两种文件结构"文本文件"（用"回车"、"换行"分隔的 ASCII 字符串）和可执行的二进制文件，若用户欲定义的一个密码文件由于密码文件的信息经过随机变换后不再是 ASCII 码的文本行，其结构不属于文本文件，也不属于可执行的二进制文件，故无法提供操作。由此可见，把文件结构强加于操作系统并要求它能对文件结构信息加以解释，不是理想的方法。

若将解释文件结构信息的工作赋予操作系统外层的软件（如命令解释程序、文本编辑程序、视频播放器等程序中），那么在操作系统这一级则将文件视为无结构（或只涉及简单的逻辑结构）、无解释的信息集合，例如，Unix、Linux 操作系统只简单地把所有文件看成是一组字节的信息流，不对文件内的信息做任何解释。当然，这样处理使操作系统简单而灵活，但每个访问文件的应用程序都必须包括相应的代码以解释文件的结构及信息项含义。

1. 操作系统感知的文件逻辑结构

本章着重讨论基本文件系统，只涉及文件的简单逻辑结构。目前文件逻辑结构可分为两种形式。

（1）流式文件

流式文件是有序相关信息项的集合，其基本单位是字节，如图 7-1 所示。这种文件在操作系统看来就是一个由若干字节组成的信息集合，对于每个字节的含义，操作系统并不知道。操作系统以字节号读/写文件数据，一次可以读/写多字节。

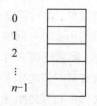

图 7-1　具有 n 个字节的字节流式文件

例如，一个文本编辑器将文本信息存放于流式文件中，文本信息依次存放于字节流中，则会在读取文本信息时获得最好的性能，但是文本信息的插入与删除操作会导致后续文本信息的移动，开销会大增，因此文本编辑器并不一定将文本信息依文本次序存放于字节流，将哪个字符存放于字节流的哪个字节由文本编辑器管理，文本编辑器可以在文件中设立相应的数据结构来表示存放于字节流中文本字符的顺序，操作系统并不干涉。

（2）记录式文件

记录式文件是数据记录的集合，其基本单位是逻辑记录（记录以序编号：记录 1, 记录 2, …,

记录 n)，记录可以等长，也可以有可变长度的记录。操作系统提供以记录号访问文件数据，一次可以读写多个记录。

2. 文件的访问方式

用户根据其对文件内数据的处理方法不同，有不同的访问数据的方法。用户对文件的访问有下列两种基本方法。

（1）顺序访问

顺序访问是指用户从文件初始数据开始依次访问文件中的信息。这在科学计算等应用背景下被经常使用，用户可以依次处理一批原始数据。经常被顺序访问的文件的逻辑记录应该连续地存储在文件存储器上以提高读写效率。为了顺序读写，需设置一个能自动前进的读/写指针，以动态指示当前读/写位置，每次读文件数据时读出下一个逻辑记录并移动指针。类似地，每次写操作将在文件末尾增加一个记录，同时指针前进至新的文件末尾。顺序文件指针可以反绕，可控制其前进或后退 n 个记录（某些系统规定 $n = 1$）。这种起源于文件磁带模型的访问方式称为顺序访问。

对于流式文件，同样设置能自动前进的字节读/写指针，读/写以字节的整数倍为长度。读/写完成后，自动将指针移到下一个要读/写的字节位置。

（2）直接访问

直接访问是指用户随机地访问文件中的某段信息。如果要支持用户以直接访问方式访问文件，文件必须存放于可以支持快速定位的随机访问存储设备中。文件中的记录（或逻辑字节）被顺序编号，文件被允许随机读/写任意的记录（或逻辑字节），无任何限制。例如，可以先读记录 14，再读记录 53，最后再写记录 7。进行文件操作时，将记录号（或逻辑字节）作为读/写参数。文件逻辑结构中的记录编号（字节编号）是一个文件内的相对编号，就像程序中的逻辑地址一样。逻辑记录（字节）的相对号再由操作系统根据文件的物理结构具体映射为文件存储器中的物理块号。对于流式文件，允许读/写以任意字节开始的任意长度的数据。

7.1.3 文件的物理存储

逻辑文件在辅存中的组织结构称为文件的物理结构，如何组织它们则主要依赖于文件存储器（磁带、磁盘、光盘）等物理特性及用户对其文件的访问方式。

1. 文件存储器的物理特性

早期的文件系统以磁带为存储介质，每个文件单独存储在一条磁带上。这种方法对文件的管理简单，但对辅助存储器的利用率极低，由于物理带非常长，并且研究者发现一般文件均比较小，只占用磁带空间的一小部分。显然，将多个文件存储在一条磁带上，才能提高文件存储器的利用率。问题还在于对非常大的文件（如需要若干条磁带存储的大气物理原始数据），操作系统又必须有支持"多卷宗"的磁带文件的功能。因为磁带设备是一种顺序性存取的设备，对磁带上的用户文件信息只能顺序访问，故磁带文件的物理结构也只能是将文件连续地存放在磁带上。

磁盘设备的特点是容量大，访问速度快，而且可以快速定位物理扇区直接访问，常作为计算机系统的主要文件存储介质。根据磁盘设备的物理特性，文件的物理结构可采用顺序结构、链接结构及索引结构等形式。

光盘设备的特点是定位速度快、可直接访问，但其上的文件往往是一次性写入，不可以删除和重写文件。该类设备能很好地支持用户对文件的随机访问，但因为光盘一次性写入的特性，通常用于文件备份和恢复。在这种应用背景下，用户往往只对文件进行顺序访问。故光盘文件的物理结构可以是将文件连续地存放在光盘上。

2. 物理记录与逻辑记录关系

在使用文件存储器前，必须选择好物理块的划分长度对其进行物理块划分。文件存储器的信息存储、读/写均以块为单位，这种物理块也称为物理记录。

文件的逻辑记录应保存在物理记录中。因为逻辑记录的长度随不同的文件而异，而物理记录的长度又与辅存介质有关，故二者并非是一一对应的关系。有时一个物理记录内可有多个逻辑记录，有时一个逻辑记录的信息需要多个物理记录才能放下。必须由软件（操作系统或者应用程序）来解决逻辑记录长度与物理记录长度不匹配的问题，即解决逻辑记录到物理记录的映射。为了讨论简单起见，可暂且规定一个物理记录仅能存放一个逻辑记录。对于流式文件，可以按物理块长度等分文件，把等分后等长的信息块叫做逻辑块，这样流式文件的逻辑块可以一一对应地存放于物理块中。

3. 文件的物理组织方法

根据文件存储设备的特性以及用户对其文件的访问方式，可以在文件存储器中将文件组织成以下 3 种基本的物理结构。

（1）**顺序结构**。若逻辑文件的信息在辅存中连续存储，其物理结构即为顺序结构。图 7-2、图 7-3 分别为等长记录文件和变长记录文件的顺序结构，在图 7-3 中，记录长度值存于记录信息前面的记录控制字中。

图 7-2　等长记录文件连续存放　　　　图 7-3　变长记录文件连续存放

文件的顺序结构适合于对文件的顺序访问。对于顺序访问的设备（如磁带或纸带机等），只能组织这种顺序结构的文件。当然，磁盘设备上也能组织顺序结构。对于顺序结构，用户在创建文件时应提供文件的最大长度，以便系统在开始建立文件时就为它分配足够的辅存空间。对于顺序结构文件，如欲执行增补或删除操作，一般只能在文件的末端进行，故顺序结构适用于只读（输入）文件和只写（输出）文件。

（2）**链接结构**。若一个文件在辅存中是散布在辅存非连续的若干物理块中的，并且用向前指针把每个记录依次链接起来（如用每个记录的最后一个字作为指针，指向下一个记录的物理位置）。这种组织形式称为链接结构（如图 7-4 所示）。文件的链接结构比顺序结构空间利用率高，且文件操作（如增加、删除记录）灵活。

可直接访问的设备（如磁盘、磁鼓）才适合组织链接结构。对于需要直接访问的文件可以采用链接结构组织文件的物理结构，但访问文件中间的某个记录时，非常难于得到该记录的存储块指针。对于顺序访问的文件，若建立在磁盘上，则可以组织链接结构，可以避免顺序结构下存储空间利用率低的缺点。

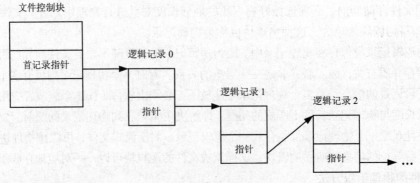

图 7-4　链接结构的文件

（3）**索引结构**。若文件的全部逻辑记录是散存于辅存的各物理块中，则需要为文件建立一张索引表，登记相应逻辑记录的长度及其辅存的物理位置，表目按逻辑记录编号顺序排列，如图 7-5 所示。一个文件的记录个数有时可达数万个（如把大企业的全部职工登记表作为一个文件，则每张登记表视为一个记录，该文件的记录个数可达数万之多）。这样索引表也会很大，一个物理存储块无法容纳索引表，这时可以考虑建立多级索引，如图 7-6 所示。

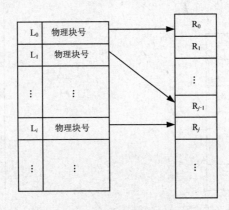

图 7-5　索引结构的文件

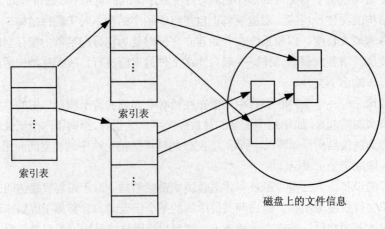

图 7-6　二级索引结构示意图

同理，只有可直接访问的设备才适合组织文件的索引结构。对于流式文件，可以建立由逻辑块到物理块的索引表。要访问第 x 个逻辑块，即可以从索引表的第 x 项中获得该逻辑块对应的物理块号。无论用户以顺序访问方式或直接访问方式访问文件，都可以将要读写的字节在文件中的位置转化为逻辑块号与逻辑块内的字节偏移，再按逻辑块号从索引表中获得逻辑块所在的物理块号，得到文件数据。

7.1.4 文件控制块

从操作系统的管理角度看待文件，则应包括文件控制块（File Control Block，FCB）和文件体。后者是文件的有效信息部分，前者则是一张用于存放文件的标识、定位、说明和控制等信息的表格。显然，操作系统为了管理和控制系统中的全部文件，必须对每个文件均设立一个控制块（也称文件目录项或文件描述块）。最简单的文件控制块只有文件的标识和定位信息，这也是它的最基本内容。为了满足用户的各种需要，增加文件管理系统的功能，控制块中还应具有说明和控制方面的内容。当然，由于设计目标和管理方法的差异，各系统的文件控制块内容和格式也不尽相同。文件控制块中的常见内容（如图 7-7 所示）如下所述。

（1）文件名：供用户使用以标识文件的符号，唯一地定义了文件（在一级目录情况下）。

（2）用户名：标识文件的创建者——用户。

（3）存放方式：说明该文件在辅存的结构（组织形式），如顺序结构、索引结构。由于它关系到一个文件在辅存的物理位置，所以是一项重要的定位信息。

（4）物理位置：具体说明文件在辅存的物理位置和范围，对不同的文件物理结构，应作不同的说明。利用顺序结构时，应指出用户文件第一个逻辑记录的物理地址及整个文件长度。利用链接结构时，应指出用户文件首尾逻辑记录的物理地址，末记录的物理地址也可用记录个数代替。利用索引结构时，则应包含索引表，以指出每个逻辑记录的物理地址及记录长度。在多级索引情况下，文件控制块中应包含最高级的索引表。

（5）创建时间、保存期限：说明该文件记录的创建与保存时间。

（6）口令：将用户规定的口令保存在控制块中便于系统核对，以增加文件的安全性。

（7）操作限制：为了保护文件，应对其规定允许访问的操作类型，如规定只读、读/写、不加限制等。如对该文件执行违反规定的操作时，则禁止执行。

（8）共享说明：指出文件拥有者（即文件主）及其授权者的用户名，说明哪些用户可以共同使用该文件，有时还规定被授权用户共享该文件的使用权限（如只允许读或只允许读写，而不允许其他操作）。这仅仅是文件共享的方法之一，现行系统尚有许多其他的方法。

（9）其他：如增删说明，指出文件能否截断或删除和增补新内容等。

上述内容多由用户在建立文件时提供，或以后经过相应操作补充某些说明部分。

文件名
用户名
内部名
存放方式
物理位置
记录规格
建立时间,保存期限
口令
操作限制
共享说明
其他

图 7-7 文件控制块

7.2 文件目录结构

上一节我们了解了文件及文件控制块、文件的访问和存放方法。计算机系统存在大量的这样的文件，操作系统要将大量文件存放于辅存储设备中，并实现对文件信息的"按名存取"，也就是说，要做到以用户命名的方式来定位文件并对其进行读写，力求查找文件简便，减少查找文件时间，方便、灵活地存取信息，利于保密和共享。为了实现上述目标，一般都用文件目录的方法来管理所有文件。

文件目录可形象理解为文件名址录——记录所有文件的名字及其存放的辅存空间地址信息的目录表。文件目录由目录项组成，每个目录项表示了一个文件，它可以是文件控制块，或者它有指针指向文件控制块。

如果把文件类比作图书馆的藏书，那么文件目录相当于藏书目表。当图书馆藏书很少时，一本书目表足以罗列出所有藏书；当馆中藏书逐步增多时，一定要改变书目表结构，比如在书目表中对藏书分类，甚至为每类书籍设立一本书目表。同样，计算机系统中的文件目录也存在多种表示方法，下面介绍几种不同的目录表示方法。

7.2.1　一级目录结构

一级目录结构即为辅存的全部文件设立一张如图 7-8 所示的逻辑上线性排列的目录表。表中包括全部文件的控制块 FCB_i（$i = 1,2\cdots, n$）。一级目录结构又叫作平面（flat）文件结构。

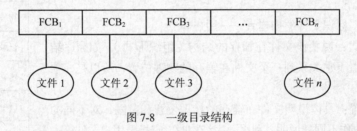

图 7-8　一级目录结构

每当建立一个新文件，就在该目录中增设一项，把文件控制块的全部信息保存在该项中；删除一个文件时，就从该目录中抹去相应文件控制块；访问一个文件时，先按文件名在该目录中查找到相应的文件控制块，经过合法性检查后执行相应操作。

一级目录通常按卷（可理解为一盘磁带、一个逻辑磁盘或一个光盘等）构造，即把一卷中的全部文件形成一级目录表，保存在该卷的固定区域，使用时先将目录表读出到主存。

当某卷的空间较大，文件数目很多时，目录结构中的目录项也随之增加。这不仅给文件的检索带来困难，更严重的是多个用户的文件同时保留在该卷中会带来的"重名"问题。目录表是以文件名定位文件的，而所有用户文件均组织在一张目录表中，不同的用户对不同的文件容易设定相同的文件名，如果让具有相同文件名的不同文件在目录表中同时出现，则给文件检索带来很大的困难。许多系统均对文件名的字符长度作了限制，客观上使得"重名"问题极易发生。为了解决一级目录结构中的"重名"问题，引入了二级目录结构。

7.2.2　二级目录结构

若把记录文件的目录分成主文件目录（主目录）和由其主管的若干子目录，各子目录的物理位置由主目录中的目录项指出。这种结构即为二级目录结构。在多用户系统中常采用二级目录结构来解决一级目录表中的"重名"问题。二级目录结构设立一张主文件目录 MFD（Master File Directory），并且为每个用户建立一个用户文件目录 UFD（User File Directory）。每个 UFD 在 MFD 中均设置一项，用以描述 UFD 的用户名及其物理位置。UFD 包含用户文件的所有文件控制块。

二级目录结构如图 7-9 所示。

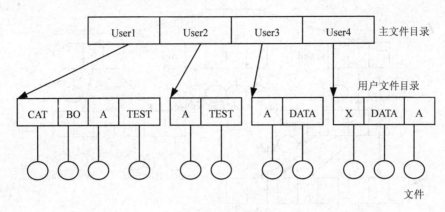

图 7-9　二级目录结构

当某用户欲对其文件进行访问时，系统可控制在该用户对应的子目录 UFD 上进行，这既能解决不同用户文件的"重名"问题，在一定程度上保证了文件的安全。二级目录也可按卷构造，将主目录和子目录均保存在该卷的固定区域，使用时再调入主存。对于 MFD 和 UFD 在辅存上的组织存放，也可参照前述文件物理结构的几种形式来组织它们的物理结构。

二级目录结构可视为根结点是 MFD 的二级树结构，MFD 的子结点是 UFD，UFD 的孩子结点则是文件树的叶结点。在这棵树上定位某个文件时必须给出用户名和文件名，二者结合起来称为路径名。系统中的每个文件均有唯一的路径名。

在上述二级目录结构中如何放置系统文件呢？系统通常将装入程序、汇编程序、编译程序、其他实用程序、库程序等软件分别组成文件。许多命令解释程序接到某条命令时，通常是直接查找与命令功能相对应的系统文件，并将其装入、执行。但是在这种二级目录结构中，文件的查找均是在当前用户的 UFD 中查找，显然，只有将所有的系统文件分别拷贝到各用户文件目录下，才可能找到用户所需的系统文件。这种组织系统文件的方法显然是对空间的极大浪费。在实际系统中，通常是将系统文件单独地建立一级子目录，把它看成一个特殊的用户目录（例如 User0），并且扩充文件查找算法。需要查找一个文件时，先在其用户文件目录中查找，若没有找到，继续在系统文件目录中查找。

二级目录解决了将不同用户文件分开存放并建立目录进行索引的问题，但是如果用户文件太多，在一个子目录下存放用户所有文件同样也会存在"重名"等问题，因此引入了树形目录结构。

7.2.3　树形目录结构

在二级目录的基础上，可将目录结构扩充成更一般的树形结构。树形目录结构也称为多级目录结构。在如图 7-10 所示的树形目录结构中，任何一级目录中的目录项既可描述次一级的子目录，又可描述一个具体的文件。

为了给用户带来更多方便，一个灵活的文件系统应该允许用户在其所处的目录级上建立所需的子目录。例如，某用户同时处理 3 个公司的事务，想把有关公司的文件均置于一个子目录中。为了满足用户的这种需要，可把二级目录推广成树形目录。许多实际系统均使用树形目录结构。在树形目录结构中有根目录，树中的每个文件具有唯一的路径名。路径名是根结点与经过子目录的各级结点直至文件的结点名的顺序组合。

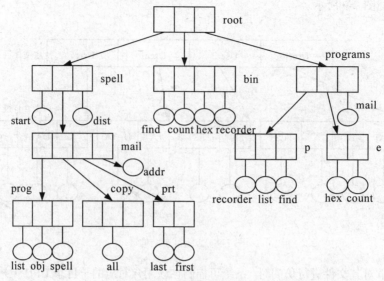

图 7-10　树形目录结构

这种树形目录结构便于文件分类管理，但耗费查找文件时间，一次访问可能要经过若干次间接查询才能找到最终的文件。例如，要查找图 7-10 中的文件 all，根据其路径名 root/spell/mail/copy/all，要从根目录逐级往下查找。如果目录树很大而不能全部放入主存，则不仅耗费查找时间，对 I/O 通道也增加了压力。

为了加快对要访问文件 FCB 的定位，可引进"当前目录"来克服这一缺陷，即用户可指定某级的一个目录作为用户的"当前目录"，当前目录的 FCB 事先已读入并保存在主存中。该用户欲访问某个文件时就不用给出全部路径，只须给出从"当前目录"到欲查找文件之间的相对路径名。如指定图 7-10 中的 mail 为"当前目录"，则用户访问文件 all 时只须给出 copy/all 相对路径名，经过两步即可找到该文件。

一般情况下，每个用户都各自有一个"当前目录"，当用户注册时，操作系统在计账文件（Accounting File）中查找与该用户所对应的信息项。计账文件除了保存用户计账所需信息外，同时保存一个指向用户初始"当前目录"的路径名。"当前目录"最初在用户登录时自动置为该用户的初始"当前目录"。操作系统提供一条专门的系统调用，供用户随时改变"当前目录"。例如 Linux 系统中，/etc/passwd 文件中就包含有用户登录时默认的"当前目录"，以后用户可用 cd 命名改变"当前目录"。

目录和文件都存放在辅存中，在文件系统对文件进行访问时必须获得文件的 FCB。文件的 FCB 是通过从根目录或"当前目录"逐级下查而获得的。对于根目录和"当前目录"，当然需要很快地查找到。通常把这些目录的 FCB 拷贝在主存中以利引用。

树形目录结构可以很方便地对文件进行分类，同时利用相对路径可以减少为获得文件控制块的磁盘目录访问次数。

7.2.4　无环图目录结构

树形目录结构可便于实现文件分类，但不便于实现文件共享。事实上，可能会出现一个同样的文件，用户希望在不同的目录中都能访问它。例如，对于一个身兼维修工程师和行政主管两职的某职员的信息文件，逻辑上它既要存放于工程师职员目录中，也应存放于行政职员目录中。如果在树形目录结构中要达到这个要求，就必须生成两分文件拷贝，这样显然浪费了存储空间，而且也不利于保证拷贝的一致性。

组织合理的目录结构对实现文件共享非常重要，人们因此引入一种无环图目录结构（见图 7-11）。这种结构允许若干目录共同描述或共同指向被共享的子目录或文件。图 7-11 中的路径无环。由图可知，这实际上可视为在树形目录结构中增加一些未形成环路的链，当需要共享文件或共享子目录时，即可建立一个称为链的新目录项，由此链指向共享文件或子目录。

就文件共享而言，无环图目录结构比树形目录结构更灵活，但管理上则变得复

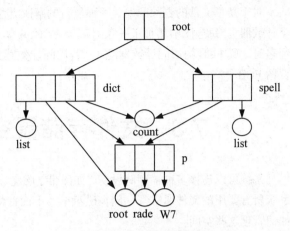

图 7-11   无环图目录结构

杂。当需要时怎样删除无环图目录结构中的共享结点呢？例如，对于被两个用户共享的文件，若一个用户简单地将其删除，那么另一用户的某级目录中原来的共享链便因此指向了一个当前不存在的文件，即仍指向已删文件的物理地址，因而发生误会。另外，如果在不同目录中存放同一文件 FCB，则几乎不可能维护其一致性。因此需要改进其实现。

如果如图 7-11 那样将 FCB 仍然存放在目录中，会出现共享文件/目录拥有多 FCB 副本的问题，实现起来几乎不可行，因此人们提出了一种改进方案：目录中并不是直接存放该目录所含文件或子目录的 FCB，目录由占用空间更小的目录项组成，每个目录项包含了所描述的文件或子目录名字以及对应的 FCB 所在磁盘空间地址，通过目录项可以获得对应的 FCB，如图 7-12 所示。这样一来，同一个文件或目录可以有多个路径名，而且文件或目录只有唯一一个 FCB。

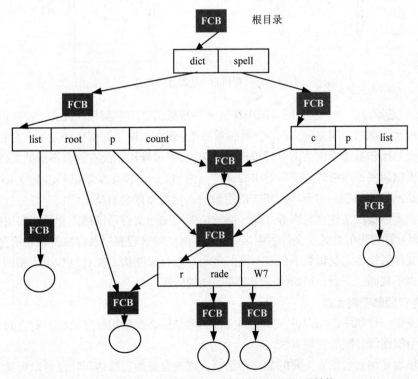

图 7-12   将 FCB 独立于目录存放的无环图目录结构

对于共享文件的删除问题，一种可行的解决方法是，在 FCB 中设置一个访问计数器（或称共享计数器）。每当图中增加了一条对某个 FCB 共享链时，访问计数器加 1；每当需要删除某个路径名时，其 FCB 的访问计数器减 1。若访问计数器为 0，则删除该 FCB，否则只减少访问计数，保留 FCB。

7.3 文件存储器空间布局与管理

系统可以连接多种辅存储设备，如磁带、磁盘、光盘等。现在主要的辅存储设备是磁盘设备。系统所有要用的文件通常都存储在磁盘中。下面首先介绍如何划分文件存储器中的空间，再看看如何管理这些空间。

1. 文件存储器空间的划分与初始化

一般来说，一个文件存储于一个文件卷中。文件卷可以是一个物理盘，也可以是一个物理盘的一部分。一个支持超大型文件的文件卷也可以由多个物理盘组成，如图 7-13 所示。

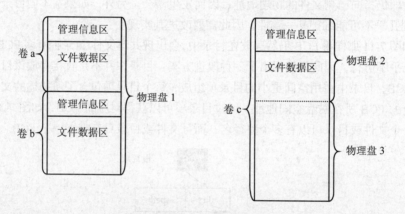

图 7-13　逻辑卷与物理盘的关系

图 7-13 只是给出了一个示意图。图中存放文件数据信息的空间和存放文件控制信息 FCB 及文件系统管理元数据的空间是分离的。但要注意的是，现在出现了许多文件表示方法和存放格式，不同的格式会与操作系统不同的文件管理模块相关联，很多操作系统有许多不同的文件管理模块，通过它们就可以访问不同格式的逻辑卷中的文件。例如 Linux 操作系统就可以支持 Ext3、NTFS、UFS 等不同格式的逻辑卷。对于不同格式的逻辑卷，区的布局会有所不同。

逻辑卷在能够提供文件存放服务之前，必须由专门的与文件系统格式相关的实用程序对其进行初始化，划分好管理信息区及文件数据区，建立空闲空间管理表格及存放逻辑卷信息的超级块。

不同的文件系统格式逻辑卷不但有不同的区布局和目录结构，FCB 结构也不相同，各区的空间管理算法也不相同。下面介绍如何进行辅存空间的管理。

2. 文件存储器空间管理

磁带设备是一种顺序访问设备，其上的文件物理结构必须采用顺序结构，对它的管理和分配类似于主存空间连续分配的管理方法。

目前系统均采用磁盘作为主要的文件存储器，磁盘设备的直接访问特性可以更灵活地组织文件物理结构。因此，下面主要以磁盘为对象讨论如何管理空间。根据前面所介绍的文件物理结构，目前对磁盘空间的分配广泛使用连续分配、链接分配和索引式分配 3 种方法。

在系统运行过程中，文件频繁地被建立和删除，文件系统对磁盘空间的分配保持一个称为"自由空间表"的数据结构。该表记录着当前磁盘上空闲的扇区（物理块）。

"自由空间表"是文件系统的重要数据结构，通常组织成"位向量"的结构。磁盘是以柱面为单位的，如果把磁盘某一柱面中的扇区（物理块）按约定方法顺序编号，如图 7-14 所示，则每一柱面对应一个"位向量"，而所有柱面"位向量"组成的"位图"数组就记录了整个磁盘空间的使用情况。

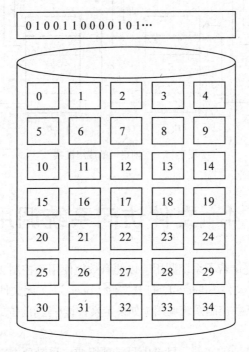

图 7-14　位向量

描述磁盘空间分配的另外一种方法是，将所有空闲扇区组织成一条链，每个空闲扇区内均设一个指针，指向下一个空闲扇区，系统保持指向第一个空闲扇区的指针。将空闲扇区组织成链表的方法对于查询空闲块很不方便，且效率很低。为了在链表中搜索空闲块，每次都必须进行 I/O，读出一个扇区的内容后，才能按其指针找到下一个空闲块的地址。

为了减少磁盘 I/O，人们对空闲扇区链加以改进，将空闲扇区成组地链接，如图 7-15 所示，把顺序的 n 个空闲扇区地址保存在第一个空闲扇区内，其后一个空闲扇区内则保存另一顺序空闲扇区的地址，如此继续，直至所有空闲扇区均予以链接。系统只需保存一个指向第一个空闲扇区的指针。假设磁盘最初全为空闲扇区，则其成组链接如图 7-15 所示（图中编号为扇区号），从而可迅速找到大批空闲块地址。早期 UNIX 操作系统中的 S5 文件系统就是如此组织磁盘可用空间的。

表示文件存储器空闲空间的"位向量"表或第一个成组链块以及卷中的目录区、文件区划分信息也都需要存放于辅存储器中，一般是存放在卷头中，在 Linux 的有关卷格式中把它叫做"超级块"。在对卷中文件进行操作前，"超级块"一定要预先读入系统空间的主存，并且经常保持主存"超级块"与辅存卷中"超级块"的一致性。

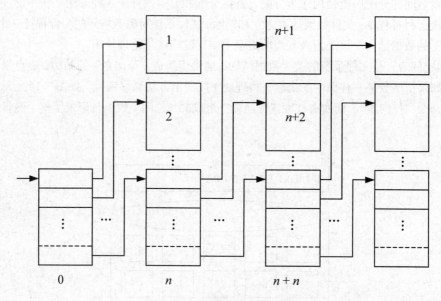

图 7-15　空闲扇区的成组链接

7.4　文件访问系统调用

操作系统必须为用户提供若干系统调用，以便有效地使用和控制文件。最基本的系统调用包括建立文件（create）、删除文件（delete）、打开文件（open）、关闭文件（close）、读文件（read）、写文件（write）以及其他某些控制系统调用（如设定文件读/写当前位置、获取文件属性、设置文件属性等）。

目录可以看成是一种特殊的文件。目录由目录项组成，目录项由文件名字和文件控制块索引信息组成。操作系统文件管理模块对目录的处理一定不同于对文件的处理。如果把目录看成特殊文件，则可把目录项看成特殊文件中的记录。某些操作系统（如 Unix、Linux）对目录有一套不同于普通文件的系统调用接口，在此不展开讨论。

7.4.1　传统文件系统调用实现

本节主要讨论 6 条基本系统调用。对于设定文件读/写当前位置（seek），获取文件控制块中文件属性，设置文件控制块中文件属性的系统调用，在此不予展开。

1. 文件的建立与删除

当用户欲将一批信息作为文件保存在文件存储器中时，应向系统提出建立一个新文件的请求，这一请求通过执行建立文件 "create" 系统调用来实现。

create 系统调用参数包括下述内容。

（1）文件名：用户欲建立文件的文件名。对于多级目录结构，应给出路径名。

（2）卷名：指出文件欲建立在哪台设备上或哪一文件卷上。

（3）文件说明和控制信息：此项内容与具体系统有关，一般包括操作限制、共享说明、口令、密码、最大长度等。

　　文件系统接到此系统调用命令后，首先检查其参数的合法性，在文件目录结构的适当位置（在相应目录中）按提供的参数建立一个文件控制块。该系统调用仅仅完成建立文件控制块的工作，文件写入辅存则由写文件"write"系统调用完成。为了节省辅存空间，通常为文件分配辅存空间这一操作在写文件系统调用处理时进行。

　　当一个文件已完成其历史使命不再被用户需要时，应及时向系统声明删除该文件。删除文件"delete"系统调用参数一般只给出文件名。文件系统按文件名从目录中查出文件控制块后，先释放文件信息所占有的辅存空间，然后释放文件控制块所占用的辅存空间。

2. 文件的打开与关闭

　　系统将文件目录存于辅存文件卷中，在需要访问文件时，对应文件的目录项需保存在主存中，在主存系统空间中设置一张活跃（工作）文件目录表，用以存放当前一段时间内需读写文件的文件控制块。这样既不占用过多的主存空间，又可显著减少文件在使用过程中针对辅存的目录查询时间。活跃文件目录表可被看成是文件目录项在主存的缓冲区，将经常要用到的文件控制块存放于缓冲区中。

　　系统为此专门提供了两条系统调用：打开文件、关闭文件。打开文件"open"系统调用参数一般只需指出文件名（路径名）和卷名，通知文件系统用户要使用相应的文件。操作系统此时就将该文件的控制块存入主存的活跃文件目录表。当进程在运行过程中打开了一个文件后，为了检索活跃文件目录表中的文件控制块方便，通常也将被打开的文件相关数据结构索引保留在进程内部。为此，人们在进程 PCB 内建立一个"打开文件表"，专门记录该进程当前已打开的所有文件的若干有关的信息。

　　在此引进两个数据结构：每个用户进程单独设置一张"打开文件表"，保存该用户进程当前所有已打开文件信息；整个操作系统设置一张"活跃文件目录表"，保存系统内各用户进程当前所有已打开的文件的文件控制块。为了节省"活跃文件目录表"所占用的主存空间，系统希望用户在不用（或暂时不用）某文件时，应及时通知系统收回其文件控制块所占的活跃目录表的空间，以便其他文件控制块使用。关闭文件"close"系统调用便是为此而提供的。系统接到用户的"close"系统调用时，将其原来在活跃目录表中的文件控制块写回辅存目录，并释放活跃文件目录表中的相应项。当某文件被关闭后，如果用户需要重新使用该文件，则必须再次打开该文件。系统重新将其文件控制块放入活跃文件目录表后，方能进行读写。

　　在许多操作系统中，允许正被一个进程访问的文件同时也可以被其他进程访问。比如一个人事信息的文件在被人事主管查询的同时，也应该可以被总经理查询，而不能让总经理等待人事主管查询完毕后再访问该文件。这样可以实现文件共享，提高系统性能。为此，在打开文件表和活跃文件目录表之间引入一个记录本次打开的读写状态信息表。该表存放本次打开的读/写许可、文件读/写位置指针信息等，这些表格之间的关系如图 7-16 所示。

　　在进程"打开文件表"中，保存读/写状态信息表指针，读/写状态信息表中由指针指向活跃文件目录表的某个表项。打开文件的系统调用会返回用户程序一个"打开文件表"中的表项索引号作为文件内部索引号。如图 7-16 所示，对同一个文件的两次不同的打开，会建立两个不同的读/写状态信息表，但它们共享同一个活跃文件目录表项。状态信息表中分别记录下一次读/写操作所访问的数据偏移信息。

　　当打开一个先前已被打开的文件时，无需从辅存拷贝文件控制块，因为文件控制块已在主存中，只需建立一个新的读/写状态信息表，并填入在活跃文件目录表中的文件控制块地址。同理，在关闭一个文件时，如果文件被打开过多次，关闭文件的系统调用处理只需要释放读/写状态信息表和所占的打开文件表项，最后一个关闭操作才真正释放活跃文件目录表中的文件控制块表项。

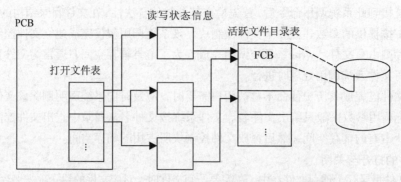

图 7-16　打开文件时在系统空间所建立的表格及关系

3. 文件的读写

文件数据写入辅存或从辅存读出，是通过写文件"write"或读文件"read"系统调用来实现的。write 和 read 系统调用参数包括下列内容。

（1）文件内部号；

（2）起始逻辑记录号/字节号（若省略，则表示文件读写信息表中的当前记录/字节作为起始逻辑记录/字节）：表示要读写的文件逻辑记录号/字节号，供文件系统模块根据 FCB 中的文件定位信息用以确定欲读/写信息的辅存地址；

（3）记录数量/字节长度：此次欲读写信息的长度；

（4）欲读/写信息的主存地址。

系统接到读/写系统调用时，在逻辑上大致完成下列工作。

（1）核实所给参数的合法性。

（2）按文件内部号找到打开文件表中相应项，通过链接指针可获得读/写状态信息表，活跃文件目录表项，从活跃目录表项中得到该文件的文件控制块。

（3）按文件控制块的内容核对操作限制和共享说明。

（4）将逻辑记录号/字节号和长度转换成文件所对应的物理地址。在写的情况下如果找不到对应的物理地址，表示文件辅存空间不够，应该先为文件申请辅存空间。

（5）如果是写系统调用，则将数据从用户区拷入系统区，将物理地址、内存地址、长度等参数填好，调用外存驱动程序进行输出操作；如果是读系统调用，则先分配系统缓冲空间，将物理地址、内存地址、长度等参数填好，调用外存驱动程序进行输入操作，在输入完成后将系统缓冲区数据拷入用户区。

7.4.2　Memory–Mapped 文件访问

使用前面所述的文件访问方法时，编程者需要在进程用户空间准备好文件数据缓冲区，并且需要处理文件的哪部分数据就将该数据读入缓冲区，或从缓冲区写入文件，该缓冲区重用时需要进行多次读/写文件系统调用。即要访问文件中的数据时，必须先将一部分数据读到进程空间或在进程空间准备好部分数据写到文件，然后再处理下一部分数据。也就是说，文件中的数据是一部分一部分地从文件读到进程空间或从进程空间写到文件。

现在的操作系统都实现了进程虚拟存储，进程空间非常大。在进行文件访问时，有时不必为了节省进程空间，把要访问的文件分成小段读入进程空间并进行处理。可以利用操作系统提供的存储映像（Memory-Mapped）系统调用，在要读/写文件前，将文件映射到一段进程虚地址空间，然后就可以直接读/写该段虚地址进行文件访问，如图 7-17 所示。当不再需要读/写该文件时，则将文件与虚地址空间脱钩。

操作系统提供两条系统调用用以实现 Memory-Mapped 文件访问。

（1）映射文件（Map）：通过该系统调用将一个文件映射到一段进程地址空间。

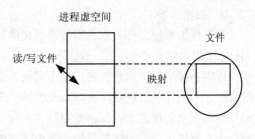

图 7-17　Memory-Mapped 文件访问示意

（2）Unmap：将文件与指定虚空间段脱钩。

在操作系统实现 Map 系统调用时，实际上建立了内部页表，将进程的某段空间页的页表项中磁盘地址域指向了文件所在的辅存块。当用户初次访问该段的页面时，操作系统缺页处理程序将对应文件块信息从辅存读入主存。当某页被存储管理页面淘汰程序淘汰时，会被写到文件的对应辅存块中。在将文件与指定虚空间段脱钩后会将页帧内容写回文件并且释放映射文件的这段虚空间。

使用 Memory－Mapped 文件访问也有不利的一面，首先是操作系统内部不易实现将它与传统文件访问方式处理一致。如果操作系统对这两种文件访问方法进行不同的处理，则将花费很大的开销以保证用不同文件访问方法访问同一文件时数据一致。另外，文件可能还是大于进程空间。再就是 Memory－Mapped 文件访问无法让文件长度动态增长，而用写文件系统调用写到文件尾时可以动态申请辅存空间来增加文件长度。

7.5　文件保护

用户非常关心的一个问题是其保存在计算机系统中的信息能否得到严格的保护。用户文件的破坏一般有两种可能：一是文件信息可能被其他用户或外来者窃取、破坏，或他人对文件进行未授权的访问；二是由于硬件方面的某些物理原因导致文件内容被破坏。前者是文件保护问题，后者是系统可靠性问题。

7.5.1　文件访问保护

欲防止系统中的文件被他人窃取破坏，以及在共享过程中对文件进行未授权的操作，就必须对文件采取有效保护。文件有许多保护方法。例如，对于单用户系统，可简单地将其文件存储介质（如软盘）锁在保险柜里。但对于多用户文件系统则不然，无实际意义，必须寻求其他可行的方法。

1. 口令保护

实施文件保护的一种方法是采用"口令"，用户在建立一个文件时即提供一个口令，系统为其建立文件控制块时附上相应口令，同时告诉允许共享该文件的其他用户。用户请求访问文件时必须提供相应口令，仅当口令正确才能打开文件进行访问。这种方法简单易行，且"时空"开销不多。缺点是口令直接保存在系统内，不诚实的系统程序员可能得到全部口令。另外，对文件的存取权限不能控制，得知文件口令的用户均具有与文件主相同的存取权限。因此必须和其他方法配合使用，即系统用口令识别访问文件的用户，而用其他方法实现对文件存取权限的控制。当前多数操作系统没有提供此功能，而改由访问文件的应用程序提供口令保护。

2. 加密保护

对文件加密使文件窃取者即使得到文件的信息也不能使用这些信息。在文件写入时进行保密编码，读出时进行译码。这一编译码工作可由系统替用户完成，但用户请求读/写文件时需提供密钥，以供系统进行加密和解密。由于密钥不直接存入系统，只在用户请求读/写文件时动态提供，故可防止不诚实的系统程序员窃取或破坏他人的文件。

密码技术发展迅速，保密性很强，实现时也很节省存储空间，但需花费较长的译码时间。目前，也有直接由应用程序提供加密保护的实现方式。

3. 访问控制

"口令"和"密码"技术都是防止用户文件被他人存取或窃取，并没有控制用户对文件的访问方式。要实施文件对不同用户进行不同的保护，就需要通过检查用户拥有的访问权限与本次存取操作是否一致，来防止未授权用户访问文件和被授权用户越权访问。

（1）访问控制矩阵（访问表）

为了对用户的文件访问操作（如读、写、执行等）进行控制，操作系统可以在内部建立一个二维的"访问控制矩阵"：一维列出操作系统的全部用户名，另一维列出系统内的全部文件。矩阵中的每项指明用户对相应文件的访问权限。当用户的进程请求访问文件时，操作系统就通过访问控制矩阵，验证用户所需的访问与规定的访问权限是否一致。若越权，则拒绝此次用户对文件的访问。由于这种"访问控制矩阵"的空间开销大，故只有在较小规模的系统上才有实用价值。

具体实现时，可为每个文件建立一张访问表，列出所有用户名和对应的访问权限。图 7-18 所示为文件 text 的访问表，当用户欲访问 text 文件时，操作系统为其验证"访问表"中规定的访问权限，如果越权，则拒绝访问。

用户名	对 text 文件的访问权限		
User1	R	W	E
User2	R		E
User3	E		
⋮	⋮		

R：读
W：写
E：执行

图 7-18　访问表

（2）简化访问表

当然，随着用户数的增加，"访问表"的空间也相当大。考虑文件共享的实际情况，通常文件只属于文件主个人私用，一般只允许少数与文件主具有协作任务的同组用户进行有限的共享，故许多实际系统将用户分为 3 类：文件主（owner）、同组的若干用户（group）和其他用户。只需用 3 个域列出访问表中这 3 类用户的访问权限即可。然后直接保存在文件控制块中，当用户需要访问文件时，系统根据进程用户所属的类型在访问表中验证此次访问的权限。

由于文件主在建立文件时，在参数中说明创建者用户名及创建者所在组的组名，所以系统在建立文件的同时，也将文件主的名字、所属组名列在该文件的文件控制块中，用户进程按照文件控制块中说明的访问表进行访问，如果用户是文件主，就按照文件主所拥有的权限进行文件访问，如果用户和文件主在同一个用户组，则可以按照同组用户权限访问文件，否则只能按照其他用户权限访问文件。Linux 操作系统就是用该方法实现文件访问控制的。

7.5.2　文件备份

为了增强系统存储文件的可靠性，保证文件数据可用，一般简单的方法是给重要文件准备多个副本。有两种形成文件拷贝的方法，一种是批量拷贝，即定时地进行文件备份拷贝；另一种是同步备份，就是说在生成或写文件的同时备份该文件。

1. 批量备份

批量备份又可叫做批量转储，是将一批文件复制到后援存储器中。后援存储器可以采用磁带，也可以采用磁盘或光盘。目前常采用如下两种转储方法：

（1）全量转储：把文件存储器中的全部文件定期（如每天一次）复制到后援存储器中。当系统出现故障，文件遭到破坏时，便可把最后一次转储内容从后援存储器复制回系统以恢复正常运行。这种方法浪费机时，在转储过程中要求停止使用任何文件。

（2）增量转储：每隔一段时间便把上次转储以来改变过的文件和新文件用后援存储器转储。关键性的文件也可再次转储。这能克服全量转储开销大的缺点，如果文件都是独立的，这种方法很适用，但如果文件之间有关联，用增量转储的方法对确保文件系统中各相关文件一致性有一定难度，使用转储文件恢复到系统某一点的文件系统状态有一定的困难。如何较快地确定上次转储以来改变过的文件和新文件？如何记录文件系统在各个转储点的状态？如何保证快速转储并且实现转储的原子性都是值得研究的课题。

文件转储方法不但可以保存文件，而且当系统出现病毒或人为数据破坏时，可用该办法修复系统。全量和增量转储都可以由专门的实用程序来实现，不一定要操作系统内核程序支持。

2. 同步备份

上述两种文件的转储方法在上一备份时刻后生成或写过的文件不可能被恢复，而且在操作上过于麻烦。为了防止磁盘介质的损坏而引起文件破坏，可以采用同步备份的方法，主要的解决办法如下：

（1）镜像盘支持。系统拥有一份完全相同的镜像盘，在对磁盘写操作的同时，对称地写其镜像盘，确保一个存储介质损坏时，另一个介质数据能够使用。

（2）双机动态文件备份。上述镜像盘只能解决存储介质损坏问题，对于计算机死机引起的文件系统破坏，它无能为力。双机动态文件备份是指有两台机器进行文件写操作时完全对称地工作，保证一台机器出错时，另一台机器还可以接着往下工作，如图 7-19 所示。有了双机动态文件备份，加上双份镜像盘就可防止来自处理机和存储介质两方面的损坏对文件系统引起的破坏。

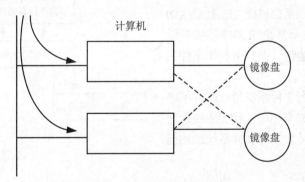

图 7-19　双机动态文件备份示意图

7.6　文件系统的基本模型

按照设备管理有关 I/O 层次的划分，文件管理模块可以划入与设备无关层。如果把文件看成是一种虚拟的设备，文件管理模块则可以看成是一种虚拟设备驱动程序。

文件管理模块是指负责存取和管理文件信息的机制，即负责文件的建立、撤销、读/写、属性修改及对文件管理所需要的资源（如目录表、存储介质等）实施管理的软件部分，又称为文件系统。

引入了文件和文件系统后，用户可用统一的文件观点对待和处理各种存储介质中的信息，并以之使用各种存储器，而不再以存储设备为单位进行 I/O 操作。因此文件系统可视为用户与辅存的接口。文件系统对它所管理的对象（信息）呈中性反应，它不知道信息项（记录/字节块）的内容或信息项之间的关系，无法对它们进行任何解释，仅了解其顺序关系，故有别于数据库。文件系统有如下优点。

（1）方便、灵活。用户无需考虑辅存的信息组织，也无需记住信息在辅存的存放和分布情况，借助文件名和文件记录（字节）的相对位置便可方便、灵活地对信息进行存取。访问事宜均由文件系统自动完成。

（2）安全可靠。文件系统还能提供保护措施，以防止授权或未授权的用户有意或无意的破坏性操作，避免由于各种故障或偶然性事故而产生的破坏行为。

（3）共享功能。为了节省辅存空间，方便用户存取，协调相关用户共同完成某项任务。文件系统可为用户提供文件共享功能，使多个用户能共享访问同一文件。

本节引入一个文件系统的基本模型，其中子模块的层次关系如图 7-20 所示。

自从 Dijkstra 于 1967 年提出用层次结构的方法设计操作系统后，Madnick 于 1968 年首先把这一思想引入文件系统，将实现文件系统各种功能的一组软件分成 6 个软件级，层次中每一级软件都依赖于它下面的级，且基于下属级软件而提供更强、更灵活的机能。这种层次结构方法使得人们对一个复杂的文件系统的设计、构造和理解变得容易，而且更利于文件系统的正确性调试。

当然，在具体进行文件系统设计时并不一定与图中所示的分级完全相同，我们主要是通过对该模型的解释，使大家对文件系统的功能作进一步的深入理解。

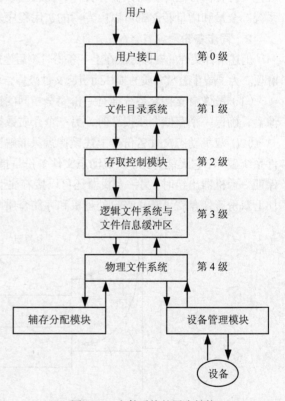

图 7-20　文件系统的层次结构

1. 用户调用接口

文件系统为用户提供若干条与文件及目录有关的调用，如建立、删除文件，打开、关闭文件，读、写文件，建立、删除目录等。此层由若干个程序模块组成，每一模块均对应一条系统调用。用户发出系统调用时，控制即转入相应的模块。该级软件的主要功能如下。

（1）对用户级发出的系统调用参数进行语法检查及合法性检查。

（2）把系统调用码及参数转换成内部调用格式。

（3）补充用户默认提供的参数，并完成相应的初始化。

（4）调用下一级程序，并负责与用户的文件数据转接。

2. 文件目录系统

该级软件的主要功能是管理文件目录，主要任务如下。

（1）管理"活跃文件目录表"，当用户打开或关闭文件时，增加或删除活跃文件目录表中的相应项；当用户读、写文件时，需要在该表中检索文件控制块。

（2）管理"读写状态信息表"，当用户打开或关闭文件时，增加或删除读/写状态信息表；当用户读、写文件时，需要移动在该表中的文件当前读/写指针。

（3）管理用户进程的"打开文件表"。

（4）管理与组织在存储设备上的文件目录结构，支持有关操作，如建立、删除目录，查询子目录及文件等。其实现依赖下级，如读/写目录信息，申请物理空间用于存放目录信息等。

（5）调用下一级存取控制模块，或调用下属其他级软件。

3. 存取控制验证

实现文件保护主要由该级软件完成，它把用户的访问要求与文件控制块（或读写状态信息表）中指示的访问控制权限进行比较，以确定访问的合法性。若不合法，则向上级软件返回出错信息，表示请求失败；如果合法，则将控制传递给逻辑文件系统。

4. 逻辑文件系统与文件信息缓冲区

其主要功能是，根据文件的逻辑结构将用户欲读写的逻辑记录/字节转换成文件逻辑结构内的相应块号。若文件允许有不同的逻辑结构及不同的存取方法，则在该级分别设置若干个相应的程序模块。在定长记录情况下，这种逻辑上的转换如下：文件的逻辑结构根据记录号顺序排列，记录长度为 L，文件逻辑地址空间根据物理块的长度 N 以块划分，假设两个逻辑记录存放在一个块中，即 $2 \times L = N$，如图 7-21 所示。

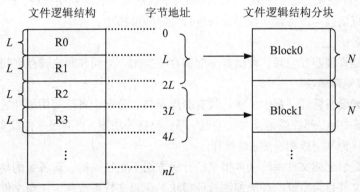

图 7-21 文件的逻辑结构

如果用户此次欲读出逻辑记录 R3，则按下列两步求出欲读出的相对块号。

（1）R3 的字节地址 = 记录号 × 记录长度 = $3 \times L$；

（2）R3 所在相对块号 = R3 的字节地址/物理块长度 = $3 \times L/N = 1$。

然后根据文件的物理结构请求下级软件读出该文件相对块号为 1 的物理块，接着根据 R3 所在物理块内的相对地址 = R3 的字节地址 mod 物理块长度，计算出逻辑记录 R3 所在物理块内的位置，将 R3 记录内容返回给用户。

因此，该级软件的主要任务就是将逻辑记录号转换为"相对块号"和"块内相对地址"，将控制转给下级软件，进行实际的文件读/写。

有些操作系统在操作系统空间设立文件数据信息缓冲区，以利于提高文件访问的速度，减少与辅存储器数据交换的次数。系统将文件的某些"相对块号"存放于缓冲区中，系统将这些存有文件数据信息的缓冲区按照 Hash 表及 Hash 队列形式组织起来。当要读/写某个文件的某"相对块号"时，按照文件内部号和"相对块号"首先到 Hash 表的相应队列中查找数据是否已经在主存。如果已经在缓冲区中，则立即访问。在这一层中，也许要调用文件信息缓冲区操作。

在设备管理中讨论过为辅存储设备设立主存缓冲区，利用辅存储设备的主存缓冲区可以加快辅存数据块的访问速度，减少与辅存数据交换的次数。对辅存储设备缓冲区的查找是通过设备号和物理块号进行的，这与文件数据信息缓冲区采用的文件内部号与"相对块号"不同。

设立设备缓冲区还是文件信息缓冲区？哪种缓冲更好？引入文件信息缓冲可以节省系统程序执行的开销，在进行文件访问时，在逻辑文件系统层就可以确定数据是否在主存中。如果在设备驱动层设立缓冲区，则必须等到调用物理文件系统模块计算出文件信息所在物理存储块号后，才能确定数据是否在主存缓冲区中。

在 Linux 中，让文件信息缓冲区存放文件中的数据，让辅存设备缓冲区存放如文件控制块、文件卷管理信息等元数据。

5. 物理文件系统

物理文件系统的主要功能是，把逻辑记录所在的相对块号转换成实际的物理地址。当然，随着文件的物理结构不同，确定物理块号的方法也不同。对于顺序文件结构，由于其文件控制块中含有文件第一个物理块地址，所以容易将相对块号转换成物理块号。对于链接结构，由于文件控制块中含有文件第一个物理块地址，则可以通过链表查找相应物理块；对于文件的索引结构，文件控制块中包含了索引表，可以直接根据索引表查找相应物理块地址。

物理文件系统也负责与下层次进行通信。若本次是写操作，且尚未给写入的记录分配辅存空间，则调用辅存分配模块分配物理块，然后再调用下级的设备管理程序模块，进行实际的写操作。对于读操作，则直接调用设备管理程序模块进行实际的读操作。

6. 分配模块

其主要功能是管理辅存空间，即负责分配辅存"空闲"空间和回收辅存空间。

7. 设备管理程序模块

其主要功能如设备管理一章中所述，具有分配设备、分配设备读写用缓冲区、磁盘调度、启动设备、处理设备中断、释放设备读写缓冲区、释放设备等功能。当高级软件欲实际读/写文件时，设备管理程序模块为其完成相应的 I/O 操作。

需要指出的是，上述文件系统基本模型的分级方法不是唯一的，对各级的功能亦可调整。例如，有的系统将文件目录系统、存取控制验证模块、逻辑文件系统称为逻辑文件系统层次。对各子系统也有不同的称谓，如物理文件系统称为文件组织模块。但它们与模型的结构思想如出一辙，只要掌握了上述模型的层次结构思想，便可很容易地解析和理解其他文件系统。

小　　结

文件是用户所定义的一组相关信息，具有文件名等属性。

组织文件的基本单位是逻辑块或逻辑记录。文件逻辑的结构分为流式文件或记录式文件。访问文件一般采用顺序访问和随机访问，文件的物理结构分为顺序结构、链接结构和索引结构。文件标识、定位等属性都保存于文件控制块。

文件目录是文件的名址录，通常组织成一级目录、二级目录、树形目录结构。为了利于共享，也将目录组织成无环图结构。

辅存储器与逻辑卷并不一定一一对应，逻辑卷一般分成目录区和文件区。在磁盘存储器中通常用位向量、自由扇区链表和自由扇区组成链表来组织空闲空间。

文件系统通常提供的文件基本系统调用有建立文件、打开文件、读文件、写文件、关闭文件和删除文件。另外，也可以通过 Memory-Mapped 方式进行文件访问。

为了保护文件，可以采用口令、加密、访问控制矩阵、访问表及简化访问表等方法。系统备份文件有批量备份和同步备份两种，批量备份可分为全量转储和增量转储，同步备份有镜像盘和双机动态文件备份等方法。

文件系统是指一个负责存取和管理文件信息的机构。一个采用层次结构的文件系统通常可分为用户接口、文件目录系统、存取控制模块、逻辑文件系统、物理文件系统、分配模块和设备管理模块六级。

习 题

一、选择题

1. 计算机系统中软件资源的实例有（ ）。
   （A）文件 　　　　　　（B）软盘 　　　　（C）磁带 　　　　（D）U盘
2. 使用文件相对路径名的优点是（ ）。
   （A）便于使用 　　　　　　　　　（B）不容易重名
   （C）打开文件时可以更快获得文件 FCB
3. 打开文件系统调用不需要做的工作是（ ）。
   （A）将 FCB 读入内存 　　　　　　（B）进行读/写方式许可检查
   （C）将文件数据读入内存 　　　　　（D）建立进程控制块与文件之间的关联
4. 文件控制块不包括（ ）。
   （A）文件名 　　　　　　　　　　（B）文件访问权限说明
   （C）文件物理位置信息 　　　　　　（D）磁盘坏块信息
5. 备份网络服务器文件系统之前应该进行什么操作？（ ）
   （A）断网 　　　　　　　　　　　（B）关闭服务器上的所有窗口
   （C）断网且结束本地所有使用文件的其他进程

二、简答题

1. 何谓文件？Linux 把文件看成什么？
2. 一个可以支持随机访问的文件应该用什么方式存放在辅存中？
3. 若允许文件能分别在开始、中间、末尾增长和减少，试讨论在顺序、链接以及索引物理结构下的开销。
4. 试述文件控制块的作用，设计在树形文件目录中快速查找文件控制块的方法。
5. 使用一个允许使用任意长名字的单级目录来模拟一个多级目录，说明怎样实现，并比较这两种方法的优缺点。

6. 树形目录结构与二级目录结构相比其特点是什么？

7. 无环图目录结构与树形目录结构相比，优势在哪里？如何删除一个结点？

8. 某些系统用保持一个副本的方法提供文件的共享，而另一些系统则保持多个副本，即对每个共享用户均设置一个副本，试讨论两种方法的优缺点。

9. 比较辅存空间分配和主存空间分配的特点。

10. 试述"打开文件"所做的工作。

11. 写文件系统调用处理时超过文件已有空间系统，应如何处理？可以让文件大小动态增长吗？

12. Memory-Mapped 文件访问方式与普通文件访问方式相比有什么优势和缺点？

13. 说明 Linux 操作系统文件访问控制的方法。

14. 试述文件系统的层次结构以及每级的功能。

15. 文件控制块中的文件定位信息用于文件系统层次结构的哪一层？

16. 文件信息缓冲区的作用是什么？

17. 假设文件系统支持字节流文件，现在要在此文件系统基础上实现文本文件。文本文件逻辑上由一行一行的文本组成，每行都有逻辑编号。应用程序要支持文本文件行插入、行删除功能。如果要在第一行前插入一行文本，不允许移动整个文件，如何设计文件应用级格式？

第8章
分布式系统

随着计算机网络的发展，分布式操作系统的概念被提出，人们把能够将网络计算环境作为单一系统映像提供给用户使用的计算机操作系统称为分布式操作系统，用户无需知道网络计算环境有哪些计算机，也无需知道文件存放在什么位置，就像使用传统计算机一样使用网络计算环境中的资源。

上述意义的分布式操作系统一直以来作为操作系统发展的追求目标，指导着操作系统研究与开发人员的前进方向。在追求实现分布式操作系统的过程当中，并不是按照当初人们设想的那样一帆风顺，有些功能也不一定就在预想的操作系统内核中实现，但是目前流行的操作系统已经不再局限于单处理机环境，往往都能够支持多计算机的网络环境。

本章主要介绍网络结构下分布式系统的有关概念及技术。由于当前很多实现技术不一定就是在操作系统内核实现，因此我们并不强调使用分布式操作系统表述。

8.1 分布式系统的特点

分布式系统是由许多具有局部存储功能的计算机构成的，计算机之间不共享主存及时钟，通过局域网或广域网进行通信。系统中的计算机可能由不同类型的机器组成，每个机器在系统中的分工也不一定相同。比如有些计算机作为文件服务器，有些作为计算资源。图 8-1 说明了分布式系统结构。

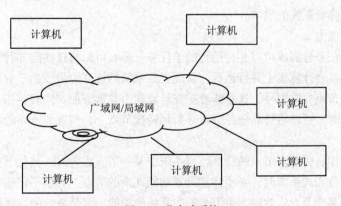

图 8-1 分布式系统

利用分布式系统可以实现分布在不同计算机资源的共享，因为分布式系统多计算机的特点可以提高系统的计算能力，利用分布式系统计算机的冗余可以提高系统的可靠性。

分布式系统研究的动因，是在计算机广泛应用在国防、国民经济各个领域之后，特别是在微型机得到广泛应用之后，为了能在这些不同的机器上共享及传输数据，局域网及广域网研究与开发得到了长足的进步，分布式系统和分布式操作系统的概念被提出来。

8.1.1　分布式系统的定义

对分布式系统的定义是与时俱进的。最新的较合理的分布式系统的定义是：分布式系统是由独立计算机（又称节点）组成的集合，并给用户一个单一系统的映像。

首先在硬件及基础软件的实现上，分布式系统中的计算机是自治的，它们有自己的主存、外设，主存中有自己的操作系统内核副本。另外，在用户使用层面上，它要给用户一个单一系统映像的接口。当然，这种单一系统映像的接口可以体现在不同层次或不同功能上。譬如提供用户单一的树形文件目录，虽然某些子目录分布在不同的计算机辅存上，但用户只看到一个文件目录树，从而实现子目录位置对用户透明。又譬如利用域名访问的 WWW 系统，给用户提供的是全局域名，用户只需输入浏览器全局域名即可访问相应的网页文件，而无需知道该网页文件存放在哪个计算机上。

8.1.2　分布式系统的优势

分布式系统强调资源、用户任务、系统功能等的全面分布。系统中的数据资源、用户任务及系统提供的专用功能分布于物理上分散的若干机器上，机器间通过网络连接，彼此通信，进行数据及程序的传递，最终完成用户交给系统的任务。

为什么要构建分布式系统呢？构建分布式系统主要有如下的几个好处：实现分布资源位置透明方式共享，提高系统计算能力，提高系统的可靠性和健壮性。

（1）资源共享

资源共享通常分为两个方面：一是硬件资源共享，包括 CPU、存储器、打印机及其他设备等；二是软件资源共享，包括软件工具、其他功能软件等。为了实现资源共享，分布式系统通常都提供良好的手段和支持机制。例如，在分布式文件系统中，通常设有一个或多个文件服务器来为系统中的客户机提供文件共享，文件服务器可以同时对来自多个客户的服务请求进行处理，并将共享文件数据返回给各个客户，从而实现文件资源的共享。资源共享可以极大地提高系统中各种资源的利用率，从而降低系统的成本。

（2）提高计算能力

如果能将用户任务分解成可以并行运行的子任务，那么可以将这些能并行运行的子任务分布到分布式系统中的各台计算机上并行运行，从而提高系统的计算能力，由于分布式系统中各节点由网络连接，增加节点非常容易，这意味着扩充计算能力非常方便。同时，当有的节点用户子任务太多，负载过重时，可以将计算任务重新分布到轻载节点上，实现节点间的负载平衡。

（3）高可靠性

在分布式系统中，由于多节点的特点，当系统中某一节点失效时，其他节点可以承担失效节点的工作。在设计分布式系统时，必须注意设置功能冗余的节点，它们不但能在同时工作时分担用户任务负载，在某个节点失效时，也不会损失系统的功能，只是系统的计算能力有少许下降。

8.1.3　分布式系统的特性

分布式系统在使用上呈现很好的透明性，在设计、构造上要遵循开放性和可扩展原则。

1. 透明性

分布式系统确保用户将分布式系统看成单个虚计算机，即单一映像系统。用户在对待局部资源和远程资源时没有任何差别，这些资源位置对用户是透明的。

在分布式系统环境下，由于访问远程资源的方法不同于访问局部资源的方法，在分布式系统中可能出现错误的数量大于集中式系统，传输延迟影响分布式系统的操作。因此，开发和维护分布式系统的软件远远比开发集中式系统软件困难得多。

分布式系统应该提供对资源的透明访问，即所有资源都按相同方法进行访问，而与资源的位置无关。分布式操作系统中的透明性可分为以下几种。

- 访问透明性：对于本地和远程资源，进程使用相同类型的访问机制。
- 位置透明性：资源的位置对访问方法是不可见的。
- 迁移透明性：资源可以动态迁移，用户无需感知资源已经迁移。
- 并行透明性：用户程序并发操作共享数据时，调用标准接口函数，不用感知数据是共享的，不需要用户安排显式同步互斥操作，而由系统程序判断数据共享性，保证其同步互斥。
- 复制透明性：为了提高效率和可靠性，系统各节点可能有文件和数据的多个副本，用户不感知副本复制情况。
- 失效透明性：可以隐藏错误，使用户任务在底层报错情况下，通过重构重试顺利完成任务，使用户不用担心软、硬件失效。
- 执行透明性：允许负载均衡、迁移程序和数据、不同计算机间进程通信，而不影响用户和程序的操作结果。
- 性能透明性：在远程访问资源时，用户不应当感到性能下降。
- 扩展透明性：允许系统和应用程序扩展规模，而不必改变系统结构、程序和算法。

系统提供透明性的好处是易于用户软件开发，能够提高系统的可靠性，用户只看到资源和在其上的操作，而不用关心它们的位置。

对完全透明性的需要、达到完全透明性的可能性，以及实现完全透明性是否值得等问题，业界存在不同意见。一种观点认为达到完全透明性是可能的，并且是非常值得的，也是我们的追求目标。相反，有人认为完全透明性是不可达到的，也是不值得的。目前没有完全透明的分布式系统。

2. 开放性

设计开放的分布式系统应该包含如下两方面的含义：首先，系统给最终用户提供的服务应该尽量符合流行的开放式分布式系统提供服务的语法与语义，使得用户在流行的开放式分布式系统上的应用能比较容易地移植到所设计的分布式系统中来；另外一方面，系统要有很好的分层系统结构，每一层的服务接口遵循开放原则，在设计每层服务程序时，不但要考虑提供给本系统上层程序的调用，还要想到其他系统可能的使用，使服务具有通用性。

遵循开放性原则开发分布式系统，不但最终用户上层程序开发移植方便，而且也方便了分布式系统中下层程序的扩充，确保了其他开放系统与所设计系统在各个层次的相互调用，实现了各系统各层次程序最大限度的重用。

3. 可扩展性

分布式系统的可扩展性包含几个方面的内容，一个方面是分布式系统硬件结构的可扩展性，要求能够方便地增加节点，同时要求分布式系统管理软件支持系统节点的扩展；另一方面指分布式系统软件的可扩展性，利用开放式设计原则可以保证分布式系统软件功能扩展容易，在扩展上层功能时能很容易地使用下层提供的开放服务。

8.1.4 分布式系统设计难点

虽然分布式系统具有很多优点，然而由于分布式系统自身的特点及应用环境的复杂性，分布式系统设计本身具有很多的难题。

- 难以合理设计资源分配策略。在集中式系统中，所有的资源都由操作系统管理和分配，但在分布式系统中，资源属于各节点，所以调度的灵活性不如集中式系统，资源的物理分布可能与用户请求的分布不匹配，某些资源可能空闲，而另外一些资源可能超载。

- 部分失效问题。由于分布式系统通常是由若干个部分组成的，各个部分由于各种各样的原因可能发生故障，如硬件故障、软件错误以及错误操作等。如果一个分布式系统不对这些故障进行有效的处理，系统某一个组成部分的故障可能导致整个系统的瘫痪。

- 性能和可靠性过分依赖于网络。由于分布式系统是建立在网络之上的，而网络本身是不可靠的，可能经常发生故障，网络故障可能导致系统服务的终止；另外，网络超负荷会导致性能的降低，增加系统的响应时间。

- 缺乏统一控制。一个分布式系统的控制通常是一个典型的分散控制，没有统一的控制中心。因此，分布式系统通常需要相应的同步机制来协调系统中各个部分的工作；设计与实现一个对用户来说是透明的且具有容错能力的分布式系统是一项具有挑战性的工作，而且所需的机制和策略尚未成熟。因此什么样的程序设计模型、什么样的控制机制最适合分布式系统仍是需要继续研究的课题。

- 安全保密性问题。开放性使得分布式系统中的许多软件接口都提供给用户，这样的开放式结构对于开发人员非常有价值，但同时也为破坏者打开了方便之门。

针对分布式系统存在的上述难点，要保证一个分布式系统的正常运行，就必须对系统资源进行有效的管理，对计算机之间的通信、故障、安全等问题提供有效的处理手段和支持机制。

用户对分布式系统的要求是透明性、安全性、灵活性、简单性、可靠性，也要求方便局部失效时重构系统以及集成不均匀子系统的能力。

资源的分布性、缺乏全局状态信息，以及传输延迟，意味着集中式操作系统的某些方法和技术不能用于分布式系统中。即使集中式系统中的某些技术满足上面的要求，其实现通常也是要付出很大代价的。

8.2　几种分布式应用模型

分布式计算机系统的工作方式也是分布的，系统中各节点之间可根据两种原则进行分工，一种是把一个用户任务分解成多个可并行执行的子任务，分布给系统中各个节点协同完成，这种方式称为任务分布；另一种是把系统的总功能划分成若干子功能，分配给各个节点分别承担，这种方式称为功能分布。各个节点能够比较均等地分担用户任务或系统功能，在独立地发挥自身的控制管理作用的同时，又能相互配合，在彼此通信协调的基础上实现系统的全局管理。

分布式系统的应用模型是由构成系统的主要硬件、软件成分以及它们之间的关系确定的，包括系统使用的计算机类型、它们在网络中的物理位置、运行的系统程序和应用程序的位置及它们之间的关系。通过了解分布式系统的应用模型我们可以了解分布式系统的应用。

分布式系统的应用模型可以有如下几种类型：即客户机/服务器（Client/Server）模型、处理机池（Processor Pool）模型、对等（Peer-Peer）模型、集群（Cluster）模型。

8.2.1　客户机/服务器模型

客户机/服务器模型又称为工作站/服务器（Workstation/Server）模型，如图 8-2 所示。其中，每个用户拥有一台计算机，称为工作站。应用程序在支持图形用户接口、具有快速响应能力的工作站上运行。工作站可以通过使用通信软件访问一组服务器。通过这些服务器，客户可以共享设备、文件、数据库和其他网络资源。服务器实际上是一台计算机，其上运行着特殊的服务软件，可以响应其他工作站的请求，提供特定服务。如客户端数据库应用程序与服务器端的数据库服务器共同实现数据查询修改等业务的系统应用也属于这种模型。

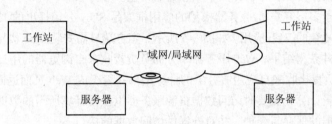

图 8-2　客户机/服务器模型

目前最常见的服务器有数据库服务器、Web 服务器、文件服务器等。典型的客户机/服务器应用包括数据库应用、邮件服务、文件服务等。通常，可以将一个分布式应用划分为**表现逻辑**、**计算逻辑**和**数据逻辑**这三个层次。表现逻辑提供与用户交互的界面，负责接收用户请求，向计算逻辑层转发请求，并将计算逻辑提供的结果显示给用户。计算逻辑负责具体的应用计算行为，在接收到请求后访问数据逻辑层以获得数据并计算出结果（也可能不访问数据逻辑层而直接进行计算），再将结果交给表现层。数据逻辑负责数据资源的组织和维护，提供接口供计算逻辑访问数据，通常以数据库的形式存在。

最常见的客户机/服务器功能分布模式被称为基于客户的处理，将表现逻辑和计算逻辑捆绑在一起实现并存放在客户端，而将数据逻辑存放在服务器端（如数据库服务器）。这使得用户能够共享数据资源，并可以使用适应本地需要的应用模式，如图 8-3 所示。

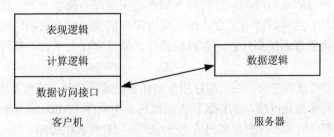

图 8-3　最常见的客户机/服务器功能分布模式

图 8-3 的配置使得客户端存在很大的应用负载，即所谓的"胖客户"模型。这一模型随着 PowerBuilder、C++ Builder、Delphi 等相应开发模式的普及而广泛应用。但当客户的需求越来越多时，需要实现的功能也就越来越多，由于计算逻辑是与表现逻辑是捆绑在一起实现的，因此客户端会变得越来越"胖"，客户机的处理能力、网络的负载都受到挑战。更为突出的是，要维护、升级或替换分布于数十台客户机上的应用程序是十分困难的。因此，近年来三层（多层）客户机/服务器模式得到了更多的认可并日益普及，如图 8-4 所示。

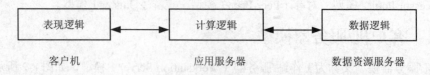

图 8-4　三层客户机/服务器功能分布模式

在三层客户机/服务器功能分布模式中，将表现逻辑、计算逻辑和数据逻辑分开考虑、分开实现。通常，只将表现逻辑部署在客户端，而计算逻辑与数据逻辑均以服务器的形式提供，使得应用的维护、升级变得相对简单。注意，实际上当应用服务器访问数据资源时，应用服务器充当的是客户的角色，而数据资源服务器充当了服务器的角色。

一个典型的基于多层客户机/服务器模型的应用框架是 SUN 公司提出的 J2EE 体系结构，它适用于构建灵活而又复杂的 Web 应用。如图 8-5 所示，客户端只需安装 Web 浏览器即可，用户通过 Web 页面提交请求并获得结果；Web 服务器一方面负责接收来自浏览器的用户请求并转交给应用服务器，另一方面负责接收来自应用服务器的计算结果并组织成 Web 页面返回给客户端；应用服务器负责具体的逻辑计算，需要时访问数据资源服务器以获得计算所需的数据资源；数据资源服务器只负责应用数据的保存与维护，并对外提供访问数据的接口。

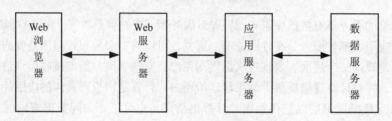

图 8-5　J2EE 结构功能分布模式

客户机/服务器产品的开发与使用对于分布式计算的影响日益显著。但在解决了互通互联的基本需求和单个机构中相对独立的应用系统开发之后，机构内部多个系统之间的互操作问题，以及不同机构的多个系统之间的互操作问题也日益显著。不幸的是，不同的系统可能有着不同的开发环境、支撑环境和运行环境，这使得互操作的实现并不简单。为了解决这一问题，开发者必须具有一组工具，为跨越所有平台访问系统资源提供唯一的方法和形式，即无论数据在什么位置，数据被什么管理系统所维护，客户机是什么型号和什么平台，都可以使用相同的方法来访问数据。

满足这一需求的可选方法是，在上层应用程序和下层通信软件、操作系统之间使用标准的编程接口和协议，这些标准化的接口和协议被人们统称为中间件（**Middleware**）。中间件不仅能够屏蔽底层异构网络平台的细节，更重要的是为分布式应用软件提供通用、统一的高级管理服务以及与应用领域相关的增强服务，为开发、部署和管理各类网络应用系统提供了强大的高端平台。具体地，在分布式系统建设中它能够缩短系统开发周期，提高投资效率，提高系统的稳定性和可靠性，简化应用集成，提高系统的可扩展性与可维护性。

8.2.2　处理机池模型

处理机池模型为用户提供高性能计算能力。不同于工作站/服务器模型，处理机池模型还要提供用户并行程序开发环境，使用户有在其系统上再开发的能力。要能够使用户编写的并行程序分布到处理机池中的处理机上运行。处理机池模型如图 8-6 所示，网络上连有一些微机和小型机，称为处理机池。由文件服务器存放数据，处理机池分配与管理机专门用于处理机池的管理。当用户要系统运行一个并行程序时，系统就会从处理机池中分配处理机，运行用户程序。

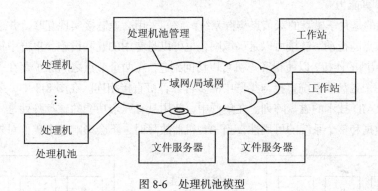

图 8-6　处理机池模型

8.2.3　对等模型

在对等模型（见图 8-7）中，系统中的每台计算机具有高度自治性，可以采用工作站或多用户计算机充当节点计算机，每个节点机都运行一组完整的标准软件，既可以作为客户机运行用户的应用程序，又可以充当服务器为其他节点机提供服务。例如 BitTorrent（简称 BT）交换软件就是这样的应用模式。当你从别的节点下载文件的时候，你的节点也作为别的节点的服务器，由别的节点客户端访问。

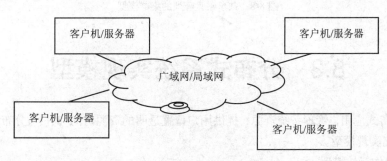

图 8-7　对等模型

8.2.4　集群模型

集群技术提供了高性能和高可用性，对于基于服务器的分布应用尤其具有吸引力。将集群定义为一组由相同功能的计算机互连而成的系统，它们作为统一的计算资源一起发挥作用，给客户是一台机器的感觉。集群中的每一台计算机称为一个节点。

利用集群技术可以得到以下好处。

● 高性能。通过构造大型的集群系统，可以得到比任何一台独立机器都大的计算能力。一个集群可以包括数十台甚至数百台的机器，并且每台机器又都可以是多处理机。

● 高可伸缩性。集群提供了这样的能力，当用户的计算需求增加时，可以通过增加节点来扩展集群的计算能力，而且增加节点时需要做的工作很简单，解决了在原来某台机器无法满足计算需求时只能购买更大的系统的问题。

● 高可用性。因为集群中的每一个节点都是一台独立的计算机,所以某一个节点的失效并不意味着整个集群的失效,也不会引起服务请求的失败。通过相应的软件可以自动地进行容错处理。

● 高性能价格比。使用计算机集群技术,可以通过多台相对廉价的机器获得与大型计算机相同甚至更大的计算能力。

图 8-8 给出的是共享磁盘的双节点集群系统。它们采用高速链接实现互联,并通过消息交换来协调集群内各节点的行动。链接可以是局域网,也可以是专用的互联设施。集群中每台机器都必须有到局域网/广域网的连接,以使得客户机可以访问到它。在两个节点之间除了存在一个高速消息链接之外,还有一个磁盘子系统直接与集群中的多台计算机直接相连。在图 8-8 中,公共的磁盘子系统是一个基于 RAID 技术的磁盘阵列。在集群中,使用具有冗余功能的磁盘阵列是一种很普遍的方式,它可提高数据和整个系统的可用性,当一台机器故障时,不会影响整个集群对外提供服务。

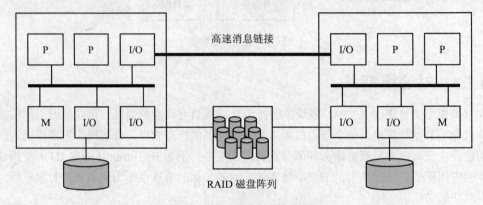

图 8-8　共享磁盘阵列的集群模型

8.3　分布式系统实现模型

要支持分布式应用,管理系统资源,提供用户位置透明的资源访问和并行/分布计算,有如下3 个典型的系统实现模型。

1. 网络操作系统模型

在网络操作系统模型中,由分布式应用程序提供给用户一台虚拟计算机,但是分布式应用程序能够感知分布式系统内每台计算机使用的不同操作系统和网络通信编程接口,由分布式应用程序为用户屏蔽系统节点位置等物理信息,如图 8-9 所示。

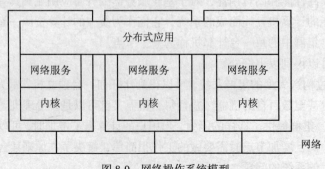

图 8-9　网络操作系统模型

这种分布式系统不要求系统内机器同构，不要求每个节点使用相同的操作系统，但是分布式应用程序编程则相对困难，编写分布式应用程序时需要了解程序运行节点中各操作系统及其网络通信编程接口。

2．分布式操作系统模型

网络操作系统模型要求分布应用程序开发者熟悉系统内各节点操作系统的特点和网络编程接口，分布式操作系统试图向分布应用程序提供一个屏蔽系统资源位置信息的一个统一的编程接口，当然，这要求分布式系统内每个节点使用相同的分布式操作系统，如图 8-10 所示。

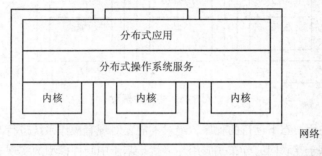

图 8-10　分布式操作系统模型

通常，由操作系统开发商提供分布式操作系统，上述的一个统一编程接口可以是以系统调用的形式提供，这意味着实现位置透明性的服务都在核心态下实现，也可以提供统一的库程序接口方式结合用户态下运行的系统进程实现。

一个分布式操作系统通常应该能够提供如下的功能：

- 隐蔽资源的分布，控制网络资源的分配，以便允许按最有效的方法使用这些资源。
- 为用户提供适合于编程的像单机一样的虚拟计算机环境。
- 提供防止系统资源被未授权用户访问的机制。
- 提供安全的远程通信机制，包括进程之间的通信原语以及支持这些原语的传输协议。同时，通信机制还应当具有许多特殊功能，例如建立、关闭和操作通信路径，以及实现消息的路由和提供可靠的传输等。
- 当系统中出现局部故障时，可通过自动重构、适度降级使用，或通过错误恢复手段使系统继续运行，使系统具有高可用性和高可靠性。

从用户角度来看，分布式操作系统应当像集中式操作系统一样，因此分布式操作系统必须做到：多个处理机的使用对用户是不可见的，即具有透明性，用户将系统作为虚拟的单处理机，而不是由通信子系统连接的不同机器的集合。

网络操作系统和分布式操作系统在使用上最重要的区别是透明性，分布式操作系统隐藏了多计算机的存在和分布性。工作在网络操作系统上的用户或分布式应用程序应具有正在使用的资源位置信息。网络操作系统是建立在现有集中式（局部）操作系统集合之上的，并处理这些局部操作系统之间的远程操作、通信接口和协同操作。分布式操作系统构造在硬件基础上，以一致的策略和方式控制分布式系统中的所有操作和资源，而不仅仅是处理网络通信级的操作。如果采用分布式操作系统，分布式系统中每个节点使用同一份操作系统副本。

3．中间件模型

分布式操作系统模型的概念虽然很早就提出来了，但是目前应用并不广泛，在网络操作系统模型的基础上，利用中间件实现分布系统资源位置透明性的方式却在互联网广为应用的今天迅速走红。这种模型的产品通常都是由非操作系统开发商推出的软件套件，下层可以运行不同的操作系统产品，通过中间件实现统一的用户应用编程接口，如图 8-11 所示。

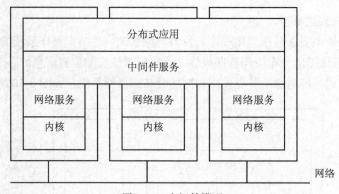

图 8-11　中间件模型

中间件一定是在用户态下运行的程序，绝对不需要对现有操作系统进行改动，因此实现相对较容易。目前许多基于互联网的分布式应用环境就是基于中间件模型的实现。

8.4　分布式操作系统主要研究内容

当前，各种商业操作系统都支持网络功能，可以说都是网络操作系统。基于网络操作系统的中间件套件也有许多商业版本，如 BEA 的 Weblogic 等。分布式操作系统的概念提出最早，但是还没有真正意义上的商业分布式操作系统版本。真正意义上的分布式操作系统研究还在进行，分布式操作系统像集中式操作系统一样包括许多管理机制：进程管理、存储器管理、I/O 管理以及文件管理等。由于资源和进程的分布性，研究这些机制需要涉及许多问题，寻找合适的方法和算法。

为了认识这些问题，我们考虑一个分布式系统，在这个系统中有一定数量的节点（由单个和/或多处理器的计算机和工作站构成）由网络连接，整个分布式系统由分布式操作系统控制和管理。每个节点支持若干进程，这些进程以它们的用户名义工作，所有这些进程通过消息传递来进行通信。

分布式系统中各节点进程间要能够协同工作，需要将消息能够从一个进程发送到另一进程或一些进程，或者将消息间接地发送到与进程绑定的端口。进程间通信的实现依赖于通信原语和支持这些原语的通信体系结构，通信体系结构提供了一个与机器硬件无关的网络层次结构，以支持分布式应用。已被最广泛应用的通信体系结构基础就是 TCP/IP 协议簇。

由于在分布式系统中没有公共时钟，并且存在通信延迟，所以分布进程间同步需要有一些特殊的分布式算法。为了实现分布进程同步，有如下一些基本方法可供选择：基于时间的事件排序、令牌（token）传递和基于优先级的事件排序。

分布操作系统的每个对象（例如一个进程、一个文件及一个打印机等）都必须具有名字。如果一个进程要发送一个消息到另一个进程（或一些进程），通信双方进程名字或用于通信的全局端口必须知道，进程要访问某个资源也需要指出资源的名字。为了提供给用户及用户应用程序编程时资源及进程的位置透明性，对象命名应该具有与位置无关的全局逻辑意义。但由于对象访问实现时必须知道对象的物理位置，因此需要实现名字－地址转换的名字服务。名字－地址转换表可以集中在一个服务器中进行管理；也可以按照名字逻辑空间进行分布形式管理，即由多个名字服务器分别管理多个名字逻辑空间的名字－地址信息；还可以是多名字服务器都有冗余的全局名字－地址表。每个名字服务器应提供和支持如下的服务：存储名字地址信息、确定名字的全局唯一性、名字转化等服务操作。

分布式系统的用户要能够用尽可能短的时间顺利完成他们的计算任务，这样对系统结构和设计有着特别的要求。每个节点工作负载应当被平衡，以改进分布式系统的平均性能。这包括系统功能的静态动态分布，远程进程的建立、挂起、运行、删除操作及支持进程从一个计算环境迁移到另一个计算环境的能力。此外，为了达到短的响应时间，用户文件或其他数据应当可在多个节点进行缓存。为了达到高可靠性，文件或其他数据也应当能被复制，保持冗余。当然，在数据有多副本情况下必须保证数据一致性。

在某种环境下，一些进程竞争相同的有限资源，这时可能造成死锁。分布式系统的死锁代价更大。因此，应当具有死锁预防、死锁检测和恢复的机制。由于资源的物理分布，存在两种类型的死锁：资源死锁和通信死锁。

分布式保护机制倾向使用权能（capability）、访问控制表或锁/钥机制。然而这些保护机制未考虑信息内容，所以提供的保护是不够的。如果保护要考虑信息的语法形式，则需要对信息进行分类，并将某种级别的许可证分配给用户，因而必须研究不同的保护机制。

由于通信进程之间在传输信息时可能会受到窃取，为了安全地执行通信操作，必须提供密码技术。现在已经开发了两种密码系统：对称的和非对称的。由于这两种密码系统使用了密钥，因此必须对密钥进行管理。分布式系统的用户彼此不能信任，这就提出了用户可信任问题。

8.5　分布式系统基础——通信协议概念简介

通信是分布式系统构成的基础。下面将介绍著名的 OSI（Open Systems Interconnection）模型，并说明实用通信协议与 OSI 模型的对应关系。

OSI 模型是国际标准化组织（ISO）1974 年给出的一个系统之间信息传输的软件模型。它包含了 7 个层次的定义（如图 8-12 所示），每一层对上层提供服务，而对下层的实现加以屏蔽和抽象。

（1）应用层：处理两个网络应用程序之间的消息传输，包括安全校验、身份识别以及数据交换的初始化等功能。

（2）表示层：进行所传输消息的语法和语义分析，并处理数据的格式化，包括文本行是否有换行回车的描述、数据是否被压缩、数据是否被编码等。

（3）会话层：管理相互协作的应用程序进程之间的连接，包括类似过程调用形式的高层同步、对正在发送信息的应用程序和正在接受消息的应用程序的监控。

图 8-12　OSI 参考模型

（4）传输层：从会话层接收数据，传递给网络层，并确保到达对方的信息正确无误。传输层向会话层屏蔽了网络上机器的硬件差别所带来的影响，支持了进程间消息的传递。

（5）网络层：负责建立分组头，处理路由、拥塞控制以及网络互联。该层是在整个 OSI 模型中能够知道网络拓扑结构的最高层。

（6）数据链路层：包括发送和接收两项任务。在发送端，数据链路层负责将指令、数据等包装到帧中，帧包含有足够的信息以确保数据可以安全地通过网络到达目的地。在接收端，数据链路层负责重新组织从物理层收到的数据比特流。此外，数据链路层还提供数据有效传输的端到端连接。

（7）物理层：负责传输比特流。它从数据链路层接收数据帧，将其中的内容与结构串行发送，而在接收端它负责将这些数据流传输给数据链路层以组织成数据帧。

下面列举与上述模型层次对应的实用协议，如底层的 TCP/IP 协议和对应会话层的远程过程调用（RPC）。

8.5.1 TCP/IP 简介

TCP/IP 协议簇是基于 Internet 的实用协议簇，它是在 ARPANET 基础上进行协议研究与开发的结果。实际上，目前几乎所有的计算机软、硬件开发商都支持此协议体系。下面简单介绍对应于 OSI 模型网络层和传输层的协议。

1. 互联网络层

该层在功能上等同于 OSI 模型中的网络层。通常网络之间通过路由器实现互联，而路由器就工作在该层，负责转发来自不同网络的报文。这里介绍该层中几种用于报文的路由和发送的协议。

（1）IP（网际协议）

IP 是面向无连接的报文交换协议，负责寻址和路由的选择。当一个报文向下层传输时，该协议会在传输层送来的数据前面加上一个头部，其中保存的信息能够支持报文在网络中应用动态路由表进行路由选择。另外，因为下层的需求，IP 还负责报文的拆分与重组。每个 IP 报文都包含源地址字段和目的地址、协议标识符、头校验和以及生存期等信息。由于是无连接协议，所以在每个报文发送完后并不需要接收方返回确认信息。

（2）ARP（地址解析协议）

在 IP 报文能够被转发到其他主机之前，必须先知道接收主机的硬件地址。ARP 负责由 IP 地址到硬件地址（MAC 地址）的转换。

（3）RARP（反向地址解析协议）

RARP 负责完成由硬件地址到 IP 地址的转换，该协议服务器维护一个机器号的数据库，当接收到转换请求之后，它就根据硬件地址搜索数据库，并将结果返回请求节点。

（4）ICMP（互联网差错控制协议）

ICMP 用于向 IP 或更上层提供传输状态信息。路由器利用该协议进行数据流或数据传输速率的控制。

2. 传输层

与 OSI 模型中的传输层位置相同，主要负责建立和维护两个主机之间的端到端通信。传输层提供数据传送的确认、流控制、报文的排序及其重传。根据对传输的需求，该层可以选择面向连接 TCP 的传输控制协议或者面向无连接的 UDP 数据报协议。

（1）TCP

在两点之间进行数据传输之前，TCP 要建立一条连接（虚电路），TCP 使用三次握手协议建立连接。当 TCP 接收到上层应用的数据后，为了方便管理，可能将此数据块分成更小的片段。对每个片段，TCP 在其前增加相关的控制信息（即 TCP 头），从而形成 TCP 段。图 8-13 给出了 TCP 头的格式，其最短长度为 20 个字节。源端口和目标端口可标识在源和目标系统上使用此连接的应用程序，序列号、应答号和窗口域则用于流控和差错控制。实际上，对每一段进行编号可以检测到丢失的段，并且在接收到段时可以发送显式的应答信息。校验码是 16 位的帧校验序列，用来检查 TCP 段中的差错。

（2）UDP

UDP 为应用级的过程提供无连接的数据传输服务，它不能保证数据被可靠、有序和无重复的传递，适合于发送无需可靠连接的短消息。UDP 用最少的协议机制使得一个进程可以发送消息到另一个进程，基本上它只是具备为 IP 增加端口寻址的能力。从图 8-14 所示的 UDP 头可以很好地看到这一点。使用 UDP 的一个例子是 TCP/IP 网络中的简单网络管理协议（Simple Network Management Protocol，SNMP）。

源端口		目标端口
序列号		
应答号		
头长	标志	窗口域
校验码		紧急指针
选项与填充码		

图 8-13　TCP 头

源端口	目标端口
段长	校验码

图 8-14　UDP 头

8.5.2　远程过程调用

远程过程调用（RPC）是一种会话层协议，它依赖下层协议的支持，使用传输层接口进行信息交互，是目前在分布式系统中被广为接受的交互方式。它的基本特点是，允许不同机器上的程序使用简单的过程调用/返回语义进行交互，就像两个程序在同一台机器上一样，即将过程调用用于对远程服务的访问。

远程过程调用技术有以下一些优点。

（1）过程调用是被广为接收、使用和理解的概念。

（2）远程过程调用使得要访问的远程接口可被说明为一组指定了类型的具名操作。这有利于清晰地说明接口，也便于分布式程序静态地检测类型错误。

（3）因为远程接口是被标准、明确地定义的，所以可以自动生成应用程序的通信代码。

（4）因为远程接口是被标准地、明确地定义的，所以使得开发者编写的源程序在不同的计算机和操作系统之间移植时几乎无须修改。

远程过程调用机制可以认为是基于可靠、阻塞的消息传递语义的。图 8-15 给出了远程过程调用的整体结构。

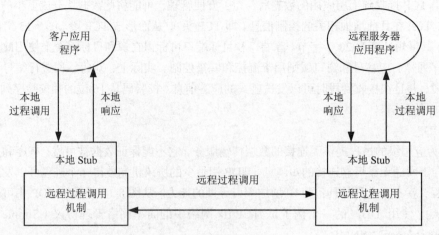

图 8-15　远程过程调用机制

客户应用程序根据远程服务程序的接口定义在本机上发出一个正常的过程调用，客户机上的一个 Stub 程序包含该接口定义，并响应这一过程调用，生成一个包含参数的说明被调用过程的消息，然后将该消息发送到远程服务程序所在的系统并等待应答。在接收到应答后，从 Stub 程序返回发出调用的客户程序并提供返回值。

在远程的机器上，另一个 Stub 程序与调用过程相关联，在收到请求消息后，检查消息以获得被调用的接口描述与参数，并生成一个本地的局部过程调用。在得到从服务器应用程序来的返回结果后，将其组织成包含返回消息发送到客户机。

下面就远程过程调用的一些细节给予简要的说明。

（1）参数的表示与传递

如何表示参数并将其放在消息中呢？如果调用程序与被调用的程序是用同一种编程语言编写的并运行在同种机器的同一操作系统上，则参数的表示可能不存在问题。但如果在这些方面存在差别，则在数据类型和文本的表示方式上就可能存在较大的差异。如果采用完整的 OSI 通信体系结构，这个问题可以在表示层得到解决。但这种结构的开销太大，并足以取消远程过程调用的存在。因此，数据格式转换的任务就只能由远程过程调用机制自身来完成。通常是为普通对象提供一个标准化的格式，如整型、字符和字符串等，并提供手段将任何机器上本地参数都转换成标准化的格式，也可以将标准化的参数转换成特殊机器上的格式。

大多数编程语言都支持将参数作为值传递，即通过值调用。这种方法的实现简单，只需将参数复制到消息中，并发送至远程系统。还有一种传递参数的方法是将参数作为指针来传递，即通过引用调用。这种方法实现起来就困难一些，每个对象需要一个唯一的全分布系统范围内的指针。

（2）客户机/服务器的绑定

绑定（Binding）说明了在调用程序和远程过程之间将怎样建立联系。当两个应用程序建立了逻辑连接并准备交换数据和命令时，绑定就形成了。绑定分为非永久的和永久的两种模式。非永久绑定意味着当进行远程过程调用时，会在两个进程之间建立逻辑连接，并一有返回值就断开这一连接。永久绑定意味着连接一旦建立，即使在过程返回后也仍然会得到维持，该连接可供下一次的远程过程调用使用。当然，可设定一个时间段，在这个时间段期间如果没有任何调用行为，则终止该连接。永久绑定对于需要多次重复调用远程过程的应用程序十分有效。

（3）同步与异步

在远程过程调用中，同步、异步的概念与消息传递中的阻塞、非阻塞的概念类似。传统的远程过程调用是同步的，要求调用进程等待，直到被调用进程返回一个值。因此同步的远程过程调用类似于单机上的子过程调用。但是，这也限制了分布式应用的并发性，使得效率相对较低。

为了提供更大的灵活性，各种异步的远程过程调用机制已经得到实现，并保留了远程过程调用的通俗性与简易性。异步的远程过程调用并不阻塞调用进程的执行，应答可以在需要时再安排接收。

小　结

分布式系统是由独立计算机（又称节点）组成的集合，并给用户一个单一系统的映像。分布式系统的优势在于能够将分布资源共享、利用多节点提高系统处理能力、利用节点冗余提高系统可靠性。分布式系统有透明性、开放性及可扩展性等特点。分布式系统设计的难点主要体现在资源与负载分布与平衡、分布式控制算法、容错与安全等关键技术上。

分布式系统主要应用模型有客户机/服务器模型、处理机池模型、对等模型和群集模型。分布式系统的实现模型有网络操作系统实现模型、分布式操作系统实现模型、中间件实现模型。

分布式操作系统实现要研究的主要内容有：节点间应用进程通信模型及实现、资源与负载分布和负载动态平衡、分布式资源管理控制算法、分布对象命名与定位、容错与安全保密等。

OSI 通信体系结构模型是国际标准化组织给出的一个系统节点之间信息传输的软件协议模型。它包含了 7 个层次（应用层、表示层、会话层、传输层、网络层、数据链路层和物理层）的定义，每一层对上层提供服务，而对下层的实现加以屏蔽和抽象。

TCP/IP 协议簇是已被最广泛应用的通信体系结构。其中传输层的主要协议包括 TCP 与 UDP，TCP 是面向连接的传输控制协议，而 UDP 是面向无连接的数据报协议。网络层的主要协议包括 IP、ARP、RARP、ICMP 等协议。远程过程调用是一种会话层协议接口，它的基本特点是，允许不同机器上的程序使用简单的过程调用/返回语义进行交互，就像两个程序在同一台机器上一样。

习　题

1. 构建分布式系统有什么好处？
2. 列举常见的分布式应用，画出系统结构图。
3. 你认为采用什么方式设计实现分布式系统比较合适？请在系统运行开销、系统实现难度、可扩展性等方面进行比较。
4. 你认为分布式系统设计最难的问题是哪一个？为什么？
5. 解释三层客户机/服务器模型的基本原理，并说明其与传统的两层客户机/服务器模型的不同。
6. 简述 TCP 与 UDP 的差异，并举例说明各自所适用的应用。
7. 提出远程过程调用的背景是什么？它有哪些优点？

第9章
Windows NT 操作系统

微软在操作系统领域中的发展最早开始于 MS-DOS，从 20 世纪 80 年代后期按两个分支发展，一是基于 MS-DOS 的 Windows 开发平台，并发展成 Windows 95/98/Me 这一系列操作系统，目前基本上已经放弃开发；另一个分支则是以 Windows NT 为代表的操作系统系列，经历了 Windows NT、Windows 2000、Windows XP/Server 2003，一直到 Windows Vista/Server 2008。

微软 Windows NT 系列操作系统是一个多用户、多任务、支持可剥夺任务调度的操作系统。它的内核版本从 Windows NT 3.1 发展到目前 Windows NT 7.0。Windows NT 内核有一个层次性好、先进的体系结构，并且综合考虑了安全性、扩展性等要素。这一结构在 20 年的发展历程中基本保持不变，即使近几年硬件有了飞速的发展，Windows XP/Vista、Windows Server 2003/2008 仍然沿袭了 Windows NT 内核基本结构。

Windows NT 系统的主要目标是可扩展性、可移植性、安全性、多处理器支持以及最初兼容 POSIX 标准、MS-DOS 和微软原 Windows 应用程序。本章将讨论该系统的主要设计目标、系统层次体系结构和文件系统等。

9.1 历　史

在 20 世纪 80 年代中期，微软和 IBM 合作开发了 OS/2 操作系统，它是针对单处理器 Intel 80286 系统的，是用汇编语言编写的。在 1988 年，微软决定开始着手开发一种"新技术（NT）"操作系统，以支持 OS/2 和 POSIX 应用程序接口（APIs）的可移植操作系统。在 1988 年 10 月，原 DEC VAX/VMS 操作系统的设计师 Dave Cutler 被聘请作为新的操作系统首席设计师。

起初，设计人员打算沿用 OS/2 API 作为 NT 的本地环境，但是在开发期间，由于微软 Windows 3.x 的成功，Windows NT 变为重点支持 32 位的 Windows API（或称 Win32 API）。NT 的第一个版本是 Windows NT 3.1 和 Windows NT 3.1 Adavanced Server（16 位 Windows 应用程序可以在 3.1 版中模拟运行）。Windows NT 3.1 在 1993 年发布，这一版本支持 Intel i386、Intel i486、MIPS R4000 以及 Digital Alpha 处理器。而后，1994 年秋天发布了 Windows NT 3.5，1995 年 5 月发布了 Windows NT 3.51，在这个版本中加入了对于 IBM PowerPC 处理器的支持。这些版本均实现了 Windows NT 的基本设计目标。但是，从 NT 3.1 到 NT 3.51 版本上的变化，主要是让系统运行得更加可靠、速度更快，并且让系统自身的规模变得更加合理、精巧。

1996 年 7 月发布的 Windows NT 4.0 版采用了 Windows 95 用户接口并将 Internet 网络服务和网络浏览软件融入其中，为了提高性能，将用户窗口例程和图形代码（GDI）从用户态运行移入内核态运行，极大地提高了窗口及图形处理速度。在随后的 3 年多时间中，Microsoft 又为 NT 4.0 版本发布了一系列补丁，更进一步完善了 NT 4.0 作为企业服务器操作系统的能力。

2000 年微软发布了 Windows 2000，尽管 NT 的前期版本曾经支持过其他微处理器的体系结构，但由于考虑到市场因素，到 Windows 2000 就停止了，只支持 Intel 系列处理机。它综合了 Windows NT 4.0 及其补丁中的各种组件，像活动目录和 COM+ 等。而且，Windows 2000 终结了 Windows 9x 这一分支的发展，也就是说，自 Windows 2000 以后，Microsoft 的客户端操作系统和服务器操作系统合并到一起。Windows 2000 包含 4 个版本，既有客户端版本，也有服务器端版本。这些版本共享同样的内核程序。除了功能上的综合以外，Windows 2000 在安全性方面也有显著的进步，它充分发挥了 NT 内核中的安全框架，为企业网络环境提供全方位的安全服务。

接下来 2001 年 8 月微软发布了客户端操作系统 Windows XP，2003 年 3 月发布了服务器端操作系统 Windows Server 2003。Windows XP 采用了全新的用户界面风格，并且在稳定性和运行效率方面比 Windows 2000 有了较大的改进。而且，Windows XP 首次采用软件激活机制来应对软件盗版的问题，实践证明这是一种有效的软件保护手段。Windows Server 2003 在稳定性、安全性和易管理器方面都超过了其前身 Windows 2000 服务器版本，是 Microsoft 公司在服务器操作系统领域的一个重要里程碑，并且它也是 Microsoft 在倡导可信计算（Trustworthy Computing）以后发布的第一个操作系统。从 Windows XP 和 Server2003 开始，Windows 操作系统除了发行 32 位版本，也发行 64 位版本。这标志着 Windows 操作系统进入了 64 位计算的领域。

微软最近发布的操作系统版本则是 Windows Vista 和 Windows Server 2008，它们分别是 Windows XP 和 Windows Server 2003 的替代版本。Windows Vista 于 2007 年 1 月发布，除了全面更新的用户界面风格，也集成和增强了桌面搜索的能力。Windows Vista 比过去任何一个操作系统更加关注安全性，它避免用户直接在管理员权限下运行软件，从而防止因为滥用管理员权限而导致入侵事件发生。Windows Server 2008 集成了 Vista 的内核更新，并且在内存和处理器等硬件资源的热插拔方面提供了更好的支持，以减少服务器系统需要重新引导而停机的次数和时间，另外，Windows Server 2008 对于硬件失败和进程崩溃提供更加全面的报告机制。Windows Server 2008 所有的版本都支持多处理器，不再区分单处理器和多处理器版本。值得一提的是，Windows Server 2008 新引入了对于虚拟化的支持，此特性被称为 Hyper-V。另外，Windows Vista 和 Server 2008 改进了 Windows NT 文件系统 NTFS，允许在不重新启动的情况下就可以做到自我修复，而在此之前，必须重新启动之后才能修复数据损坏。而且由于采用了更新的 SMB2 协议，Windows Vista 客户与 Server 2008 服务器之间的数据传输也有较大的效率提高。

9.2　设　计　目　标

Windows NT 的设计要达到的目标包括可扩展性、可移植性、可靠性、兼容性、高效性以及国际性支持。

操作系统的可扩展性是指在原始版本的基础上新功能、新算法的扩展能力。可扩展性使得对操作系统的改变易于实现。Windows 的开发者使用层次结构来实现 Windows NT。Windows NT 执行体运行于核心态或保护模式下，提供基本的系统服务。执行体的上层是几个运行在用户态下的子系统，它们中有环境子系统，通过环境子系统来仿真不同的操作系统系统调用接口。因此，在 Windows NT 中，MS-DOS 程序、Microsoft Windows 和 POSIX 程序都可以在相应的环境中运行。

由于采用模块体系结构，除了 Windows 环境子系统必须运行外，其他环境子系统可以被动态启动。另外，Windows NT 支持驱动程序的动态加载，所以新的文件系统、新的各种 I/O 设备以及新的各种网络模块可以在操作系统运行的时候被加载。Windows NT 采用客户机/服务器（Client-Server）模式，而且支持由开放软件基金会定义的远程过程调用（RPC）并通过它来实现的分布式处理。

如果一个操作系统能从一种硬件体系结构移植到另一种体系结构而且修改起来比较容易，那么我们就说该操作系统是可移植的。Windows NT 为了方便移植，像 UNIX、Linux 操作系统一样，系统的主要部分是使用 C 或 C++写的。所有机器相关的代码被封装隔离在一个叫做硬件抽象层（HAL）的动态连接库（DLL）中。Windows NT 的上层依赖于硬件抽象层，而不是底层硬件，这使得 Windows NT 具有更好的移植性。硬件抽象层直接控制硬件，这就将 Windows NT 的其他部分从它运行的平台的硬件差异中分离出来。

操作系统的可靠性是指处理错误情况的能力，包括操作系统保护自己和它的用户免受一些有缺陷和恶意的软件的攻击的能力。Windows NT 是通过虚拟内存的硬件保护和操作系统资源的软件保护机制来抵抗故障和攻击的。Windows NT 除了支持原来的 FAT 文件系统外，还有一个新技术文件系统（NTFS），该文件系统具有对用户的文件访问进行控制的能力，并且当文件系统目录结构等元数据被破坏时有恢复能力。Windows NT 4.0 及以后版本是一个符合美国政府的 C2 安全类的操作系统，这意味着系统对有缺陷的软件和恶意攻击有一些适当的保护作用。

Windows NT 前期版本提供遵从 IEEE 1003.1（POSIX）标准的源代码的兼容性。就是说，遵循 POSIX 标准的应用程序可以在不改变源代码的情况下通过重新编译直接运行于 Windows NT。另外，Windows NT 可以直接运行为 Intel x86 体系结构编译的 MS-DOS、16 位 Windows、OS/2、32 位 Windows 的可执行二进制代码。这些都是通过前面提到的环境子系统实现的。Windows NT 支持各种文件子系统，包括 MS-DOS FAT 文件系统、OS/2 HPFS 文件系统、ISO 9660CD 文件系统以及 NTFS。尽管如此，Windows NT 的二进制兼容性还不是很好。例如，在 MS-DOS 中，应用程序可以直接访问硬件端口，出于可靠性和安全性，Windows NT 禁止了这种访问。

Windows NT 被设计成一个能够提供很好的性能的操作系统。Windows NT 的子系统可以通过高性能的消息传递的本地过程调用（LPC）功能达到彼此间有效通信的目的。高优先级的线程可以剥夺低优先级的线程，因此，系统可以对外部事件有更快的反应。此外，Windows NT 提供了对称多处理能力。在一个多处理器计算机上，几个线程可以同时运行。

Windows NT 是面向国际使用的。它对不同的地区提供了民族语言支持能力（NLS）的 API。NLS API 根据不同的民族习惯制定了一致的通用的格式化的时间，Windows NT 内部支持能统一表示世界各种文字的 Unicode 的字符编码，Windows NT 还支持 ANSI 字符，它是通过在使用它们之前将其转化成 Unicode 来实现的（8 字节到 16 字节的转换）。

9.3 系 统 结 构

Windows NT 内核结构本身在 Windows 操作系统的发展历程中并没有重大的变化，一个最主要的变化就是在 Windows NT 4.0 版本后把原来在 Windows 子系统进程中实现的窗口和 GDI 功能移到核心态实现。

Windows NT 进程可以包含多个线程，线程在运行用户态程序时因为中断或系统调用进入核心态运行。

图 9-1 显示了 Windows NT 的基本结构图。Windows NT 采用了双态结构来保护操作系统本身，以避免应用程序的错误波及到操作系统。操作系统核心运行在核心态下，应用程序的代码运行在用户态下。每次当应用程序需要用到系统执行体或扩展模块（内核驱动程序）所提供的服务时，应用程序通过硬件 trap 指令从用户态切换到核心态中，当系统完成了所请求的服务以后，控制权又回到用户态代码中。所以，用户代码和执行体及内核代码有各自的运行空间，在 32 位系统中，核心态运行代码可以访问当前进程的整个 4GB 虚拟地址空间，而用户代码只能访问低端的 2GB 虚拟地址（或者 3GB，如果打开了内核启动开关/3GB 的话）。对于每个进程而言，用户空间是独享的，而核心空间则是共享的，所以，核心空间也被称为系统空间。

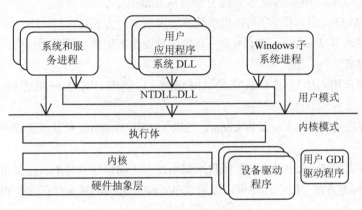

图 9-1　Windows NT 系统结构

从结构上而言，NT 核心态运行程序分为三层，与硬件直接打交道的这一层称为硬件抽象层（Hardware Abstraction Layer，简称 HAL），这一层的用意是把所有与硬件相关联的代码逻辑隔离到一个专门的模块中，从而使上面的层次尽可能做到与硬件平台独立。

HAL 之上是内核层，这一层包含了基本的操作系统原语和功能，如内核线程与进程、线程调度、中断和异常的处理、同步对象和各种同步机制，以及基本内存管理等。

在内核层之上则是执行体（executive）层，这一层的目的是提供一些供上层应用程序或核心驱动程序直接调用的功能和语义，包括进程和线程管理、虚拟内存的管理、安全引用监视器（Security Reference Monitor）、I/O 管理、即插即用设备管理、电源管理、缓存管理。在执行体中也包含一个对象管理器，用于一致地管理执行体中的对象。

内核层和执行体层的分工是，内核层实现操作系统的基本机制，但是它把所有的策略决定留给了执行体。执行体中的对象绝大多数封装了一个或者多个内核对象，并且通过某种方式（比如对象句柄）暴露给应用程序。这种设计体现了机制与策略分离的思想。

在核心程序中除了执行体、内核和 HAL 以外，其他的模块都以设备驱动程序的形式存在。Windows 操作系统中的设备驱动程序并不一定要对应于物理设备，驱动程序既可以创建虚拟设备，也可以完全与设备无关。可以认为驱动程序是 Windows 核心的一种扩展机制，系统通过它们可以支持新的物理设备或者扩展功能。特别值得一提的是，核心态运行有一个特殊的驱动程序，称为 Win32k.sys，它负责管理 Windows 的窗口和图形设备接口（GDI）。该驱动程序和用户空间中的 Windows 子系统进程（在 Windows 中为 csrss.exe 进程）以及一组系统 DLL 合起来构成了 Windows 子系统。其中 Windows 子系统进程主要负责控制台窗口的功能，以及创建或删除进程和线程等。在 Windows NT 的早期版本中，Windows 除了支持 Windows 子系统，还支持其他的环境子系统，包括 POSIX 和 OS/2 子系统。在 Windows XP 以后的发行版本中，Microsoft 只支持 Windows 子系统。图 9-1 中只显示了 Windows 子系统。

Windows 应用程序通过一组系统 DLL 与操作系统进行通信。最基本的系统 DLL 包括 Kernel32.dll、User32.dll、Advapi32.dll 和 GDI32.dll。应用程序也可以直接调用 NTDLL.dll 中的函数与操作系统进行通信。Windows 操作系统提供给应用程序的接口是大量的 API 函数，这些函数的具体实现都在系统 DLL 中。系统 DLL 在必要的时候也通过 NTDLL.dll 调用操作系统核心态运行程序。所以，Windows 应用程序开发人员在调用 Windows API 函数的时候，实际上它们调用了系统 DLL 中的函数。NTDLL.dll 负责将用户态的请求转译为核心态的服务，所以，此过程会涉及态或模式切换，在 Intel x86 硬件体系结构上通过 sysenter/sysexit 来完成。

总结起来，Windows 应用程序与操作系统打交道有 4 种方式：

- 应用程序调用 Windows API 函数，直接访问操作系统核心提供的功能，比如创建一个互斥体（mutex）对象。
- 应用程序调用 GDI32 或 User32 的 API 函数，以使用 GDI/User 驱动（Win32k.sys）中的功能。
- 应用程序通过 LPC（Local Procedure Calls）访问 Windows 子系统进程中的功能，比如创建进程。
- 应用程序通过 DeviceIoControl 函数来调用设备驱动程序的功能，这是用户程序访问设备驱动程序的一种标准方法。用户程序也可以通过 WriteFile/ReadFile 来访问驱动程序的标准数据传输方法。

除了 Windows 子系统进程 csrss.exe 以外，另外还有以下一些系统进程，它们对于一个 Windows 系统来说是必不可少的。

- 系统空闲进程（Idle）。该进程的 ID 为 0，进程中包含每个处理器或核对应的线程。
- System 进程。该进程的 ID 为 4，它包含了核心态运行的各个系统线程。
- 会话管理器（Session manager，smss.exe）。负责后续的系统初始化工作，如创建子系统进程、登录进程等。
- 登录进程（Winlogon.exe）。它负责处理交互用户的登录和注销。
- 本地安全认证服务进程（lsass.exe）。它负责执行与认证和安全检查相关的工作。
- Shell 进程（Explorer.exe）。又称为程序管理器，提供用户使用机器的界面。
- 服务控制管理器（Services.exe）。它负责管理 Windows 的系统服务。

9.4 系 统 组 件

下面我们首先从核心态运行的系统组件开始进行详细介绍，主要有硬件抽象层、内核层、执行体及各种驱动程序。

9.4.1 硬件抽象层

硬件抽象层是由软件实现并对操作系统上层隐藏硬件差异的动态链接库程序，它使得 Windows NT 有更好的移植性。HAL 提供的一个虚拟机接口被内核、执行体和设备驱动程序使用。这种方法的一个优点是系统仅需要一个版本的设备驱动程序，它可以不改变驱动代码而运行在所有的硬件平台。为了提高性能，I/O 驱动程序（在 Windows NT 4.0 以后的版本中还包括图形驱动程序）也可以直接访问硬件。

9.4.2　内核

Windows NT 内核是执行体的基础。内核常驻内存，它的执行是不可剥夺的。它有几个主要的功能：中断和异常处理、线程调度、低级处理机同步等。

内核是面向对象设计的。在 Windows NT 中一个对象类型是一个有属性集（或数值）和方法集（即功能和操作）的由系统定义的数据类型，一个对象仅是特定数据类型的实例。内核通过提供内核对象集来工作，这些内核对象的属性保存在内核数据中，并且通过它们的方法来表示内核操作。

内核使用两类对象集。一类是调度对象。调度对象引起系统的调度和同步。这类对象的例子有事件、变异（mutants）、互斥量（mutexes）、信号量、线程和计时器。事件对象用来记录事件的发生。变异用所有权的概念来达到核心态和用户态程序间的互斥。互斥量仅在内核态可用，它提供无死锁的互斥操作。信号量对象就像一个计数器或者一个用来控制访问某些资源的线程数目的机制。线程对象是由内核支持并与进程对象有联系的实体。计时器对象是用来计时的，当某个操作超过预定时间需要被处理时用来发送超时信号。

另一类内核对象是控制对象。这些对象包括异步过程调用、中断、电源警告、电源状态、进程和统计（profile）对象。系统使用异步过程调用（APC）将一个过程嵌入一个正在执行的线程。中断对象将一个中断服务程序与一个中断源绑定在一起。系统在电源失效后用电源警告对象来自动调用一个特殊的程序。电源状态对象用来检测电源是否失效。进程对象用来表示执行进程所包含的线程集的必要的虚拟地址空间和控制信息。最后用户用统计对象来衡量一段代码使用的时间总量。

1. 中断和异常

内核为由硬件或软件引起的中断和异常提供处理。内核中的中断分派程序通过调用中断服务程序（像设备驱动中的中断服务程序）或内核内部程序来处理中断。中断由一个中断对象来表示，它包括处理中断所需要的全部信息。

中断按照优先级的顺序提供服务。Windows NT 有 32 个中断级（IRQL）。其中 8 个为内核保留，其他的 24 个通过 HAL 来表示硬件中断。Windows NT 各中断的含义如表 9-1 所示。

表 9-1　　　　　　　　　　　　　　　　中断请求级

中　断　级	中　断　类　型
31	机器检查或总线错误
30	电源失效
29	处理机间中断（如请求另一个处理机运行调度程序或更新 TLB）
28	时钟中断（用于更新时间）
27	统计
3 ~ 26	传统 PC IRQ 硬中断
2	调度和延迟过程调用（DPC）（内核）
1	异步过程调用
0	核心态普通程序运行级

内核用中断分派表将每个中断级和相应的服务程序绑定在一起。在一个多处理器计算机中，Windows NT 为每个处理器保存了独立的中断分派表，每个处理器的 IRQL 被独立地设置来屏蔽外部中断。所有发生在同级或比某个处理机 IRQL 低的中断都将被阻塞，直到该处理机的 IRQL 被降低。Windows NT 正是使用这种特性的优点并通过软中断来实现系统功能。例如，内核使用软中断来响应线程的调度，以处理计时器以及支持同步操作。

表 9-1 中 1、2 级表示软中断，内核用 2 级软中断来激活线程调度程序的运行。当内核正在运行时，它将处理器的 IRQL 升至高于调度级。当内核确定要进行线程调度时，将会发生调度软中断，但是这个中断会被阻塞，直到内核完成它的工作或降低了它的 IRQL，这时就会进行调度软中断处理，运行线程调度器选择一个线程来运行。

当内核确定一些系统功能应该执行但不必立即执行时，它就会将包含执行函数地址的延迟过程调用 DPC 对象进行排队，并产生一个 DPC 软中断。当处理器的 IRQL 降到足够低时，DPC 对象就会执行。DPC 中断的 IRQL 通常要比用户线程高，所以 DPC 将会中断用户线程的执行。为了避免产生问题，系统对 DPC 进行了限制，DPC 不能改变线程内存，不能创建、获取或等待对象，不能调用系统服务或产生缺页。

APC 机制和 DPC 机制相似，但使用得更普遍。APC 机制允许线程向系统提交将来某个事件发生时的回调函数。例如，用户线程不用调用一个同步系统调用并在系统调用完成前一直处于阻塞状态，而是调用一个异步系统调用并提供一个回调的 APC 函数，用户线程在向系统发出异步系统调用后将继续运行。当系统真正处理完系统调用服务时，当时发送异步系统调用的用户线程会被中断并插入 APC 函数运行。

APC 可以在一个系统线程或一个用户线程中排队，用户态运行的 APC 仅当线程声明自己是可报警（alartable）的才能执行，APC 比 DPC 功能更强大，它可以获取或等待对象，引发缺页以及调用系统服务。由于 APC 在线程地址空间执行，所以 Windows NT 广泛使用 APCs 进行 I/O 后处理。

Windows NT 定义了几种结构无关的异常，包括非法存储访问、整数溢出、浮点溢出或下溢、整数除零、浮点除零、非法指令、数据未对齐、特权指令、读页出错、页保护破坏、页文件越界、调试断点和单步执行。

陷阱处理程序可以处理简单的异常，其他的由内核异常调度器处理。异常调度器创建一个包含异常产生原因的的异常记录，并找到可以处理它的异常处理程序。

当异常发生在核心态时，异常调度器简单地调用一段程序找到异常处理程序。如果找不到异常处理程序，将会发生严重的系统错误，用户界面将会出现"蓝屏"从而使系统失效。

对于用户态下运行的进程，异常处理更加复杂，因为环境子系统（像 POSIX 系统）会为由它创建的每个进程建立一个调试端口和异常端口。如果调试端口已经注册了，异常分派程序就把异常发送到该端口。如果找不到调试端口或不能处理异常，那么异常分派程序就会试图寻找一个合适的异常处理程序。如果找不到相应的处理程序，调试程序将会被再度调用，以便调试器可以捕获错误。如果调试程序没有运行，就会发送一个消息到进程异常端口，通知环境子系统转换异常。例如，POSIX 环境子系统将 Windows NT 异常消息转换成 POSIX 信号再发送给产生异常的线程。最终，如果没有其他的任务，内核简单的终止包含产生异常的线程的进程。

2. 线程和调度

就像现在的很多的操作系统一样，Windows 2000 对代码的执行使用了进程和线程的概念。进程有一片虚拟内存地址空间和一些基本信息（包括基优先级等）。每个进程有一个或多个线程，线程是内核进行处理机调度的单元。每个线程都有自己的状态，包括优先级、处理机亲缘关系和记账信息。

线程有 6 个可能的状态：就绪（ready）、准备运行（standby）、运行（running）、等待（waiting）、转换（transition）和终止（terminated）。就绪是指等待处理机运行。具有最高优先级的线程转移到准备运行状态，这意味着它是下一个要运行的线程。在多处理器系统中，每个处理机都有一个准备运行状态的线程，当它开始在一个处理机上运行时就处于运行状态，而且在被具有更高优先级的线程剥夺其处理机前，它一直处于运行状态，直到运行结束，或者时间片到或调用诸如 I/O 的引起阻塞的系统调用。当一个线程在等待诸如 I/O 完成的事件时，它就处于等待状态。一个线程处于转换状态是指它在等待执行程序时所必需的资源。线程进入终止状态是指它执行完毕。

调度器按照线程优先级来调度线程，线程有 32 级优先级。优先级被分为两类：一是可变优先级类的线程，其优先级在 0～15 级中变化；二是实时类线程，其优先级的范围是 16～31。调度器为每个优先级形成一个就绪线程队列，按优先级从高到低的顺序遍历队列，找到一个处于就绪状态的线程，如果没有找到一个处于就绪态的线程，调度器将会执行一个特殊的线程，该线程叫做空闲线程。

当一个线程的时间片用完，该线程就会被剥夺处理机，如果该线程处于可变优先级类，它的优先级就会降低，尽管如此，优先级绝不会降到基优先级以下。降低了优先级的线程限制了线程的 CPU 消耗。当一个可变优先级的线程从等待状态被就绪，调度器将会提高它的优先级，提高多少依赖于该线程等待的事件。例如，一个等待键盘 I/O 的线程会获得很大的优先级增量，而一个等待磁盘操作的线程将会获得较少的增量。这种策略使得使用鼠标和窗口交互的线程有很好的及时响应，使得 I/O 量大的线程保持 I/O 设备十分繁忙，计算量大的线程则抽空使用 CPU 周期。这种策略被包括 UNIX 在内的几种分时操作系统所使用。此外，为了加快响应速度，当前用户终端进程的优先级也会有所提升。

调度发生在以下几种情况：线程进入就绪或等待状态，线程终止，一个应用程序改变一个线程的优先级或处理机亲缘关系时。如果一个具有高优先级的实时线程变为就绪状态而此时低优先级的线程正在运行，那么低优先级的线程就会被剥夺，这种做法给予实时线程优先执行权。尽管如此，Windows NT 不是一个严格的实时操作系统，这是因为它不能保证实时线程在特定的时限内都可以开始执行。

3. 低级处理机同步

内核的第三个功能是提供低级处理机同步。内核必须阻止发生两个线程同时修改某个共享数据结构这种情况，内核使用存在于全局内存的自旋锁来达到多处理器互斥的目的。因为当一个线程试图获得一个自旋锁时线程运行的处理器将循环测试锁变量,拥有自旋锁的线程是不可剥夺的,所以可以尽快地运行完成临界段并释放锁。

利用上述的自旋锁支持可以实现内核的用于同步互斥的事件、变异、互斥量、信号量、线程和计时器等对象，这些对象是实现执行体同步互斥的基础。

9.4.3　执行体

Windows NT 执行体提供一些所有环境子系统都可以使用的系统调用服务。这些服务有对象管理、虚拟内存管理、进程管理、本地过程调用功能 I/O 功能和安全访问监视器。

1. 对象管理

作为一个面向对象的系统，Windows NT 用对象来表示所有服务和实体。对象的例子有目录对象、符号连接对象、信号量对象、事件对象、进程和线程对象、端口对象以及文件对象。对象管理器的工作就是监督所有对象的使用情况。当一个线程想用一个对象时，它就调用对象处理器的 open 过程来获得一个对象的句柄。句柄是各类对象的标准接口，就像文件句柄一样，一个对象句柄在一个进程内是对象的唯一标志符，并赋予访问进程和操作系统资源的能力。

由于对象管理器是能够产生对象的唯一实体，它自然是进行安全检查的最佳地方。例如，当一个进程试图打开一个对象时，对象管理器检查该进程是否有权访问该对象。对象管理器还可以进行配额检查，例如检查一个进程可以分配到的最大内存。

对象管理器可以跟踪了解每个对象有哪些进程在使用。每个对象头包括拥有该对象句柄的进程的数目计数器。当对象仅是一个临时的对象名且计数器变为零时，它就会从命名空间中删除。由于 Windows NT 本身经常使用指针（而不是句柄）来访问对象，所以对象管理器还包含对象的访问计数器，当 Windows NT 获得对某个对象的访问权时就加 1，当该对象不需要时就减 1。当一个临时对象的访问计数器变为零时，该对象就会从内存中删除。永久对象是指物理实体，像硬盘，即使它的访问计数器和打开句柄计数器变为零时也不能删除。

对象由一些标准的方法操作：创建、打开、关闭、删除、查询名字、解析和安全。查询名字发生在一个线程拥有一个对象的句柄但想知道对象名时调用。解析在对象处理器寻找一个给定对象名的对象时使用。安全在一个进程打开时或改变一个对象的保护时使用。

Windows NT 执行体允许给任何一个对象赋名。命名空间是全局的，所以一个进程可以创建一个已命名的对象，而另一个进程可以打开这个对象的句柄，并和第一个进程共享该对象。打开已命名对象的进程查找对象时可以将对象名设置为区分大小写的和不区分大小写的。

一个名字可以是永久的或暂时的。永久的名字代表是个实体，像磁盘，即使没有进程访问它，它还保留着。一个暂时的名字仅当某些进程持有该对象句柄时才存在。

尽管命名空间不能通过网络直接可见，但是对象管理器的解析方法可以帮助访问另一个系统的命名对象。当一个进程试图打开一个远程计算机的对象时，对象管理器就会调用解析方法，然后调用一个网络重定向程序去查找该对象。

对象名的结构就像 MS-DOS 和 UNIX 中的文件路径名一样。通过包含所有对象的名字的目录对象来表示目录。对象命名空间随着对象域的增加而增加。域是一个包含自己的对象集合。对象域的例子有磁盘。当磁盘添加到系统中很容易看到命名空间的扩充：磁盘有自己的命名空间并被增加到存在的命名空间中。

UNIX 的文件系统有符号连接功能，所以多个别名可以指向同一个文件。与此相似，Windows NT 有符号连接对象。Windows NT 使用符号连接的一个方法就是将磁盘等存储设备的对象名字映射到标准的 MS-DOS 驱动器字符。

进程获得对象句柄的方法有创建一个对象、打开一个存在的对象、从其他进程接收一个复制的句柄或从父进程继承一个句柄。这与 UNIX 进程获得一个文件描述符相似。这些句柄都保存在进程的对象表中。对象表中包含对象的访问权限和句柄能不能被子进程继承的状态信息。当一个进程终止，Windows NT 自动关闭该进程打开的所有句柄。

当一个用户通过登录进程认证成为为合法用户时，一个访问令牌（access-token）对象就附加在该用户进程上。访问令牌包括像安全标识符、组标识符、特权、基本组和默认的访问控制表。这些属性决定哪些服务和对象可以被给定的用户使用。

在 Windows NT 中，每个对象都受一个包含安全标识符和赋予进程的访问权限的访问控制表保护。当一个进程试图访问一个对象时，系统将该进程的访问令牌中的安全标识符和对象的访问控制表进行比较来决定这种访问是否被允许。这种检查仅在对象打开时起作用，所以 Windows NT 的内部服务使用指针而不是打开一个对象句柄来绕过访问检查。

访问令牌有一个字段，就是控制对象的访问审计。通过认证的用户的操作被记录到系统审计文件。可以通过查看该记录来发现试图进入系统或访问保护对象的活动。

2. 虚拟存储管理

Windows NT 执行体的虚拟存储管理器为进程提供虚拟空间。低层硬件需要支持虚实映射、分页机制和对多处理器系统透明的 Cache 一致性以及将多个页表项映射到同一个页帧的功能。Windows NT 的虚拟存储管理器使用了大小为 4KB 的页式管理策略。如果分配给进程的数据页不在物理内存中的话，必定在磁盘的页交换文件中。

虚拟存储管理器使用 32 位地址，所以每个进程有 4GB 的虚地址空间，我们把支持 32 位虚地址的操作系统叫做 32 位的操作系统，如果支持 64 位地址，那么虚地址空间将更大。高地址 2GB（或 1GB）空间对所有进程是相同的，用作 Windows NT 内核态程序和数据的地址空间。低地址的 2GB（或 3GB）空间中每个进程各不相同，可以被用户和内核态运行的线程访问。

Windows NT 分配虚拟内存有两个过程。第一步是保留（reserve）一部分进程地址空间；第二步是通过在 Windows NT 页文件中分配空间来确定（commit）分配。Windows NT 可以在分配存储时实施配额限制来限制进程占用的页文件空间量。一个进程可以反确认（uncommit）它已经不再使用的内存来释放它的页式配额。由于存储是表示成对象的，当一个进程（父进程）创建另一个进程（子进程）时，父进程可以访问子进程的虚拟存储空间。环境子系统就是这样管理它的委托进程的。出于性能的考虑，虚拟存储管理器允许特权进程对选定的物理内存页加锁，从而保证该页不被换出到页交换文件。

两个进程可以通过获得同一存储对象句柄来共享存储，但是这必须在两个进程都能访问该对象的前提下进行。Windows NT 提供一种选择，被称为段（section）对象，用它来表示一段共享的存储。在获得一个段对象的句柄后，进程可以只映射它需要的部分段存储。这部分被称为窗口，窗口机制使得进程可以分窗口访问段，系统可以用窗口来遍历一个段对象的地址空间，每次只是访问一个小片。

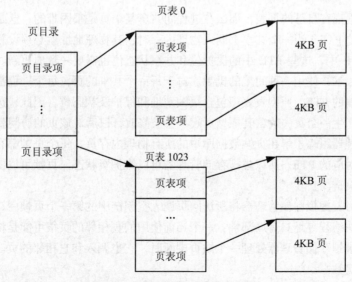

图 9-2　用多级页表表示虚存空间

　　进程有多种方法来控制共享存储段对象的使用。一个段的大小是受限制的。段能被保存到页文件或常规文件（存储映射文件）。段中的页访问保护可以被设置为可读、可读写、可执行、保护页或写时拷贝。现在对后面的两种保护设置作一下解释。

　　保护页在被访问时会产生异常，这种异常可以被利用，例如，用来检查一个错误的程序迭代是否发生数组越界。

　　写时拷贝机制允许虚拟存储管理器节省内存。当两个进程都想要来自同一对象的初始数据，但以后必须是各自的独立拷贝时，虚拟存储管理器只是将一个共享的拷贝放入物理内存中。如果其中一个进程想修改写时拷贝页中的数据，那么虚拟存储管理器就会先将该页拷贝一份再供进程使用。

　　Windows NT 中的虚地址转换使用了几个数据结构。每个进程都有一个页目录，每个页目录包含 1 024 个大小为 4B 的页目录项。通常，页目录是进程私有的，但是如果需要它也可以被多进程共享。每个页目录项指向一个页表，每个页表包含 1 024 个大小为 4B 的页表项（PTE）。每个页表项指向一个 4KB 的物理内存页帧。进程的所有页表大小都是 4MB。详细结构如图 9-2 所示。

　　一个 10 位的整型数可以表示 0 ~ 1023 的值。因此，一个 10-bit 的整数可以选择页目录或一个页表中的任何一个项。在将一个虚拟地址指针转换成一个物理内存的字节地址时可以利用这一特性。一个 32 位的虚拟存储地址可以分成 3 个整数部分，虚拟地址的前 10 位在页目录中作为下标，这个地址选择一个指向页表的页目录项。虚拟地址的下 10 位从页表中选择一个页表项 PTE，PTE 指向物理内存中的页帧。虚拟地址剩下的 12 位指向页帧中的一个特定字节，表示页内偏移。存储管理部件产生一个指向物理内存特定字节的指针，它是通过合并从 PTE 得到的 20 位和从虚拟地址得到的低 12 位得到的。页表项剩下的字节位明确指出该页是不是脏页、是否访问过、可缓冲否、只读否、可读写否、是否处于内核态、是否有效等。它们描述了页的状态。

　　一个页可以处于 6 个状态：有效、空闲、清零状态、备用、修改或坏状态。有效页是正在被一个活跃进程使用的页；空闲页是不在 PTE 索引中的页；清零页是指已经被清零的并要立即使用的页；备用页是指从进程工作集中被删除的页；修改页是已经被写入但还没有刷新到磁盘的页，备用和修改页都被认为是需要转换为空闲页的中间状态页；最后，坏页是指由于检测到硬件错误而不能使用的页。

　　如果每个进程都有自己的页表，那么在进程间共享某个页是很困难的，这是因为每个进程都有它自己的页帧的 PTE。当一个共享页调入物理内存时，其物理地址就必须设置到共享该页的每个进程的对应 PTE 中，这些 PTE 中的保护位和共享状态位也需要一致地更新。为了避免这种情况发生，Windows NT 使用一种间接的机制。对于每一个共享的页，每个进程都有一个指向原型页表项而不是页帧的 PTE。原型页表项包含页帧地址和保护及状态位。因此，进程对一个共享页的第一次访问会产生一个页失效，其原型页表项会被修改，以后对该页的访问就不会缺页了。

　　虚拟存储管理器跟踪了解在页帧数据库中的所有物理内存页。每个页帧都有一个表项。表项有指针指向页帧对应的 PTE，所以虚拟存储管理器可以维护页状态。页帧可以链接在一起，例如清零页链和空闲页链。

　　当缺页发生时，虚拟存储管理器将所访问页调入空闲链中的第一个页帧中，并同时调入相邻的页面。研究表明线程寻址具有局部性：一个当前使用的页相邻的页很可能是将来要寻址的页。由于局部性，当虚拟存储管理器处理一个缺页中断时，它也调入和它相邻的页。这种处理减少了页失效发生的总次数。

　　如果在空闲链上没有可用的页帧，Windows NT 用先进先出（FIFO）策略将从使用量超过最

小工作集的进程中获取一页。当一个进程在 Windows NT 下启动后，它将分配最小工作集大小为
30 页的空间。Windows NT 周期性地从进程工作集中选择页面淘汰，淘汰页会被加入空闲页链中。

3. 进程管理

Windows NT 进程管理提供创建、删除、使用进程和线程的服务。对进程和线程的基本支持
在内核层实现，内核负责建立基本的进程和线程对象，而执行体的进程管理为这些低级对象添加
附加语义和功能。但是执行体的进程管理并不知道进程的父子和继承关系，这些关系留给了每个
进程所属的环境子系统进行处理。图 9-3 说明了描述进程的执行体对象和内核对象以及环境子系
统对象之间的关系。

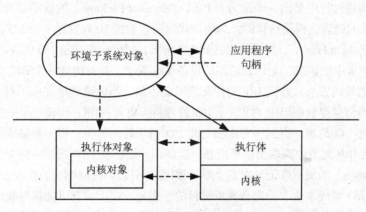

图 9-3　不同层次对象之间的关系

在 Windows 环境下创建一个进程的具体过程如下：当一个 Windows 应用程序调用
CreateProcess( )函数时，就会发送一个消息到 Windows 环境子系统，然后由 Windows 环境子系统
通过系统调用接口调用执行体的进程管理程序来创建一个进程，进程管理程序调用对象管理程序
创建一个进程对象，对象管理程序会调用内核程序创建内核进程对象，然后返回一个对象句柄给
Windows 环境子系统，Windows 环境子系统再次调用进程管理程序来为该进程创建线程，最后
Windows 环境子系统返回新进程和线程的句柄。

4. 本地过程调用（LPC）功能

在单机系统中操作系统用 LPC 功能来传递客户和服务进程间的请求和结果，而且用户进程使
用 LPC 从各种 Windows NT 子系统中请求服务。LPC 和通过网络进行分布处理用的 RPC 机制相
似，但是 LPC 不跨越节点。

LPC 是一种消息传递机制。服务进程公布一个全局可见的连接端口对象，当一个用户想从一
个子系统获得服务，它就打开子系统连接端口对象，获得一个句柄，然后向该端口发送一个连接
请求，服务器就创建一个通道，并向客户返回句柄。通道由一对私有通信端口组成：一个用于客
户到服务器的消息传递，另一个用于服务器到客户的消息传递。

当 LPC 通道被创建后，可以用下面的技术作为通道的消息传递技术：

第一种技术适用于小消息传递（最多 256B）。在这种情况下，消息通过端口消息队列从一个
进程复制到另一个进程。

第二种技术适用于大消息传递。在这种情况下会为通道创建一个共享存储段对象。此时端口
消息队列包含指向段对象的指针和大小信息，消息通过段对象来传递，避免了大消息的复制，发
送者将数据放入共享段，而接收者可以直接看到该共享段。

5. I/O 管理

Windows 的 I/O 管理器为各种设备提供了统一的抽象，为核心扩展功能提供了统一的驱动标准，也为应用程序使用硬件设备和扩展模块提供了标准接口。驱动程序可以为实际的设备提供访问能力，也可以对内核已有的功能进行扩展。

Windows 提供的驱动程序模型允许驱动程序层叠起来，串行地处理同一个 I/O 请求，所以一个 I/O 请求可以被多个驱动程序处理，I/O 管理器负责将 I/O 请求传递给适当的驱动程序，并且当 I/O 请求完成时向客户代码返回必要的信息。驱动程序在加载时向 I/O 管理器登记必要的信息，然后接收 I/O 管理器传递过来的 I/O 请求，并执行 I/O 请求中指定的操作，再返回给 I/O 管理器。I/O 请求在内核空间传递过程中是由一个称为 IRP（I/O Request Package）的数据结构来表达的。

一个 I/O 请求的处理流程是这样的：当用户代码通过系统 DLL 发送一个 I/O 请求时（如客户调用 ReadFile( )或 WriteFile( )），执行体层接到 I/O 请求，把此请求交给 I/O 管理器进行处理。I/O 管理器根据 I/O 请求中的信息，定位到适当的设备驱动程序，并且构建一个 IRP 对象，然后调用驱动程序中适当的处理方法，并把 IRP 对象传递给此方法。当驱动程序完成了对 I/O 请求的处理时，它可以把返回信息存放在 IRP 对象中，I/O 管理器会继续将 IRP 传递给下一个适当的驱动程序以进一步处理此 I/O 请求，直到所有该参与此 I/O 请求处理的驱动程序都完成其处理工作。最后，I/O 管理器从 IRP 对象中提取出结果信息，返回用户层。在 IRP 数据结构中，有一个称作栈单元（Stack Location）的域来记录在多个驱动程序之间传递时的状态信息。

Windows 的 I/O 系统本质上是完全异步进行的，但是，往上层有可能被封装成同步的方式，即发起 I/O 请求的线程在把 I/O 请求交给 I/O 管理器以后，它在一个同步对象上等待该 I/O 请求的完成通知。所以，对于上层应用程序或者核心中的其他模块，它们可以以同步或异步的方式执行 I/O 操作。

在很多操作系统中，都使用缓冲机制。Windows NT 提供一种集中缓冲功能。缓冲管理器为 I/O 管理器支持和控制的所有部件提供缓冲服务，并和虚拟存储管理器密切工作。缓冲区大小根据系统可利用的空余空间动态改变。回忆一下表示系统区域的 2GB（或 1GB）高地址进程地址空间，这对所有进程都是相同的。虚拟存储管理器将该空间的一半用作系统缓存。缓冲管理器将文件映射到该地址空间，并用虚拟存储管理器的功能来处理文件 I/O。

缓冲区被划成 256KB 大小的块。每个缓冲块都可以存放一个文件窗口（即一个存储映射区）。每个缓冲块由一个虚拟地址控制块（VACB）来描述，VACB 存有虚拟地址和描述文件窗口的文件偏移，还存有使用该窗口的进程的数目。VACB 保存于由缓冲管理器管理的数组中。

对于每个打开的文件，缓冲管理器都持有一个独立的 VACB 索引数组。每个 256KB 的文件块都对应该数组的一个元素，所以，一个 2MB 的文件就应该有一个 8 项的 VACB 数组。如果该文件有一部分在缓冲区中，则 VACB 索引数组中的每个项或者指向一个 VACB，或者指向 NULL。

当 I/O 管理器接收到一个用户级的读请求，I/O 管理器就会发送一个 IRP 到缓冲管理器（除非专门请求一个未缓冲的读）。缓冲管理器计算出该文件的 VACB 索引数组的那个项与请求的字节偏移相符，数组项要么指向在缓冲区的文件块，要么指向 NULL。如果指向 NULL，缓冲管理器就会分配出一个缓冲块（以及与 VACB 索引数组相对应的数组项），然后将文件块映射到该缓冲块。缓冲管理器然后试图从映射文件中复制数据到调用程序的缓冲区，如果复制成功，那么操作执行完毕。当然，有可能在访问映射文件虚地址空间时引发页失效，使得虚拟存储管理器发送一个未缓冲的读请求到 I/O 管理器。I/O 管理器通过一个合适的设备驱动程序来读取文件数据，然后将数据返回到虚拟存储管理器，再由虚拟存储管理器将数据加载到系统缓冲区。现在可以将数据复制到调用程序缓冲区，I/O 请求完毕。

图 9-4 显示了这些操作的总体过程。对于同步的、缓冲的、未锁定的 I/O，一般由快速 I/O 机制来处理。这种机制只是简单、直接地将数据复制到缓冲页或从缓冲页中复制数据，利用缓冲处理器来执行任何必需的 I/O。

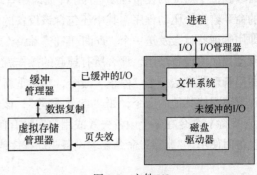

图 9-4　文件 I/O

为了使用文件系统元数据或描述文件系统的数据结构，内核使用缓冲管理器的映射接口来读取元数据。文件系统使用缓冲管理器的栓（pinning）接口来修改元数据。因为栓将一个页锁定在物理内存页帧，所以虚拟存储管理器不会将该页移动或换出。在更新元数据后，文件系统要求缓冲管理器解栓该页。

为了提高性能，缓冲管理器保存了读请求的历史记录，可以据此预测将来的请求。这样在应用程序提交下一个请求前将数据预取到缓冲区。接着应用程序就会发现它所需的数据就在系统缓冲中，而不需要等待磁盘 I/O。用户在调用 Windows OpenFile( )和 CreateFile( )函数时可以带上 FILE_FLAG_SEQUENTIAL_SCAN 标志，它暗示缓冲管理器在用户发送后续请求前提前预取 192KB 数据。一般而言，Windows NT 每次以 64KB 的块或 16 页来进行 I/O 操作，因此，这种提前读的数据量是正常一次读写的 3 倍。

缓冲管理器还负责告诉虚拟存储管理器刷新缓冲中的内容。缓冲管理器的默认行为模式是回写（write-back）缓冲，也就是写 4～5s 唤醒回写缓冲线程。当需要通写（write-through）缓冲时，即同步更新磁盘信息时，在打开文件时进程可以作为一个标志或者在必要时进程调用一个显式的缓冲刷新函数。

一个快速地进行写文件操作的进程可以在回写缓冲线程被唤醒去更新页之前填满所有的空闲缓冲页。系统通过以下的方法来防止进程用光系统资源：当空闲的缓冲容量变得很低时，缓冲管理器就会暂时阻塞试图写数据的进程，唤醒回写缓冲线程刷新页到磁盘，以准备足够的可以淘汰的页面被后续写使用。

6. 安全访问监视器

Windows NT 的面向对象的本质使得其可以用一个统一的机制对系统每个实体来进行运行时访问验证以及审计。无论进程在什么时候打开一个对象句柄，安全访问监视器都会检查进程的安全令牌和对象的访问控制表来判断进程是否有访问权。

7. 即插即用管理器

操作系统用即插即用管理器来识别和适应硬件配置的改变。为了实现即插即用，设备和驱动程序都必须支持即插即用标准。即插即用管理器自动识别安装的设备并检测设备的改变。管理器还跟踪设备已使用的资源以及可以使用的潜在资源并负责加载合适的驱动程序对象。如管理中断号和 I/O 内存映射区域这类硬件资源，确定一个所有的设备都可以运行的硬件配置。例如，如果设备 B 只可以使用 5 号中断而设备 A 可以使用 5 号或 7 号，那么即插即用管理器就会将 5 号中断分给 B，7 号分给 A。在以前的版本中，在安装设备 B 之前，用户必须删除设备 A，将它重新配置为可以使用 7 号中断，这样在安装新的硬件时用户就必须了解系统资源。

即插即用管理器处理动态重配置过程如下：首先，从每个总线（例如 PCI、USB）驱动程序获得设备表。然后加载已安装的设备驱动程序（或者安装一个驱动程序）并发送一个添加设备的命令到每个对应的设备驱动程序。即插即用管理器计算出最佳的资源设置后发送一个"设备启动"的命令给每个驱动程序，其中还包含该设备的资源设置信息。如果某个设备需要重新设置，即插即用管理器就会发送一个"查询-停止"命令，询问设备驱动程序设备是否可暂时禁用。如果设备驱动程序使设备禁用，那么所有挂起的操作就会被执行完毕，而且不允许新操作执行。接着即插即用管理器发送一个"停止"命令，然后重新发送"设备启动"命令进行新的设置。即插即用管理器还支持其他的命令，如"查询-删除"，该命令在用户准备好弹出 PCCARD 设备时使用。"查询-删除"命令在某个设备失效或用户在没有使用 PCCARD 实用程序停止它前就移走 PCCARD 设备时使用。"删除"命令要求设备驱动程序停止使用设备并释放分配给它的所有资源。

9.5 环境子系统

环境子系统是一些位于 Windows NT 执行体之上的用户模式进程。它使得在 Windows NT 上可以运行为其他操作系统开发的应用程序。Windows NT 4.0 以前的版本可以仿真的操作系统环境有 16 位 Windows、MS-DOS、POSIX、OS/2 等，每种环境子系统提供一个 API 或应用环境。

Windows NT 用 Windows 子系统作为主要的操作环境，并通过它来启动所有进程。当应用程序被执行时，Windows 环境子系统进程就会调用虚拟存储管理器来加载应用程序可执行代码，虚拟存储管理器返回一个状态给 Windows 子系统并告诉它是哪一种可执行代码。如果不是 Windows 执行码，Windows 环境子系统就会检查是否有正在运行的合适的环境子系统，如果该环境子系统没有运行，它就启动一个用户模式的进程运行该环境子系统。然后 Windows 子系统创建一个进程来运行这个应用程序，并传给对应环境子系统。

应用程序用 Windows NT 的 LPC 功能通过环境子系统来获得核心服务。这种方法使得 Windows NT 更健壮，因为在进行实际核心程序调用前环境子系统可以检查传给系统调用的参数的正确性。Windows NT 禁止应用程序混合调用不同环境子系统的 API 程序。例如，Windows 应用程序不能调用 POSIX 程序的 API。

由于每个子系统都是独立运行的进程，因此一个子系统的崩溃不会影响到其他的子系统。但 Windows 环境子系统提供所有的键盘、鼠标和图形显示功能，所以 Windows 除外，如果它崩溃，系统将不能正常使用。

Windows 环境子系统将应用程序分为图形和字符两类。基于字符的应用程序输出可看成是一个 80×24 的 ASCII 显示。Windows 将基于字符的应用程序转化成在图形窗口中的字符输出。这种转换很简单：无论什么时候某种环境子系统输出程序被调用，该环境子系统都调用一个 Windows 环境子系统程序来显示字符。

9.5.1 Windows 环境

Windows NT 的主要子系统是 Windows 子系统。它支持运行 Windows 应用程序，管理所有的键盘、鼠标和屏幕 I/O。由于其他如 OS/2 或 POSIX 环境子系统支持的进程输入/输出必须经过 Windows 子系统，所以说如果没有 Windows 子系统，Windows NT 不可能运行。由于它是一个不可或缺的控制环境，所以被设计得很健壮。Windows 子系统的几个特点使它具有很好的健壮性。每个 Windows 的应用程序进程有属于自己的输入队列，窗口管理器将所有的输入放入对应的进程输入队列，所以一个失效的进程不会阻塞其他进程。Windows NT 内核还提供可剥夺多任务功能，可以使用户终止已失效或不再需要的应用程序。Windows 子系统还可以在使用对象句柄前证实对象，避免使用错误或失效的对象句柄引起系统崩溃。Windows 子系统在使用对象前核实句柄所指向的对象的类型。由对象管理器保存的对象引用计数器阻止对象正在使用时被删除，以及在删除后防止再对它们的使用。

9.5.2 MS–DOS 环境

MS-DOS 环境没有其他的 Windows NT 环境子系统那么复杂。它是由被称为虚拟 DOS 机（VDM）Windows 应用程序所提供的。VDM 是用户模式下运行的进程，VDM 有一个指令执行单元，并用它来执行或仿真 Intel 486 指令，VDM 还提供程序来仿真 MS-DOS ROM BIOS 和 INT 21 软中断服务，还有屏幕和键盘及通信接口的虚拟设备驱动程序。VDM 是基于 MS-DOS 5.0 源代码，它给每个应用提供至少 620KB 的存储空间。

Windows NT 命令解释程序使用字符界面的窗口，用户可以在此窗口输入命令。命令解释程序可以解释运行 16 位或 32 位可执行文件。当命令解释程序接收运行 MS-DOS 应用程序的命令时，命令解释程序就启动一个 VDM 进程来执行该 MS-DOS 应用程序。

9.5.3 登录和安全子系统

在可以访问 Windows NT 对象前，用户必须通过登录系统的认证。为了登录，用户必须有一个账号和该账号对应的密码。

安全子系统会产生在系统中代表用户的访问令牌。它调用一个认证程序包使用来自登录子系统或网络服务器的信息进行认证。通常，认证程序包只是简单地从本地数据库中查询账号信息并检查密码是否正确。安全子系统然后为用户 ID 产生一个访问令牌，包含一定特权、配额限制和组 ID 的信息。无论何时，用户试图访问一个系统对象（如打开对象）时，访问令牌就会传给安全访问监视器，并检查特权和配额。默认的 Windows NT 认证程序包是 Kerberos。

9.6 文 件 系 统

历史上，MS-DOS 系统使用文件分配表（FAT）文件系统。16 位 FAT 文件系统有几个缺点，包括内部存储碎片，2GB 大小限制，对文件的访问缺乏保护等。32 位文件系统部分解决了存储碎片和大小等问题，但是和现代文件系统相比它的性能和大小还是不能满足要求。NTFS 文件系统就比 FAT 要好很多，它有很多新特性，包括数据恢复、安全、容错、大文件和文件系统分区、多数据流、Unicode 文件名和文件压缩。Windows NT 还保留提供对 FAT 和 OS/2 HPFS 文件系统的支持。

9.6.1 内部格式

NTFS 文件系统的基本单位是一个卷。卷是由 Windows NT 磁盘管理实用程序创建的，是基于逻辑磁盘分区的。卷可以占据一个磁盘的部分空间，也可以占据整个磁盘或跨越几个磁盘。

NTFS 用簇作为分配的单元，簇是一个为 2 的幂数量扇区组成空间单位。簇的大小在 NTFS 文件系统分区格式化时就已经配置好了，簇的大小比 16 位 FAT 文件系统分配单元要小，从而减少了内部碎片的总量。例如，考虑一个有 16 000 个文件的 1.6GB 的磁盘，如果使用 FAT16 文件系统，由于簇的大小为 32KB，那么将因为内部碎片损失 400MB 空间。在 NTFS 下，保存相同的文件只损失 17MB。

NTFS 用逻辑簇号（LCN）作为磁盘地址，它通过将磁盘从头到尾进行簇编码进行地址分配。使用这种方法，系统可以将逻辑簇号与簇大小相乘计算出以字节计数的物理盘偏移。

NTFS 文件不是像 MS-DOS 或 UNIX 中那样简单的字节流，它是由属性组成的结构化对象。文件的每个属性都是一个独立的字节流，可以被创建、删除、读取、写入。一些属性是标准的，包括文件名、创建时间、说明访问控制的安全描述符。其他一些属性是某些文件所特有的。目录具有用于目录中的文件名相关索引的属性。总之，属性可以按需要添加，通过说明文件名和属性名来访问。大多数传统的数据文件有一个包含所有文件数据的未命名属性。NTFS 在回复文件查询操作时仅返回该未命名属性的大小，如运行 dir 命令时。很明显，有一些属性很小，而未命名属性则很大。

在 NTFS 中的每个文件都由保存于被称为主文件表（MFT）的特殊文件中的数组记录（一个或多个记录）来描述。记录的大小（1～4KB）在文件系统分区创建时就已经确定了，较小的属性保存于 MFT 记录中，被称为常驻属性；大属性（如未命名的大容量文件数据）被称为非常驻属性，保存在一个或多个另外的连续磁盘空间中，每个连续空间的指针保存于 MFT 记录中。对一个极小的文件，数据属性都保存在 MFT 表记录中。如果一个文件有很多的属性或者被分为很多不连续段，从而需要很多指针指向所有的不连续段，那么 MFT 中的一个记录可能不够，在这种情况下，文件就由多个记录描述，一个被称为"基本文件记录"的记录包含指向额外记录的指针。

在 NTFS 卷中的每个文件都有一个唯一的称为文件引用（file reference）的 ID。文件引用是一个 64 位量，由 48 位文件号和一个 16 位顺序号组成。文件号就是在 MFT 中描述文件的记录号。顺序号在 MFT 记录被重用时加 1，这使得 NTFS 能够进行更好的内部一致性检查，例如在一个新文件重用 MFT 记录后防止针对原来文件 MFT 记录的误操作影响新文件。

和 MS-DOS 和 UNIX 系统一样，NTFS 命名空间被组织成一个分层目录结构。每个目录都有一个被称为 B⁺树的数据结构，并用它来保存目录中文件名的索引。之所以使用 B⁺树是因为它消除了重组树的开销并且具有从树的根结点到叶子的每条路径的长度相同的特点。目录索引根包含 B⁺树的顶级，对于一个大目录，该顶级包含指针指向存放该树剩余部分的磁盘扩展区。目录中的每个项含文件名和文件引用以及从 MFT 的文件驻留属性中得到的更新时间戳和文件大小的拷贝。这种信息拷贝保存在目录中，利用这些信息能产生一个目录表，从该目录表中可以获得所有的文件名、大小和更新时间信息。所以没有必要从每个文件的 MFT 表项中获得这些属性。

NTFS 卷的元数据都保存在文件中。第一个文件是 MFT。第二个文件用于 MFT 毁坏时的恢复，它包含 MFT 第一个 16 项的拷贝。其他几个文件也各有专门的用处。它们是 log 文件、卷文件、属性定义表、根目录、位图文件、引导文件和坏簇文件。log 文件记录了文件系统的所有元数据更新。卷文件包含卷名和格式化该卷的 NTFS 版本号，还有一位用于判断卷是否被破坏和是否需要一致性检查。属性定义表指明卷所使用的属性类型以及可以对每一个属性能执行什么操作。根目录是文件系统目录树层次中的顶级目录。位图文件指明一个卷中的哪些簇分配给了文件，哪些是空闲的。引导文件含有 Windows NT 的启动代码，并且必须位于磁盘的特殊位置，便于 ROM 引导加载程序可以很容易地找到它，引导文件还包含 MFT 的物理地址。最后，坏簇文件跟踪了解卷中的坏区，NTFS 用这些信息来进行错误恢复。

9.6.2　恢复

在很多简单文件系统中，一个错误时间的电源失效会严重毁坏文件系统数据以至于整个卷都不能使用。UNIX 的很多老文件系统版本在磁盘上保存冗余元数据，使用 fsck 程序检查所有的文件数据结构，并强行将数据恢复到一致性状态，以此来完成系统崩溃后的恢复。恢复通常会导致删除毁坏的文件以及释放已经写入用户数据但并未在文件系统的元数据结构中正确记录的数据簇。这种检查是一个很慢的过程，还可能会丢失重要的数据索引。

NTFS 采用了不同的方法来加强文件系统的健壮性。在 NTFS 中，所有的文件系统数据结构更新以事务方式进行。在改变一个数据结构前，事务将 redo 和 undo 的信息写入日志记录，在该数据结构改变后，事务就写一个确认记录到日志中，表示事务已经成功完成。在系统崩溃后，系统会通过处理日志记录来将文件系统数据结构恢复到一致性状态。具体过程是：首先重新执行已确认的事务，然后取消崩溃前没有成功确认的操作。检测点记录周期的（通常是每 5s）写入日志。系统不需要恢复检测点前的日志记录，它们会被丢弃。所以日志文件不会无限地增大。系统启动后首先访问 NTFS 卷，NTFS 自动执行文件系统恢复操作。

这种方法不能保证系统崩溃后所有的用户文件内容都可以正确地恢复，它仅能保证文件系统数据结构（元数据文件）不被毁坏以及将系统恢复到崩溃前存在的一致性状态。可以用扩展事务的方法来恢复用户文件，但是它的开销会降低系统性能。

日志存储在卷起始的第三个元数据文件中。在文件系统格式化时它就被创建并且其最大容量已经被固定。它有两个段：日志区（即一个日志记录的循环队列）和重启区（即保存像恢复时 NTFS 应该从日志区的哪个位置读取数据这样的位置信息）。实际上重启区持有信息的两个拷贝，所以即使系统崩溃时一个拷贝被毁坏，它还是有恢复系统的可能。

日志功能是由 Windows NT 日志文件服务提供的。除了写日志记录和执行恢复操作外，日志文件服务还跟踪了解日志文件的空闲空间情况。如果空闲空间太低，日志文件服务就会将事务排队，NTFS 会停止所有新的 I/O 操作。在正进行的操作完成后，NTFS 就会调用缓冲管理器刷新所有的数据，然后重置日志文件，继续执行排队事务。

9.6.3　安全

NTFS 卷的安全性是从 Windows NT 对象模型中派生而来的。每个文件对象都有一个保存于 MFT 记录中的安全描述属性，该属性包含文件拥有者的访问令牌和每个授权用户的访问控制表。

9.6.4　压缩

NTFS 可以对单个文件或在一个目录中的所有文件进行压缩。为了压缩文件，NTFS 将文件数据划分为压缩单元。压缩单元是由 16 个相邻簇块构成的。当压缩单元被写入时，就要用到数据压缩算法。如果填入的结果少于 16 个簇，被压缩的数据就会保存。在读取数据，NTFS 可以判断数据是否已被压缩，如果已经被压缩，保存的压缩单元的长度就会小于 16 簇。为了提高性能，在读相邻压缩单元时，NTFS 使用了预取功能并在应用程序发出请求前解压。

对于稀疏文件或包含很多 0 的文件，NTFS 使用另一种技术来节省空间。包含 0 的簇并不被实际分配空间或保存于磁盘上，而是在顺序文件 MFT 项的虚拟簇编号间留有空隙。在读取文件时，如果发现在虚拟簇编号间有空隙，NTFS 就仅用 0 来填充存放该区段数据的缓冲区。

小　结

系统调用并不是 Windows NT 提供给外层用户编程的界面，Windows NT 利用环境子系统提供多 API 界面，利用核心态执行的软件提供的基本系统服务和各种环境子系统服务器支持，使得 Windows NT 能够支持各种应用程序环境。Windows NT 核心态执行程序被严格地分为执行体、内核和硬件抽象层，使得移植更方便。它支持对称多处理机、虚拟存储、通用缓冲和剥夺式调度。Windows NT 支持的安全模型使其比微软前期的操作系统更强壮。

习　题

1. 为什么 Windows NT 不提供系统调用给用户直接使用？

2. 为什么 Windows NT 的图形库代码要从用户模式（原来在 Windows 环境子系统中）转移到内核模式？会降低系统的可靠性吗？

3. Windows NT 虚拟存储管理器通过两个过程来分配内存，这种方法有什么好处？

4. 每个 Windows API 函数实现都必须经由 Windows 环境子系统服务器程序处理吗？为什么？

5. Windows NT 的原型页表项有什么作用？

6. 如何把数据拷贝到系统缓冲或换出缓冲？

7. Windows NT 使用了包驱动 I/O 管理，讨论它的利弊。

8. NTFS 与 FAT 文件系统相比有什么优点？

参考文献

［1］罗宇，邹鹏，邓胜兰. 操作系统. 北京：电子工业出版社，2007.

［2］A.S. Tanenbaum. Modern Operating System. second edition. Prentice Hall，2001.

［3］A.Silberschatz，etc. Operating Systems Concepts. 6th edition. John Wiley&Sons，2002.

［4］William Stalling. Operating Systems——Internals and Design Principle. 5th edition. Prentice Hall，2005.

［5］孟静. 操作系统教程——原理与实例分析. 北京：高等教育出版社，2001.

［6］David A. Solomon. Inside Windows 2000. 3rd edition. Microsoft Press，2000.

［7］潘爱民，等. Windows 操作系统的发展. 计算机学会通信，2008.